Die Autorin

Erika Elisa Karg, Jahrgang 1940, wohnte viele Jahre im oberschwäbischen Weingarten und in Haidgau. Aus gesundheitlichen Gründen lebt sie heute überwiegend in einem Heilbad in Ungarn. Sie schrieb viele Gedichte, bevor sie anfing, Theaterstücke zu schreiben. Ihre Theaterstücke werden in Deutschland, Österreich und in Holland aufgeführt.

Licht und Schatten im Paradies ist ihr erster Roman.

Julia, Tochter aus gutem Haus, lernt an ihrem 18. Geburtstag den Immobilienmakler Gregor Bredow kennen. Trotz der Warnungen vom Vater und der Haushälterin, heiratet sie ihn heimlich. Die Flitterwochen in den Bergen enden dramatisch. Zweimal entrinnt sie nur knapp dem Tod. Mit Hilfe des taubstummen Almbauern Pepe und ihrem eisernen Willen übersteht sie diese schwere Zeit. Erst nach vielen Wochen kommt sie wieder in ihre Villa am Bodensee zurück. Aber auch dort warteten unangenehme Überraschungen auf sie.

Erika Elisa Karg

LICHT UND SCHATTEN

im

PARADIES

Ein dramatischer Liebesroman

Alle Rechte vorbehalten
Copyright © 2014 Erika Elisa Karg

Herstellung und Verlag:
BoD - Books on Demand, Norderstedt
ISBN 978-3-7357-4159-2

1. Buch

1

Richard Bernheim sah zu den dunklen Wolken hoch, die über dem gesamten Bodenseegebiet hingen. Ausgerechnet heute musste es regnen, wo seine Tochter Julia ihr neues Zuhause kennenlernen sollte. Doch nicht mal der größte Wolkenbruch hätte ihn davon abhalten können, Julia in Stuttgart von ihrer ehemaligen Schule abzuholen. Zwei Wochen hatte er sie nicht mehr gesehen. Die Abschlussfahrt nach Paris wollte er ihr nach dem mit Auszeichnung bestandenen Abitur nicht verwehren. Heute kam sein Sonnenschein endlich zurück. Ein Schmunzeln huschte über sein Gesicht, als er sich ausmalte, wie begeistert Julia über dieses Paradies sein würde. Entschlossen trat er durch die große Wohnhalle.

"Berta, ich fahre jetzt los!", rief er laut. Berta, die ehemalige Gouvernante seiner verstorbenen Frau, kam aus der Küche. "Fahr vorsichtig. Denk an dein krankes Herz. Mach auch mal eine Pause. Hast du das Handy eingesteckt und einen Schirm im Wagen?" Um Berta zu beruhigen, nickte er zu all ihren Fragen. Dass sie ihn bis zur Garage begleitete, konnte er nicht verhindern. "Lass dich auf der Heimfahrt nicht hetzen, auch wenn unser Kindchen es nicht erwarten kann, ihr neues Zuhause zu sehen", rief sie ihm zu, bevor er die Autotür hinter sich zudrückte und losfuhr. Trotz des prasselnden Regens, den die Scheibenwischer kaum bewältigen konnten, lächelte er. Seit vier Jahren beschwerte sich Julia, dass Berta sie immer noch "Kindchen" nannte. In drei Monaten war das Kindchen volljährig. Wo war die Zeit geblieben?

Das kleine Mädchen mit Zöpfen und Zahnspange hatte sich in ein bezauberndes Wesen verwandelt. Das musste inzwischen auch ihren Mitschülern aufgefallen sein. Ob seine Tochter schon einem Jungen ihr Herz geschenkt hatte? Bisher hatten sich noch keine Anzeichen in dieser Richtung gezeigt. Paris war aber die Stadt der Liebe. Was, wenn sein Kleine sich dort verliebt hatte? Nein, Julia war anders als die Mädchen in ihrem Alter. Sie würde sich nie auf ein Abenteuer einlassen. Dass sie lieber lernen wollte, als sich zu vergnügen, gab ihm jedoch zu denken. Wollte Julia beweisen, dass sie als kleinste und schmächtigste der gesamten Klasse, in der Lage war, es mit ihren Mitschülern aufzunehmen? Oder lag es an Bertas altmodischer Erziehung?

Seine Tochter hätte sich sicher anders entwickelt, wenn seine geliebte Frau bei Julias Geburt nicht gestorben wäre. Dass Berta danach bei ihm geblieben war, rechnete er ihr hoch an. Was hätte er mit dem Baby machen sollen? Er musste sich doch um seine Firma kümmern. Berta versorgte nicht nur den Haushalt, sie päppelte auch das schwache Neugeborene hoch. Unermüdlich war die treue Seele nicht nur für ihn sondern vor allem für das Kind da. Mit einem Lächeln fuhr er auf die Autobahn. Wie oft war er in den vergangenen Monaten die Strecke von Stuttgart nach Kressbronn gefahren? Berta war anfangs mit seiner Idee, an den Bodensee zu ziehen, nicht einverstanden. Nachdem er ihr aber die Villa mit dem Park gezeigt hatte, war sie begeistert, obwohl Haus und Park renovierungsbedürftig waren.

Vor einem halben Jahr hatte ihm sein Freund Paul Weigand die leerstehende Villa empfohlen. Sofort nach der Besichtigung hatte er sich entschlossen, seine Baufirma in Stuttgart aufzugeben. Die Hoffnung, dass sein einziges Kind sein Lebenswerk übernehmen würde, hatte er ohnehin begraben müssen. Julia hatte ihm unmissverständlich zu verstehen gegeben, dass sie an seiner Firma kein Interesse hatte. Sie war künstlerisch begabt. Malen war nicht nur ihr Hobby, sie wollte Kunstgeschichte studieren. Das konnte sie auch in Konstanz. Mit diesem Gedanken hatte er sich dann um die Renovierungsarbeiten gekümmert. Zu Julias Rückkehr war die Villa nun bezugsfertig geworden.

Um zu überwachen, dass alles nach seinen Wünschen angefertigt wurde, hatte er oft in Kressbronn übernachten müssen. Sein nächtliches Ausbleiben war Julia natürlich nicht entgangen.

Das neue Zuhause sollte eine Überraschung für Julia sein. Aber auf die vielen Fragen musste ihr Berta gestehen, dass ihr Papa kein Liebesverhältnis, sondern eine Villa am Bodensee gekauft hatte. Julia wollte das zukünftige Domizil gleich sehen. Nur mit Mühe war es ihm gelungen, Julia zu vertrösten. Bis die Umbauarbeiten abgeschlossen waren, konnte sie die Schule beenden. Während Julia auf Klassenfahrt war, hatte er das Mobiliar aus dem Stuttgarter Bungalow in die Villa bringen lassen. Seit Tagen war Berta damit beschäftigt, den Hausrat einzuräumen. Nun war es so weit. Er konnte Julia im neuen Heim willkommen heißen.

Es hatte aufgehört zu regnen. Die Sonne blinzelte durch die vorbeiziehenden Wolken. Rascher als gedacht, kam er vorwärts. Ein Blick auf die Uhr zeigte ihm, dass er noch viel Zeit hatte, um Julia in Empfang zu nehmen.

War es die Macht der Gewohnheit, dass er seinen Wagen nicht gleich zur Schule, sondern zum Industriegebiet steuerte? Vor seiner ehemaligen Firma stieg er aus. Nur unter der Bedingung, dass sein Nachfolger alle neunzig Mitarbeiter übernahm, war es zum Vertragsabschluss gekommen. Jetzt stand ein anderer Name auf dem Firmenschild. Er ging am Zaun entlang nach hinten. Vom Winkelbungalow, der durch hohe Bäume von der Firma abgegrenzt wurde, konnte er von hier aus das Walmdach sehen. Das Haus hatte er für Irina gebaut. Warum war das Schicksal nur so grausam? Warum durfte er nur zwanzig Jahre mit ihr glücklich sein und nicht sein ganzes Leben lang? Sein Herz schlug unregelmäßig, als er an die schöne Zeit mit ihr dachte. Wie vielversprechend hatte alles angefangen? An seinem dreißigsten Geburtstag hatte ihm sein Vater nach dem bestandenen Bauingenieurstudium die kleine Baufirma überschrieben. Dieses Ereignis musste natürlich gebührend gefeiert werden. Sein sonst sehr sparsamer Vater hatte ihn und alle Angestellten ins beste Hotel zum Essen eingeladen. Bei dieser Feier wollten alle auf ihren jungen Chef anstoßen.

Um in ein Nebenzimmer zu gelangen, führte sie der Kellner am großen Saal vorbei, in dem eine Hochzeitsgesellschaft feierte. Das Brautpaar schnitt gerade die Torte an, als sein Blick an einem Tisch hängenblieb. Neben einer beleibten, älteren Dame saß das bezauberndste Mädchen, das er je gesehen hatte. Wie angewurzelt war er stehen geblieben. Die junge Dame musste seine bewundernden Blicke gespürt haben. Sie sah ihn an und lächelte.

Dieses Lächeln hatte ihn zwanzig Jahre lang begleitet. Damals hätte er es noch nicht für möglich gehalten, dass die Tochter eines Großgrundbesitzers aus Westfalen, sich für ihn interessieren würde. Ihre Liebe zu ihm war aber so stark, dass sie nach der Hochzeit ihrer Cousine, zu der sie mit ihrer Gouvernante angereist war, nicht mehr in ihre Heimat zurückkehrte. Irinas Vater hatte mit Enterbung gedroht. Diese Drohung hatte sie gelassen zur Kenntnis genommen. Und Berta, blieb auch. Sie führte den Haushalt, damit sich Irina um die Geschäfte kümmern konnte. Seine kleine Firma wuchs enorm. Während er mit seinen Mitarbeitern auf den Baustellen war, sorgte Irina für neue Aufträge. Anerkennend musste er zugeben, dass sie eine clevere Geschäftsfrau geworden war. Sie konnte knallhart verhandeln. Von Jahr zu Jahr vergrößerte sich die Firma. Das kleine Areal platzte aus allen Nähten. Als dann ein neues Industriegebiet erschlossen wurde, war es Irina, die ihn dazu animierte, das Angebot anzunehmen. Erst hatte er die Kosten gescheut, doch als seine resolute Frau ihm die Geschäftsbücher vorgelegt hatte, hatte er mit Freude zugegriffen. Das Baugrundstück war so groß, dass er hinter den Lagerhallen diesen Bungalow bauen konnte. Für das Haus hatte Irina zwei Kinderzimmer vorgesehen, die leider leer blieben. Jahr für Jahr warteten sie vergebens auf einen Nachfolger für ihre Firma.

Als Irina mit zweiundvierzig Jahren doch noch schwanger wurde, konnten sie beide ihr Glück kaum fassen. Der Frauenarzt machte sie darauf aufmerksam, dass es in ihrem Alter bei der ersten Geburt zu Komplikationen kommen könnte. Irina hatte seine Bedenken ignoriert, sich aber an all seine Anordnungen gehalten und sich geschont.

Sechs Wochen vor dem errechneten Geburtstermin hatte er Irina ins Krankenhaus gefahren. Es war nun doch zu Komplikationen gekommen. Unruhig war er den Klinikflur auf und abgegangen. Dann kam ein Arzt auf ihn zu, schüttelte den Kopf und drückte ihm die Hände. Das Baby lebte, aber seine geliebte Irina hatte die Geburt nicht überlebt. Er wusste hinterher nicht mehr, wie er nach Hause gekommen war. Tagelang hatte er sich im Schlafzimmer eingeschlossen und sich seinem Schmerz hingegeben. Erst als Berta an seine Tür geklopft und ihn aufgefordert hatte, dass er endlich sein Töchterchen auf der Kinderstation besuchen sollte, war er zur Besinnung gekommen.

Das Kind, das Irinas Leben gekostet hatte, lag in einem Glasbettchen. Nicht nur der Kopf, der nicht größer war, als der einer Puppe, sondern auch der gesamte Körper war verpflastert mit dünnen Schläuchen. Entsetzt hatte er auf das winzige Wesen gestarrt. Das sollte seine Tochter sein?

Julia hatte überlebt! Berta, die Schwestern auf der Babystation und er hatten abwechselnd stundenlang das Baby gestreichelt und leise mit ihm gesprochen.

Nach fast vier Monaten durfte er seine Tochter endlich nach Hause holen. Weil Berta sich hauptsächlich um das Baby kümmerte, litt natürlich der Haushalt und er bekam manchmal nichts zu essen. Als Julia drei Jahre alt war, hatte ihm der Arzt versichert, dass seine Kleine stabil genug war, um in den Kindergarten zu gehen. Zuerst war er dagegen gewesen, doch als er sah, wie glücklich es seine Tochter machte, mit anderen Kindern spielen zu können, war er beruhigt.

Als Julia nach drei weiteren Jahren schulpflichtig wurde, wollten die Lehrer sie noch für ein Jahr zurückstellen. Julia wollte aber unbedingt in die Schule. Hartnäckig hatte sie darauf bestanden, den Eignungstest machen zu dürfen und bestand ihn mit Bravour. Vom Lerneifer besessen, konnte sie sogar eine Klasse überspringen. Was Julia an körperlicher Kraft fehlte, konnte sie mit geistiger Kraft ausgleichen.

Jetzt hatte sie schon ihr Abitur abgeschlossen. Die Fahrt nach Paris war der krönende Abschluss. In zehn Minuten würde er sein Töchterchen endlich wieder in die Arme nehmen können. In froher Erwartung fuhr er zur Schule. Der Bus musste eben angekommen sein. Nach und nach kamen die Schüler heraus, lachten und suchten ihre Gepäckstücke, die der Fahrer auslud. Wo war Julia? Er konnte sie nicht sehen. Was, wenn sie in Paris geblieben war? Am Telefon hatte sie voll Begeisterung von Paris erzählt. Wieder spürte er einen Stich in der Herzgegend.

"Hallo Papa", hörte er endlich die vertraute Stimme. Julia stand auf der obersten Stufe in der Bustür und winkte ihm zu.

Energisch bahnte er sich den Weg durch Koffer und Taschen. Voll Freude drückte er seine Tochter an sich. "Was bin ich froh, dass du wieder da bist."

"Ich auch, Papa. Lass uns gleich nach Hause fahren." Richard verstaute das Gepäck im Kofferraum. "Wo ist denn Berta?", erkundigte sich Julia. „Ich habe erwartet, dass sie mich hier mit den Worten empfängt: Kindchen, hast du in Frankreich nichts zu essen bekommen?"

Schmunzelnd startete er den Motor. "Auf diesen Satz musst du noch etwa zwei Stunden warten. Berta hatte einen Kuchen im Ofen, bevor ich losfuhr. Außerdem möchte sie noch Blumen in die Girlanden stecken." Er ahmte Bertas Stimme nach. "Das Kindchen muss doch gebührend empfangen werden."

"Girlanden? Das ist typisch Berta! Den Aufwand hätte sie sich sparen können. Mir wäre lieber, sie würde mich nicht mehr "Kindchen" nennen. In drei Monaten bin ich volljährig."

"Ich weiß, mein Schatz, aber Berta kann nicht aus ihrer Haut." Fragend sah er Julia an. "Hast du Hunger? Wir könnten erst etwas essen, bevor…"

"Nein. Ich möchte auf dem schnellsten Weg nach Hause", unterbrach sie ihn. "Bitte, Papa, erzähle mir, was mich dort alles erwartet."

"Lass dich einfach überraschen. Erzähle mir lieber, was du in Paris alles erlebt hast?"

Auf der Autobahn bis Stockach stand Julias Mund nicht still. Ihre Begeisterung kannte keine Grenzen.

"Schön, aber ich nehme an, du hast dich auch mal amüsiert. Oder waren deine Mitschüler auch nur auf dem Lerntrip?"

Julia winkte ab. "Die haben sich mehr auf das Nachtleben konzentriert. Die Jungs haben mich sogar verspottet, weil ich an den Gelagen nicht teilgenommen habe. Und während die Mädchen shoppen waren, war ich im Louvre. Du ahnst nicht, was ich dort alles zu sehen bekommen habe. Die Maler früher waren Genies. Ich konnte mich nicht satt sehen an den Gemälden und Kunstwerken."

"Sieh mal, Schätzchen", lenkte er sie ab. „Ist das nicht auch ein herrlicher Anblick?"

"Wir sind ja schon am Bodensee", freute sich Julia. "Gleich sind wir in Friedrichshafen. Bis nach Kressbronn ist es dann noch ein Katzensprung." Interessiert betrachtete Julia die Landschaft. Auf dem See tummelten sich große Schiffe und kleine Boote. "Papa, können wir gleich morgen auf dem Bodensee, hinüber in die Schweiz und zur Insel Mainau fahren?"

"Versprochen. Vorausgesetzt, das Wetter wird noch besser." Dass vor fünf Stunden dunkle Wolken über dem See hingen, jetzt aber zu Julias Empfang die Sonne vom

Himmel lachte, empfand er als gutes Omen. Für seine geliebte Tochter sollte immer die Sonne scheinen.

"Papa", riss ihn Julia aus seinen Gedanken, als sie nach links zeigte. "Diese Fähre legt sicher da drüben im Konstanzer Hafen an."

"Stimmt. Woher weißt du das?"

"Ich habe mich natürlich informiert. Konstanz ist eine Universitätsstadt!"

"Ja. Und da du dort studieren wirst, kannst du genug Schiff fahren." Es beruhigte ihn, dass Julia nicht widersprach. Diese Beruhigung dauerte allerdings nur ein paar Sekunden.

"Nein, Papa. Ich möchte nicht in Konstanz, sondern in Paris Malerei studieren. Nur in Paris kann ich das lernen, wovon ich schon lange träume." Sie holte tief Luft. "Bitte, Papa, erlaube es mir. Ich verspreche dir auch, dass ich dich oft besuche. Mit dem Flieger kann ich in ein paar Stunden hier sein. Bitte sag ja." Erwartungsvoll sah sie ihn an und erschrak. Auf seinem blassen Gesicht standen Schweißperlen und seine Hände lagen nicht auf dem Steuerrad, sondern auf seiner Brust. Er röchelte.

"Papa, was ist mit dir?" Ihre Frage ging in einem ohrenbetäubenden Krach unter. Den Baum, auf den sie zurasten, sah sie mit schreckgeweiteten Augen. Dann wurde es dunkel um sie.

2

Julias Lider waren schwer wie Blei. Nur mühsam konnte sie die Augen öffnen. Verwundert sah sie sich um. Der sterile Raum irritierte sie. Angestrengt dachte sie nach, doch die tausend Ameisen, die in ihrem Kopf kribbelten, wollten sie zu keinem klaren Gedanken kommen lassen. Sie hörte ein leises Summen an ihrem Kopfende. Um nachzusehen, woher dieses ungewöhnliche Geräusch kam, wollte sie sich auf ihre Arme stützen. Es gelang ihr nicht. Dafür sah sie den dünnen Schlauch, der von ihrem Handrücken zu einem Apparat führte. Demnach war sie verletzt. Was war geschehen? Nach und nach fiel ihr ein, dass sie mit Papa auf der Heimreise war. Der Baum! Ein Baum war auf sie zugerast. "Papa!", rief sie mit erstickter Stimme und fuhr hoch. "Papa, wo bist du?"

Zwei Arme tauchten auf und drückten sie auf das Kissen zurück. Julia wandte den Kopf, sah einen lindgrünen Kittel und ein fremdes Gesicht. Die Augen unter der Netzhaube sahen sie gütig an, und der Mund lächelte.

"Wer sind Sie?", hauchte sie schwach.

„Ich bin Schwester Christine."

„Bin ich im Krankenhaus?"

„Ja! Es wird alles wieder gut", sprach die Schwester beruhigend auf sie ein.

Sie fasste sich mit der freien Hand an den Kopf. "Der Baum. Wir hatten einen Unfall. Wo ist mein Papa?"

"Dem Papa geht es gut. Er hat die ganze Nacht an Ihrem Bett gesessen. Jetzt ist er müde und muss sich ausruhen."

"Papa muss sich aus…" Julia fiel sie wieder in einen tiefen Schlaf.

Schwester Christine nickte zufrieden. Bevor das schwerverletzte Mädchen die ganze Wahrheit erfuhr, musste sich ihr Befinden erst gebessert haben. Der Vater dieses Mädchens hatte nicht an ihrem Bett gesessen. Sein schwaches Herz hatte das nicht zugelassen. Herr Bernheim war zwar auf dem Weg der Besserung, doch es würden noch viele Tage vergehen, bis er seine Tochter besuchen konnte. Seit fünf Tagen rief er auf der Intensivstation an, um zu erfahren, wie es seiner Kleinen ging. Heute konnte sie dem besorgten Vater endlich berichten, dass seine Tochter, wenn auch nur kurz, aus dem Koma erwacht war.

Dr. Kramer kam auf sie zu. "Ist unser Sorgenkind immer noch nicht aufgewacht?"

"Doch! Leider nur kurz. Sie hat nach ihrem Vater gefragt!"

"Das ist ein gutes Zeichen! Wenn sie sich an ihren Vater erinnern kann, bedeutet das, dass der Unfall keinen bleibenden Schaden hinterlassen wird."

"Aber ihr Bein", bemerkte Schwester Christine, und folgte Doktor Kramer durch die Schwingtür. "Wird das arme Mädchen je wieder richtig gehen können?"

"Was ist das für eine Frage? Zweifeln Sie an den Fähigkeiten von Doktor Gerlach? Wir wissen doch alle, dass er ein ausgezeichneter Chirurg ist."

"Natürlich weiß ich das auch. Aber das Bein sieht nicht mehr nach Bein aus", rechtfertigte sie sich.

"Noch nicht", sagte Doktor Kramer. "Es wird auch Monate dauern, bis sie wieder gehen kann. Bis dahin werden wir dafür sorgen, dass es ihr an nichts fehlt."

Erleichtert trat Schwester Christine wieder an Julias Bett. Ihre Hand strich die Lockenpracht aus dem Gesicht des bedauernswerten Mädchens. Sentimentalitäten konnte sie sich in ihrem Beruf nicht erlauben. Täglich wurde sie mit verletzten Patienten konfrontiert, doch dieses zarte Wesen, das wie leblos in den Kissen lag, rührte ihr Herz. „Das Leben liegt noch vor dir, du musst kämpfen, dann schaffst du es."

Von der ersten Beinoperation hatte Julia nichts mitbekommen. Erst acht Stunden danach erwachte sie aus der Narkose. Sie fühlte eine Hand auf ihrer Wange. "Papa?"

"Nein, Kindchen. Ich bin es, Berta. Aber dein Papa wird gleich hier sein." Mit schmatzenden Küsschen bedeckte sie das zarte Gesicht und stammelte: "Was bin ich froh, dass es dir schon so gut geht." Sie wurde nicht mal rot bei dieser Lüge. "Wenn dein Papa gleich kommt, darfst du nicht erschrecken. Er hat sich bei dem Aufprall den Nacken gestaucht und muss eine Halskrause tragen. Das sieht schlimmer aus, als es ist. In zwei Tagen ist er das Ding los."

"Wirklich? Ist Papa nicht mehr passiert?"

"Nein", log Berta wieder. "Dein Papa verhandelt gerade mit der Klinikverwaltung, damit du heute noch auf ein schönes Privatzimmer verlegt werden kannst."

"Ich bin mit einem einfachen Zimmer zufrieden, wenn

ich nur endlich aus diesem sterilen Raum komme", sagte Julia.

Berta stemmte ihren massigen Körper aus dem Stuhl. "Ich habe dir dein Lieblingsessen mitgebracht, aber die Schwester hat mir den Korb abgenommen."

Julia lächelte. "Danke, Berta. Ich habe jetzt keinen Hunger."

"Du musst wieder zu Kräften kommen. Meine Hühnerbrühe hat dir doch schon als Kleinkind geschmeckt."

"Ich weiß, Berta", winkte Julia ab. "Erzähl mir lieber, wie..." Vor Erschöpfung konnte sie nicht weitersprechen.

"Das reicht für heute", scheuchte Schwester Christine die Besucherin aus der Intensivstation.

"Na gut. Aber ich komme morgen wieder", versicherte Berta. Sie war enttäuscht, dass sie Julia nicht erzählen konnte, was sie zu Hause alles erwartete. Berta zog den sterilen Kittel aus, nahm vor der Tür ihren Korb hoch und ging dem Seitentrakt zu. Wenigstens konnte sie Richard heute berichten, dass das Kindchen endlich mal mit ihr geredet hatte.

Richard Bernheim war nicht allein, als Berta sein Zimmer betrat. Ein Arzt horchte sein Herz ab. Missbilligend sah er sie an. "Bitte warten Sie draußen."

"Berta, warst du bei Julia?", rief ihr Richard zu.

"Ja. Sie war wach und hat nach dir gefragt."

"Dann möchte ich sofort zu ihr." Flehend sah er Dr. Gerlach an. „Ich muss mich persönlich davon überzeugen, dass es ihr gut geht."

"Morgen", versprach der Doktor. "Sie hatten heute einige anstrengende Untersuchungen. Morgen geht es Ihnen besser. Sie wollen doch nicht, dass Ihr Töchterchen sieht, wie schwach Sie sind. Mein Kollege, Dr. Kramer wird mich morgen anrufen, wenn Ihre Tochter wach ist. Schwester Irene wird Sie dann im Rollstuhl vor die Intensivstation fahren." Er reichte ihm die Hand. "Versprochen." Dr. Gerlach steckte sein Stethoskop ein und wandte sich an Berta. "Kommen Sie morgen wieder. Herr Bernheim braucht dringend Ruhe."

„Aber ich wollte ihm..."
Was Berta wollte, hörte Richard nicht mehr. Resolut hatte der Doktor sie aus der Tür geschoben.

3

Erst gegen Abend erwachte Julia. Benommen sah sie sich um. Ein befreites Lächeln huschte über ihr Gesicht. Sie lag nicht mehr in dem kahlen Raum, sondern in einem schönen Zimmer. Ihre Blicke wanderten vom Fenster zu den Wänden, an denen Bilder in dezenten Farben hingen. Auf dem kleinen Tisch in der Ecke standen zwei Blumensträußchen und von der Decke hing ein Fernseher. Berta hatte ihr verraten, dass sie von ihrem Zimmer aus den Bodensee sehen konnte. Diesen Anblick wollte sie gleich genießen. Sie schob das Deckbett von sich und wollte das Fenster öffnen als sie einen Schmerz an ihrem Handrücken verspürte. Enttäuscht, dass sie noch immer mit einem Apparat verbunden war, ließ sie sich aufs Kissen zurückfallen. Um sich den Unfall in Erinnerung zu rufen, strich sie sich über die Stirn. Statt des Verbandes, an den sie sich erinnerte, klebte jetzt ein kleines Pflaster an ihrer Schläfe. Langsam kam die Erinnerung. Papa hatte sie in Stuttgart nach ihrer Parisreise von der Schule abgeholt. Sie waren in ihrem neuen Zuhause aber nicht angekommen. Der Baum!
Ihr fiel ein, dass Papas Hände nicht am Steuer, sondern auf seiner Brust lagen. Das bedeutete, dass er Probleme mit seinem Herz hatte. War er deshalb von der Fahrbahn abgekommen und gegen den Baum geprallt? Entsetzt richtet sie sich auf. Ihr Vater musste schwerer verletzt sein als sie, sonst wäre er jetzt bei ihr. Den Gedanken, dass er den Unfall nicht überlebt hatte, wollte sie nicht aufkommen lassen. Berta hatte ihr versichert, dass es ihm gut ging und Berta konnte nicht lügen. Aber warum war er dann nicht bei ihr?
Noch während sie nachgrübelte trat ein Arzt an ihr Bett. "Ich bin Doktor Kramer. Wie fühlen Sie sich?"

"Gut. Ich habe nicht mal gemerkt, dass man mich in dieses schöne Zimmer verlegt hat." Dankbar lächelte sie den Arzt an. "Warum besucht mich mein Papa nicht?"

"Er war schon ein paar Mal bei Ihnen. Sie haben es wohl nicht bemerkt, weil Sie geschlafen haben."

"Können Sie ihm gleich sagen, dass ich jetzt wach bin?" Gespannt sah sie Doktor Kramer an, der sich abwandte, um die Infusion zu erneuern. "Herr Doktor, Sie verschweigen mir etwas. Was ist mit meinem Papa? Er hat sich, bevor er auf den Baum zuraste, ans Herz gegriffen. Sein Gesicht war kalkweiß. Hatte er einen Herzanfall?"

"Ja. Aber dank des Rettungswagens, der schon sechs Minuten später am Unfallort war, konnte der Notarzt die richtigen Maßnahmen ergreifen. Ihrem Vater geht es gut. Er muss sich nur noch ein paar Tage schonen. Doktor Gerlach wird ihm aber erlauben, Sie morgen zu besuchen."

"Ich möchte mich selbst davon überzeugen. Kann ich gleich zu ihm?", bettelte Julia.

"Nein. Sie haben ein verletztes Bein, das noch nicht belastet werden darf."

"Ist es gebrochen?" Mit ihrer freien Hand griff sie unter ihr Deckbett und fühlte einen Verband. "Das ist doch kein Gips! Was ist mit meinem Bein?"

"Es wurde bei dem Aufprall eingeklemmt. Sie müssen sich aber keine Sorgen machen. Wir kriegen auch das wieder hin."

Julia winkte ab. "Das nehme ich in Kauf. Die Hauptsache ist, meinem Papa geht es besser."

Um seiner Patientin nicht zu zeigen, wie besorgt er war, ging er zur Tür. "Da Sie gute Fortschritte gemacht haben, bekommen Sie heute ein leichtes Abendessen. Ich sehe morgen wieder nach Ihnen. Gute Nacht." Sacht drückte er die Tür hinter sich zu.

Kaum war der Doktor gegangen, schob sie das Deckbett zur Seite. Ihr rechtes Bein steckte vom Oberschenkel bis zur Ferse in einem dicken Verband.

Vergebens versuchte sie, ihre Zehen zu bewegen. Es tat sich nichts. So sehr sie sich auch abmühte, sie spürte nichts. Ihr war, als ob das Bein nicht zu ihrem Körper gehörte.

Als an ihrer Tür geklopft wurde, deckte sie sich zu und rief in froher Erwartung: „Herein." Ein junges Mädchen kam mit einem Tablett herein.

"Guten Abend, Fräulein Bernheim. Ich bin Schwester Gabi." Sie klappte die Platte am Nachttisch herunter und stellte das Tablett mit dem Essen darauf. Danach stellte sie die Rückenlehne am Bett hoch. "Guten Appetit."

Enttäuscht sah Julia auf die Schwester, die ihr Zimmer gleich wieder verlassen wollte. "Halt", rief sie. "Verraten Sie mir, was heute für ein Tag ist?"

"Freitag."

"Sind Sie sicher?" Julia sah sie ungläubig an. „Der Unfall war aber schon am vergangenen Sonntag."

Schwester Gabi wollte dem netten Mädchen schon verraten, dass sie noch eine Woche dazurechnen musste, unterließ es aber. Sie wollte die Patientin nicht verwirren. Das überließ sie Doktor Kramer. "Ich muss weiter, sonst gibt's einen Rüffel von der Oberschwester. Das leere Geschirr hole ich später."

Ohne richtigen Appetit, stocherte Julia in dem Essen. Nach ein paar Bissen schob sie die Platte von sich. Es klopfte wieder.

Berta kam mit einer Reisetasche herein. "Kindchen, heute kann ich mal ausgiebiger mit dir reden." Liebevoll drückte sie Julia an sich. "Wie geht es dir?"

"Gut. Aber was ist mit Papa? Warum hast du ihn nicht mitgebracht?"

"Er kommt gleich." Aus der Reisetasche zog sie Wäsche und duftige Nachthemden. "Sieh mal, was ich für dich habe. Ab heute darfst du deine eigenen Sachen tragen. Vorher möchte ich dich waschen und kämmen."

Julia wusste, dass ein Protest nichts nützen würde und ließ es geschehen. Danach fühlte sie sich doch wohler.

Während Berta ihre langen Locken bürstete, schimpfte sie über das Personal. Sie deutete auf das Essen und schüttelte den Kopf. "Damit kannst du doch nicht zu Kräften kommen. Morgen schmuggle ich dir dein Lieblingsessen herein. Ab jetzt brauchst du keine künstliche Ernährung mehr. Ich werde schon dafür sorgen, dass du bald nach Hause darfst. Schade ist nur, dass du nicht sehen konntest, was ich alles zu deinem Empfang vorbereitet hatte."

"Ich kann es mir vorstellen. Du warst sicher sehr enttäuscht, dass wir nicht heimgekommen sind."

"Enttäuscht ist gar kein Ausdruck. Ich war außer mir vor Sorge. Als dann ein Polizist klingelte, wusste ich sofort, dass etwas passiert sein musste. Zum Glück hat der Beamte, der den Unfall aufgenommen hat, Richards Papiere mit der neuen Adresse in seiner Brieftasche gefunden. Er hat mich danach gleich ins Krankenhaus gefahren. Ich durfte aber nicht sofort zu euch. Die ganze Nacht habe ich auf dem Krankenhausflur verbracht und für euch gebetet."

"Mein Engelchen!" Richard Bernheim kam herein. Er steuerte auf Julias Bett zu und nahm sie liebevoll in die Arme. Seine Küsschen, mit denen er ihr ganzes Gesicht bedeckte, woll-ten kein Ende nehmen. "Mein Liebling, meine Prinzessin, mein Ein und Alles. Es tut mir so leid, dass du durch meine Schuld verletzt worden bist."

"Papa, bitte. Es war nicht deine Schuld, sondern meine", winkte Julia ab. "Ich hätte dir eine Fahrpause gönnen müssen. Stattdessen wollte ich so schnell wie möglich mein neues Zuhause sehen."

Energisch ging Berta dazwischen. "Ihr beiden hört sofort auf, euch gegenseitig Vorwürfe zu machen. Dankt Gott, dass ihr mit dem Leben davon gekommen seid."

Richard nahm seine Tochter wieder in die Arme. So musste er ihr nicht in die Augen sehen, als er stammelte: "Kleines, dein Bein ist bei dem Aufprall mit dem Baum eingeklemmt worden. Du wirst noch ein paar Wochen hier bleiben müssen."

Julia machte sich aus den Armen ihres Vaters frei. "Papa, das nehme ich in Kauf. Wichtig ist, dass dir nicht mehr passiert ist." Sie zeigte auf seine Halskrause.

"Das lästige Ding bin ich vielleicht morgen schon los. Und damit du dir keine unnötigen Sorgen um mich machst: Ich versichere dir, dass mein Herz wieder stabil ist."

"Das ist gut. Aber dein schöner Wagen hat sicher auch etwas abbekommen."

"Der ist schrottreif", verkündete Berta. "Aber was ist schon ein Haufen Blech gegen euer Leben?"

"Da muss ich Berta Recht geben. Ein Auto kann man ersetzten. Aber dich, mein Liebling, nicht!" Zärtlich strich Richard ihr die Locken aus dem Gesicht.

Als Oberschwester Edelgard nach einer Stunde die Besucher bat zu gehen, musste Julia krampfhaft die Tränen zurückhalten. Nur unter Protest verließ Berta Julias Zimmer, versprach aber, am nächsten Tag wieder zu kommen. Liebevoll strich Richard seinem Töchterchen über die Wangen. "Ich sehe morgen, gleich nach dem Frühstück nach dir. Also, schlaf gut mein Engel."

Julia konnte lange nicht einschlafen. Zu viele Gedanken schwirrten durch ihren Kopf. Ob ihr Bein wohl wieder so werden würde wie es war? Wenigsten war ihrem Papa nicht mehr passiert, sonst hätte sie sich bis an ihr Lebensende Vorwürfe gemacht. Irgendwann schlief sie dann doch ein.

Lächelnd trat Oberschwester Edelgard am nächsten Morgen an Julias Bett. "Na, haben Sie gut geschlafen?"

"Nein. Mein Bein hat die ganze Zeit gepocht!"

"Das ist ein gutes Zeichen. Das bedeutet, dass es bald wieder bewegungsfähig ist. Sie dürfen auf Anordnung des Chefarztes nach dem Frühstück für eine halbe Stunde das Bett verlassen, damit Ihr Kreislauf in Schwung kommt."

"Prima. Kann ich mein Bein denn schon belasten?"

"Nein. Das wäre noch zu früh. Andreas bringt Ihnen

einen Rollstuhl und fährt Sie heute erst mal auf dem Flur hin und her."

"Kann er mich nicht nach draußen bringen? Es ist so schönes Wetter", bettelte Julia.

"Heute noch nicht. Sie müssen Geduld haben."

Nach dem Frühstück, das Julia nicht mal zur Hälfte bezwang, fieberte sie der Ausfahrt entgegen. Ihre Geduld wurde auf eine harte Probe gestellt. Erst eine Stunde später kam ein junger Pfleger mit einem Rollstuhl. "Taxi gefällig? Chauffeur Andi steht zu Diensten." Er hob das Mädchen in das Gefährt, legte eine leichte Wolldecke über ihre Beine und schob sie durch die Tür. Knapp zehn Minuten später kam die Oberschwester angerannt, deutete auf die rote Lampe, die über einer Tür aufleuchtete und rief: „Notfall!"

"Oh, dann müssen wir das Rennen verschieben. Der Notfall hat Vorrang. " Hinter der Oberschwester rannte Andreas den Flur entlang. Enttäuscht sah Julia ihm nach. Sie hatte sich schon so auf die Ausfahrt gefreut. Mit beiden Händen griff sie in die Räder. Der Rollstuhl bewegte sich. Voll Freude, dass sie es allein schaffte, fuhr sie den langen, glänzenden Flur entlang, wendete und fuhr zurück. Auf halbem Weg schmerzten ihre Arme so sehr, dass sie eine Pause einlegen musste. Ihr wurde bewusst, dass sie in Zukunft das Essen nicht mehr ablehnen durfte. Aber sie konnte im Bett Übungen mit den Armen machen. Wenn sie fleißig trainierte, war sie nicht mehr auf fremde Hilfe angewiesen. Mit zusammengebissenen Zähnen schob sie sich zu ihrem Zimmer. Noch bevor sie es erreichte, kam Pfleger Andreas zurück.

"Bravo! Wenn du den langen Flur zurück geschafft hast, reicht es für heute. Ich bringe dich jetzt ins Bett. Morgen um dieselbe Zeit hole ich dich wieder ab." Andreas nahm das federleichte Mädchen auf seine Arme, legte sie aufs Bett und deckte sie fürsorglich zu.

Berta freute sich beim Besuch um die Mittagszeit, dass Julia ihre mitgebrachten Speisen nicht verschmähte. Auch Richard staunte mit welchem Appetit Julia alles

aufaß und mit welcher Konzentration sie Armübungen machte.
"Ich möchte so schnell wie möglich allein mit dem Rollstuhl bis in den Park fahren können."
"Deshalb musst du dich nicht quälen. Ich werde veranlassen, dass du einen elektrischen Rollstuhl bekommst", versprach Richard.
"Nein, Papa. Bis ich den Rollstuhl nicht mehr brauche und an Krücken gehen kann, müssen meine Arme so stabil sein, dass ich mich allein fortbewegen kann."
"Unser Kindchen hat recht." Berta strahlte Julia an. "Du warst schon immer eine Kämpferin."

Mit jedem weiteren Tag durfte Julia länger ihr Bett verlassen. Auf diese Zeit freute sie sich immer mehr. Die Krankenhausflure, die sie jetzt allein bewältigte, kannte sie schon zu Genüge. "Wann darf ich endlich in den Park?", fragte sie Doktor Kramer, der aus einem Zimmer kam.
"Wenn es morgen nicht regnet, wird eine Schwester Sie begleiten."
"Ich brauche kein Kindermädchen. Sehen Sie mal, wie gut ich mit meinem Taxi schon umgehen kann." Gekonnt griff sie in die Räder, drehte sich ein paar Mal im Kreis und sauste den Flur entlang.
Bewundernd sah Doktor Kramer ihr nach. Dass in dem zarten Persönchen so viel Energie steckte, hätte er nicht für möglich gehalten. Sogar nach der dritten Beinoperation, die über sechs Stunden gedauert hatte, war die Kleine voller Optimismus. Sie befolgte alle Anordnungen, ließ ohne sich zu beklagen, die schmerzhaften Therapien über sich ergehen und freute sich, wenn sie Fortschritte machte.
Täglich bekam Julia von ihrem Vater oder von Berta kleine Geschenke, die sie gleich an das Personal weitergab. "Hört auf, mich zu verwöhnen. Bringt mir lieber meine Zeichenmappe und Farben. Ich möchte endlich

etwas Kreatives tun. Wenn ich noch lange untätig hier sitzen muss, werde ich unausstehlich."

"Aber du musst dich noch schonen", wetterte Berta. "Dein Bein ist noch nicht ausgeheilt."

"Ich male mit der Hand und nicht mit dem kranken Bein. Außerdem lenkt mich das Malen ab."

"Gut, mein Schatz. Ich bringe dir morgen alles mit", versprach ihr Vater, bevor er sich verabschiedete. Gerne wäre er noch länger geblieben, doch Doktor Gerlach wollte ihn nachher nochmals durchchecken, bevor er entlassen wurde.

4

Die Augustsonne brannte unbarmherzig vom Himmel. Heike Herbst steuerte auf eine Parkbank zu, die unter einem Kastanienbaum im Klinikpark stand und setzte sich. Hier fühlte sie sich wohler, als in dem dämpfigen Zimmer, das sie mit drei älteren Frauen teilen musste. Zum Glück wurde sie morgen entlassen. Ihre Blinddarmnarbe war gut verheilt. Patienten und Besucher gingen die Kieswege entlang. Auch sie suchten ein schattiges Plätzchen. Sie wunderte sich allerdings, dass sich niemand zu ihr setzte. Meist wurde sie von den Männern umschwärmt. Nur ein dicker Spatz pickte die Kekskrümel zu ihren Füssen auf. Er hüpfte weiter zu dem Rollstuhl, in dem ein junges Mädchen saß, das malte. Mitleidvoll sah sie von den verhüllten Beinen zu dem aparten Gesicht, dessen Blicke von dem nahen Strauch zu ihrem Zeichenblock wanderten. Was sie wohl malt? Ihre Gedanken wurden unterbrochen von dem zaghaften Aufschrei: "Oh nein."

Das Mädchen sah dem Stift nach, der ihr vom Schoss gekullert war. Heikes Augen weiteten sich vor Schreck, als sich die Kleine nach vorn beugte. "Warte!" rief sie ihr zu und eilte auf den Rollstuhl zu, hob den Farbstift auf und reichte ihn dem Mädchen.

"Vielen Dank." Julia sah hoch.

"Du bist aber fleißig. Darf ich mal sehen?"

Julia mochte es nicht, wenn man ihre Entwürfe betrachtete, bevor sie fertig waren. Sie konnte aber nicht verhindern, dass die fremde Dame ihr den Zeichenblock aus den Händen nahm.

"Das ist unglaublich. Du bist ja eine richtige Künstlerin. Diese Schmetterlinge hast du naturgetreu gemalt. Es hat den Anschein, als würden sie gleich davonfliegen. Wenn du mit der Schule fertig bist..."

"Ich habe das Abitur bereits hinter mir", unterbrach Julia die Fremde.

"Wirklich? Du siehst viel jünger aus."

"Im September werde ich Achtzehn."

"Dann entschuldige, dass ich dich geduzt habe." Heike streckte dem Mädchen die Hand hin. "Ich heiße Heike. Auch wenn ich fünfzehn Jahre älter bin als du, können wir uns gegenseitig duzen. Einverstanden?"

Julia war es nicht gewohnt, so schnell Bekanntschaft zu schließen, drückte aber die dargebotene Hand. "Ich bin Julia."

Heike gab ihr den Block zurück. "Du bist sehr begabt. Dieses Talent musst du nutzen. Hast du schon einen Studienplatz in Aussicht?"

„Ich möchte auf keine Kunstakademie. Dort wäre ich nur mitleidigen Blicken ausgesetzt."

„Hattest du einen Unfall?"

„Ja, dabei wurde mein rechtes Bein zerquetscht."

„Das tut mir leid. Aber deine rechte Hand ist intakt. Du musst unbedingt weiterhin malen. Hast du noch mehr von diesen schönen Bildern?"

„Meine Mappe ist voll davon. In den letzten Wochen hatte ich viel Zeit. Verlange jetzt nicht von mir, dass ich sie dir zeige. Meine Bilder sind noch sehr stümperhaft."

„Trotzdem würde ich sie mir gerne mal ansehen. Darf ich dich auf deinem Zimmer besuchen?"

„Wenn du willst. Du findest mich im Seitentrakt auf Zimmer 401."

Heikes Augenbrauen zogen sich in die Höhe. „Der

Seitentrakt ist doch nur für Privatpatienten."

„Auch für Besucher", lächelte Julia matt.

„Dann komme ich dich noch heute besuchen. Ich finde dich sehr nett und möchte noch viel mehr von dir erfahren."

Was Heike alles erfahren wollte, ging in der Begrüßung unter, als ein gut gekleideter Herr eilends auf Julia zukam.

„Hallo, mein Engel. Ich habe mir schon gedacht, dass du bei diesem herrlichen Wetter nicht im Zimmer bist." Liebevoll umarmte er Julia.

„Hallo, Papa." Strahlend erwiderte sie die Umarmung und zeigte neben sich. „Darf ich dir Heike vorstellen? Sie hat mir Gesellschaft geleistet."

Bewundernd sah Heike den attraktiven Mann an. Als er ihr die Hand entgegenstreckte, fiel ihr die goldene Armbanduhr auf. Die Uhr musste ein Vermögen wert sein. „Bernheim", vernahm sie seine sonore Stimme. Bevor sie ihren Namen nennen konnte, löste er die Bremsen an Julias Rollstuhl. „Sie entschuldigen uns." Julia konnte ihr nur noch zurufen: „Bis später, Heike."

Außer Hörweite beugte sich Richard über seine Tochter. „Hast du gesehen, wie mich diese Heike taxiert hat?"

„Ach, Papa, du siehst mal wieder Gespenster. Heike imponiert mir. Sie ist ganz anders als die albernen Gänse aus meiner Schulzeit. Außerdem hat sie mir Mut gemacht. Sie ist der Meinung, dass ich Talent habe."

„Das bin ich auch. Bis dahin musst du aber erst ganz gesund werden."

Enttäuscht sah Heike dem attraktiven Mann nach, der sie kaum zur Kenntnis genommen hatte. Dafür würde sich seine Tochter an sie erinnern. Diesen Goldfisch durfte sie nicht aus den Augen verlieren. Um Julia nicht mit leeren Händen zu besuchen, eilte sie in die Stadt.

Ohne das „Herein" abzuwarten, trat sie zwei Stunden später in Julias Krankenzimmer. „Hallo, meine Liebe. Sieh mal, was ich dir mitgebracht habe." Auf der Bettdecke stülpte sie den Inhalt der Tüte aus. „Du siehst so blass aus, da dachte ich, etwas Farbe in deinem Gesicht kann nicht schaden." Erschrocken fuhr sie herum, als eine alte Frau mit einer Blumenvase aus dem Bad kam. „Mein Kindchen braucht keine Schminke."

„Berta, das ist Heike, von der ich dir schon erzählt habe", stellte Julia sie vor.

Kopfschüttelnd sah Berta von den Stöckelschuhen zu dem stark geschminkten Gesicht der Besucherin. Sie stellte die Blumen ab und sammelte die Utensilien ein. „Das können Sie wieder mitnehmen." Mit zwei Fingern hielt sie Heike die Tüte hin.

„Aber Berta", protestierte Julia. „Heike hat es doch gut gemeint. Ich freue mich über ihren Besuch."

„Für Besuch hast du jetzt keine Zeit. Du musst gleich zur Therapie."

„Das stimmt leider", bestätigte Julia. „Gib mir deine Telefonnummer. Ich ruf dich an, wenn ich mehr Zeit habe."

Während Heike die Nummer auf einen Zettel schrieb, betrachtete Berta den Minirock der Besucherin. Es gefiel ihr nicht, dass die Frau Julia auf beide Wangen küsste. Noch weniger gefiel ihr, dass sie versprach, wiederzukommen.

„Was will die Aufgetakelte von dir, Kindchen? Die ist kein Umgang für dich."

Julias Stimme wurde laut. „Woher willst du das wissen? Du kennst Heike doch nicht richtig."

„Mein gesunder Menschenverstand sagt mir aber, dass sie ein Luder ist."

„Berta, es reicht", rief Julia noch lauter.

„Na, na, was sind denn das für ungewöhnliche Töne?", erkundigte Andreas, der Julia zur Therapie abholte. „Was ist denn dir für eine Laus über die Leber gelaufen?"

„Die Laus habe ich eben verscheucht", sagte Berta.

„Papa soll mir morgen bitte neues Zeichenpapier mitbringen", rief Julia der noch immer empörten Berta zu, bevor Andreas sie durch die Tür schob.

Dunkle Wolken bedeckten den Himmel, als Julia eine Stunde später aus dem Fenster schaute. Ein Gewitter näherte sich mit lautem Donner. Bei jedem Blitz zuckte sie zusammen. Dicke Regentropfen klatschten gegen die Scheibe. Trotzdem hörte sie das Klopfen an ihrer Tür. Gespannt, wer sie bei diesem Unwetter besuchen wollte, rief sie laut: „Herein."

Mit einem riesigen Blumenstrauß begrüßte Paul Weigand sein Patenkind. „Hallo, Sternchen, wie geht es dir?" Liebevoll nahm er sie in die Arme. „Entschuldige, dass ich dich erst heute besuchen komme. Ich war bei Peter in Los Angeles. Als ich heute zurückkam, habe ich gleich in der Villa angerufen und von Berta erfahren, was passiert ist. Hast du Schmerzen?"

„Nein. Mir geht es schon wieder so gut, dass ich Bäume ausreißen könnte." Demonstrativ streckte sie beide Arme aus. Sie bemerkte erst, dass ihr die Mappe vom Schoss rutschte, als sie auf den Boden klatschte. Ihre Zeichnungen breiteten sich fächerförmig auf dem Fußboden aus.

Sie konnte nicht verhindern, dass Onkel Paul die Zeichnungen beim Aufsammeln betrachtete. „Bitte lache nicht über meine dilettantische Malerei", bat sie ihn.

„Dilettantisch? Deine Bilder sind großartig!"

„Das sagst du nur, weil du voreingenommen bist."

„Nein. Deine Bilder sind etwas Besonderes. Darf ich sie mitnehmen und meinem Schulfreund Heinrich zeigen? Er hat einen Verlag in Köln. Gleich morgen fahre ich zu ihm und zeige ihm deine Werke."

„Damit blamierst du dich nur", wehrte Julia ab. „Spar dir die weite Reise."

„Heinrich hat mich schon oft eingeladen. Jetzt habe ich die Gelegenheit, endlich seinen Verlag zu besichtigen." Eine halbe Stunde später verabschiedete er sich. „Es wird eine Woche dauern, bis ich zurück bin. Bis dahin mach´s gut, Sternchen." Liebevoll nahm er sie in die Arme, bevor er das Zimmer verließ.

Julia zog den Rollstuhl neben ihr Bett. So gelang es ihr, ohne Hilfe ins Bett zu kriechen. Stolz lächelte sie, weil sie es allein geschafft hatte. Onkel Pauls Worte gingen ihr nicht aus dem Sinn. Ob der Verleger ihre Bilder wirklich für so gut hielt, dass sie verwendbar waren? Sie wollte sich keine falschen Hoffnungen machen. Zunächst musste sie morgen erst mal das Gehen auf zwei Stöcken üben.

Richard Bernheim strahlte, als ihm seine Tochter am nächsten Nachmittag statt im Rollstuhl, auf zwei Krücken entgegen kam.

„Na, was sagst du zu meiner neuen Errungenschaft?"

„Du bist großartig, Prinzessin, aber so warst du schon immer. Wenn du dir etwas in den Kopf setzt, erreichst du es auch." Bewundernd sah er zu, wie geschickt sie auf ihr Zimmer zusteuerte. „Geh langsamer", mahnte er. „Du musst dich noch schonen."

„Nein, Papa. Ich muss Fortschritte machen. Je eher ich gut gehen kann, desto früher werde ich entlassen."

„Eine Woche wirst du dich noch gedulden müssen. Bis dahin ist dein Schwimmbad fertig."

„Berta hat mir erzählt, dass du ein Stück vom Park hast ausbaggern lassen, um mir die Möglichkeit zu bieten, täglich zu schwimmen. Nur weil Doktor Kramer mir eine tägliche Wassergymnastik verordnet hat, hättest du dich nicht in so große Unkosten stürzen müssen."

„Liebling, für dich ist mir nichts zu teuer. Du warst in den vergangenen zehn Wochen sehr tapfer. Du hast drei Operationen, viele Schmerzen erleiden und unzähligen Therapien über dich ergehen lassen müssen. Deine Geduld musste ich belohnen. Wenn du im Pool deine Übungen machst, wirst du bald keine Gehstöcke mehr brauchen."

„Das ist mein größter Wunsch, deshalb werde ich üben und noch mal üben."

„Ich wette, an deinem Geburtstag kannst du sogar tanzen. Die jungen Männer werden Schlange stehen."

„Nein, Papa, ich möchte nur mit dir und Berta meine Volljährigkeit feiern, weil ich es nicht ertragen kann, dass man mich bemitleidet."

"Das wird niemand tun. Ich bin überzeugt, dass bei deinem Fest in drei Wochen kein Mensch mehr merkt, dass du einen Unfall hattest."

„Wen willst du einladen? Ich kenne doch niemand."

„Du kennst aber das Pflegepersonal. Alle haben schon zugesagt, mit dir zu feiern."

Was sollte Julia darauf antworten?

5

Vier Tage später trat Paul Weigand aus dem Lift und traute seinen Augen nicht. Julia kam ihm mit nur einem Gehstock entgegen.

„Hallo, Onkel Paul. Was sagst du zu meinen Fortschritten? Ist das eine Überraschung?"

„Ich bin sprachlos. Dass du den Rollstuhl nicht mehr brauchst, zeigt mir, welch eisernen Willen du hast."

„Ich habe auch fleißig geübt, weil ich so schnell wie möglich wieder auf meinen eigenen Beinen gehen möchte." Stolz ging sie vor ihm in ihr Zimmer.

„Ich habe auch eine Überraschung für dich." Aus seiner Brusttasche zog er einen Umschlag. „Dein erstes Honorar."

„Honorar?" Julia zog die Augenbrauen hoch. „Wofür?"

„Für die Bilder, die du gemalt hast. Heinrich war auf Anhieb begeistert. Zu den zehn musst du noch zwei nachliefern, denn er möchte einen Kalender davon drucken."

Ungläubig sah sie zu ihm hoch. „Onkel Paul, was hast du ihm dafür bezahlt, dass er meine Bilder annimmt?"

„Gar nichts." Paul hob seine rechte Hand. „Ich schwör dir, ich habe Heinrich nicht verraten, dass du mein Patenkind bist. Ich habe ihm nur gesagt, dass die Künstlerin eine junge Dame ist."

„Und er hat... er möchte meine Bilder wirklich?"

Wieder hob Paul die Hand. „Nicht nur deine Blumenbilder. Auch der Bauernhof hat es ihm angetan. Deshalb hat er Frau Kaiser aus der Kinderbuchabteilung in sein Büro kommen lassen. Frau Kaiser war nicht nur von den vielen Hoftieren begeistert, auch von den Vierzeilern, die du in Reimform darunter geschrieben hast."

Ungläubig sah Julia wieder hoch. „Machst du wirklich keine Scherze mit mir?"

„Nein. Frau Kaiser ist eine Expertin auf dem Gebiet. Sie meint, du hast genau das getroffen, was Kinder sehen und lesen wollen. Sie möchte, dass du ihr noch mehr davon lieferst."

Julia konnte es nicht fassen. „Da muss doch irgendwo ein Haken sein. Warum gibt mir diese Frau Kaiser so eine Chance? Etwa aus Mitleid?"

„Nein, sie weiß nichts von dir und dem Unfall. Sie ist aber der Überzeugung, dass du ein Naturtalent bist."

„Ich komme mir vor wie im Märchen", stammelte Julia. „Ich habe in den letzten Tagen Elfen und Zwerge gemalt und dazu eine passende Geschichte geschrieben. Ob Frau Kaiser auch an einem Märchenbuch interessiert ist?"

„Davon gehe ich aus. Zeigst du mir dein neues Werk?"

Julia zeigte auf eine Mappe, die auf dem Tisch lag. Paul blätterte darin. „Unglaublich wie zart die Elfen über die Wiese tanzen. Und diesem Kobold kann man ansehen, dass er einen Streich ausgeheckt hat. Was hat er angestellt? Darf ich den Text dazu lesen?"

„Er ist noch nicht fertig. Lass mir ein paar Tage Zeit. Ich möchte noch mehr schreiben, damit Frau Kaiser eine Auswahl hat."

„Ich komme bald wieder. Bis dahin wünsche ich dir frohes Schaffen." Liebevoll drückte er Julia an sich, bevor er die Tür hinter sich schloss. Schwester Gaby brachte das Abendessen, doch Julia konnte vor Aufregung nichts essen. Sie riss den Umschlag auf und starrte auf den Scheck der dem freundlichen Schreiben beigefügt war. Als Schwester Gaby das Geschirr abholte, saß Julia am Tisch und malte. Erst spät legte sie sich ins Bett. Sie war so aufgeregt, dass sie lange nicht einschlafen konnte. Doch dann träumte sie von Elfen und Kobolden.

Berta sah bestürzt in Julias übernächtigte Augen. „Hast du schon wieder die halbe Nacht gemalt und geschrieben? Kindchen, denk an deine Gesundheit?" Unsanft stieß sie Julia an. „Hörst du mir überhaupt zu? Seit sechs Tagen predige ich dir schon, dass du dich nicht übernehmen darfst. Dich interessiert das wohl nicht?"

„Dich interessiert auch nicht, dass ich von einem bedeutenden Verlag einen Vertrag bekommen habe. Statt dich mit mir zu freuen, meckerst du nur herum."

Berta ging auf Richard zu, der am Tisch Julias Text durchlas. „Richard, du musst endlich ein Machtwort sprechen. Unser Kindchen hat nur Flausen im Kopf."

„Willst du den Vertrag wirklich unterschreiben?", fragte Richard seine Tochter.

„So eine Chance kann ich mir nicht entgehen lassen."

„Was wird dann aus deinen Plänen, in Paris Kunstgeschichte zu studieren?"

Julia klopfte auf ihr verletztes Bein. „Die Pläne habe ich begraben. Wenn du mir zu Hause eine Ecke einräumst in der ich malen und schreiben kann, bin ich zufrieden."

Das war mehr, als sich Richard erträumen konnte. Seine Tochter wollte nicht mehr fort. Vor Freude umarmte er auch Berta. „Wir zwei werden unserem Engel jeden Wunsch erfüllen."

6

Das Klinikpersonal verabschiedete sich mit vielen guten Wünschen, als Julia nach drei Monaten entlassen wurde. Während Richard Bernheim das Gepäck im Kofferraum verstaute, betrachtete Julia den neuen Wagen ihres Vaters. „Darfst du denn schon wieder fahren?"

„Ja, nur weite Reisen werde ich in Zukunft nicht

machen." Fürsorglich half ihr Vater ihr beim Einsteigen.

Julia genoss die Strecke von Friedrichshafen bis Kressbronn. Fasziniert sah sie über den See, dabei vergaß sie ihr verletztes Bein.

Vor einem großen Tor, das sich wie von Geisterhand öffnete und sich hinter ihnen wieder schloss, fuhr ihr Vater vor eine Doppelgarage. Erwartungsvoll stieg Julia aus. Ihre Blicke schweiften von der massiven Eingangstür, die mit Girlanden bekränzt war zu Berta, die ihr mit ausgestreckten Armen entgegen kam.

„Endlich, Kindchen." Stürmisch drückte sie Julia an ihre mächtige Brust. „Herzlich willkommen. Was bin ich froh, dass du endlich hier Einzug halten kannst." Um nicht zu ersticken, machte sich Julia frei und breitete die Arme aus. „Ich bin zu Hause."

„Komm, auf der Terrasse ist der Tisch schon gedeckt."

Julia blieb erst mal stehen. Mit angehaltenem Atem sah sie an der Villa hoch.

„Na, mein Engel, gefällt dir dein neues Zuhause?", fragte ihr Vater, als er mit ihrem Gepäck neben ihr stand.

„Ich bin sprachlos." Den Kopf im Nacken sah sie zu den beiden Türmchen hinauf. „Das ist ja ein Märchenschloss!"

„Genau richtig für meine Prinzessin. In diesen Türmchen findest du dein eigenes Reich."

„Das möchte ich mir sofort ansehen."

„Halt." Berta hielt sie am Arm fest. „Du kommst zuerst auf die Terrasse, sonst läuft mir die Eistorte weg."

In der riesigen Wohnhalle blieb Julia erst mal stehen. Die wertvollen Teppiche und antiken Möbel waren ihr aus der alten Wohnung vertraut. Hier kamen sie aber viel mehr zur Geltung. Der offene Kamin, gab der Wohnhalle ein gewisses Flair. Überwältigt sah sie sich um und deutete zu der Treppe. „Ich finde einfach keine Worte."

„Dann wird dir die Terrasse auch gefallen. Der Park ist mit dem staubigen Hinterhof in Stuttgart nicht zu vergleichen." Resolut zog Berta sie nach draußen. „Setz dich, Kindchen."

Julia konnte sich nicht sofort auf die mit dicken Polstern bedeckten Gartenmöbel setzen. Ihre Augen wanderten von der Hollywoodschaukel zum Grillkamin über den Marmorboden zu den drei Stufen die in den Garten führten. Sie streifte ihre Schuhe von den Füssen und ging über den weichen Rasen zu den Blumenrabatten. „Diese Blütenpracht ist nicht zu übertreffen." Vor Freude klatschte sie in die Hände.

„Deine Begeisterung ehrt uns, aber jetzt setzen wir uns."

Die Eistorte war schon am Schmelzen. „Das hast du nun davon", wetterte Berta und schaufelte ihr ein großes Stück auf den Teller.

„Ich komme mir vor wie im Paradies", schwärmte Julia. „Jetzt fehlt nur noch der Apfelbaum."

„Den gibt es hier auch. Er steht allerdings im hinteren Bereich des Gartens", klärte Richard seine Tochter auf. „Aber morgen ist auch noch ein Tag. Du musst dich noch schonen."

„Ich brauche keine Schonung. Ich möchte noch heute alles sehen." Julia sprang auf, doch Berta hielt sie zurück. „Wenn du dich gestärkt hast, musst du dir erst meine Küche ansehen. Sie ist ein Traum."

„Später, Berta. Zuerst möchte ich mich noch oben umsehen." Am Treppengeländer zog sie sich Stufe für Stufe hoch. Auf der ersten Etage blieb sie stehen und sah über die Brüstung, wie Berta mit den Armen fuchtelte.

Ihr Vater stand schon neben ihr und zeigte auf die vielen Türen. „Ganz hinten hat sich Berta eingenistet und hier schlafe ich." Er öffnete eine Tür und ließ Julia in ein großes Zimmer treten. Über dem Kopfende seines Bettes hing das Ölgemälde ihrer Mutter. „Hinter dem Bild befindet sich ein Wandtresor. Die Zahlenkombination ist dein Geburtsdatum."

„Mama hätte das sicher auch gefallen", hauchte Julia.

„Ja, aber noch mehr dein Reich, das ich dir zeigen

möchte. Schaffst du die nächsten Stufen auch noch?", fragte er besorgt.

„Aber klar!" Dass ihr Bein schmerzte, wollte sie ihrem Vater nicht zeigen. Erwartungsvoll sah sie ihn an. Als er die Tür öffnete, blieb sie sprachlos stehen.

„Liebes, wenn du die Einrichtung umstellen möchtest, ist das kein Problem. Ich möchte, dass du dich hier wohl fühlst."

Das Atelier war fast so groß wie die Wohnhalle unten. Durch zwei Glasfronten wurden Staffelei, Schreibtisch und große Grünpflanzen erhellt. „Papa, das ist mehr als ich mir hätte erträumen können." Sie sah sich um, konnte aber kein Bett entdecken.

„Dein Schlafzimmer mit Bad ist im linken, und dein Wohnzimmer im rechten Turmzimmer." Er führte sie durchs Atelier auf den Balkon „Von hier oben hast du eine Sicht über den halben Bodensee."

Sie hielt sich an der Balustrade fest und blickte über das sich in der Sonne spiegelnde Wasser mit den unzähligen Schiffen, Booten und Jachten. „Träume ich? Papa du musst mich kneifen."

„Wie könnte ich dir wehtun. Aber ich bestehe darauf, dass du dich hier erst mal ausruhst. Auf der Terrasse steht eine gepolsterte Liege unter einem großen Sonnenschirm."

„Nachher, Papa. Erst muss ich diese einmalige Aussicht auf die Schweizer- und Österreichischen Berge genießen."

„Gut, aber danach legst du dich hin bis Berta dich durchs Haustelefon ruft. Ich habe unten noch was zu tun."

Julias Augen schweiften vom See nach links über die Wipfel der Laubbäume. Ganz hinten konnte sie einen Campingplatz erkennen. Auf einer großen Wiese reihten sich Wohnwagen mit gestreiften Vorzelten. Welch ein Glück hatte sie, dass sie nie ihre Zelte abbrechen musste. Nur mit Mühe konnte sie sich von dieser grandiosen Aussicht losreißen. Als sie dann ins Atelier trat, blieb sie wieder begeistert stehen. Dieser helle Raum war ideal zum Malen. Sogar genügend Papier und Farben lagen schon bereit. Ihr Papa hatte an alles gedacht. Am liebsten hätte sie sich gleich an die Arbeit gemacht, doch zuvor wollte sie erst ihre Turmzimmer besichtigen.

Bevor Berta sie zum Abendessen rufen konnte, war Julia wieder unten. Mit einem Jubelschrei fiel sie ihrem Vater um den Hals. „Papa, ich bin außer mir vor Freude. Ich finde keine Worte, um auszudrücken, was ich empfinde."

Besorgt sah Richard seine Tochter an. „Kleines, du bist ja ganz erhitzt. Hast du dich etwa nicht ausgeruht?"

„Nein, ich bin von einem Zimmer ins andere gegangen, weil ich mich an der Einrichtung nicht satt sehen konnte. Grandios ist auch die Aussicht von oben. Durch jedes Turmfenster hatte ich eine andere Perspektive." Bittend sah sie hoch. „Papa, ich möchte mir noch heute den ganzen Park ansehen."

„Wird dir das nicht zu anstrengend? Vergiss nicht, dass du erst vor ein paar Stunden aus der Klinik entlassen wurdest."

Julia winkte ab und lief, ihr verletztes Bein ignorierend dem Pool zu, streifte die Schuhe ab und trat drei Stufen ins Wasser. „Am liebsten würde ich gleich darin schwimmen", rief sie begeistert.

„Ab morgen kommt täglich eine Therapeutin. Mit ihrer Hilfe wirst du die Übungen machen, die Doktor Kramer angeordnet hat." Liebevoll reichte er ihr die Hand und führte sie in den hinteren Teil des Gartens. „Sieh mal, in dieser bunten Blumenwiese habe ich den Pavillon aufstellen lassen. Möchtest du ihn weiß gestrichen haben?"

Julia war entzückt, als sie den Pavillon betrachtete. „Papa, ich komme mir vor wie im Märchen. Zuerst die schöne Villa, in der ich mein eigenes Reich, sogar mit Turmzimmern habe. Dazu der riesengroße Park mit dem Schwimmbad und auch noch den Pavillon. Das alles muss dich doch ein Vermögen gekostet haben."

Richard winkte ab. „Um die Finanzen musst du dir keine Gedanken machen. Durch den Verkauf der

Stuttgarter Firma bin ich in der Lage, dir ein sorgenfreies Leben zu bieten. Wenn du also irgendeinen Wunsch hast, darfst du ihn gerne äußern."

„Ich bin wunschlos glücklich. So viel Luxus habe ich nicht verdient."

„Im Gegensatz zu dem, was du in den vergangenen zwölf Wochen hast durchstehen müssen, ist das, was ich dir bieten kann, nicht zu vergleichen. Dass ich dir die Schmerzen nicht abnehmen konnte, hat mich sehr belastet. Deshalb habe ich mir geschworen, dir in Zukunft das Leben zu erleichtern."

„Danke, Papa. Da es mir aber wieder gut geht, wollen wir nicht mehr über den Unfall reden. Du hast mir ein Paradies geschaffen, wie es schöner nicht sein kann."

„Dabei hast du noch nicht alles gesehen." Er führte sie noch weiter nach hinten. „Das ist unser Gartengeräteschuppen. Möchtest du den kleinen Traktor sehen, auf dem ich sitzend den Rasen mähen kann?"

„Papa, denkst du auch an dein krankes Herz? Für diesen großen Park solltest du einen Gärtner einstellen."

„Nein, ich habe jetzt viel Zeit. Die Gartenarbeit macht mir Spaß und es tut mir gut, viel an der frischen Luft zu arbeiten. Aber für Berta werde ich eine Haushaltshilfe einstellen, auch wenn sie dagegen ist."

Wie aufs Stichwort kam Berta auf sie zu. „Wo bleibt ihr denn so lange? Das Abendessen wartet auf euch."

Müde von der Besichtigung, setzte sich Julia gerne an den Tisch, lobte das Essen und schwärmte von den schönen Dingen im Park.

Nach dem Abendessen setzten sie sich auf der Terrasse neben den Grillkamin. Berta wippte in der Hollywoodschaukel neben Julia und erzählte, dass die Handwerker nur deshalb so schnell fertig wurden, weil sie ihnen Dampf gemacht hatte. Dafür wurden sie mit gutem Essen belohnt. Sie stoppte ihren Redeschwall erst, als Julia die Augen zufielen.

„Für heute ist es genug", bestimmte Richard und führte seine Kleine die Treppe hoch.

Julia hörte noch, wie Berta ihr nachrief: „Träume etwas Schönes. Was man in der ersten Nacht im neuen Heim träumt, geht in Erfüllung."

Schweißgebadet erwachte Julia am nächsten Morgen. Sie hatte einen schrecklichen Alptraum. Bertas Worte fielen ihr ein. Nein, hier konnte ihr nichts Böses geschehen, denn ihr Papa würde sie immer beschützen. Um den bösen Traum abzuspülen, trat sie unter die Dusche. Angezogen ging sie wenig später auf den Balkon und sah über den See. Wie gerne würde sie mit ihrem Vater eine Bootsfahrt machen, doch solange sie nicht richtig gehen konnte, wollte sie sich nicht mitleidigen Blicken aussetzen. Der Park war groß genug und bot ihr alle Annehmlichkeiten.

Nach dem Frühstück ging sie mit ihren Malutensilien in den Pavillon. Auf der Blumenwiese tummelten sich unzählige Bienen und Schmetterlinge. Ihre Stifte huschten über das Zeichenpapier, bis Berta sie zum Essen rief.

Tag für Tag malte sie wie besessen. Bei gutem Wetter arbeitete sie im Pavillon, bei schlechtem im Atelier.

7

Anfang September fegte der Wind vereinzelte Blätter von den Bäumen. Die Luft wurde kühler, doch durch die Glasfront im Atelier schien die Sonne. Zufrieden betrachtete sie das Bild auf der Staffelei. Den Elfen, die über die Blumenwiese tanzten, fehlte noch etwas Farbe. Bevor sie nach dem entsprechenden Pinsel greifen konnte, klingelte der Hausapparat. Es war Berta. „Kindchen, die Aufgetakelte, die du in der Klinik kennengelernt hast, steht draußen."

„Bitte schicke Heike gleich zu mir hoch."

„Muss das sein?", wetterte Berta.

„Ja, ich freue mich über diesen Besuch." Rasch legte Julia auf, räumte ihre Farben in den Kasten und lief zur Treppe. Erwartungsvoll sah sie ihrem Gast entgegen. Heike blieb auf der ersten Etage stehen und sah nach unten.

„Hallo, Heike, schön dass du mich endlich besuchst", rief Julia ihr zu und streckte ihr die Arme entgegen.

„Dein Zuhause ist umwerfend", hauchte Heike überwältigt. „Du hast mir nie erzählt, dass du so vermögend bist."

Enttäuscht, dass die Freundin sie nicht in die Arme nahm, winkte sie ab. „Ich bin nicht vermögend. Das Haus gehört meinem Vater."

„Haus? Das ist kein Haus, das ist eine Traumvilla. Sogar mit zwei Türmen. Du wohnst wie in einem Schloss."

„In den Türmchen hat mir mein Papa eine Wohnung eingerichtet. Möchtest du sie sehen?"

„Natürlich." Heike trippelte voraus und blieb mitten im Atelier stehen. „Unglaublich. Dieser Raum ist ja größer als meine ganze Wohnung. Julia, du bist zu beneiden."

„Ja, ich genieße mein Reich jeden Tag aufs Neue. Wunderschön ist auch die Aussicht, die ich von hier oben habe." Sie zog Heike mit sich und trat auf ihren Balkon. „Von hier aus sehe ich bis in die Schweiz. Von den Turmfenstern aus kann..." Mitten im Satz tönte der Hausapparat. Bertas Stimme ermahnte: „Kindchen, vergiss nicht, dass in zehn Minuten Frau Schubert zur Wassergymnastik kommt. Also zieh dich um und komme runter."

„Ich komme." Julia sah Heike bedauernd an. „Es tut mir leid, dass ich mich schon von dir verabschieden muss. Gleich kommt meine Therapeutin. Wenn du wartest, bis ich umgezogen bin, kannst du mich zum Pool begleiten."

Heike schluckte trocken. „Du hast auch noch ein Schwimmbad? Das möchte ich sehen."

Die vorwurfsvollen Blicke der Haushälterin ignorierte sie und ging neben Julia zum Pool. Von dem blaugrün schimmernden Wasser war sie ganz begeistert. Doch als Julia ihren Bademantel abstreifte erschrak sie. Sie sah die lange Narbe, die sich an Julias Bein von der Hüfte bis zum Knöchel zog. „Bleibt das so?"

„Nein. Der Professor hat mir versprochen, dass die Narbe mit der Zeit verblasst. Und wenn ich weiterhin

meine Übungen einhalte, werde ich bis in ein paar Monaten auch wieder richtig gehen können."
„Dann bin ich beruhigt. Es wäre schade, wenn dadurch deine Heiratschancen in Frage gestellt wären."
„Ich habe keine Heiratspläne."
„Das sagst du jetzt. Wenn dir der richtige Mann über den Weg läuft, wirst du…"
Frau Schubert kam und fragte: „Sind Sie bereit?" Julia legte ihren Bademantel auf eine Liege. „Ich möchte mich nur noch von meiner Freundin verabschieden."
Heike hatte verstanden und küsste Julia auf die Wange. „Machs gut, meine Liebe."
„Wann kommst du wieder?"
„Weiß ich nicht. Im Gegensatz zu dir muss ich arbeiten."
„Zu meinem Geburtstag am zwanzigsten September musst du kommen. Ich würde mich sehr freuen."
„Wenn das so ist, komme ich natürlich. Danke für die Einladung." Heike winkte ihr zu und ging zum Ausgang.

8

An ihrem achtzehnten Geburtstag erwachte Julia früher als sonst. Helle Sonnenstrahlen fielen in ihr Zimmer. Wohlig räkelte sie sich im Bett. Ab heute war sie also volljährig. Es fühlte sich aber nicht anders an als sonst. Trotzdem freute sie sich auf diesen Tag. Unter der Dusche überlegte sie, ob Heike ihr Versprechen einhalten würde? Automatisch griff sie nach der langen, weißen Hose und einem T-Shirt. Ihr Papa sah sie zwar lieber in einem Kleid, musste aber akzeptieren, dass sie ihr vernarbtes Bein verhüllen wollte.

Sie hatte die unterste Stufe gerade erreicht, als ihr Vater ihr entgegenkam. „Herzlichen Glückwunsch, mein Kind." Zärtlich nahm er sie in die Arme. „Ich wünsche dir alles Glück der Welt. Bleibe in deinem Herzen so liebenswürdig, auch wenn du jetzt volljährig bist. Natürlich werde ich auch weiterhin immer für dich da sein und alles daran setzen, dass du den schrecklichen Unfall irgendwann vergessen kannst." Er drückte ihr einen großen Karton in die Hände.

„Danke, Papa." Aufgeregt löste sie das Band und strahlte, als sie ein wunderschönes, bis zu den Knöcheln reichendes Kleid aus dem Karton nahm. Bewundernd hielt sie es vor sich.

„Und das gehört dazu." Aus einem Etui nahm er eine Kette mit einem Herzanhänger, an dem achtzehn kleine Brillanten funkelten und befestigte sie an ihrem Hals. Im Spiegel betrachtete sie die Kostbarkeit. Überwältigt legte sie beide Arme um seinen Hals und drückte ihm Küsschen auf die Wange. „Danke, Papa. Du hättest mich nicht so reich beschenken müssen. Ich bin doch mit dem wunderschönen Zuhause mehr als genug beschenkt worden."

Berta kam mit ausgestreckten Händen auf sie zu. „Ich wünsche dir natürlich auch alles Gute, Kindchen. Mögen alle deine Wünsche in Erfüllung gehen."

Gewaltsam löste sich Julia aus der Umklammerung. „Ich wünsche mir nur, dass ihr beiden noch ganz, ganz lange gesund bleibt. Und dass du, liebe Berta mich nicht mehr Kindchen nennst. Ich bin jetzt erwachsen."

„So siehst du aber nicht aus." Berta kicherte. „Na gut, ich will es versuchen."

„Das wäre schön, aber jetzt habe ich Hunger." Julia lief auf die Terrasse. Der Tisch war überladen mit Köstlichkeiten. „Du meine Güte, wer soll das alles essen?"

„Das ist noch gar nichts. Warte ab, was ich deinen Gästen heute Abend präsentiere."

„Gäste? Ihr habt Gäste eingeladen?"

„Es haben mir all die vielen Krankenschwestern, Pfleger und Therapeuten zugesagt, mit dir zu feiern", sagte ihr Vater. „Auch Peter Kraft, der Sohn unseres Nachbarn ist schon ganz erpicht darauf, dich kennenzulernen."

Unwillig schüttelte Julia den Kopf. „Ich hätte lieber mit euch allein gefeiert."

„Nein, du hast dich seit Wochen hier verkrochen. Es wird Zeit, dass du wieder unter Menschen kommst. Kindchen, du bist jung und hübsch. Vergiss endlich dein verletztes Bein. Du bildest dir nur ein, behindert zu sein. Ich wette, du kannst sogar schon wieder tanzen."

„Die Musiker haben mir versprochen, dass sie auch langsame Stücke spielen", versicherte ihr Vater.

Von den beiden überstimmt, fieberte sie dem Abend entgegen. Bis die Gäste kamen, würden Stunden vergehen. Entschlossen ging sie nach oben um zu malen.

Nachdem ihr Bild fertig war legte sie ihre Utensilien weg, duschte und zog das neue Kleid an. Wer Papa wohl beim Kauf dieses Kleides, das ihre elfenhafte Figur voll zur Geltung brachte, beraten hatte? Nur ihre Locken wollten sich nicht bändigen lassen. Mit Hilfe von Bürste und Spangen gelang es ihr schließlich, nicht wie ein Schulmädchen auszusehen. Mit den hochgesteckten Haaren wirkte sie erwachsener. Kaum hatte sie die Kette mit dem Herzanhänger im Nacken verschlossen, klingelte der Hausapparat.

„Kindchen, die ersten Gäste sind angekommen."

„Ich bin gleich unten", versprach sie, warf einen letzten Blick in den Spiegel und ging vorsichtig die Treppe hinunter. Immer darauf bedacht, in den Riemchensandaletten nicht zu stolpern.

Bewundernd streckte ihr Papa die Hände entgegen. „Meine Prinzessin, du siehst wunderschön aus. Was würde ich dafür geben, wenn deine Mama dich jetzt sehen könnte." Voll Stolz führte er sie zu den wartenden Gästen auf die Terrasse, die ohne Gartenmöbel als Tanzfläche diente.

Mit einem Lächeln nahm Julia die Gratulationen, Geschenke und Komplimente entgegen und bedankte sich bei allen.

Richard Bernheim sah mit Stolz auf seine Tochter. Dass so viel Krankenhauspersonal gekommen war, freute ihn. Mit dem Mikrofon der Musiker hielt er eine kurze, zu Herzen gehende Ansprache. Danach drückte er Julia ein

Glas Sekt in die Hand. „Wir trinken auf das Wohl meiner bezaubernden Tochter."

Mit jedem Gast musste Julia anstoßen, konnte aber nicht mit jedem trinken. Trotzdem merkte sie schon bald die Wirkung. Sie wollte sich gerade setzen, als ihr Vater mit einem jungen Mann auf sie zutrat.

„Julia, ich möchte dir unseren Nachbar, Peter Kraft vorstellen." Augenzwinkern wünschte er: „Viel Spaß."

„Du bist also das Geburtstagskind. Glückwunsch, nicht nur zur Volljährigkeit, auch zu deinem einmaligen Zuhause. Dein Vater hat aus dem alten Kasten ein Schmuckstück gemacht. Aus dem verwilderten Garten ist ein wunderschöner Park geworden."

„Ja, ich fühle mich hier auch sehr wohl. Bitte entschuldigen Sie mich, meine Gäste..."

„Deine Gäste amüsieren sich auch ohne dich", winkte er ab und zog sie zur Tanzfläche. „Von deinem Vater weiß ich, dass du malst und sogar schriftstellerisch tätig bist. Ich arbeite bei der Zeitung und bin immer auf der Suche nach neuen Geschichten."

„Ich glaube nicht, dass meine Geschichten für Sie interessant sind."

„Du kannst mich ruhig duzen. Ich bin nur zwei Jahre älter als du." Er zog sie zum Getränketisch, drückte ihr ein Sektglas in die Hand, stieß mit ihr an und küsste sie. Ihre Zurechtweisung ging unter, als Gabi auf sie zutrat.

„Die Oberschwester wird sich sicher freuen, wenn ich ihr erzähle, dass du schon tanzen kannst. Jetzt kann ich verstehen, warum du unbedingt nach Hause wolltest."

Die Musiker spielten einen Tusch und kündigten ein Tanzspiel an. Alle paar Minuten musste sie ihre Tanzpartner wechseln und alle machten ihr Komplimente. Nicht nur über ihr gutes Aussehen und ihr schönes Zuhause. Vor allem über ihre fortgeschrittene Genesung. Erschöpft nach dem langen Tanz musste sie sich setzen. In ihrem Kopf drehte sich alles. Kam dieses Schwindelgefühl vom Tanzen oder vom Sekt? Sie musste etwas essen.

In ihrer weißen Rüschenschürze wachte Berta darüber, dass alle Speisen wieder aufgefüllt wurden, ehe die Platten leer waren. „Na, habe ich dir zu viel versprochen?"

Julia hatte schon ein Lob auf den Lippen, als sie von hinten umarmt wurde. „Hallo, Geburtstagskind." Diese Stimme gehörte unverwechselbar zu Heike. Erfreut, dass ihre Freundin doch noch gekommen war, umarmte sie Heike.

Heike sah sie bewundernd an. „Wau, du siehst toll aus. Komm mit, ich möchte dich meinem Chef vorstellen."

Julia blieb stehen. „Du hast einen Fremden mitgebracht?"

„Ja, aber Gregor wird dich wegen deiner Behinderung nicht anstarren. Ich habe ihm von dem schlimmen Unfall erzählt und er möchte unbedingt das tapfere Mädchen kennenlernen." Gezielt bahnte sie sich einen Weg durch die tanzenden Paare. Vor einem Mann Mitte Vierzig blieb sie stehen. „Gregor, das ist Julia, das Geburtstagskind."

„Meinen Glückwunsch. Ich hoffe, Sie haben nichts dagegen, dass Heike mich mitgebracht hat."

Wie vom Blitz getroffen stand Julia vor dem Mann der sie aus dunklen Augen bewundernd ansah. Vor Aufregung brachte sie keinen Ton heraus.

„Julia, das ist mein Boss, Gregor Bredowa", holte Heike sie in die Wirklichkeit zurück.

Julia reichte ihm die Hand, die er nicht mehr losließ. Nachdem er auch noch einen Kuss auf ihren Handrücken hauchte, glaubte sie, verbrennen zu müssen. Scheu sah sie zu dem attraktiven Mann hoch, der sie mit blitzenden Zähnen anlächelte.

Nach einer kurzen Pause begann die Band wieder zu spielen. Julia wünschte sich, mit diesem Traummann zu tanzen, doch Heike zog ihn mit sich. In dem hautengen, trägerlosen Kleid sah Heike sehr mondän aus, passte aber zu ihrem Tanzpartner. Waren die beiden ein Liebespaar? Verstohlen betrachtete sie, wie Heikes Chef großen Abstand zu ihr hielt. Sein schwarzes, etwas zu langes Haar leuchtete über der weißen Smokingjacke, die er so lässig trug, als wäre er darin geboren. Sie konnte den Blick nicht von ihm wenden und wünschte sich...

„Hier steckst du. Ich habe dich schon vermisst", riss Peter Kraft sie aus ihren Wunschvorstellungen. Er zog sie mit sich zur Terrasse.

„Dieser Tanz gehört mir", bestimmte der Mann, von dem sie eben noch geträumt hatte und schüttelte Peters Hand von ihrer Schulter. Die Musiker spielten ONLY YOU, als er sie in die Arme nahm. Julia spürte, wie auch sein Herz klopfte, als er ihre Hand auf seine Brust drückte. Es war ein nie gekanntes Gefühl, das sie die Welt um sich herum vergessen ließ. Sein Druck auf ihrem Rücken verstärkte sich und als sie zu ihm aufsah, sagten seine Augen mehr als Worte hätten sagen können. Ohne auf das nächste Musikstück zu warten, zog er sie von der Tanzfläche. „Bezaubernde Julia, zeigst du mir den Garten, von dem mir Heike vorgeschwärmt hat?" Julia konnte nur flüstern: „Aber gerne." Er hielt sie noch immer im Arm und ging mit ihr quer über den Rasen zum Pavillon. „Endlich bin ich mit dir allein", flüsterte er, obwohl sie hier hinten niemand hören konnte. Er schaute zurück und sah, dass niemand ihnen gefolgt war. „Auf diesen Moment habe ich schon gewartet". Zärtlich nahm er ihr Gesicht in seine Hände, sah ihr tief in die Augen und flüsterte: „Du bist das bezauberste Mädchen, das ich je gesehen habe."

Julia konnte ihr Glück kaum fassen. Hingebungsvoll wollte sie ihm die Lippen zum Kuss bieten, als ihr Heike einfiel. „Was wird Heike dazu sagen?"

Gregor lächelte. „Bist du etwa eifersüchtig? Da kann ich dich beruhigen. Heike ist wirklich nur meine Sekretärin. Als Frau lässt sie mich kalt. Du bist das Gegenteil von ihr und deshalb habe ich sofort mein Herz an dich verloren, als ich dich sah. Wie sehr ich dich begehre, wirst du gleich merken."

Auf diese Leidenschaft war sie nicht vorbereitet. Die harmlosen Küsse die sie schon mit einem Schulfreund im dunklen Kino getauscht hatte, waren mit diesen Zärtlichkeiten nicht zu vergleichen. Ein nie gekanntes Gefühl nahm von ihr Besitz. Sie wünschte sich so sehr, dass die Zeit stehen blieb.

Gregors Lippen glitten von ihren Wangen zum Hals. „Ich möchte dich bis in alle Ewigkeit mit Liebe überschütten und wünsche mir, dich nie mehr loslassen zu müssen." Der nächste Kuss war noch leidenschaftlicher. Sie hörten den keuchenden Atem erst, als Berta vor ihnen stand. „Hier steckst du also." Mit einem Ruck zog sie Julia von dem Mann weg. „Kindchen, du hast Gäste, die dich vermissen. Was hast du dir dabei gedacht, dich einfach aus dem Staub zu machen? Dazu mit diesem... diesem Casanova."

„Casanova? Berta, du kennst Gregor doch gar nicht."

„Du nennst diesen Kerl schon beim Vornamen?" Unwillig zog Berta die Augenbrauen hoch. „Du hast zu viel Sekt getrunken, deshalb wirst du jetzt sofort etwas essen." An ihrem Buffet angekommen, füllte sie Julia den Teller.

Starker Wind kam plötzlich auf. Die Lampions schwankten und Blitze erhellten den Park. Das Unwetter kam immer näher. Die Musiker packten ihre Instrumente ein und die Gäste verabschiedeten sich rasch.

Froh darüber, dass sich das Wetter bis kurz vor Mitternacht gehalten hatte, sah Julia, wie ihr Vater mit Peters Hilfe den langen Tisch in die Wohnhalle trug, um die Köstlichkeiten vor dem einsetzenden Regen zu retten.

Unter Bertas wachsamem Blick konnte Gregor ihr zum Abschied nur seine Visitenkarte in die Hand drücken, bevor er mit Heike zu seinem Wagen rannte.

Julia gähnte und gab Peter, der sich als letzter Gast mit ihrem Vater unterhielt, zu verstehen, dass sie müde war. Bevor sie nach oben ging, umarmte sie ihren Papa und Berta. „Danke für dieses schöne Fest. Es wird mir immer in Erinnerung bleiben." Dass sie dabei auch Gregor meinte, verschwieg sie.

In ihrem Zimmer betrachtete sie sich im Spiegel. Ihre

Augen glänzten, als sie die Visitenkarte aus ihrem Ausschnitt zog. GREGOR BREDOWA IMMOBILIEN, Straße und Telefonnummer standen darunter. Seine Handynummer hatte er für sie unterstrichen. Auf der Rückseite stand wie in Eile hin gekritzelt: Ich liebe dich. Ich liebe dich auch, jubelte sie, bevor sie ihr schönes Kleid auf einen Bügel hängte. Im Bett klopfte ihr Herz noch lange im Rhythmus: Gregor, Gregor, Gregor.

9

Übernächtigt trat Julia am nächsten Morgen auf den Balkon. Die Sonne hatte sich wieder durchgesetzt. Dass in der Nacht ein Gewitter durchs Land gezogen war, konnte man nur noch an den nassen Lampions erkennen. Um Gregors Anruf nicht zu verpassen, wollte sie nicht zum Frühstück. Nur hier oben konnte sie ungestört mit ihm telefonieren. Ob sie ihn zu dieser frühen Stunde schon anrufen könnte? Nein, Gregor sollte nicht merken, dass sie es kaum erwarten konnte, seine Stimme zu hören. Um sich abzulenken, begann sie zu malen. Überrascht betrachtete sie nach drei Stunden das Bild, das ihr auf Anhieb gelungen war. Lag es an der Euphorie, weil Gregor sie auch liebte? Warum rief er nicht endlich an? Plötzlich fiel ihr ein, dass er ihre Handynummer nicht kannte. Entschlossen tippte sie seine Nummer, die sie inzwischen auswendig kannte, ein. Schon nach dem zweiten Klingelzeichen meldete er sich. An seiner Stimme erkannte sie, dass er sich freute. Sofort nahm sie seine Einladung für den späten Nachmittag an. Ihr Herz machte Freudensprünge, als er sie in ein Cafe an der Uferpromenade bestellte. Mit einem Blick in ihren Kleiderschrank stellte sie fest, dass keines ihrer Kleider zu einem Treffen mit diesem weltgewandten Mann passte. Ob Heike ihr helfen konnte, in Friedrichshafen das richtige Geschäft zu finden?

„Natürlich begleite ich dich bei deinem Einkaufsbummel", versprach Heike nach Julias Anruf. „Ich hole dich in einer Stunde ab."

Julia vergewisserte sich, dass ihre Scheckkarte in der Handtasche steckte und ging nach der ausgiebigen Dusche in Jeans und T-Shirt nach unten.

Berta kam aus der Küche und wunderte sich über ihre Handtasche. „Wo willst du hin? Das Mittagessen ist fast fertig."

„Heike holt mich ab. Wir gehen shoppen!"

„Ach ja?" Berta schüttelte den Kopf. „Als dein Papa dir das Angebot gemacht hat, hast du abgelehnt. Woher kommt der plötzliche Sinneswandel?"

Julia wollte Berta den Grund nicht verraten und atmete erleichtert auf, als sie ein Auto hupen hörte. „Heike ist schon da. Grüße Papa von mir." Sie ging rasch zum Tor, dabei spürte sie Bertas Blicke im Rücken.

Heike schleppte sie von einer Boutique zur nächsten. Für ihre Kleidergröße hatte sie eine Riesenauswahl, auch die passende Unterwäsche ließ sie sich einpacken. Nur den Hosenanzug mit dem passenden Top behielt sie gleich an.

„Jetzt besorgen wir dir noch die passenden Schuhe, danach bringe ich dich zu einem Friseur. Dort kannst du dich im Nebenraum gleich schminken lassen", sagte Heike.

Julia erkannte sich im Spiegel kaum wieder, als sie nach zwei Stunden das Studio verließ.

„Du siehst umwerfend aus. Gregor wird stolz auf dich sein", strahlte Heike, bevor sie Julia vor dem vereinbarten Cafe absetzte.

Gregor erkannte sie wirklich nicht sofort. Erst als sie ein Hallo hauchte, sprang er von seinem Stuhl auf. Bewundernd betrachtete er sie, nahm sie in die Arme und küsste sie.

„Bitte nicht hier. Die Leute sehen uns so merkwürdig an", stammelte Julia nach dem Kuss.

„Du hast recht, Süße. Ich weiß einen Ort wo wir ungestört sind." Gregor zahlte und zog sie zu seinem Wagen.

Dass Gregor mit dem ungestörten Ort seine Penthouswohnung meinte, merkte Julia erst, als er eine Tür aufschloss. Noch etwas zögernd trat sie ein.

Nie hätte sich Julia träumen lassen, dass sie einem Mann, den sie erst seit gestern kannte, in seine Wohnung folgen würde. Doch Gregor verstand es, sie in seinen Bann zu ziehen, dem sie nicht widerstehen konnte. Noch erstaunter war sie über sich, dass sie sich von ihm ausziehen ließ. Seine Lippen liebkosten ihren nackten Körper. Die ganze Welt versank in seinen Armen. Sie liebte Gregor und Gregor liebte sie.

10

Überglücklich kam Julia am nächsten Vormittag zu Hause an. Gregor hatte sie bis zum Eingangstor gefahren.

Berta kam ihr aufgeregt entgegen. „Kindchen, endlich." Ihre Augen blitzen vor Empörung. „Wo warst du bis jetzt?"

Julia strahlte. „Bei dem Mann, den ich über alles liebe."

„Nein, das glaube ich nicht. Ich muss mich verhört haben. Wo warst du?"

„Ich habe bei Gregor übernachtet."

Berta streckte beide Hände zum Himmel und jammerte: „Hast du den Verstand verloren?"

„Nein, nur mein Herz. Es gehört ab jetzt für immer und ewig Gregor. Und damit du es gleich weißt, seit heute Nacht bin ich kein Kindchen mehr, sondern eine Frau. Darüber bin ich sehr glücklich." Weit breitete sie ihre Arme aus und schwenkte die Einkaufstüten.

Berta schnappte nach Luft und deutete auf die vielen Tüten. „Hat der Kerl dich damit geangelt?"

„Nein." Julia wollte darauf nicht antworten. Sie wollte nur noch nach oben, aber sie hatte nicht mit Bertas Sturheit gerechnet. Ihre Arme hielten sie umklammert, als sie mit ihr dem Herrenzimmer zusteuerte.

„Lass mich los!", wehrte sich Julia. „Ich möchte schlafen."

„Schlafen? Hast du etwa, so wie dein Papa und ich auch nicht geschlafen?"

„Wie hätte ich das können? Ich war im siebten Himmel und immer noch ganz schrecklich verliebt."

„Schrecklich ist genau die Bezeichnung, die zu dieser Situation passt. Wie konntest du nur, ohne uns Bescheid zu geben, die ganze Nacht wegbleiben?"

„Bin ich eine Gefangene? Berta, vergiss nicht, dass ich jetzt volljährig bin."

„Warum benimmst du dich dann nicht so? Du hast die Nacht mit einem Kerl verbracht, den du erst seit vorgestern kennst und der überhaupt nicht zu dir passt."

„Woher willst du das wissen?"

„Das sagt mir mein gesunder Menschenverstand." Berta schüttelte den Kopf. „Ich verstehe die Welt nicht mehr. Du warst immer ein braves Mädchen. Es kann doch nicht sein, dass du dich von gestern auf heute so verändert hast. Was hat der Unhold mit dir angestellt, dass du deine gute Erziehung vergisst?" Sie zog Julia ins Herrenzimmer.

Das Donnerwetter, das folgte, würde Julia nicht so schnell vergessen. Ihr Vater, der hinter seinem Schreibtisch saß, sprang hoch und kam auf sie zu. „Julia, da bist du ja endlich. Du hättest anrufen und mir sagen können, dass du bei Heike übernachten willst."

„Ich habe nicht bei Heike übernachtet, Papa, sondern bei Gregor!"

„Wie bitte? Wer ist Gregor?"

„Das ist der Windhund, den diese Heike zur Party angeschleppt hat", beantwortete Berta die Frage.

„Gregor ist kein Windhund", verteidigte Julia ihren Liebsten. „Er ist sehr einfühlsam, denn er hat mein vernarbtes Bein einfach übersehen und mich nicht wie ein Kind behandelt."

„Ich werde diesen Mann anzeigen, wegen... wegen Verführung einer Minderjährigen", atmete ihr Vater schwer.

„Papa, du hast vergessen, dass ich volljährig bin. Außerdem bin ich freiwillig mit Gregor ins Bett gegangen."

Richard warf entsetzt die Arme hoch. „Das glaube ich nicht. Der Unhold muss dir etwas ins Glas geschüttet haben. Ich kenne dich und weiß, dass du dich nicht leichtfertig hergibst."

Berta redete dazwischen: „Der Kerl war mir vorgestern auf der Geburtstagsparty schon ein Dorn im Auge. Als ich ihn mit dir im dunklen Park angetroffen habe, wusste ich sofort, dass der nichts Gutes im Sinn hat. Wer sucht die Dunkelheit, wenn er nichts zu verbergen hat?"

„Du siehst Gespenster. Gregor hat mir nach dem ersten Tanz seine Liebe gestanden."

„Das ist kein Kunststück bei deinem Vermögen. Dieser Kerl ist ein Mitgiftjäger. Nur weil du so naiv bist und von jedem Menschen nur das Beste annimmst, bist du auf ihn hereingefallen."

„Das ist nicht wahr." Julias Stimme wurde laut. „Gregor ist ein erfolgreicher Geschäftsmann, sonst könnte er sich die Luxuswohnung und ein Büro im Stadtzentrum nicht leisten."

„Wenn dieser Mann ehrliche Absichten hat, soll er sich erst mal bei mir vorstellen. Ich glaube nicht an seine Ehre." Richard griff sich an die Brust und setzte sich.

Berta jammerte: „Richard, du darfst dich nicht aufregen. Denke an dein Herz."

Er sprang wieder auf. „Ich soll mich nicht aufregen, wenn mein Kind die Nacht mit einem wildfremden Mann verbringt?"

Berta drückte eine Tablette aus einer Packung und reichte ihm dazu ein Glas Wasser. „Hier, nimm das und beruhige dich. Unser Kindchen wird diesen Kerl vergessen."

Julia stampfte mit dem Fuß auf. „Das werde ich nicht. Du kannst mir nicht verbieten, mich weiterhin mit Gregor zu treffen."

„Aber ich!" Richard schluckte die Pille und wandte

sich dann an Julia. „Du überlegst dir in Ruhe, wer dir mehr bedeutet. Wir und dein Paradies oder dieser dubiose Mann?"

„Papa, wie kannst du so etwas verlangen?"

„Du lässt mir keine Wahl, mein Kind." Heftig atmend presste er hervor: „Frage diesen... diesen Gregor ob er dich auch noch liebt, wenn ich dich enterbe."

Entgeistert sah Julia ihren Vater an. „Du willst mich enterben? Papa, das hast du doch nicht wirklich vor."

„Doch. Und ich bin auch schon sehr gespannt, wie dieser Mann reagiert, wenn du ihm sagst, dass du völlig mittellos dastehst, wenn du bei ihm bleibst."

„Das ist unfair." Länger konnte Julia die Vorurteile gegen Gregor nicht mehr ertragen. Wie gehetzt rannte sie aus dem Herrenzimmer und die Treppe hoch.

In ihrem Zimmer warf sie sich übers Bett und weinte. Vor einer Stunde war sie noch so glücklich. Warum war Papa nur so stur? Nur mit Gregor konnte sie glücklich werden. Erschöpft schlief sie ein. Erst als das Haustelefon klingelte, schrak sie hoch. Berta bat sie, zum Mittagessen zu kommen. „Ich habe keinen Hunger. Lasst mich in Ruhe", rief sie Berta zu und legte auf. Für heute hatte sie genug von den Vorwürfen. Sie wollte niemanden sehen. Bis Gregor sie gegen Abend abholte, musste sie die Zeit überbrücken. Sie packte die Einkaufstüten aus und begann danach zu malen.

Erst viele Stunden später hörte sie ihr Handy klingeln. Gregor entschuldigte sich, dass er sie nicht wie vereinbart abholen konnte. Ein wichtiger Kunde, von dem ein lukratives Geschäft abhing, wollte sich ein Projekt ansehen. „Lämmchen, wenn Herr Rieber dieses Projekt kauft, kann ich dir ein sorgenfreies Leben bieten. Meiner zukünftigen Frau soll es an nichts fehlen."

„Meinst du damit wirklich mich?", fragte sie mit klopfendem Herzen.

„Ja. Nach der letzten Nacht musst du doch gespürt haben, dass ich dich liebe."

Vergessen war die Enttäuschung, dass sie sich

heute nicht mehr sehen konnten. Papa würde zufrieden sein, wenn sie heute zu Hause blieb. Doch seine Drohung fiel ihr ein. „Gregor, liebst du mich auch, wenn mein Vater mich enterbt?"

„Hat er das vor?", fragte er und lachte.

„Ja. Papa ist der Meinung, dass du nicht an mir, sondern an meinem Vermögen interessiert bist."

„Das ist doch Quatsch. Ich liebe dich, weil du das schönste Mädchen bist, das ich je kennengelernt habe."

„Du hast vor mir sicher schon viele Mädchen kennengelernt..."

„Ja, aber keines war so wie du. Erst bei dir hatte ich das Gefühl, die Frau fürs Leben gefunden zu haben. Du hast mein Herz zum Klopfen gebracht. Du bist etwas ganz Besonderes. Mit dir möchte ich den Rest meines Lebens verbringen."

„Das möchte ich auch." Julia seufzte. „Gregor, wann wirst du dich meinem Vater vorstellen?"

Diesmal lachte Gregor noch lauter. „Was soll denn dieser altmodische Kram? Sag deinem Vater, dass ich kein Kasper bin der antanzt, wenn er pfeift."

Julia schluckte, bevor sie antworten konnte. „Papa möchte dass der Mann, der mich heiraten will, um meine Hand anhält. Dass er dir dabei ein paar Fragen stellt, wirst du in Kauf nehmen müssen."

„Ich muss gar nichts."

An seiner Stimme merkte Julia, dass Gregor verärgert war. „Du hast ja recht, Liebster, ich werde..."

„Ich werde mit deinem Vater reden", sagte Gregor. „Aber erst wenn ich es will."

„Wann wird das sein?", fragte sie mit angehaltenem Atem. „Vorher verbietet er mir, dich zu treffen."

„Er hat dir nichts mehr zu verbieten. Aber wenn du deinen alten Herrn in Sicherheit wiegen willst, sagst du ihm, du hättest mich aufgegeben."

„Das kann ich nicht. Ich liebe dich."

„Ich dich auch, deshalb wird Heike dich immer abholen und zu mir bringen. Heute geht es leider nicht mehr. Ich rufe dich morgen an und sage dir den Treffpunkt, denn länger halte ich es vor Sehnsucht nach dir nicht aus. Also schlaf schön und träume von mir, mein süßes Lämmchen." Er schmatzte noch ein Küsschen und legte auf.

Aufgewühlt durch Gregors liebevolle Worte, dachte Julia an die gestrige Nacht. „Unschuldslamm" hatte er sie genannt, nachdem er erkannt hatte, dass sie vor ihm noch mit keinem anderen Mann zusammen war. Jetzt nannte er sie „Lämmchen" Dieses Kosewort gefiel ihr. Nur dass sie ihren Papa anlügen musste, gefiel ihr nicht.

Den ganzen Vormittag saß Julia vor ihrer Staffelei, aber sie konnte sich nicht auf ihre Arbeit konzentrieren. Ihre Gedanken waren bei Gregor. Endlich klingelte ihr Handy. Als Gregor ihr versicherte, wie sehr er sie vermisst hatte, hüpfte ihr Herz vor Freude. Die Freude schlug in Entsetzen um, als er seufzte: „Ich bin untröstlich, denn ich muss noch heute für mindestens fünf Tage nach Dresden. Es geht um ein Riesenprojekt, das ich mir nicht entgehen lassen darf. Ich werde aber in jeder freien Minute an dich denken und mich nach dir sehnen."

„Wie soll ich fünf Tage ohne dich überstehen?", hauchte sie ins Handy.

„Mir geht es genauso. Ich würde doch auch lieber in deinen Armen liegen, als mit schwierigen Geschäftspartnern verhandeln." Nach einer kurzen Pause fügte er hinzu: „Wenn du fünf Tage und Nächte schön brav zu Hause bleibst, ist dein Vater überzeugt, dass du mich aufgegeben hast. Wenn ich zurück bin wird Heike dich abholen und zu mir bringen. Also mach´s gut, Lämmchen."

Ehe sie darauf antworten konnte, hatte er aufgelegt.

Richard Bernheim machte sich Sorgen um seine Tochter. Julia kam zwar zu den Mahlzeiten nach unten, stocherte aber nur lustlos im Essen. Danach ging sie gleich wieder nach oben um zu malen. Eigentlich hätte er sich freuen müssen, dass sie sich schon seit fünf Tagen nicht mehr mit diesem dubiosen Mann traf. Trotzdem gefiel ihm ihr Verhalten nicht. An den dunklen Schatten unter ihren Augen erkannte er, dass sie litt. Um sie aufzumuntern lud er sie täglich zu verschiedenen Ausflügen ein, bekam aber jedes Mal eine Absage.

„Die Enttäuschung über die erste Liebe wird unser Kindchen bald überstanden haben", munterte Berta den Hausherrn auf. „Die Hauptsache ist, der Kerl hat kein Interesse mehr an unserem Sonnenschein."

„Deswegen muss sie sich doch nicht in ihrem Atelier ver-graben." Sein betrübtes Gesicht strahlte, als Julia modisch angezogen die Treppe herunterkam.

„Nanu, was hast du vor?" Berta sah in das geschminkte Gesicht ihres Kindchens.

„Heike hat mich zu einem Musical eingeladen. Spricht etwas dagegen?". Sie wartete die Antwort nicht ab und eilte nach draußen.

„Gab es Ärger?", erkundigte sich Heike, als sich Julia zu ihr ins Auto setzte.

„Noch nicht, aber es wird welchen geben, wenn du mich ab heute wieder jeden Abend abholst. Wenn mein Vater wüsste, dass du mich zu Gregor bringst, hätte er mich nicht aus dem Haus gelassen. Ich möchte mich aber mit meinem Liebsten treffen."

„Da Gregor das auch möchte, haben wir uns den Kopf zerbrochen und sind auf die grandiose Idee gekommen, dass du den Führerschein machst. Dein Vater wird dir diesen Wunsch nicht abschlagen. Ich habe mich schon in einer Fahrschule erkundigt. Die Theoriestunden sind abends und die Fahrstunden lässt du dir auch für den Abend geben. Danach kannst du dich mit Gregor treffen, ohne dass dein Vater etwas davon erfährt."

„Unter diesen Umständen mache ich wirklich den Führerschein. Ich lasse mich von Papa sogar zur Fahrschule bringen, nur abholen darf er mich nicht."

„Deshalb erzählst du ihm, dass du danach, um abzuschalten, mit mir bummeln, ein Eis essen, oder ins Kino gehst." Heike grinste. „Du siehst, ich habe an alles gedacht. Dein Vater wird zufrieden sein."

Richard Bernheim war zufrieden! Seine Kleine hatte diesen dubiosen Mann aufgegeben. Noch mehr freute er sich über die Fahrstunden, zu denen er sie bringen durfte. Gleich nach der bestandenen Prüfung würde er ihr ein eigenes Auto kaufen, damit sie nicht mehr auf Heike angewiesen war, die schon wieder vor dem Tor auf Julia wartete. Heute wollten die beiden an der Uferpromenade bummeln.

Dass Heike mit Julia nicht bummeln ging, sondern sie zu Gregor brachte, ahnte er ja nicht.

„Lämmchen, ich habe die Stunden gezählt!", rief Gregor freudig aus, als sie vor seiner Tür stand. „Endlich darf ich dich wieder in den Armen halten. Am liebsten würde ich dich nie mehr weglassen. Mein größter Wunsch ist, mit dir abends einzuschlafen und morgens mit dir aufzuwachen."

„Das wünsche ich mir auch", sagte Julia erfreut. „Aber Papa wäre damit nicht einverstanden."

„Ich weiß. Deshalb müssen wir unsere Liebe geheim halten, bis wir verheiratet sind."

„Verheiratet?". Julias Herz klopfte wild, als sich Gregor vor ihr niederkniete. „Willst du meine Frau werden?".

„Ja, ja, ja", jubelte sie laut und staunte über den schmalen Goldring, den er ihr über den Finger streifte.

„Jetzt sind wir verlobt! Wie fühlst du dich als meine Braut?", fragte Gregor und zog sie in seine Arme.

„Wie im siebten Himmel", gestand sie und erwiderte seinen Kuss.

„Wenn du mir morgen deine Geburtsurkunde bringst, bestelle ich auf dem Rathaus das Aufgebot", versprach ihr Gregor.

„Wie soll ich an das Dokument kommen? Alle wichtigen Papiere liegen in Papas Schreibtisch."

„Du holst es dir, wenn er schläft."

Ganz wohl war Julia bei dem Gedanken nicht, dass

ihr Vater am schönsten Tag ihres Lebens nicht dabei sein durfte. „Liebling, wie stellst du dir unsere Hochzeit vor?".

„So romantisch wie die von meinem Freund, bei dem ich Trauzeuge war. Horst hat sich mit Diana nicht auf dem Standesamt, sondern in einem Pavillon trauen lassen. Die Atmosphäre war einmalig." Zärtlich sah Gregor ihr in die Augen. „Wo haben wir uns zum ersten Mal geküsst?".

„In meinem Pavillon!"

„Deshalb möchte ich dich auch in einem Pavillon heiraten. Nur wir beide, mit Heike und Ingo als Trauzeugen." Skeptisch sah er sie an. „Sage jetzt nicht, dass du einen Hokuspokus mit Kranz und Schleier in einer Kirche willst."

„Eigentlich schon. Davon habe ich schon als Kind geträumt", gab sie ehrlich zu.

„Auf den Segen eines Pfarrers kann ich verzichten. Ich möchte auf ewig mit dir verbunden sein, dafür brauche ich aber keine Kirche."

An Gregors Stimme erkannte Julia, dass er gekränkt war. Um ihn nicht noch mehr zu verärgern, stimmte sie seinen Vorschlägen zu.

„Gut, dann lass uns jetzt auf unsere Verlobung anstoßen." Aus dem Kühlschrank nahm er eine Flasche Sekt, ließ den Korken knallen, füllte die Gläser und prostete ihr zu. „Ich trinke auf unsere gemeinsame Zukunft."

„Ich trinke darauf, dass du mich für immer liebst."

„Darauf kannst du gleich einen Vorschuss bekommen." Gregor zog sie ins Schlafzimmer.

Erst kurz vor Mitternacht sah Julia auf die Uhr. „Ich muss nach Hause. Wenn ich in meinem Bett schlafe, schöpft Papa keinen Verdacht." Hastig zog sie sich an. Als Gregor nach seiner Hose griff, wehrte sie ab. „Bleib hier. Wenn Papa noch nicht schläft, hört er deinen Sportwagen. Bitte rufe mir ein Taxi."

„Na gut. Ich lasse dich auch nur gehen, weil ich weiß, dass uns in ein paar Tagen nichts mehr trennen kann."

In der Villa brannte kein Licht mehr, als Julia aus dem

Taxi stieg. Im Haus zog sie die Schuhe aus und schlich im Schein des Mondes, der durch die breiten Fenster fiel, ins Herrenzimmer. Leise schloss sie die Tür hinter sich, knipste die Tischlampe an und suchte das Stammbuch. Erst in der dritten Schublade fand sie die Dokumentenmappe. Damit ihr Vater nichts merkte, legte sie alles wieder zurück wie es vorher war. Mit ihrer Geburtsurkunde huschte sie nach oben. Im Bett malte sie sich die Zukunft an Gregors Seite in den schönsten Farben aus, bis sie einschlief.

11

Richard Bernheim freute sich, dass er seine Tochter abends zur Fahrschule bringen und wieder anholen durfte. Dass Julia an den übrigen Tagen zu Hause blieb, konnte nur bedeuten, dass sie an dem dubiosen Mann nicht mehr interessiert war. Die vergangen Wochen waren schlimm, doch jetzt schien sie ihren Liebeskummer überwunden zu haben. Nur dass Heike jeden Nachmittag vor dem Tor auf Julia wartete, gefiel ihm nicht. Er hätte mit ihr sehr gern etwas unternommen, doch Julia zog Heikes Gesellschaft vor. Tröstend für ihn war, dass Julia wieder Freude am Leben hatte. Zufrieden machte er sich an die Arbeit.

„Was hat dich denn so lange aufgehalten?", fragte Heike, als Julia zu ihr in den Wagen stieg.

„Papa wollte mit mir zu Onkel Paul nach Bregenz fahren, um sich zu verabschieden. Onkel Paul fliegt nach L.A. zu seinem Sohn. Papa war darüber sehr enttäuscht, dass ich verabredet war."

„ Noch enttäuschter würde er sein, wenn er wüsste, dass ich dich zu Gregor bringe?".

Julia lächelte gequält. "Papa hat es nicht verdient, das ich ihn so hintergehe."

Heike winkte ab. "Er wird dir nach der Hochzeit den Kopf waschen, aber nicht abreißen. Und jetzt denke besser an deine glücklich Zukunft an Gregors Seite."

In seiner Wohnung empfing Gregor Julia überschwänglich. „Lämmchen, wir können in sechs Tagen heiraten."
Erstaunt sah sie zu ihm hoch. „So bald schon?".
„Ja. Freust du dich etwa nicht."
„Doch, machen wir danach eine Hochzeitsreise?".
„Natürlich! Wo möchtest du hin?".
Julia musste nicht lange überlegen. "Nach Venedig. In einer Gondel lassen wir uns über den Canale Grande..." Mitten im Satz klopfte sie auf ihr verletztes Bein. „Das war kein guter Vorschlag."
Gregor lächelte. „Mein ganzes Leben lang möchte dich auf Händen tragen und dich verwöhnen." Er nahm ihren Kopf in seine Hände und fragte: "Wirst du es nicht bereuen, dass du meinetwegen dein Zuhause aufgeben musst?".
„Nein. Deine Liebe wird mich entschädigen. Ich kann es kaum erwarten, deine Frau zu werden."
„Deshalb habe ich Druck auf die Standesbeamtin gemacht und den baldmöglichsten Termin bekommen."
Julia seufzte. „Schade ist nur, dass wir ohne Papas Segen heiraten müssen. Können wir ihn und Berta nicht doch zu unserer Trauung einladen?".
Verärgert schob Gregor sie von sich. „Nein. Ich bin deinem Vater ja nicht gut genug. Du darfst kein Wort über die Hochzeit verlieren, sonst fällt sie ins Wasser. Willst du das?".
„Natürlich nicht." Um Gregor nicht noch mehr zu verstimmen, erzählte sie ihm, dass Heike sie zu einem champagnerfarben Brautkleid geraten hat. „Du willst ja keine weiße Braut."
„Stimmt." Gregors Miene erhellte sich wieder. „Lämmchen, uns trennen nur noch sechs Tage und Nächte, dann sind wir für immer verbunden."
„In diesen sechs Tagen werden wir uns aber mindestens fünfmal sehen", flüsterte Julia.
„Das geht leider nicht. Ich trage in Zukunft die

Verantwortung für dich. Um dir ein standesgemäßes Leben bieten zu können, muss ich das Großprojekt, an dem auch andere interessiert sind, verkaufen. Dazu muss ich für mindestens fünf Tage nach Erfurt."

Erschrocken sah Julia Gregor an. „Das darf nicht wahr sein. In sechs Tagen ist unsere Hochzeit!"

„Das habe ich nicht vergessen, und alles schon bestellt."

„Ich möchte aber gerne auch..." Ihre Worte erstickte Gregor mit einem Kuss.

Um die fünf Tage ohne Gregor zu überstehen, malte Julia wie besessen.

Jeden Abend rief ihr Liebster an und versicherte ihr, wie sehr er sie vermisse. Am Abend vor der Hochzeit wartet sie voll Panik auf seinen Anruf. Endlich klingelte ihr Handy. „Ich habe mir Sorgen gemacht. Wo bist du?".

„Auf der Heimfahrt!". Seine Stimme klang belustigt. „Lämmchen, beruhige dich. Du hast doch nicht wirklich gedacht, dass ich unsere Hochzeit verpasse. In etwa fünf Stunden bin ich zu Hause, dann ist es Mitternacht. Durch die vielen Verhandlungen und die anstrengende Fahrt bin ich hundemüde und lege mich gleich schlafen, damit ich morgen für meinen wichtigsten Tag ausgeruht bin. Heike holt dich um halb zehn Uhr ab. Ich freue mich jetzt schon auf dich. Also schlaf gut, meine süßes Lämmchen." Wie üblich schmatzte er ein noch Küsschen, bevor er das Gespräch beendete.

Erleichtert, dass ihrer Hochzeit nichts mehr im Wege stand, räumte sie ihre Malutensilien auf, schob sämtliche Bilder in einen großen Umschlag, den sie an Frau Kaiser adressiert hatte und ging mit ihm nach unten. Ihr Vater strahlte, als sie den Umschlag an der Garderobe ablegte. Er führte sie zum Sofa.

„Prinzessin, bist du Berta und mir noch böse, weil wir dir diesen unangenehmen Mann ausgeredet haben?" Liebevoll drücke er sie an sich.

„Für den Liebeskummer möchte ich dich entschädigen. Morgen Früh um zehn Uhr werden wir im Autohaus

Rechler erwartet. Du darfst dir einen Wagen aussuchen."
Julia wurde blass. Morgen um zehn war ihre Trauung. Sie wagte nicht, den Vater anzusehen, als sie stammelte: „Papa, das geht nicht. Ich habe morgen um zehn Uhr schon einen Termin."

„Das ist doch kein Grund für dich, so aufgeregt zu sein. Du wirst die Fahrprüfung ganz sicher bestehen. Ich rufe im Autohaus an, dass wir am Nachmittag kommen."

Statt zu antworten, nickte Julia. Am Nachmittag war sie mit ihrem Mann schon auf dem Weg nach Venedig. Sie musste sich erst räuspern, dann brachte sie heiser hervor: „Da morgen ein wichtiger Tag ist, möchte ich früh zu Bett. Gute Nacht, Papa."

„Schlaf gut, mein Engel!", rief er ihr zu, als sie schon die Treppe hinaufging.

In ihrem Zimmer stand der Koffer, den sie für die Hoch-zeitsreise schon gepackt hatte. Sie hatte ihn vorsorglich im Kleiderschrank versteckt. In den hübschen Sachen die Heike für sie ausgesucht hatte, würde Gregor sogar im Luxushotel stolz auf sie sein. In allen Farben malte sie sich die Zukunft an der Seite ihres Mannes aus, bis sie mit einem Lächeln auf den Lippen einschlief.

12

Wie es sich Julia für den Tag ihrer Hochzeit gewünscht hatte, fielen schon am frühen Morgen Sonnenstrahlen in ihr Zimmer. Ein Blick auf die Uhr bestätigt ihr, dass sie genügend Zeit hatte, sich besonders sorgfältig zu recht zu machen. Wohlig räkelte sie sich in ihrem Jungmädchenbett und sah sich um. Ihre verspielte Einrichtung würde ihrem zukünftigen Mann nicht gefallen. Papa musste erlauben, dass Gregor seine exklusiven Möbel mitbringen durfte. Was aber, wenn ihr Vater ihm den Einzug in die Villa verweigerte? Dann würde sie zu Gregor ziehen. Nur malen konnte sie dort nicht. Sie wollte aber malen, deshalb musste sie Papa überzeugen, dass Gregor kein Mitgiftjäger ist. Gregor hatte ihr versprochen, gleich nach der Hochzeitsreise mit Papa zu reden. Er würde ihm sogar Einblick in seine Finanzen geben. Danach musste Papa einsehen, dass es Gregor nicht auf ihr Vermögen abgesehen hatte. In den vergangen Wochen hatte sich ihr Liebster mehr um seine Geschäfte gekümmert, als um sie. Seine gute Laune hatte sie überzeugt, dass die vielen Verhandlungen mit den Interessenten alle erfolgreich waren. Zuversichtlich und davon überzeugt, dass Papa nicht wollte, dass sie hier auszog, sprang sie aus dem Bett. Sie trat auf den Balkon und sah nach unten. Ihr Vater stand mit einer Gartenschürze umgebunden, mit dem Spaten in der Hand neben einer ausgehobenen, kleinen Grube. Daneben lagen die Rosenstöcke, die er einpflanzen wollte. Berta schob eine Schubkarre mit Blumenerde auf ihn zu. Das bedeutete, dass die beiden noch viele Stunden damit beschäftigt sein würden, den Garten für das nächste Jahr zum Blühen zu bringen. Mit einem Lächeln ging sie ins Badezimmer. Für ihre Frisur brauchte sie heute besonders lange. Es bedurfte viele Bürstenstriche, bis sie mit den Clips die passenden Blüten zum Kleid, in ihrem Haar befestigen konnte. Heike hatte ihr verraten, wie sie sich schminken musste. Mit ihrem Spiegelbild zufrieden, stieg sie vorsichtig in ihr Brautkleid.

Ein Auto hupte laut! War das etwa schon Heike? Julia konnte von diesem Fenster aus die Straße nicht sehen, dafür ihren Vater und Berta. Beide waren in ihre Arbeit vertieft. Sie nahm ihr Täschchen vom Tisch und eilte auf ihren hochhackigen Schuhen vorsichtig die Treppe hinunter.

War es das Hupen oder Bertas siebenter Sinn, der sie veranlasste, zur gleichen Zeit durch die Terrassentür zu treten, durch die Julia flüchten wollte. Beide starrten sich an.

Berta fand zuerst die Sprache. „Du meine Güte, Kindchen, wie siehst du denn aus?" Sie schüttelte den Kopf. „Warum kommst du geschminkt und dazu im Nachthemd zum Frühstück? Du gehst sofort nach oben, wäschst dir die Farbe vom Gesicht und ziehst etwas Vernünftiges an. In dem Fummel kannst du doch nicht zur Fahrprüfung gehen."

Julia atmete tief durch. „Das ist kein Nachthemd, sondern ein Brautkleid. Ich werde jetzt nicht zur Fahrprüfung, sondern zu meiner Trauung abgeholt." Nur ein Schritt trennte sie noch von der Tür, als sie Bertas Hände auf ihren Oberarmen spürte.

„Trauung? Wenn das ein Scherz sein soll, ist es ein schlechter. Wen willst du denn heiraten?"

„Gregor! Ich liebe ihn nach wie vor und heute werde ich seine Frau. Sage Papa, dass es mir leid tut, weil ich ohne seinen Segen heiraten muss."

Vor Schreck fasste sich Berta an den Kopf. Diese Gelegenheit nutzte Julia und eilte zur Gartenpforte. Die gellenden Schreie verfolgten sie bis zum Auto, das mit laufendem Motor auf sie wartete. In aller Eile raffte sie ihr Kleid zusammen, bevor sie sich neben Heike setzte.

„Fahr los, Berta ist mir auf den Fersen."

Das war Berta wirklich. Doch sie sah nur noch die Rücklichter des Autos, mit dem Julia in ihr Unglück fuhr.

„Richard!", rief sie immer lauter, als sie in den hinteren Teil des Gartens rannte. „Das Kindchen hat den Verstand verloren."

Richard trat gerade den Spaten in das Erdreich. Verwundert sah er Berta an. „Wovon redest du?"

„Von deinem Engelchen, das plötzlich den Teufel im Leib hat. Eben ist sie weggefahren, um zu heiraten."

„Wie bitte?" Richard sah Berta an, winkte ab und lachte. „Julia hat sich mit dir sicher einen Scherz erlaubt. Außer zu Heike hat sie doch keine Kontakt."

„Dieses Biest muss unser Kindchen immer wieder zu diesem Kerl gebracht haben. Vorhin hat mir Julia gesagt, dass sie diesen Gregor immer noch liebt und ihn heute heiratet."

„Was?" Der Spaten fiel Richard aus der Hand. „Das darf nicht wahr sein."

„Es ist aber wahr. Die Kleine ist bereits auf dem Weg

zu ihrer Hochzeit. Das Kleid, das ich für ein Nachthemd gehalten habe, ist ihr Brautkleid. Du musst sofort etwas unternehmen."

Richard konnte nichts mehr unternehmen. Er fasste sich an die Brust, dann knickten seine Beine ein.

Berta konnte nicht verhindern, dass Richard auf die Erde fiel, die er eben ausgehoben hatte. Besorgt kniete sie sich neben ihm nieder. „Richard, kannst du mich hören?"

Richard gab keine Antwort.

„Sein Herz! Oh Gott, das war zu viel für sein krankes Herz." Sie rannte ins Haus, wählte die Notrufnummer, öffnete das große Tor per Knopfdruck und eilte wieder zu Richard, der noch immer regungslos auf dem Boden lag. „Halte durch, du darfst nicht sterben", jammerte sie laut.

Bis sie das Martinshorn hörte, hielt sie seinen Kopf in ihrem Schoss. Der Notarzt hörte Richards Herz ab und gab Anweisungen. Im Krankenwagen, der mit Blaulicht der Klinik zuraste, gab er ihm eine Spritze. Seine Diagnose stand fest. Herzinfarkt!

Berta saß mit gefalteten Händen neben ihm. „Richard, du musst es schaffen. Wie soll das Kindchen…" Ihr Gestammel ging in Schluchzen über.

Über eine Stunde saß Berta im Flur der Notaufnahme, bis endlich Chefarzt Dr. Gerlach auf sie zutrat. Als er den Kopf schüttelte und ihre Hände drückte, wusste sie: Richard hatte den dritten Herzinfarkt nicht überlebt.

„Wir haben alles versucht, was in unserer Macht stand. Diesmal konnten wir für Herrn Bernheim nichts mehr tun." Der Arzt winkte einer Schwester. „Bitte kümmern Sie sich um die Hinterbliebene. Ich muss zur Notaufnahme."

Schwester Hanna führte die verstörte Frau zu einer Sitzgruppe. „Möchten Sie ein Beruhigungsmittel?"

„Nein ich möchte Richard noch einmal sehen." Bertas Augen standen voller Tränen.

„Das geht nicht. Der Verstorbene wird gerade ins Leichenschauhaus überführt."

„Dann möchte ich nach Hause." Schlurfend ging Berta dem Ausgang zu und stieg in ein Taxi.

13

Während Berta nach Hause fuhr, lauschte Julia den Worten der Standesbeamtin.
„Somit erkläre ich Sie zu Mann und Frau." Sie beendete ihre Ansprache, nickte Gregor zu. „Sie dürfen die Braut jetzt küssen."
Zärtlich drückte Gregor seinen Mund auf Julias Lippen und fragte sie: „Na, Frau Bredowa, wirst du dich an meinen Namen gewöhnen können?"
Julia nickte. Vor Aufregung konnte sie nach der Gratulation von Heike und Ingo nur ein „Danke, Danke" stammeln. Galant reichte Gregor seiner jungen Frau den Arm, als er sie vom Pavillon in das angrenzende Hotel führte. Im Nebenzimmer war ein Tisch festlich geschmückt. Ingo Degenhard, Gregors Trauzeuge, verabschiedete sich gleich nach dem Essen. Er wollte seinen Flug nicht verpassen. Zum Abschied drückte er Julia an sich und wünschte ihr viel Glück.
„Na, Lämmchen, wie fühlst du dich als frischgebackene Ehefrau?", strahlte Gregor sie an.
"Ich würde mich noch glücklicher fühlen, wenn Papa und Berta mit uns feiern würden."
Gregors Miene verdüsterte sich sofort. „Die beiden wollten mich ja nicht akzeptieren. Wir lassen uns dadurch aber nicht beirren." Mit den Fingern schnippte er den Kellner zu sich. „Bringen Sie uns noch einen Flasche Champagner."
Julia legte eine Hand auf Gregors Arm. „Liebling, bitte keinen Alkohol mehr. Wir wollen doch heute noch nach Venedig."
Neckisch tippte ihr Gregor auf die Nase. „ Du hast ja recht, meine süße Frau. Nichts darf unsere Fahrt in die

Flitterwochen gefährden."

„Ja", stimmte Heike auch zu. „Hebt euch den Champagner für die Hochzeitsnacht auf."

„Die ich kaum noch erwarten kann", sagte Gregor. „Ich fahre dich jetzt noch nach Hause, du ziehst dich um und kommst mit deinem Koffer zu mir vors Tor."

Überschwänglich verabschiedete sich Heike von Julia. „Mach's gut und schicke mir eine Ansichtskarte."

„Wenn wir zurück sind, laden wir dich ein und berichten dir, was wir alles gesehen und erlebt haben", versprach Gregor, bevor Heike in ihren Wagen stieg. Auf der Fahrt zur Villa hatte Julia Herzklopfen. „Wie soll ich Papa nur beibringen, dass ich deine Frau bin?"

„Er wird dir Vorwürfe machen, sich aber beruhigen, wenn er sieht, wie glücklich du bist". tröstete er sie.

Julia eilte, kaum dass Gregor seinen Wagen vor der Villa geparkt hatte, der Haustür zu. Gespannt, wie Papa reagieren würde, betrat sie die Wohnhalle. Berta saß allein in einem Sessel und starrte auf den Boden.

Julia straffte die Schultern und ging auf sie zu. „Hallo, Berta. Wo ist Papa?" Ruckartig hob Berta den Kopf. Mit rotgeweinten Augen sah sie Julia an. „Im Leichenschauhaus!"

Julia glaubte, sich verhört zu haben. Ihre Beine wurden weich. Sie kniete sich vor Berta hin und rüttelte deren Schultern. „Wo ist Papa? Sag sofort, dass es nicht wahr ist."

„Es ist wahr!" Berta schob Julia von sich. „Dein Papa hat wieder einen Herzinfarkt bekommen als ich ihm sagte, dass du heute diesen... Taugenichts heiratest."

„Oh nein, nein." Kalkweiß im Gesicht sah sie zu Berta hoch. „Nein, Papa darf nicht tot sein. Er wird gleich kommen und mir verzeihen."

„Das wird er nicht." Berta zerknüllte das von Tränen nasse Taschentuch in den Händen.

Die Stimme wollte Julia nicht gehorchen, als sie stammelte: „Dann bin ich Schuld, dass Papa tot ist!" Benommen von der schrecklichen Botschaft, fragte sie:

„Konntest du denn nichts mehr für ihn tun?"

„Nein. Richard ist neben dem Rosenbeet einfach umgefallen. Ich habe sofort den Notruf gewählt und der Krankenwagen war schnell da. Dich konnte ich ja nicht erreichen." Stöhnend erhob sich Berta. „Während du geheiratet hast, hat dein Papa mit dem Tod gerungen!"

„Ich konnte ... ich konnte doch nicht ahnen, dass ..."

„Doch", unterbrach Berta Julias Gestammel. „Du wusstest, dass dein Vater ein schwaches Herz hatte, und du wusstest auch, dass er nicht wollte, dass du dich weiterhin mit diesem Kerl triffst. Wir haben dir vertraut und uns gefreut, dass du Fahrstunden nimmst. Du hast dich aber doch wieder mit diesem Casanova eingelassen und dieses Subjekt auch noch heimlich geheiratet. Das war zu viel für ihn!". Fast kraftlos schlurfte sie in die Küche.

Wie lange Julia auf dem Boden saß und sich ihrem Schmerz hingab, konnte sie später nicht mehr sagen. Sie war wie gelähmt. Erst als sie anhaltend ein Auto hupen hörte, fand sie in die Wirklichkeit zurück. Gregor wartete draußen, um mit ihr in die Flitterwochen zu fahren. Auf wankenden Beinen ging sie den Gartenweg entlang.

Gregor kam ihr entgegen. Erstaunt zeigte er auf ihr Kleid. „Du bist noch gar nicht umgezogen. Und wo ist dein Koffer?"

Julia konnte nicht antworten. Sie schüttelte nur den Kopf.

„Lämmchen, ist dein Vater sehr böse auf dich?"

Schluchzend warf sie sich in Gregors Arme. "Papa ist tot! Er ist gestorben, während wir gefeiert haben."

„Wie bitte? Dein Vater ist tot? Was ist mit ihm passiert?"

„Sein Herz hat es nicht verkraftet, dass wir geheiratet haben." Wieder schüttelte ein Weinkrampf ihren Körper.

Gregor zog Julia in seine Arme. „Das tut mir leid. Ich weiß, wie sehr du deinen Vater geliebt hast. Unter diesen Umständen können wir natürlich nicht in unsere Flitterwochen fahren. Die Bestattung deines Papas hat Vorrang. Dabei kann ich dir nur helfen, wenn du mir die entsprechenden Unterlagen gibst. Ich werde hier solange auf dich warten."

„Nein, bitte lass mich jetzt nicht allein." Sie zog Gregor mit sich zur noch offenstehenden Tür. In der Wohnhalle setzte sie sich in den Lieblingssessel ihres Vaters.

Gregor setzte sich auf die Armlehne, legte einen Arm um seine verstörte Frau und sprach beruhigend auf sie ein. „Lämmchen, ich werde dir mit Rat und Tat zur Seite stehen und alle Formalitäten für dich erledigen."

Weder Gregor noch Julia bemerkten, dass Berta nur ein paar Schritte hinter ihnen stand. Was sie gehört hatte, gefiel ihr nicht. Die Formalitäten gingen diesen Mann nichts an. Erbost machte sie einen unbedachten Schritt, dabei stieß sie gegen das Rokokoschränkchen. Die Vase die darauf stand, fiel zu Boden. Julia und Gregor drehten beide gleichzeitig den Kopf nach hinten. Gregor ging mit ausgestreckter Hand auf Berta zu. „Mein Beileid."

Berta übersah Gregors Hand bewusst und sammelte die Scherben der Vase auf.

„Scherben bringen Glück", versuchte Gregor die Situation zu meistern.

„Glück?" Berta sammelte die Blumen zusammen und funkelte Gregor böse an. „Unglück haben Sie über uns gebracht." Ohne ihn eines Blickes zu würdigen, schlurfte sie in die Küche.

Gregor ging zu Julia. „Lämmchen, diese Frau hasst mich. Komm wir gehen. Vorher brauche ich aber die Papiere deines Vaters für die Behörden."

„Die Dokumente findest du in Papas Arbeitszimmer im Schreibtisch." Sie zeigte auf eine Tür. „Ich ziehe mich inzwischen um." Mit schleppenden Schritten ging sie nach oben.

Mit Stielbürste und Putzlappen bewaffnet, kam Berta aus der Küche. Aus dem Herrenzimmer hörte sie das Geräusch von zuschlagenden Schubladen. Entschlossen riss sie die Tür auf und blieb wie angewurzelt stehen. Sie sah den verhassten Mann hinter Richards Schreibtisch sitzen. „Was machen Sie da?"

„Wonach sieht es wohl aus? Ich suche die Unterlagen für das Begräbnis."

„Sie?" Berta schüttelte den Kopf. „Nein, dieser Schreibtisch ist für Sie tabu. In diesem Zimmer hat außer Julia und mir niemand Zutritt."

Gregor stand auf und schob den Bürstenstiel, den Berta ihm in die Brust rammen wollte, zur Seite. „Julia hat mir aber aufgetragen, nach den Unterlagen zu suchen." Siegessicher setzte er sich wieder und zog die nächste Schublade auf.

„Sie lügen. Julia weiß ein Außenstehender keinen Zutritt zu Richards Allerheiligstem hat."

„Ich bin kein Außenstehender. Ich bin Julias Mann und lasse mir von Ihnen nichts vorschreiben."

„Wo ist die Julia?"

„Sie zieht sich eben um. Lassen Sie mich endlich allein."

„Das würde Ihnen so passen. Ich bleibe hier."

„Haben Sie nichts anderes zu tun?" Gregor deutete zur Tür.

Das brachte Bertas Blut endgültig in Wallung. Den nassen Lappen schwingend ging sie auf Gregor zu. „Wenn Sie denken, mich einschüchtern zu können, sind Sie auf dem Holzweg. Mit Julia hatten Sie ein leichtes Spiel, weil sie viel zu gutgläubig ist. Aber ich bin aus einem harten Holz. Ich lassen mich von Ihnen nicht um den Finger wickeln."

„Das habe ich auch nicht vor." Gregor fand in der untersten Schublade eine weinrote Dokumentenmappe und blätterte drin. „Na also." Mit der Mappe unter dem Arm wollte er zur Tür. Dass er das Monstrum, wie er Berta bezeichnete, unterschätzt hatte, merkte er, als sie ihm von hinten die Mappe aus dem Arm zog. Drohend drehte er sich zu ihr um und brüllte sie an. „Geben Sie mir sofort die Mappe zurück."

„Nein", brüllte Berta noch lauter.

„Was ist hier los?" Julia stand in dunkler Kleidung

unter der Tür.

„Kindchen, stimmt es, dass du diesem Mann erlaubt hast, in Richards Schreibtisch zu wühlen?".

„Ja, Berta. Wir brauchen die Dokumente für die Behörden. Bitte, gib mir die Mappe."

„Ich kann dir die Behördengänge abnehmen, dann bin ich sicher, dass dein Papa ein würdiges Begräbnis bekommt."

„Das bekommt er von mir auch." Wortlos zog Julia die Mappe aus Bertas Händen und wollte hinter Gregor das Haus verlassen.

„Halt, Kindchen, wir haben noch viel zu besprechen", wollte Berta sie zurückhalten.

„Morgen, Berta. Ich bin heute noch nicht in der Lage, wichtige Entscheidungen zu treffen. Ich rufe dich an."

Fassungslos starrte Berta auf die Tür, die sich hinter den beiden schloss. Ohne Julia konnte sie nichts entscheiden. Sie konnte aber Paul anrufen. Richards Freund würde besonnen reagieren. Mit zitternden Händen wählte sie seine Nummer, hörte dann aber nur den Anrufbeantworter. Deprimiert setzte sie sich und hoffte, dass Paul in der nächsten Stunde hier sein könnte.

Am Abend saß Berta immer noch wie betäubt im Sessel. Weder Julia noch Paul waren gekommen. Nicht einmal angerufen hatten sie. Resigniert ging sie in ihr Zimmer.

Auch der nächste Tag ging dem Abend zu, ohne dass das Telefon klingelte. Julia hatte versprochen, heute zu kommen. Warum hatte sie das Versprechen nicht gehalten? Sie musste doch wissen, dass sie die Formalitäten nicht allein bestimmen konnte. Entschlossen blätterte sie im Telefonbuch. Da fiel ihr ein, dass sie nicht mal den Nachnamen von Julias Mann wusste. Der Kerl hatte es nie für nötig gefunden, sich vorzustellen. Verdammt, wenn wenigstens Paul sich melden würde. Da Richard keine Geschwister hatte, kamen keine weiteren Verwandten in Frage. Die Einzige, mit der sie, wenn auch nur ganz selten, Kontakt hatte, war ihre jüngere

Schwester Hermine. Entschlossen rief sie in Westfalen an, erzählte von Richards Tod und bat sie, zur Beerdigung zu kommen.

„Berta, ich würde Richard gerne die letzte Ehre erweisen, aber ich kann hier nicht weg. Der Einzige, der mir noch zur Hand geht, ist der alte Gustav. Wenn ich ihn mit den vielen Tieren allein lasse, bricht alles zusammen", hörte sie Hermines besorgte Stimme. „Sie sind alle in die Stadt gezogen. Ich konnte sie nicht mehr bezahlen."

„Soll das heißen, dass es um das Gut so schlecht steht? Warum hast du mich das nicht wissen lassen?"

„Weil du dich seit vierzig Jahren nicht mehr dafür interessiert hast. Seit du mit Irina nach Süddeutschland gezogen bist, war dir unser Gut egal. Ich könnte dich jetzt sehr gut hier brauchen."

„Dein Angebot ehrt mich, aber ich muss für Julia sorgen. Ohne mich ist das Kindchen..." Mitten im Satz fiel ihr ein, dass Julia sie nicht mehr brauchte.

„Hermine, ich rufe dich in den nächsten Tagen an", versprach sie, bevor sie auflegte. Grübelnd saß sie im Sessel. Wenn Julias Mann sich hier breitmacht, musste sie ihm ausweichen. War das möglich? Wenn nicht, würde sie in die Heimat zurückkehren und sich auf dem Gut nützlich machen. Dann war ihr Kindchen schutzlos diesem Scheusal ausgeliefert. Nein, kampflos würde sie nicht aufgeben.

14

Julia erwacht, als eine Hand ihre Wange berührte. Aus fieberglänzenden Augen sah sie in Gregors besorgtes Gesicht. „Liebling, wie schön dass du da bist", hauchte sie mit belegter Stimme.

„Lämmchen, ich bin immer für dich da. Du bist doch meine Frau. Wie könnte ich dich jetzt allein lassen?"

Dankbar streckte sie ihre Hände nach ihm aus. „Bitte hilf mir, aufzustehen." Schon wollte sie ihre Beine aus dem Bett schwingen, als Gregor sie auf das Kissen zurück drückte. „Das geht nicht. Du hattest vor drei Tagen einen Nervenzusammenbruch und hast immer noch hohes Fieber!"

Erschrocken riss Julia die Augen auf. „Vor drei Tagen? Aber ich muss mich doch um Papas Beisetzung kümmern."

„Das hat Heike schon erledigt", winkte Gregor ab.

„Heike? Warum Heike?"

„Weil ich dich in der Verfassung, in der du warst nicht allein lassen konnte. Du hast im Fieberwahn um dich geschlagen. Aus Angst um dich, bin ich nicht von deiner Seite gewichen. Dass mir dabei ein lukratives Geschäft durch die Lappen gegangen ist, habe ich in Kauf genommen. Deine Genesung war mir einfach wichtiger."

„Danke Liebling." Stöhnend fasste sie sich an den Kopf. „Wenn ich nur nicht so schlimme Kopfschmerzen hätte."

Gregor reichte ihr ein Glas mit einer trüben Flüssigkeit. „Trink das, dann geht es dir bald besser."

Gehorsam trank Julia das Glas leer. Ihre Gedanken kreisten um ihren verstorbenen Vater. Dabei fiel ihr Berta ein, der sie versprochen hatte, sich zu melden. „Bitte, Gregor bring mir das Telefon. Berta wartet auf meinen Anruf. Ich muss ihr sagen…"

Was sie ihr sagen wollte, ging in einem Gemurmel unter und sie fiel in einen bleiernen Schlaf.

15

Die vergangen drei Tage und Nächte waren für Berta der reinste Horror. Aus Angst, Julia zu verpassen, ging sie nicht aus dem Haus. Wie hypnotisiert saß sie neben dem Telefon. Warum rief Julia nicht mal an? Dass Paul Weigant auf ihre Hilferufe nicht reagierte, versetzte sie in Panik. Endlich klingelte die Haustürglocke. Hastig eilte sie zur Sprechanlage. „Kindchen, endlich. Hast du den Schlüssel vergessen?" Freudig drückte sie auf den Türöffner. Es war aber weder Julia noch Paul.

Luise Hafner kam auf sie zu. „Berta, ist bei ihnen alles in Ordnung? Ich habe mir Sorgen gemacht, weil ich Sie seit Tagen nicht mehr getroffen habe." Besorgt sah Luise Hafner in das blasse Gesicht mit den verweinten Augen. „Ist etwas passiert?"

„Ja, aber bitte kommen Sie herein." Vor ihrer Einkaufsbekanntschaft ging Berta auf die Sitzgruppe zu. Mit tränenerstickter Stimme stammelte sie: „Richard ist vor drei Tagen gestorben und ich kann Julia nicht erreichen."

„Das tut mir leid. Mein aufrichtiges Beileid." Mitfühlend drückte sie Bertas Hände. „Kann ich Ihnen irgendwie helfen?"

„Sie schickt mir der Himmel. Ich weiß vor Sorge weder aus noch ein."

„Dann erzählen Sie mir in aller Ruhe was geschehen ist."

Erst nach gewisser Zeit konnte sich Luise aus Bertas Gestammel einen Reim machen. „Bitte, liebe Berta, beruhigen Sie sich. Gemeinsam werden wir herausfinden, wo der Leichnam aufgebahrt ist. Ich rufe zuerst auf dem hiesigen Pfarramt an."

„Ja, bitte. Warum bin ich nicht selbst darauf gekommen? Ich weiß nicht mehr, wo mir der Kopf steht." Im Stillen dankte sie Gott, dass sie diese warmherzige Frau kennengelernt hatte.

Bestürzt hörte Luise vom Pfarramt, dass weder eine Trauerfeier, noch ein Begräbnis auf den Namen Richard Bernheim gemeldet war.

Berta hatte mitgehört. „Das darf doch nicht wahr sein. Wo ist dann Richards Leichnam? Mein Kindchen wird ihren Papa doch nicht irgendwo verscharrt haben."

„Warten Sie erst mal ab, was die junge Frau sagt", versuchte Luise die verstörte Berta zu beruhigen.

„Wie denn? Sie ruft ja nicht mal an."

Um Berta auf andere Gedanken zu bringen, sagte Luise „Sie wohnen außergewöhnlich schön hier." Bewundernd glitten ihre Augen durch die Halle bis zum

Treppengeländer.

„Das alles hat Richard gemacht. Und nicht nur den Innenbereich." Berta schob die Terrassentür auf. „Trinken Sie eine Tasse Kaffee mit mir. Ich hole Ihnen ein Gedeck."

Auch hier draußen konnte sich Luise Hafner kaum satt sehen. Fasziniert trat sie danach in den weichen Rasen und ging auf die Blumenrabatten zu.

„Gefällt Ihnen unser Garten?", fragte Berta.

„Ja. Er ist wunderschön. Darf ich fragen, welche Firma ihn gestaltet hat?"

„Keine Firma. Der Hausherr hat sich um alles selbst gekümmert. Diese Seite ist fertig geworden. Den hinteren Teil wollte er sich in den nächsten Tagen vornehmen. Das kann er nun nicht mehr." Wieder kamen Berta die Tränen.

„Wer wird in Zukunft den Garten pflegen?", fragte Luise.

„Ich werde einen Gärtner beauftragen, denn ich bin mit dem großen Haus genug beschäftigt."

„Ich würde gerne den gesamten Außenbereich übernehmen", sagte Luise. „Ich habe diesen Beruf gelernt. Wir hatten dreißig Jahre eine Gärtnerei. Als mein Mann krank wurde, musste ich das Geschäft aufgeben, um ihn pflegen zu können. Seit seinem Tod vor zwei Jahren bin ich arbeitslos. Ohne meine geliebte Arbeit fällt mir die Decke auf den Kopf." Bittend sah sie Berta an. „Lassen Sie mich beweisen, dass ich mein Handwerk immer noch verste-he. Ich bin auch mit einer Probezeit einverstanden."

Berta strahlte. „Ja, liebe Luise. Sie würde ich gerne hier schalten und walten lassen. Ich fürchte nur, Sie muten sich dabei zu viel zu. Der Park ist größer als Sie ahnen können." Energisch zog sie ihren Gast auf die Terrasse zum Tisch, auf dem neben dem Geschirr das Telefon lag. „Julia ist sicher damit einverstanden."

Luise setzte sich. „Sind Sie sicher, dass die junge Frau hier wohnen bleibt?"

„Ja, das wird sie. Es wird nicht lange dauern bis sie merkt, dass sie sich mit dem Kerl, den sie geheiratet hat, eine Laus in den Pelz gesetzt hat." Das Telefon klingelte und der Kaffee, den sie Luise einschenken wollte, landete neben der Tasse. „Wie? Wer? Ja, ich komme sofort". brüllte Berta in den Hörer und legte auf. „Das war die Oberschwester der Klinik. Julia wurde mit einer Lungenentzündung dort eingeliefert. Ich soll ihr Wäsche und Kosmetikbeutel bringen." Sie erhob sich und ging zur Treppe. „Luise, ich fürchte, dass ich die vielen Stufen bis nach ganz oben mit meinen schweren Beinen nicht schaffe. Könnten Sie für mich...?" Befriedigt sah sie, wie Luise nickte und leichtfüßig nach oben rannte. „Im rechten Turmzimmer ist Julias Schlafzimmer, daneben das Bad. Ich suche inzwischen eine Reisetasche und rufe ein Taxi."

Luise war sprachlos, als sie das Turmzimmer betrat. „Wie im Märchen," hauchte sie begeistert und hätte sich gern noch länger umgesehen, doch ihr Pflichtgefühl erinnerte sie an den Auftrag. Ohne Mühe fand sie alles, was die junge Frau in der Klinik brauchte. So rasch wie sie nach oben gerannt war, rannte sie wieder hinunter, legte alles in die vorbereitet Tasche und begleitete Berta zum wartenden Taxi. „Soll ich mitfahren?"

„Das ist nicht nötig. Aber wenn Sie hier auf mich warten, wäre ich Ihnen dankbar. Oder müssen Sie nach Hause?"

„Nein. Auf mich wartet niemand." Luise winkte dem Taxi nach, bevor sie auf dem Plattenweg der Terrasse zuging. Auf halben Weg blieb sie neben den Blumenrabatten stehen. Ohne Handschuhe knipste sie vereinzelte verwelkte Blüten ab. Es hatte sich schon ein Häufchen angesammelt, als ein Sportwagen mit kreischenden Bremsen vor der Garage anhielt. Ein elegant gekleideter Mann in heller Hose und rotem Sakko stieg aus. Er eilte rasch auf die Haustür zu. Bevor er den Schlüssel in die Haustür steckte, hatte er sie bemerkt. Befremdet kam er auf sie zu.

„Was machen Sie hier? Wer sind Sie überhaupt?"

„Mein Name ist Hafner. Ich bin eine gute Bekannte von Berta!". Fragend sah sie in das gebräunte Gesicht.

„Sind Sie Julias Mann?"

„Ja, was dagegen?". Er zeigte zum Haus. „Ist die Alte drin?"

„Wenn Sie Frau Lösdau meinen, nein. Sie ist im Krankenhaus bei Ihrer Frau."

„Was? Woher weiß die denn schon davon?"

„Weil man von der Klinik aus hier angerufen hat."

„Dann werde ich mal die Sachen zusammen suchen, die Julia braucht." Demonstrativ schlenkerte er den Hausschlüssel.

„Das hat Berta schon für Sie erledigt."

„So, dann möchte ich keine Zeit verlieren." Eilig rannte er zu seinem Wagen und brauste durch das Tor.

Erleichtert atmete Luise auf. Sie hatte schon befürchtet, dass dieser Mann sie von hier vertreiben würde. Die Sorge um seine kranke Frau hatte ihn das vergessen lassen. Bis Berta zurück war, wollte sie sich nützlich machen. In dem großen Park gab es sicher etwas zu tun. Bewundernd betrachtete sie die Villa. Nicht nur das Schwimmbad, auch der Pavillon und die vielen Bäume und Sträucher versetzten sie in einen Taumel. Ihr Kennerblick schweifte über das ganze Areal. Sie wusste auch sofort, wo was zuerst getan werden musste. Ganz hinten fand sie eine Blockhütte, deren Tür offenstand. Mit den speziellen Geräten, die sie darin fand, würde es ein Kinderspiel sein, hier zu arbeiten. Sie freute sich schon auf die Arbeit. Dann spazierte sie zur Westfront. Den Blick in die Bäume gerichtet, wäre sie beinah über den Spaten gestolpert, der neben einer kleinen Grube lag. Ihr Interesse galt den fünf Rosenstöcken, deren Wurzeln fast ausgetrocknet waren. Daneben standen eine Schubkarre und eine gefüllte Gießkanne. Zufrieden, dass sie die Edelrosen noch rechtzeitig hatte einpflanzen können, schlenderte sie auf die Terrasse zurück.

In dem Moment kam Berta durch das kleine Tor.

„Hallo Luise, schön dass Sie auf mich gewartet haben."

„Wie geht es Ihrem Sorgenkind?"

„Der Arzt sagt, sie darf in drei Tagen nach Hause."

„Das ist gut. Unter Ihrer Aufsicht wird sie bald wieder ganz gesund. Sie hat sich sicher über Ihren Besuch gefreut?"

„Sie hat die ganze Zeit geschlafen. Aber als der Kerl... ihr Mann ins Zimmer kam, hat sie die Arme nach ihm, nicht nach mir ausgestreckt. Ich konnte sie nicht mal fragen, wo der Leichnam ihres Vaters aufgebahrt ist."

Luise nahm die verstörte Frau in die Arme. „Was haben Sie anderes erwartet? Es ist doch verständlich, dass die junge Frau ihren frisch angetrauten Mann sehen wollte."

„Dem Kerl geht es doch nicht um Julia, sondern um ihr Vermögen." Empört setzte sich Berta.

„Also ich hatte den Eindruck, dass er um seine Frau in Sorge war."

Berta sah sie irritiert an: „War der Kerl etwa hier?"

„Ja, er wollte Wäsche für seine Frau holen, ist aber gleich wieder losgefahren, als ich ihm sagte, dass Sie damit schon in der Klinik sind. Ich fürchtete schon, er würde mich wegschicken."

„So wie mich? Stellen Sie sich vor, Luise, dieses Monster kam ins Krankenhauszimmer, hat mich am Arm gepackt und vor die Tür geschoben. Ich kochte vor Wut. Das Scheusal hat mich behandelt wie einen Schuhabstreifer. Muss ich mir das von so einem Subjekt gefallen lassen?". Berta schnaufte herb. „Der wird mich noch kennenlernen. So kann man mit mir nicht umgehen."

„Ich fürchte, diesem Mann sind Sie nicht gewachsen. Warten Sie mit den Vorwürfen, bis Ihre Julia wieder ganz gesund ist."

„Na gut. Ich kann es kaum noch erwarten, bis mein Kindchen zu mir kommt. Aber allein."

„Allein? Das junge Paar möchte sicher zusammen hier wohnen."

Berta sprang empört auf. „Nein, mit diesem Kerl kann ich nicht unter einem Dach wohnen."

Nur mit viel Überredungskunst gelang es Luise, die aufgebrachte Berta zu beruhigen. „Ich muss jetzt nach

Hause radeln bevor es dunkel wird. Kann ich noch etwas für Sie tun?"

„Heute nicht mehr. Bitte kommen Sie morgen wieder. Es gibt viel zu tun."

„Dann bis morgen. Und haben Sie Geduld."

Geduld war nicht Bertas Stärke. Da sie mit Julia nicht hatte reden können, aber viele Fragen an sie hatte, würde sie nochmal in die Klinik fahren. Sie trug das Geschirr in die Küche und hoffte, dass der verhasste Mann nicht mehr am Krankenbett saß.

Als es dämmerte, hielt sie es vor Erwartung nicht mehr aus. Bevor sie das Krankenzimmer betreten konnte, kam die Stationsschwester auf sie zu. „Sie können jetzt keinen Besuch mehr machen. Die Patientin schläft schon."

„Bitte, lassen Sie mich wenigstens einen Blick auf meine Kleine werfen, dann gehe ich wieder." Leise öffnete sie die Tür. Mit geschlossenen Augen und einem zufriedenen Gesichtsausdruck lag Julia in den Kissen. Was sie wohl gerade träumt? fragte sich Berta und flüsterte: „Schlaf dich gesund. Ich komme morgen wieder."

16

Die Straßenlaternen beleuchteten den Gehsteig, als Berta vor der Villa aus dem Taxi stieg. Verwundert, dass im Erdgeschoss Licht brannte, eilte sie zur Haustür. In der Halle rümpfte sie die Nase. Abgestandener Zigarettenqualm würgte sie in der Kehle. Rasch öffnete sie die Terrassentür. Als sie sich umdrehte, kam der verhasste Mann aus dem Herrenzimmer. „Was hatten Sie schon wieder in diesem Zimmer zu suchen?"

Ohne Berta zu antworten, zündete er sich eine Zigarette an und blies ihr den Rauch ins Gesicht.

„Wie sind Sie hier herein gekommen?" fuhr sie ihn böse an.

Grinsend schwenke er seinen Schlüsselbund. „Ich

bin hier jetzt zu Hause."

Empört holte Berta Luft. „Das werde ich verhindern."

„Wie wollen Sie das machen?", lachte er hämisch.

„Julia ist meine Frau. Sie möchte mit mir zusammen hier wohnen."

Berta war außer sich. „Sie und ich unter einem Dach? Nein, niemals!"

„Dann verschwinden Sie, oder haben Sie die Villa geerbt?"

„Nein, aber ich habe hier Wohnrecht auf Lebenszeit. Das hat Richard sogar schriftlich festgehalten."

„Ach ja? Ich habe den Wisch im Schreibtisch aber nicht gefunden. Sie können selber nachsehen."

„Diese Bestätigung haben Sie sicher schon verschwinden lassen. Aber ich vertraue auf Julia. Sie wird mich niemals vor die Tür setzen."

„Dann werde ich Ihnen das Leben so zur Hölle machen, dass Sie gerne von alleine gehen. Außer Sie unterwerfen sich meinen Anordnungen."

„Darauf können Sie lange warten, Sie…Scheusal." Empört setzte sich Berta in einen Sessel. Der Kerl sollte nicht merken, dass ihre Knie zitterten. „Sie haben es von Anfang an auf Julias Vermögen abgesehen."

Gregor lächelte spöttisch auf sie hinunter. „Sparen Sie sich Ihre Kommentare und gehen Sie mir endlich aus den Augen." Entschlossen ging er zur Treppe.

„Wo ist Richards Leichnam aufgebahrt?" hielt ihn Berta zurück.

„Im Krematorium in Lindau!" sagte Gregor genervt.

„Wie bitte?" Berta legte eine Hand hinters Ohr. „Ich muss mich verhört haben." Erbost ging sie auf den verhassten Mann zu. „Wollen Sie damit sagen, dass Richard kein würdiges Begräbnis bekommen wird?"

„Wenn Sie nicht auch noch taub sind, haben Sie richtig gehört. Und jetzt verschonen Sie mich mit Ihren Fragen. Julias Vater wird verbrannt, basta." Hastig eilte er die Treppe hinauf.

Berta zitterte am ganzen Körper. Die Ungeheuerlichkeit musste sie erst verkraften. Wenn dieser Mitgiftjäger glaubte, sich ins gemachte Nest setzen zu können, hatte er sich verrechnet. Nie durfte dieses Scheusal hier einziehen. Richard würde sich im Grab umdrehen. Grab? Richard bekam kein Grab! Das bedeutete, dass sie nie Blumen auf seine letzte Ruhestätte legen konnte. Das konnte Julia nur im Fieberwahn erlaubt haben. Mit schweren Beinen ging sie in ihr Zimmer.

Wie gerädert setzte sie sich am nächsten Morgen an den Frühstückstisch. Dass der Hausherr nie mehr neben ihr sitzen würde, trieb ihr wieder die Tränen in die Augen. Mit gefalteten Händen sah sie zur Decke und flüsterte: „Richard, halte deine schützende Hand über deine Kleine und mich, denn der Kerl, den unser Kindchen geheiratet hat, will mich von hier vertreiben. Das Paradies, das du für uns geschaffen hast ist doch auch mein Zuhause. Es darf nicht..." Mitten in ihrem Gebet ertönte die Haustürglocke. Durch die Sprechanlage hörte sie Luises Stimme, und drückte sofort auf den Türöffner. Mit ausgestreckten Händen empfing sie die warmherzige Frau. Luise winkte ab, als Berta ins Esszimmer zeigte. „Danke, ich habe schon gefrühstückt. Ich bin gekommen, um Ihnen zu helfen. Wo soll ich anfangen?"

„Später", winkte Berta ab. "Zuerst muss ich Ihnen erzählen, was sich der unverschämte Kerl schon wieder geleistet hat."

Unterbrochen durch Bertas Schluchzen hörte sich Luise das Gestammel an. Beruhigend sprach sie auf Berta ein. „So wie Sie mir Ihre Julia schildern, wird sie nicht zulassen, dass Sie von hier vertrieben werden. Sie fahren jetzt in die Klinik und reden mit ihr."

Erleichtert darüber, dass Julia aufrecht im Bett saß und ihr zulächelte, betrat Berta mit einem Blumenstrauß das Kranken-zimmer. „Wie schön, dass du wach bist. Wie geht es dir?"

„Gut! Der Oberarzt hat mich heute nochmals

untersucht. Ich darf in drei Tagen nach Hause."

„Zu mir?"

„Ja. Ist dir das etwa nicht recht?" Ungläubig sah Julia in Bertas Gesicht.

„Natürlich ist mir das recht." Vor Freude drückte sie ihren Schützling an sich, bevor sie die Blumen aus dem Papier schälte. „Ich freue mich mehr als du dir denken kannst. Als Willkommensgruß bereite ich dir dein Lieblingsessen."

„Danke, Berta. Das ist lieb von dir gemeint, aber Gregor mag kein süßes Mittagessen."

„Gregor?" Berta holte tief Luft, „Sag jetzt nicht, dass der Kerl bei uns einziehen wird."

Auch Julia holte tief Luft. „Gregor ist kein Kerl. Er ist mein Mann und wird bei mir wohnen."

„Nein, dieses Scheusal kommt mir nicht ins Haus!" Berta knallte die Blumen so fest auf den Nachttisch, dass einige Blüten abfielen. „Weißt du wie der mich behandelt hat?" Ausführlich berichtete sie von dem gestrigen Streit. „Und hast du gewusst, dass er deinen Papa einem Beerdigungsinstitut überlassen hat?"

„Ja, Berta. Was hätte Gregor denn sonst tun können?"

„Du hättest diese wichtige Angelegenheit mir überlassen sollen. Ich hätte alles in die richtigen Wege geleitet. Mit meiner Hilfe hätte dein Papa eine schöne Trauerfeier und ein würdiges Begräbnis bekommen. Stattdessen hat dein Mann Richard ohne Gottes Segen ins Krematorium überführen lassen. Dein Papa wollte aber ein Grab auf dem Friedhof, auf das wir ihm Blumen aus seinem Garten legen können." Schniefend holte sie Luft. „Hast du vergessen was du deinem Papa schuldig bist? Wenigstens den letzten Willen hättest du ihm erfüllen müssen." Wieder kamen ihr die Tränen. „Seit du diesem Mann begegnet bist, bist du wie umgewandelt. Was hat der Kerl nur aus dir gemacht? Und dass du diese Subjekt auch noch geheiratet hast, war der größte Fehler deines Lebens."

„Berta, es reicht. Wenn du meinen Mann nochmals als Subjekt bezeichnest, komme ich nicht nach Hause! Nur weil Gregor mich über alles liebt, gibt er seine schöne Stadtwohnung auf, denn dort kann ich nicht malen. Und weil mein Mann weiß, wie viel mir an meiner Arbeit liegt, ist er bereit, in den sauren Apfel zu beißen und deine Launen zu ertragen."

Empört sprang Berta von der Bettkante. „Ich und Launen? Kindchen, du weißt genau, dass ich der friedlichste Mensch bin, aber wenn ich mit diesem Mann unter einem Dach wohnen muss, gibt es Mord und Totschlag."

Julia streckte sich. „Berta, so schlimm wird es nicht werden. Wenn du dich morgens so lange zurückhältst bis Gregor ins Büro fährt, kannst du danach schalten und walten wie gewohnt."

„Du glaubst doch nicht wirklich, dass damit das Übel aus der Welt geschafft ist. Dieser Kerl wird solange ein Haar in der Suppe finden, bis er mich hinaus geekelt hat. Aber bevor ich mir von ihm weitere Vorschriften machen lasse, gehe ich."

„Wo willst du denn hin?", fragte Julia mit schlechtem Gewissen.

„In meine Heimat nach Westfalen. Meine Schwester hat mich gebeten zu kommen. Bei ihr kann ich mich auch nützlich machen."

„Heißt das, dass du kampflos aufgibst?"

„Du lässt mir ja keine Wahl. Also entscheide dich. Entweder er oder ich!" Dass ihr Julia darauf nicht antwortete, bewies ihr, dass sich ihr Kindchen für ihren Mann entschieden hatte. „Das habe ich befürchtet."

„Berta, ich rede nochmals mit Gregor. Mir zuliebe wird er dir aus dem Weg gehen und dich nicht mehr provozieren."

Eine Krankenschwester trat an Julias Bett und fühlte ihren Puls. „Haben Sie sich aufgeregt?" Der Blick, den sie Berta dabei zuwarf, sprach Bände.

„Ich gehe ja schon." Enttäuscht über Julias Reaktion verließ sie das Krankenzimmer.

17

Die Rückkehr in die Villa hatte sich Julia anders vorgestellt. Obwohl sie Berta ihre Heimkehr um die Mittagszeit mitgeteilt hatte, drang aus der offenstehenden Küchentür kein Essensduft, und Berta glänzte durch Abwesenheit. „Das verstehe ich nicht", sagte sie zu Gregor, der ihre Tasche abstellte.

„Deine liebe Berta schmollt, weil sie in Zukunft nicht mehr die erste Geige spielen darf. Dass ich bei meiner süßen Frau wohnen möchte, geht ihr gegen den Strich." Zärtlich führte Gregor sie zum Sofa. „Lämmchen, du musst dich noch schonen." Mit der Wolldecke, die bereit lag, deckte er sie zu. „Damit deine Berta sieht, dass wir auf sie nicht angewiesen sind, hole ich uns was zu essen. Ich komme so schnell wie möglich zurück."

Kaum war Gregor aus dem Haus, kam Berta die Treppe herunter. „Endlich bist du wieder daheim. Ich hole gleich den Reisauflauf aus der Röhre."

„Berta, ich sagte dir doch schon, dass Gregor so etwas nicht mag."

„Der Auflauf reicht auch nur für uns beide!"

Julia nickte. „Das hat sich mein Mann schon gedacht, deshalb holt er für uns ein Essen."

„Wie das schmeckt, kann ich mir schon denken", murmelte Berta, bevor sie in die Küche schlurfte.

Schneller als erwartet, kam Gregor mit einer Tüte, aus der es fremdländisch duftete, zurück. Setzte sich zu ihr aufs Sofa und reichte ihr eine Aluschale. „Ich weiß, dass du dieses chinesische Gericht magst."

Julia strahlte. „Hm, das duftet nicht nur köstlich, das schmeckt auch so gut." Mit Begeisterung spießte sie die Meeresfrüchte auf die Plastikgabel.

„Das darf nicht wahr sein", regte sich Berta auf, die plötzlich vor ihnen stand. „Was sind denn das für neue Sitten? In diesem Haus wird am Tisch gegessen." Angewidert über das ungewohnte Geschirr, fuhr sie Gregor an:

„Für Sie sind Tischmanieren wohl ein Fremdwort. Hier wird nicht auf dem Sofa gegessen und auch nicht aus einem Napf."

„Es schmeckt aber köstlich, und es stört mich auch nicht, mal nicht von edlem Porzellan und mit Silberbesteck zu speisen", sagte Julia.

„Außerdem muss meine süße Frau noch das Bett hüten. Sparen Sie sich also ihre Kommentare", fügte Gregor hinzu.

Vor Empörung lief Bertas Gesicht rot an. Um sich das Liebesgesäusel nicht länger anhören zu müssen, ging sie zurück in die Küche.

Gregor drückte Julia an sich. „Lämmchen, was würde ich dafür geben, länger bei dir bleiben zu können. Aber im Büro wartet ein Interessent. Versuche ein wenig zu schlafen. Ich bin bald wieder bei dir."

Durch die halboffene Küchentür sah Berta, wie der Kerl ihr Kindchen küsste. Am liebsten wäre sie dazwischen gefahren, musste sich aber zurückhalten. Erst als sie den Motor des Sportwagens aufheulen hörte, trat sie vor Julia. „Ich lasse dich gleich schlafen, doch bevor der Kerl zurückkommt muss ich wissen, wie du dir unser Zusammenleben vorstellst? Die Esserei hat mir gezeigt, dass er nicht zu uns passt."

„Und mir passt es nicht, wie du über meinen Mann redest. Ich erwarte von dir, dass du dich mit Gregor verträgst. Es muss doch verdammt noch mal möglich sein, dass..."

„Du fluchst", unterbrach Berta sie bitter. „Das ist der schlechte Umgang mit ihm. Ich gebe dem...deinem Mann vier Wochen Zeit, sich zu benehmen, sonst..."

„Sonst was?" Fragend sah Julia zu Berta hoch, die erst abwinkte, dann mit den Aluschalen in die Küche ging.

18

Es dauerte keine vier Wochen, sondern nur vier Tage, bis Berta mit gepackten Koffern vor Julia stand. „Ich gehe jetzt."

Julia sah traurig in das vertraute Gesicht. „Bertalein, kannst du Gregor nicht noch eine Chance geben? Er hat es gestern bestimmt nicht so gemeint, als er dich..."

„Geschenkt", wehrte Berta ab. „Das Maß ist voll!"

Dass Berta so schnell das Feld räumen würde, hatte Julia nicht für möglich gehalten. Die vergangenen Tage hatten aber bewiesen, dass zwischen Gregor und Berta nie Waffenstillstand herrschen konnte. „Berta, du wirst mir fehlen."

„Du mir auch, Kindchen. Und nur weil ich mir sicher bin, dass ich eine würdige Nachfolgerin gefunden habe, räume ich das Feld. Luise Hafner hat mir versprochen, gut für dich zu sorgen. Bei dieser warmherzigen Frau bist du in den besten Händen. Da Luise nicht hier wohnen wird, hat sie von deinem Mann nichts zu befürchten."

Die Türglocke ertönte. „Das ist mein Taxi!" Berta griff nach ihrem Gepäck.

„Darf ich dich wenigstens zum Bahnhof begleiten?" Mit einem Koffer ging Julia neben Berta zum Tor.

„Nein. Ich möchte es kurz und schmerzlos machen."

Julia kämpfte mit den Tränen. „Ohne dich wird es nie mehr so sein wie es war."

„Wem hast du das zu verdanken?" Bertas Augen schwammen in Tränen. "Hättest du doch diesen Gregor nie kennengelernt, dann würde dein Papa noch leben und wir drei hätten das Paradies auf Erden. Ich verfluche deinen Mann."

Entsetzt sah Julia sie an. „Wie kannst du so etwas sagen?"

„Eines Tages wirst du an meine Worte denken."

Der Taxifahrer hatte das Gepäck im Kofferraum verstaut und öffnete die Beifahrertür. „Wenn Sie den Zug erreichen wollen, müssen wir los."

Bevor Berta einsteigen konnte, hielt Julia sie am Arm zurück. „Bitte melde dich gleich wenn du angekommen bist. Ich rufe dich auch immer wieder an."

„Wozu? Etwa um mir zu sagen, dass dein Mann doch ein Mitgiftjäger ist?"

„Darauf kannst du lange warten." Julia winkte dem Taxi nach, bis es nicht mehr zu sehen war. Erst danach fiel ihr ein, dass sie weder eine Adresse, noch eine Telefonnummer von Berta hatte. Resigniert stand sie noch immer am Gartentor, als sie eine Hand auf ihrer Schulter spürte.

„Hallo Julia. Wie schön, dich mal wieder zu sehen." Peter Kraft grinste sie an. „Sag mal, wer ist denn der Mann mit dem Superschlitten, der fast jeden Tag vor deiner Garage parkt? Ich habe ihn von meinem Fenster oben mit dem Fernglas bestaunt. Wohnt der bei dir?"

„Ja. Was dagegen?" Ohne weiteren Kommentar drehte sie ihm den Rücken zu und eilte zur Haustür.

19

Wie hypnotisiert starrte Gregor Bredowa in seinem Büro auf das Faxgerät, aus dem die Bestätigung für sein Angebot kommen sollte. „Verdammt noch mal", brüllte er Heike an. „Warum tut sich nichts?"

Heike schüttelte den Kopf. „Was kann ich dafür, wenn dein einziger Interessent nicht anbeißt? Deine Angebote sind wirklich nicht das Gelbe vom Ei."

„Was verstehst du schon von meinem Gewerbe? Dich interessiert doch nur..." Mitten im Satz klingelte das Telefon. „Traumhaus Immobilien", meldete er sich mit sanfter Stimme. „Ja sicher, gnädige Frau. Sie bekommen das gewünschte Objekt. Ich habe nicht nur ein Haus mit Garten, sondern eine Villa mit Park für Sie reserviert. Ja, Sie können sie spätestens morgen besichtigen. Passt Ihnen zehn Uhr? Gut, ich rufe Sie heute noch zurück und gebe Ihnen die Adresse an. Auf Wiederhören." Er legte auf und rieb sich die Hände.

Heike schüttelte den Kopf. „Eine Villa mit Park? Außer einer feuchten Kellerwohnung hast du doch nichts anzubieten."

„Wetten, dass doch?" Gregor strahlte.
„Wo hast du deinen Zauberstab, Meister Merlin?"
„Den brauche ich nicht. Mein Hinkebein ist das Sesam öffne dich."
Erschrocken sah Heike ihren Geliebten an. „Du willst dir Julias Villa unter den Nagel reißen?"
„Was spricht dagegen?"
Heike schüttelte den Kopf. „Wenn du glaubst, dass Julia ihre Villa verkauft, dann hast du dich geschnitten."
„Sie wird. Ich muss nur etwas nachhelfen; deshalb darf die kleine Kröte morgen nicht zu Hause sein, wenn die neuen Besitzer die Villa besichtigen."
„Du bist verrückt. Das kannst du nicht machen."
„Nun hör mir mal gut zu. Julia lebt im Luxus, während wir uns nicht mal mehr die Butter aufs Brot leisten können. Du weißt, dass ich bald meinen Sportwagen zurückgeben muss, weil ich die Leasingraten nicht bezahlen kann. Und du weißt auch, dass ich mit der Miete für dieses Büro schon drei Monate im Rückstand bin. Die letzte Mahnung kam gestern. Horst kommt in zwei Wochen zurück, dann muss ich seine Wohnung räumen."
„Deshalb musst du doch nicht kriminell werden", versuchte Heike ihn zu besänftigen. „Julia hilft dir ganz sicher aus der finanziellen Notlage."
„Genau das möchte ich nicht. Sie darf von meiner Pleite nichts erfahren, sonst fällt mein schöner Plan ins Wasser. Außerdem wären ein paar Tausender nur ein Tropfen auf den heißen Stein. Ich möchte den ganzen Kuchen. Wenn du mir dabei hilfst, verspreche ich dir, dass wir zwei in Spanien ein neues Leben beginnen."
„Und dazu brauchst du Julias Villa?"
„Ja. Ihr Haus mit dem großen Garten ist genau das, wonach Frau Gerlach mit Sohn und Enkel sucht."
„Dein schöner Plan wird nicht aufgehen, weil Julia niemals die Einwilligung dazu gibt."
„Die Unterschrift dazu bekomme ich, noch bevor ich mit dem Hinkebein in die Flitterwochen nach Südtirol fahre, aus denen ich allein zurückkomme."

Entsetzt sah Heike zu Gregor. „Du willst Julia allein in den Bergen zurücklassen?"

„Es muss sein. Mir steht das Wasser bis zum Hals. Ich habe es auch satt, Kindermädchen zu spielen. Julias Getue geht mir schon lange auf die Nerven. Deshalb war ich statt in Erfurt, in den Dolomiten. Dort habe ich eine abgelegene Hütte gefunden, die ideal ist für meinen Plan. Ich werde ihr vorschwärmen, dort unsere Flitterwochen zu verbringen. Julia wird begeistert sein. Sie weiß nur nicht, dass ich sie dort allein lasse. Bis das Unschuldslamm in die Zivilisation zurückfindet, sind wir zwei mit dem Erlös der Villa, längst über alle Berge."

„Warum bist du so sicher, dass dich Julia nach ihrer Rückkehr nicht anzeigt?"

„Weil das naive Schaf zu sehr auf den guten Ruf bedacht ist. Nie wird sie zugeben, dass sie von ihrem Mann hereingelegt wurde. Außerdem kann sie mich nicht zur Rechenschaft ziehen, weil wir beide dann längst im Ausland sind."

Heike schluckte trocken. „Hoffentlich hast du Recht."

„Ich habe immer Recht!" Siegessicher nahm er Heike in den Arm. „Süße, freue dich. In ein paar Tagen können wir schon die Spanische Sonne genießen."

„So bald schon?" Heike war skeptisch. „Noch hast du Julias Villa nicht verkauft."

„Das wird schon! Frau Gerlach sucht verzweifelt genau nach dem Objekt, das ich ihr bieten kann."

„Schön, aber bist du dir auch sicher, dass diese Frau so viel Geld hat, um Julias Villa bezahlen zu können?"

„Ich muss ihr im Preis natürlich entgegen kommen. Frau Gerlach hat mir gestanden, dass sie und ihr Sohn nur zwei Millionen flüssig machen können."

„Zwei Millionen?" Heike hob die Augenbrauen. „Diese Traumvilla, in dieser Lage mit großem Park, direkt am See ist bestimmt das Doppelte wert."

„Ich weiß! Die Gerlachs sind aber die einzigen Interessenten. Ich kann nicht riskieren, dieses Objekt öffentlich auszuschreiben. Mit zwei Millionen können wir in Alicante eine neue Firma gründen. Es wird allerdings ein paar Wochen dauern, bis die Gerlachs die Summe auf das Schweizer Bankkonto, das ich eingerichtet habe, überweisen können. Da wir aber in Spanien ein Startkapital brauchen, verkaufst du, während ich mit Julia auf Hochzeitsreise bin, die Limousine ihres Vaters und die wertvollen Gemälde. Die Autopapiere für den Wagen und die Expertisen für die Bilder habe ich schon im Schreibtisch von Julias Vater gefunden. Du siehst, ich habe an alles gedacht."

„Bis auf Julias Perle. Du hast vergessen, dass diese Frau jeden Tag in die Villa kommt."

„Auch daran habe ich gedacht. Deshalb fahre ich heute früher heim, damit ich sie noch antreffe. Also bis morgen, Süße." Mit einem Kuss verabschiedete er sich von seiner Geliebten.

20

Luise Hafner sah auf ihre Armbanduhr, als der Sportwagen von Julias Mann vor der Garage hielt. So früh war er noch nie nach Hause gekommen. In den drei Wochen, in denen sie hier arbeitete, hatte sie ihn nie gesehen. Ohne ihn zu beachten, stülpte sie die Frostschutzfolien über die Edelrosenbäumchen und erschrak, als er plötzlich neben ihr stand.

„Wie ich sehe, haben Sie den Garten für den Winter schon vorbereitet. Damit ist ihr Arbeitsverhältnis beendet."

Ungläubig sah Luise in das hämische Gesicht. „Beendet? Es gibt aber noch viel zu tun, bevor der Frost kommt. Und Ihre Frau braucht mich auch"."

„Hat meine Frau Ihnen nicht gesagt, dass wir morgen unsere Hochzeitsreise nachholen?"

„Nein", stammelte Luise und schüttelte den Kopf.

„Das wundert mich nicht. Es müsste Ihnen aber aufgefallen sein, dass meine Frau mit Ihnen kaum gesprochen hat. Oder hat sie?"

„Nein. Ich weiß aber, das Julia einen Großauftrag

vom Verlag bekommen hat, da wollte ich sie nicht stören."

„Diese Ausrede hat sie nur benutzt, weil Sie ihr zu persönlich geworden sind. Ich habe bereits eine Haushaltshilfe und einen Gärtner eingestellt." Aus seiner Jackentasche zog er einige Geldscheine, die er Luise in die Hand drückte. „Damit dürfte Ihr Arbeitsausfall abgegolten sein." Resolut schob er sie zur Garage, in der ihr Fahrrad stand.

Luises Knie wurden weich. Der Schock über ihre Kündigung saß tief. Erst nachdem sie dreimal tief durchgeatmet hatte, fand sie die Sprache wieder. „Ich nehme die Kündigung erst an, wenn Julia sie ausgesprochen hat."

„Meine Frau möchte Sie aber weder sprechen noch sehen. Also verschwinden Sie." Er drückte ihr das Fahrrad in die Hand und zeigte zum Tor.

Luise verstand die Welt nicht mehr. Etwas wackelig radelte sie nach Hause.

Bevor Gregor ins Haus trat, überlegte er, wie er Julia beibringen konnte, dass ihre Perle nicht mehr kam. Dann fiel ihm ein, dass Julia ihm vor Tagen erzählt hatte, dass ihre Luise einen Sohn und zwei Enkel in München hat. Er nahm gleich zwei Stufen auf einmal und eilte in ihr Atelier. „Hallo, Lämmchen. Ich habe eine gute und eine schlechte Nachricht für dich. Die Schlechte ist: Deine Perle hat gekündigt!"

Abrupt sprang Julia auf. „Wie bitte?" Entgeistert sah sie Gregor an. „Warum?"

„Ich war auch überrascht, als sie vorhin aufgeregt auf mich zu radelte. Ich soll dir ausrichten, dass sie noch heute zu ihrem Sohn fahren muss, um die Enkel zu hüten."

„Deshalb braucht Luise doch nicht gleich kündigen. Sie kann Urlaub haben so lange sie will. Danach brauche ich sie wieder."

„Dass diese Frau sich nicht mal von dir verabschieden wollte, ist der Beweis, dass sie dein Vertrauen nicht verdient. Ich besorge dir eine zuverlässige Hilfe, wenn wir von unserer Hochzeitreise zurück sind."

„Hochzeitsreise?" Julia fiel Gregor um den Hals.

„Ja, das ist die gute Nachricht. Wir können nächste Woche endlich unsere Flitterwochen nachholen. Freust du dich?"

„Ja, natürlich! Fahren wir nach Venedig?"

„Nein. Ich habe eine viel bessere Idee. Lämmchen, was hältst du von Südtirol? Mein Freund Horst hat mir von seinem Ferienhaus in den Bergen vorgeschwärmt. Er überlässt uns seine Hütte für unsere Flitterwochen. Er hat mir versichert, dass auch Ende Oktober das Klima dort noch sehr angenehm ist. Da habe ich zugesagt. Oder möchtest du lieber nach Venedig in ein Hotel, wo es von Touristen wimmelt?"

Julia war unschlüssig. Sie hatte sich die Gondelfahrt so romantisch vorgestellt.

„In dieser Berghütte könnte ich mich endlich von dem Stress erholen. Ich hatte in den letzten Wochen zu viel um die Ohren und brauche endlich Ruhe. In der Hütte gibt es keinen Strom. Heike kann mich also nicht belästigen. Mein Handy schalte ich aus, damit unser Liebesglück nicht gestört wird. Abends werden wir bei Kerzenschein die Romantik genießen und niemand wird uns dabei stören. Na, ist das nicht ein grandioser Vorschlag?"

„Ja. Ich kann es kaum noch erwarten. Am liebsten würde ich sofort die Koffer packen." Julia strahlte. Sie konnte ihr Glück kaum fassen. Endlich würde Gregor Zeit für sie haben.

Gregor befreite sich aus ihren Armen. „Leider muss ich noch mal ins Büro. Bevor wir losfahren, wartet noch eine Menge Arbeit auf mich."

„Auf mich auch." Julia küsste Gregor, bevor er losfuhr.

21

„Lämmchen, du siehst erschreckend blass aus",

sagte Gregor am nächsten Morgen beim Frühstück. „Ich mache mir Sorgen. Statt dich in dein Atelier zu vergraben, solltest du mehr an die frische Luft."

„Das Wetter war nicht gut, außerdem möchte ich mein Pensum erfüllt haben, bevor wir verreisen."

„Gerade deshalb musst du neue Eindrücke gewinnen." Seine Hand streichelte ihren Arm. „Warst du schon mal auf der Insel Mainau?"

Julia schüttelte den Kopf.

„Warum fährst du dann nicht hin? Dort findest du nicht nur unzählige Blumensorten, auch Schmetterlingsarten die du hier im Park nicht zu sehen bekommst. Oder brauchst du kein neues Material?"

„Doch, aber…"

„Dann überlege nicht lange. Bald wird der Fährbetrieb auf die Insel eingestellt. Ich schlage vor, du nutzt die Gelegenheit gleich heute. Natürlich fahre ich dich zum Hafen und hole dich dort um siebzehn Uhr wieder ab."

„Du hast recht Liebling. Ich hole gleich meine Zeichenmappe." Vierzig Minuten später winkte Gregor dem Schiff nach, das Julia zur Insel führte.

„Ist dein folgsames Schaf wirklich auf dem Weg zur Mainau?", fragte Heike, als Gregor das Büro betreten hatte.

„Klar. Die tut alles was ich anordne. Ich rufe sofort Frau Gerlach an. Sie wartet mit Sohn und Enkel schon darauf, die Villa zu besichtigen."

„Was machst du, wenn diese Familie die Vorbesitzerin kennenlernen will?"

„Dann sage ich ihnen, dass die alte Dame sehr gebrechlich ist und das Sanatorium in der Schweiz nicht verlassen kann. Um die Sache noch glaubhafter zu machen, stelle ich eine telefonische Verbindung zu ihr her. Die Gerlachs kennen deine Stimme ja nicht."

„Gregor, du bist ein Schlitzohr! Jetzt können wir nur noch hoffen, dass die neuen Besitzer anbeißen."

Frau Gerlach wartete mit einem kleinen Jungen schon vor der Villa. „Guten Morgen, Herr Bredowa", begrüßte sie den Makler und zeigte auf den Kleinen. „Das ist mein Enkel Florian. Mein Sohn konnte leider so kurzfristig seinen Dienstplan nicht ändern. Wenn Sie mir trotzdem alles zeigen, kann ich Frank berichten, ob das Haus für uns in Frage kommt."

Gregor strahlte, als er das Tor aufschloss. Mit der älteren Dame allein konnte er leichter verhandeln. Sie würde keine unangenehmen Fragen stellen.

Florian rannte sofort über den Rasen und rief: „Omi, Omi, hier kann ich prima Fußball spielen."

„Nicht zwischen den schönen Blumen", ermahnte Frau Gerlach ihren Enkel.

„Aber weiter hinten in der großen Wiese kann er sich austoben. Ich zeige Ihnen gern zuerst den Außenbereich." Gregor wusste, dass der Park Frau Gerlach gefallen würde.

Noch mehr begeistert, als seine Großmutter, war Florian. Seine Jubelschreie waren nicht zu überhören. Als er das große Schwimmbecken sah, wollte er sich gleich ausziehen. Nur mit viel Überredungskunst gelang es Frau Gerlach, mit dem Jungen die weiteren Sehenswürdigkeiten zu bewundern, bevor sie mit ihm ins Haus trat. In der Wohnhalle blieb sie sprachlos stehen.

Florian nicht. „Mann oh Mann, ist hier viel Platz", rief er laut und zog seine Omi mit sich zur Terrassentür.

„Ich möchte Ihnen zuerst Küche und Esszimmer zeigen", bremste Gregor den Tatendrang des Kindes.

Wieder war Frau Gerlach sprachlos. Erst nachdem sie merkte dass der Makler einen Kommentar erwartete, hauchte sie: „Ich bin mehr als begeistert. Das ist ein Traumhaus! Warum hat die Besitzerin dieses Paradies aufgegeben?"

„Das ist eine traurige Geschichte! Frau Bernheims einzige Tochter, ihr Schwiegersohn und die Enkelin sind vor zwei Monaten auf der Autobahn ums Leben gekommen. Die alte Dame konnte nicht verkraften, allein in diesem großen Haus zu wohnen. Als auch noch ein leichter Schlaganfall dazu kam, hat sie sich für ein Sanatorium in der Schweiz entschieden. Um die Kosten für ihre Pflege decken zu können, hat sie mich beauftragt, Nachfolger zu finden, die ihr Paradies zu würdigen wissen."

„Das werden wir", versprach Frau Gerlach und zeigte um sich. „Diese exklusiven Möbel…"

„Frau Bernheim wünscht, dass Sie das Mobiliar übernehmen. Nur die wertvollen Bilder muss ich ihr in die Schweiz bringen."

„Auf der ersten Etage befinden sich vier Zimmer mit Bad. Davon sind nur zwei möbliert, denn die Enkelin, hatte in der zweiten Etage ihr eigenes Reich. Das Mädchen war künstlerisch begabt und wollte Malerin werden. Deshalb ist im großen Raum ein Atelier eingerichtet. Sie werden, wenn wir oben sind, den Eindruck gewinnen, als ob das Mädchen gestern noch hier gemalt hätte. Frau Bernheim hat es nicht übers Herz gebracht, darin etwas zu verändern. Auch die Turmzimmer hat sie nicht mehr betreten. Sie können sich gern alles anschauen."

Nach der Besichtigung aller Räume seufzte Frau Gerlach. „Herr Bredowa, ich bin tief beeindruckt, doch ich befürchte, diese Traumvilla übersteigt unsere Finanzen."

„Das wäre aber schade. Vielleicht können Sie noch etwas Wertvolles verkaufen"

„Leider nicht. Ich habe mein Haus vor drei Jahren verkauft und das Geld in Aktien angelegt, über die ich zwar sofort verfügen kann, doch bis mein Sohn seine Stadtwohnung verkauft hat, werden Wochen vergehen."

„Mit diesen Sicherheiten bekommen Sie von der Bank garantiert einen Kredit. Es wäre doch schade, wenn der Kaufvertrag scheitern würde. So eine Gelegenheit bekommen Sie nie wieder. Ich kann Ihnen auch nur zwei Tage Zeit zum Überlegen lassen, danach werde ich diese Villa dem nächsten Interessenten zeigen, der sie garantiert kauft." Er ging auf den kleinen Jungen zu, der aufgeregt hin und her sprang. „Na, Kleiner möchtest du hier wohnen?"

„Jaaaa", jubelte Florian und breitete beide Arme aus. „Hier ist es supertoll und mein Papi hat gesagt, wenn wir eine größere Wohnung und einen Garten haben, bekomme ich einen Hund."

Frau Gerlach strich ihrem Enkel über die Haare. „Florian, ich weiß, was dir dein Papi versprochen hat, aber so viel Geld, um dieses Haus bezahlen zu können, haben wir nicht."

Mit Florian an der Hand wollte sie zur Haustür, doch der Junge sträubte sich. „Ich möchte hier bleiben. Hier ist es Klasse und draußen kann ich dann ganz doll mit meinem Hund spielen." Demonstrativ setzte er sich auf den Boden und verschränkte seine Arme vor der Brust.

Der Makler schmunzelte, als er Florians Schmollmund sah. „Wenn Frau Bernheim den Kleinen so sehen könnte, hätte sie sicher Erbarmen. Vielleicht kommt sie Ihnen mit der Kaufsumme entgegen. Ich rufe sie an." Er tippte die Nummer seines Büros in sein Handy. Heike meldete sich sofort. „Guten Tag, mein Name ist Bredowa. Bitte verbinden Sie mich mit Frau Bernheim." Er wartete ein paar Sekunden, bevor er überschwänglich rief: „Hallo, gnädige Frau. Wie geht es Ihnen? Ja, ich habe eine Familie gefunden, die an Ihrer Villa sehr interessiert ist. Vor allem der kleine Junge ist ganz begeistert. Ja, dann würde wieder Kinderlachen durch das Haus schallen. Das Problem ist nur Ihre geforderte Kaufsumme. Wie? Ja, Sie können mit der Interessentin sprechen. Moment bitte." Er legte Frau Gerlach sein Handy ans Ohr und nickte ihr aufmunternd zu.

„Guten Tag, Frau Bernheim. Mein Name ist Gerlach. Ich durfte eben mit meinem Enkel Ihre Villa besichtigen, von der auch mein Sohn begeistert wäre. Leider hat er vor einer Stunde einen Notruf aus der Klink bekommen. Ihr schönes Haus mit dem großen Grundstück ist genau das, wonach wir schon lange suchen. Den Traum, hier einziehen zu können, müssen wir aber begraben, denn mehr als zwei Millionen können wir nicht aufbringen."

„In bar? Und wann?" fragte die heisere Stimme.

„In... in einem Monat", stotterte sie aufgeregt.

„Einverstanden! Herr Bredowa wird alles Weitere mit Ihnen Besprechen."

„Frau Bernheim, habe ich Sie eben richtig verstanden? Sie überlassen uns Ihre Villa wirklich für diese Summe?"

„Ja. Ich möchte nur meinen Lebensabend hier gesichert haben. Meine Jahre sind gezählt, und..."

Bevor sich Anne Gerlach für den Zuschlag bedanken konnte, war die Leitung unterbrochen. Mit einem Jubelschrei hob sie Florian vom Boden und schwenkte ihn im Kreis. „Wir dürfen hier einziehen. Wir dürfen hier wirklich einziehen."

„Juhu, dann bekomme ich einen Hund." Florian führte einen Freudentanz auf, bis seine Omi ihn bremste.

Sie sah den Makler fragend an. „Bekomme ich die Zusage schriftlich?"

„Natürlich! Den Kaufvertrag werde ich noch heute vorbereiten und dann einen Termin mit dem Notar vereinbaren. Wenn Sie morgen gleich bei Ihrer Bank nachfragen, wann Sie mit dem Geld rechnen können, wäre das von Vorteil. Je eher Sie die Summe an Frau Bernheim überweisen, desto schneller können Sie einziehen." Er gab ihr ein Kärtchen einer Schweizer Bank.

Anna Gerlach nickte. „Kann mein Sohn sich morgen auch alles noch ansehen?", fragte sie an der Gartenpforte.

„Ich rufe Sie an, wenn ich einen freien Termin habe", versprach er und winkte ihr nach.

„Das hast du gut gemacht", lobte Gregor Heike und klopfte ihr auf die Schulter. „Frau Gerlach hat dir abgenommen, dass sie mit der richtigen Frau Bernheim geredet hat."

„Meine zitternde Stimme hat Frau Gerlach überzeugt, aber noch nicht den Notar. Muss die Hausbesitzerin beim

Vertragsabschluss nicht persönlich anwesend sein?"

„Nicht wenn sie alt und krank in einem Sanatorium in der Schweiz lebt. Ich werde mir eine Vollmacht von ihr besorgen."

Heike nickte, „Schade ist, dass der Notar erst in sieben Tagen einen Termin für dich hat."

„Dann werden wir halt noch auf Spanien warten müssen."

„Was machst du, wenn die Gerlachs nochmals in die Villa möchten, bevor du mit Julia auf Hochzeitsreise bist?"

„Dann musst du sie mir solange vom Hals halten, damit sie mir nicht noch kurz vor dem Ziel in die Quere kommt."

Julia wartete schon am Hafen, als Gregor auf sie zukam. „Na Lämmchen, wie war es auf der Insel?"

„Einmalig! Ich konnte gar nicht alles malen, was ich wollte, deshalb möchte ich in den nächsten Tagen wieder hin. Liebling, du ahnst nicht, was ich alles gesehen habe. Danke dass du mir den Tipp gegeben hast."

„Schön, dass ich dir eine Freude machen konnte." Er hauchte ihr ein Küsschen auf die Wange, bevor er ihr beim Einsteigen in seinen Wagen half.

Julia legte eine Hand auf seinen Arm. „Gregor, du bist sehr lieb und fürsorglich. Es ist nur schade, dass du so wenig Zeit für mich hast."

„Bald habe ich Zeit für dich. In unseren Flitterwochen werde ich dich mit Liebe und Aufmerksamkeit überschütten."

Julia strahlte. „Ich nehme dich beim Wort."

Schon am nächsten Tag, kaum dass er Julia zum Hafen gebracht hatte, fuhr Gregor zurück in die Villa. Auch heute wollte er sich vergewissern, dass das Haus wie unbewohnt aussah. Julia war ein ordentliches Mädchen. Sie hatte noch nie gebrauchtes Geschirr stehen lassen. Auch die Betten waren gemacht. Zufrieden rief er bei den Gerlachs an.

Vierzig Minuten später begrüßte er nicht nur Frau

Gerlach, auch ihren Sohn und Florian, der seinem Papi zuerst das Schwimmbad und die große Wiese zeigen wollte.

„Später", vertröstete der Doktor den Kleinen, und sah den Makler an. „ Ich muss in einer Stunde schon wieder in der Klinik sein, deshalb möchte ich mit Ihnen die Finanzen besprechen."

Anne Gerlach nickte. „Damit ihr ungestört seid, gehe ich mit Florian in den Park."

Gregor ging mit Dr. Gerlach in die Wohnhalle zur Sitzgarnitur und kam, kaum dass sie sich gesetzt hatten, gleich zur Sache. „Wann können Sie die Kaufsumme an Frau Bernheim überweisen?"

„Ich war gestern, nachdem mir meine Mutter von diesem Haus vorgeschwärmt hat, gleich bei der Bank. Der Direktor hat mir versichert, dass es nur ein paar Tage dauern wird, bis er die Aktien meiner Mutter in bar ausbezahlen kann. Für die restliche Summe muss ich einen Kredit aufnehmen, bis ich meine Stadtwohnung verkauft habe." Fragend sah er den Makler an. „Können Sie einen Käufer dafür finden?"

Abwehrend hob Gregor beide Hände. „Tut mir leid. Ich bin in den nächsten Wochen geschäftlich im Osten."

„Schade. Besteht trotzdem die Möglichkeit, dass wir einziehen, bevor wir die gesamte Summe überwiesen haben?"

„Ja, wenn ich die Bestätigung von Ihrer Bank habe, dass Sie das Geld auch wirklich bekommen." Aus seiner Mappe nahm er den Kaufvertrag. „Sie müssen hier unterschreiben. Ihre Ausfertigung bekommen Sie beim Notar." Er reichte dem zukünftigen Hausbesitzer ein Kärtchen mit Adresse, Datum und Uhrzeit.

„Diesen Termin werde ich ganz sicher nicht verpassen." Frank Gerlach stand auf und sah sich um. „Meine Mutter hat nicht übertrieben. Ich bin mehr als beeindruckt." Bedauernd sah er auf seine Uhr. „Schade, dass ich mir heute nicht alles ansehen kann. Wann dürfen wir wiederkommen?"

„Ich rufe Sie an."

22

Fünf Tage hintereinander fuhr Julia auf die Insel Mainau. Die Bilder, die sie dort gemalt hatte, hatten sie sogar beflügelt, auch die passenden Texte dazu zu schreiben. Frau Kaiser würde begeistert sein. Mit der Vorarbeit, die sie geleistet hatte. Konnte sie heute endlich mit Gregor in die Flitterwochen fahren. Erleichtert steckte sie ihre Arbeiten in einen großen Umschlag und brachte ihn gleich zu Post.
Gregor wartete schon an der Tür, als Julia zurückkam. „Lämmchen, schaffst du es allein, bis zum Mittag die Koffer zu packen? Ich muss noch mal ins Büro, um Heike wichtige Anweisungen zugeben." Ein flüchtiger Kuss berührte ihre Stirn, bevor er zu seinem Wagen eilte.
Die Mittagszeit war längst vorbei. Gregor war weder zum Essen gekommen, noch hatte er angerufen. Lustlos stocherte Julia in ihrem Teller. Der Appetit war ihr vergangen, denn ein schwerer Druck lag ihr nicht nur auf dem Magen, auch auf dem Herzen. Warum kam Gregor nicht nach Hause? Auf seinem Handy meldete sich nur die Mailbox. Auch Heike, die sie danach anrief, wusste nicht wo Gregor war. Enttäuscht räumte sie nach einer weiteren Stunde den Tisch ab und ging nach oben. Die gepackten Koffer standen bereit. Um sich abzulenken, blätterte sie im Atlas. Die Dolomiten breiteten sich in voller Größe aus. Ihr Finger fuhr über die Strecke vom Bodensee über Innsbruck, Bozen, bis nach Canazei in Italien. Dort irgendwo in den Bergen würden sie die Flitterwochen verbringen. Nur wann?
Stunde um Stunde verging, ohne dass Gregor sich meldete. Wenn er nicht bald kam, konnten sie heute nicht mehr starten. In drei Stunden wurde es dunkel. Tränen der Enttäuschung traten in die Augen, als sie sich auf das

Doppelbett in Papas ehemaligem Schlafzimmer setzte, das jetzt ihr Liebesnest war. Dass Gregor in diesem Raum nichts verändert hatte, rechnete sie ihm hoch an. Sogar das Porträt ihrer Mutter war noch am Platz. In Gedanken ging sie nochmals den Inhalt der beiden Koffer durch. Hatte sie auch nichts vergessen? Nein, sogar schöne, seidene Bettwäsche hatte sie eingepackt. Reisefertig stand sie am Fenster. Endlich sah sie, wie Gregor vor der Garage anhielt. Erfreut lief sie ihm entgegen. „Liebling, wo warst du so lange? Ich habe mir Sorgen gemacht. Warum hast du mich nicht angerufen?"

„Lämmchen, beruhige dich. Ich wollte schon vor drei Stunden bei dir sein, doch das Gespräch mit meinem Versicherungsagenten hat sich in die Länge gezogen. Gregor hielt eine Heftmappe in der Hand. Er zog Julia in die Wohnhalle, drückte sie in einen Sessel und breitete einige Formulare vor ihr aus. „Ich habe dein gesamtes Hab und Gut abgesichert, denn ich möchte nicht riskieren, dass ein Dieb während unserer Abwesenheit die Villa ausräumt."

Julia schüttelte den Kopf. „Liebling, mein Papa hat hier doch eine Alarmanlage einbauen lassen und eine Versicherung..."

Gregor winkte ab. „Eine Alarmanlage ist für einen Einbrecher heutzutage kein Hindernis mehr. Und da dein Vater nicht mehr lebt, ist die Versicherung hinfällig. Ich möchte aber ganz sicher gehen, dass nach unserer Rückkehr nichts fehlt." Er zeigte auf eine Linie unten auf dem Formular. „Du musst nur noch unterschreiben. Da dieses Haus im Grundbuch auf Bernheim eingetragen ist, musst du mit deinem Mädchennamen unterschreiben."

Aufmerksam wollte Julia die Verträge durchlesen, als Gregor ihr seinen Füller reichte. „Warum zögerst du? Hältst du mich für unfähig, eine Versicherung abzuschließen?"

„Nein. Aber mein Papa hat mich gelehrt, alles erst durchzulesen, bevor ich etwas unterschreibe."

„Das war klug von deinem Vater. In diesem Fall

kannst du mir vertrauen. Ich würde doch nie etwas tun, das dir schaden könnte. Traust du mir etwa nicht?" Seine Miene verdüsterte sich.

Um ihn nicht zu verärgern, unterschrieb sie alle Formulare.

Gregor klappte die Mappe zu, klemmte sie sich unter den Arm und zog Julia hoch. „Jetzt steht unserer Reise ins Glück nichts mehr im Weg. Setz du dich schon mal in den Wagen. Ich hole unser Gepäck."

Julia hob die Hand. „Liebling, sollen wir nicht besser erst morgen früh losfahren? Bei Tageslicht sehen wir mehr von der schönen Landschaft."

„Nein wir fahren sofort. Ich kann es nicht mehr erwarten, in unserem Liebesnest anzukommen."

„Wie willst du in der Dunkelheit den Weg finden?"

„Mit dem Plan, den Horst gefaxt hat", rief er ihr über die Schulter zu, als er nach oben rannte.

Mit gemischten Gefühlen setzte sich Julia in den Wagen und wartete. Gregor kam schneller als erwartet zurück, sperrte die Haustür zu und verstaute das Gepäck im Wagen.

„Na, Lämmchen, bist du auch voller Vorfreude?", fragte er, als er der Stadt zusteuerte.

„Ja, aber wo fährst du hin? Das ist nicht der Weg zur Autobahn."

„Ich muss nur noch ganz kurz ins Büro, damit Heike die Papiere an die Versicherung weiterleiten kann."

„Oh, dann kann ich mich von Heike ja persönlich verabschieden", freute sie sich.

„Nein", wehrte Gregor ab. „Die Zeremonie dauert mir zu lange. Du bleibst hier sitzen. Ich bin in drei Minuten zurück." Etwas gekränkt sah Julia an dem Gebäude hoch, in dem ihr Mann ein Büro hatte. Die Miete war sicher gesalzen. Stolz darauf, dass Gregor sich das leisten konnte, lächelte sie.

Die Sonne war längst der Dämmerung gewichen, als sie die Österreichische Grenze passierten. In Bozen angekommen, fuhr Gregor eine Raststätte an, um zu tanken.

„Sollen wir hier nicht etwas essen?", fragte Julia als sie aus dem Waschraum kam.

„Nein. Ich habe nur Hunger auf dich!" Gut gelaunt fuhr er weiter. „In ungefähr drei Stunden kann ich dich in unsrem Domizil vernaschen. Freust du dich?"

„Ja. Aber Liebe geht auch durch den Magen. Bist du sicher, dass genügend Lebensmittel in dem Ferienhaus sind?"

Gregor schmunzelte, „So wie ich Horst kenne, warten dort kulinarische Genüsse auf uns."

In Vorfreude darauf, lehnte sich Julia in die Polster und gähnte verstohlen. „Du kannst getrost schlafen." Er ließ ihre Rückenlehne nach hinten. War es die Wärme im Wagen, oder das monotone Geräusch des Motors, dass ihr die Augen zufielen?

Wie lange sie geschlafen hatte, wusste Julia nicht. Erst als Gregor ihre Beifahrertür öffnete, fragt sie schlaftrunken: „Sind wir angekommen?"

„Noch nicht ganz. Hier müssen wir umsteigen. Mit meinem Sportwagen können wir die steinige Straße, die jetzt kommt, nicht passieren. Horst hat auf meinen Namen einen Jeep bestellt, den ein junger Mann aus dem Autohaus in Canazei hier abgestellt hat. Setzt dich schon mal in den Geländewagen. Ich lade das Gepäck um, dann geht es zur letzten Etappe."

In dem Jeep herrschte Eiseskälte. Julia zitterte, sah Gregor aber dankbar an, als er sie in eine Wolldecke hüllte, die auf dem Rücksitz lag. Ängstlich starrte sie danach auf die Scheinwerfer, die links schroffe Felswände und rechts neben ihr tiefe Abgründe beleuchteten.

„Gregor, bist du sicher, dass wir auf dem richtigen Weg sind? Hier ist doch die Welt zu Ende!"

„Im Gegenteil. Du wirst dich wundern, was dich bald erwartet."

„Dann fahre bitte langsamer", bat Julia, als sie einem, mit vielen großen Steinen bedeckten Steilpfad hoch holperten.

Gregor lachte, „Lämmchen, hast du etwa Angst?"

„Ja" Sie presste ihre zitternden Hände vor die Brust.

„Dummchen, dazu gibt es keinen Grund. Ich würde nie riskieren, dass dir etwas geschieht. Du bist das Wichtigste, das es für mich gibt. Geht das endlich in dein hübsches Köpfchen?"

„Wenn wir heil in der Hütte angekommen sind." Ihr war nicht wohl. Außer nackten Felsen und dunklen Tannen konnte sie nichts erkennen. Der Pfad, wurde immer schmaler und steiler. „Liebling, gib zu, du hast dich verfahren. Hier geht es nicht weit-er." Sie deutete auf den großen Felsbrocken, der die Weiterfahrt versperrte.

„Die letzten paar Meter müssen wir zu Fuß gehen, danach haben wir es geschafft!" Liebevoll half Gregor ihr aus dem Jeep und zeigte nach oben. „Dort hinter den Tannen muss die Hütte sein. Schaffst du diese kurze Strecke?"

„Ja. Nur kann ich in der Dunkelheit nichts sehen."

„Verdammt, ich habe vergessen, die Taschenlampe aus meinem Wagen zu nehmen. Ich trage dich hinauf."

„Dann kannst du das Gepäck nicht mitbringen", sagte Julia.

„Das hole ich später." winkte Gregor ab, nahm sie auf die Arme und keuchte nach oben. „Wir sind da! Siehst du die Hütte?"

Im fahlen Mondlicht erkannte Julia, zwischen den hohen Tannen ein kleines Haus. „Ja."

Gregor stellte sie auf die Beine. „Du wartest hier, bis ich den Schlüssel gefunden habe, dann hole ich dich felerlich ab."

Julia fror noch mehr als zuvor. Ihr war unheimlich zu Mute. Ein Nachtvogel flatterte aufgescheucht aus einer Tanne. Wovor fürchte ich mich? Gregor ist doch gleich bei mir, redete sie sich Mut zu. Sie waren doch angekommen. Jetzt begannen endlich die Flitterwochen, auf die sie schon lange gewartet hatte.

Durch die offene Hüttentür kam Gregor auf sie zu,

nahm sie wieder auf seine Arme und summte die Hochzeitshymne nach, als er sie durch die Tür ins Innere trug. Mitten im Raum stellte er sie auf die Beine. „Willkommen im Paradies."

Der Modergeruch, der Julia in die Nase stieg, würgte sie im Hals. Um nachzusehen, woher der schlechte Geruch kam, hob sie die Lampe. Enttäuscht sah sie sich um. „Das Paradies habe ich mir anders vorgestellt. Diese Hütte hat hoffentlich noch weitere Räume. Dies scheint die Küche zu sein und wie ich erkennen kann, eine sehr verwahrloste!"

Gregor trat hinter Julia. „Das ist ja nicht zu fassen. Wie konnte mir Horst nur so eine Bruchbude anbieten? Der kann was erleben!" Zerknirscht nahm er Julia in den Arm. „Lämmchen, wenn ich das gewusst hätte, wären wir nicht hierher gefahren."

Julia zitterte nicht nur vor Kälte. Sie hatte auch ein flaues Gefühl im Magen. „Liebling, dies ist sicher nicht das Ferienhaus deines Freundes, sondern die Unterkunft einer Sennerin, die in den Sommermonaten das Vieh hier hütet. Du hast in der Dunkelheit den richtigen Weg nicht gefunden."

„Aber ich habe mich doch genau an den Plan gehalten, den mir Horst geschickt hat." verteidigte sich Gregor verärgert.

„Ich glaube dir ja. Bitte, beruhige dich."

„Ich kann mich aber nicht beruhigen, wenn ich sehe, wie enttäuscht du bist." Wieder drückte er Julia an sich. „Dabei habe ich mich so sehr auf unsere Flitterwochen gefreut."

„Ich mich doch auch." Julia löste sich aus der Umarmung. „Gregor, du weißt, dass ich nicht anspruchsvoll bin, aber hier kann ich nicht bleiben. Lass uns in Canazei übernachten."

„Das geht nicht. Der Abstieg bis zum Jeep ist in der Dunkelheit viel zu riskant."

„Willst du damit sagen, dass wir hierbleiben müssen?"

„Ja, aber nur diese eine Nacht. Wir machen eben das Beste daraus." Mit der Lampe leuchtete Gregor in eine Ecke. „Sieh mal, hier steht ein Herd. Und Holzscheite sind auch da. Lass mich gleich Feuer machen." Vor dem Herdloch ging Gregor in die Hocke, schob einige klobige Scheite hinein und hielt sein Feuerzeug darunter. Die Flamme erlosch sofort. „Verdammt, warum brennt das Holz nicht?"

„Weil die Scheite zu groß sind. Vielleicht sind sie auch nass. Mich würde es nicht wundern, wenn es hier rein geregnet hätte." Sie hob die Petroleumlampe hoch und sah zur Decke. „Gregor, siehst du das Loch im Dach?"

Gregor legte den Kopf in den Nacken. „Da fehlen ein paar Schindeln. Laut Wetterbericht wird es aber nicht regnen."

„Trotzdem bläst ein kalter Wind herein. Wenn wir nicht frieren wollen, müssen wir das Holz zum Brennen bringen. Lass es mich versuchen." Ihre Ärmel nach hinten schiebend, nahm sie die großen Scheite heraus, kramte in dem Stapel nach dünnerem Holz und fand darunter Zeitungspapier. Noch bevor sie es herausziehen konnte, berührten ihre Hände eine Flasche. Im Schein der Laterne konnte sie die Aufschrift lesen. Brennspiritus. „Liebling, wir sind gerettet." Voll Freude streckte sie ihm die Flasche entgegen. „Damit wird sogar das feuchte Holz Feuer fangen. Mich wundert nur, dass die Sennerin so etwas kennt."

„Warum nicht? Die Laterne würde ohne dieses Zeug nicht brennen."

Die Flamme fraß sich durch das Holz. Das Knistern der Scheite klang wie Musik in Julias Ohren. „Bald werden wir wenigstens nicht mehr frieren."

„Lämmchen, du bist so genial." lobte Gregor sie. „Während du dich um das Feuer gekümmert hast, habe ich mich umgesehen. Sieh mal was ich gefunden habe." Mit strahlender Miene hielt er ihr eine Weinflasche entgegen. „Den trinken wir als Willkommensgruß."

Ungläubig starrte Julia auf die Flasche. „Wein, bei einer Sennerin? Ich dachte, die trinken nur Milch."

Gregor grinste. „Vielleicht kam ab und zu ein Förster oder Waldarbeiter zu ihr. Mit Milch konnte sie ihn nicht verführen."

„Nach Wein ist mir nicht. Eher nach einer heißen Suppe?"

„Dann machen wir Glühwein, der wird uns einheizen." bestimmte Gregor.

„Vorausgesetzt ich finde einen sauberen Topf." Mit der Laterne leuchtete sie in den Küchenschrank. „Du meine Güte. Hier drin haben sich Mäuse ein Nest gebaut." Angewiderte drückte sie die Tür wieder zu.

„Dann stellen wir die Flasche auf die Herdplatte. Damit sie nicht platzen kann, habe ich den Korken schon gezogen. Und bis der Wein heiß ist, suchen wir nach einem Schlafplatz. Irgendwo muss die Sennerin ihr müdes Haupt ja hingelegt haben." Mit der Laterne leuchtete er in jeden Winkel. „Sieh mal, hier ist ein Riegel. Hinter dieser Wand muss noch ein Raum sein."

Julia schob den Riegel hoch und trat hinein. Was sie im Schein der Laterne sah, verschlug ihr den Atem. Fast der gesamte Raum war voll mit altem Gerümpel, über dem Spinnweben hingen. Nur in einer Ecke war ein Heuhaufen, der fast bis zu Decke reichte.

Gregor ging darauf zu, wühlte sich hinein und bewarf Julia mit Heu. „Lämmchen, wer außer uns hat die Flitterwochen schon im Heu verbracht? Komm, sei kein Spielverderber. Hier können wir eine himmlische Nacht verbringen."

„Wenn ich wenigstens meine Bettwäsche hätte..."

„Wir brauchen keine Bettwäsche", unterbrach sie Gregor. „Das ist Natur pur!" Lachend zog er Julia auf das Heulager, sprang aber gleich wieder hoch. „Ich hole den Glühwein."

Im Heu liegend sah Julia durch die Ritzen der Bretterwand, durch die der Wind pfiff. Fröstelnd wühlte sie sich tiefer in den Heuhaufen.

Strahlend kam Gregor mit der Weinflasche zurück. „Glühwein ist das noch nicht. Er wird dir trotzdem einheizen."

„Ohne Glas? Ich habe noch nie Wein aus der Flasche getrunken."

„Wir sind hier nicht im Grandhotel. Wir müssen auf unsere Flitterwochen trinken." Seine Hand fuhr zärtlich unter ihre Bluse.

„Na gut." Julia nahm einen Schluck und verzog das Gesicht. „Der Wein schmeckt ekelhaft!"

Gregor setzte die Flasche an seine Lippen. „Du hast recht. Ein edler Tropfen ist das nicht. Die Sennerin war eben nicht so verwöhnt wie wir." Seine Hand berührte zärtlich ihren Rücken. „Stell dir einfach vor, in der Flasche wäre Champagner. Die Hauptsache ist, wir können unsere glückliche Zukunft begießen. Also Prost." Erneut reichte er ihr die Flasche.

„Ich kann nicht so schnell trinken, sonst bin ich gleich betrunken", wehrte sie ab.

„Na und? Ich habe dich noch nie beschwipst erlebt. Es wird Zeit, dass ich diese Seite von dir kennenlerne." Aufmunternd zwinkerte er ihr zu. „Wir sind ein Ehepaar. Niemand sieht uns hier. Warum bist du so prüde? Ich möchte, dass du endlich deine Hemmungen ablegst und dich nicht benimmst wie ein Baby."

Um ihren Mann nicht zu enttäuschen, trank sie immer, wenn er sie aufforderte. Der ungewohnte Alkohol zeigte bald seine Wirkung. Wie durch Watte hörte sie Gregors Liebesgestammel.

„Ich verspreche dir, dass du unsere Flitterwochen nie vergessen wirst."

Im Unterbewusstsein nahm sie noch wahr, dass Gregor sie auszog, danach fiel sie in einen tiefen Schlaf.

23

Heikes Koffer stand gepackt im Flur ihrer Mansardenwohnung. Ungeduldig wartete sie auf Gregors

Rückkehr. Warum war er noch nicht hier? Ob Julia doch nicht so naiv war und Lunte gerochen hatte? Oder hatte sich Gregor ohne sie nach Spanien abgesetzt? Nein, ohne Geld kam er nicht weit. Das Startkapital lag vor ihr auf dem Tisch. Mit den Expertisen war es ein Kinderspiel, die wertvollen Gemälde dem Galeristen anzubieten. Der Kunsthändler war begeistert und hatte ihr viel mehr bezahlt als sie erwartet hatte. Auch für die Limousine von Julias Vater, wurde ihr ein enormer Betrag ausbezahlt. Mit den dazugehörigen Papieren war es ein kein Problem gewesen. Das dicke Bündel Geldscheine, das neben den Flugtickets lag, lachte sie an. Wenn Gregor nicht rechtzeitig zurückkam, würde sie allein nach Spanien fliegen. Mit der gewaltigen Summe konnte sie sich eine schöne Zeit gönnen. Vor Erregung zündete sie sich eine Zigarette an. Nach dem zweiten Zug klingelte es an ihrer Tür.

„Höchste Zeit" empfing sie ihren Geliebten.

„Was ist denn das für eine Begrüßung?" Gregor zog die Augenbrauen hoch. „Sag mir lieber, ob du erfolgreich warst?"

Stolz zeigte Heike auf den prallgefüllten Umschlag. „Wie erfolgreich warst du?"

„Das erzähle ich dir auf dem Weg zum Flughafen." Er steckte Geld und Tickets ein, nahm Heikes Koffer und eilte nach unten zum Wagen.

„Spann mich nicht länger auf die Folter", forderte Heike während der Fahrt.

„Es war leichter, als ich dachte! Das Hinkebein hat meinen Liebesbeteuerungen geglaubt. Sogar den Wein, den ich mit einem starken Schlafmittel präpariert habe, hat sie geschluckt. Bis das Unschuldslamm aufwacht, sind wir in Spanien."

Heike hatte ein schlechtes Gewissen. „Kannst du mir versprechen, dass es Julia morgen wieder gut geht?"

„Großes Ehrenwort. Sie wird von dem Wein nur einen Brummschädel haben, wenn sie aufwacht."

„Wie lange wird es dauern, bis sie von der abgelegenen Hütte in die Zivilisation zurück findet?"

„Mindestens drei Tage. Damit sie uns keinen Strich durch die Rechnung machen kann, habe ich ihre Handtasche mitgenommen. Ohne Handy, Geld und Ausweis kommt sie nicht weit und bis sie sich die Kröten für die Heimfahrt verdient hat, ist bei uns alles unter Dach und Fach." Er streichelte Heikes Knie. „Eine wunderschöne, sorgenfreie Zeit liegt vor uns." Dass er Julia auch ihre Bekleidung abgenommen verschwieg er. Auch, dass er für Julias Schmuck bei einem Juwelier viel Geld bekommen hatte, sagte er nicht. Mit ihrer Scheckkarte hatte er dann auch noch ihr Konto geplündert.

In letzter Minute stiegen sie in den Flieger. Gregor telefonierte noch mit seinem Autohändler. Dieser war nicht gerade begeistert, dass er den Sportwagen auf dem Flughafengelände abholen musste.

Erst als die Maschine abhob, atmete Heike erleichtert aus. Jetzt konnte nichts mehr schief gehen.

24

Es waren nicht die Regentropfen, an denen Julia erwachte. Es war etwas, das sie zum Husten reizte. Es roch nach Rauch! Ruckartig fuhr sie in die Höhe, dabei schoss ihr ein heftiger Schmerz durch den Kopf. An ihrer Schläfe fühlte sie eine verkrustete Wunde. Was hatte das zu bedeuten? Um sich tastend, hielt sie etwas Raues in den Händen. Sofort fiel ihr ein, dass sie mit Gregor in der schäbigen Hütte gelandet war. Das Heu piekste auf ihrem fast nackten Körper. Noch mehr störte sie aber der beißende Rauch, der durch die Tür quoll. „Liebling, wach auf." Ihre Hand, die Gregor wachrütteln sollte, griff ins Leere. Von Panik ergriffen rief sie noch lauter: „Gregor!" Mit angehaltenem Atem erwartete sie seine Antwort. Alles blieb still! Wenn er draußen war, um sich bei Tageslicht anzusehen, wo sie gelandet waren, musste er ihr Rufen doch gehört haben. Warum kam er nicht?

Julia fror vor Angst und Kälte. Nur mit Slip bekleidet wollte sie nicht vor die Hütte treten. Auf Knien durchwühlte den gesamten Heuhaufen. Wo war ihr Hosenanzug? Die Arme um ihren frierenden Körper schlingend, ging sie ein paar Schritte. Dabei stießen ihre Füße gegen die Laterne, die in den letzten Zügen flackerte. Wie leichtsinnig von Gregor, die Lampe im Heu liegen zulassen. Die ganze Hütte hätte in Flammen aufgehen können. Mit klammen Händen tastete sie sich zu dem Riegel an der Tür, öffnete sie und prallte zurück. Die Küche war voller Qualm. Geistesgegenwärtig drückte sie die Tür zu. Der Weg ins Freie war ihr versperrt! Bevor der Rauch, der immer dichter unter der Tür eindrang, auch diesen Raum einnebelte, musste sie nach draußen gelangen. Nur wie? Ängstlich sah sie sich um. Diese Hütte stand sicher schon Jahrzehnte. Es musste ihr gelingen, ein paar Bretter zu durchstoßen. Mit der Schulter rannte sie gegen die Wand. Die Latten ächzten, gaben aber nicht nach. Nach dem dritten Versuch musste sie aufgeben. Tränen der Verzweiflung verschleierten ihren Blick, und ihre Schultern schmerzten. Noch größer war der Schmerz in ihrem Herzen. Warum kam Gregor ihr nicht zu Hilfe? Er musste ihr lautes Rufen doch hören. Mit beiden Fäusten trommelte sie immer wieder gegen die Wand. Erschöpft glitt sie zu Boden. War dies das Ende ihrer hoffnungsvollen Zukunft? Nein, so leicht wollte sie nicht aufgeben. Schon als Kind hatte sie um alles kämpfen müssen. Dabei hatte ihr Vater sie oft unterstützt. Wimmend flüsterte sie: "Papa, lass nicht zu, dass ich hier sterbe."

 Durch die Ritzen der Bretterwand fiel spärliches Tageslicht. Vielleicht fand sie unter den alten Sachen etwas, das ihr von Nutzen sein konnte. Ihre Lebensgeister mobilisierend stand sie auf und warf zuerst einen Rechen zur Seite. Jedes Stück sah sie sich an, bis sie einen Hackstock fand, auf dem eine rostige Axt lag. Mit der Axt musste es ihr gelingen, einige Bretter der Wand zu durchschlagen. Das Werkzeug lag schwer in ihren Händen. Weit ausholend schlug sie gegen die Bretter. Erst nach dem dritten Schlag gaben sie nach. Dass sie sich dabei an einem rostigen Nagel den Handrücken aufriss, merkte sie in ihrer Freude nicht sofort. Tief atmete sie die würzige Bergluft ein. Doch statt der Sonne, die ihren Körper wärmen sollte, spürte sie nur kalten Wind.

Erleichtert darüber, dem Erstickungstod entronnen zu sein, sah sie zum Horizont. Es sah eher aus, als würde es bald wieder Nacht werden. Das bedeutete, dass sie den ganzen Tag geschlafen hatte. Demnach müsste Gregor doch schon seit Stunden unterwegs sein. Inzwischen musste er das Ferienhaus seines Freundes doch gefunden haben. Warum war er noch nicht zurück? Und warum hatte er sie nicht geweckt und gleich mitgenommen? Ihre Hand vor Augen haltend, stellte sie fest, dass ihre teure Armbanduhr fehlte! Hatte sie das kostbare Stück im Heu verloren? Nein! Die Uhr hatte einen Patentverschluss, genauso wie ihr Herzanhänger mit den achtzehn Brillanten. Automatisch griff sie sich an den Hals. Ihre Kette war auch nicht mehr da. Auch ihr Ehering fehlte. Wenn Gregor ihr den Schmuck abgenommen hatte, lag er jetzt sicher in ihrer Handtasche im Nebenraum. Um in die Küche zu gelangen, in der sicher auch ihre Bekleidung lag, musste sie erst mal den Rauch abziehen lassen. Darauf bedacht, barfuß auf dem nassen Gras nicht auszurutschen, ging sie vorsichtig um die Ecke zur Hüttentür. Die Tür, die schief in den Angeln hing war verschlossen und ließ sich auch nach mehrmaligen rütteln nicht öffnen. Warum hatte Gregor sie eingeschlossen? Er wusste, dass sie nicht weglaufen würde. Nun musste sie eben das Fenster öffnen. Um die nächste Ecke biegend, sah sie, dass der Fensterladen mit Ästen und kleinen Baumstämmen verbarrikadiert war. Wie war das möglich? Beim Betreten dieser Küche hatte sie doch durch die trübe Scheibe ein fahles Mondlicht erkennen können. Außer Gregor und ihr war aber niemand in dieser einsamen Gegend. Warum hätte Gregor diese Lichtquelle verschließen sollen? Es ergab keinen Sinn. Tatsache war aber, dass die Küche voller Qualm war. Damit der Rauch abziehen konnte, musste das Zeug weg. Durch die ungewohnte Arbeit kam sie ins schwitzen.

Endlich konnte sie den Fensterladen aufstoßen, doch das Fenster war von innen verriegelt. Um es öffnen zu können, musste sie durch den Rauch. Durch die fehlenden Bretter schlüpfte sie in die Hütte, holte tief Luft, schob den Riegel hoch und tastete sich bis zum Fenster. Das ließ sich, wenn auch nur mit Mühe, endlich öffnen. Nach Luft schnappend eilte sie zurück in den rauchfreien Nebenraum. Die Luft war frisch, aber auch kalt. Sie strich die feuchten Haare aus dem Gesicht und wühlte sich in den Heuhaufen. Die Wärme tat gut! Vor Erschöpfung schlief sie gleich darauf ein.

Der Schrei eines Vogels weckte sie am nächsten Morgen. Benommen setzte sie sich auf und erkannte die Trostlosigkeit, in der sie sich befand. Von Gregor war weit und breit nichts zu sehen. Die Kälte, die trotz des warmen Heus ihren Körper durchrieselte, ließ sie fast verzweifeln. Sie spürte ein flaues Gefühl im Magen. Schlimmer als der Hunger, war der Durst. In der Küche fand sie weder was zu essen, noch zu trinken. Inzwischen musste aber der Rauch abgezogen sein, dann konnte sie ihre Handtasche finden und mit dem Handy Gregor anrufen und sich anziehen.

In der Küche fand weder ihre Kleider, noch ihre Handtasche. Unter ihren nackten Füssen knirschte es. Verbranntes Holz lag vor dem offenen Ofen. Auch das war ihr unbegreiflich. Sie wusste genau, dass sie die Ofentür verschlossen hatte, nachdem das Holz richtig Feuer gefangen hatte. Die brennenden Scheite konnten sich nicht selbstständig gemacht haben. Es grenzte an ein Wunder, dass die Hütte nicht gebrannt hatte. Wenn der Regen, der durch das defekte Dach gedrungen war, das Feuer nicht gelöscht hätte, wäre sie mit der Hütte verbrannt!

Die Arme um die angewinkelten Knie schlingend, setzte sie sich auf den wackligen Stuhl. Warum hatte Gregor sie in der verwahrlosten Hütte allein zurück gelassen? Dazu noch ohne Kleider und Nahrung? Ob ihr Vater, Onkel Paul und Berta mit der Behauptung, dass

Gregor es nur auf ihr Vermögen abgesehen hatte, recht hatten? Eine unsichtbare, eiserne Faust presste ihr Herz zusammen. Hatte Gregor schon vor der Reise geplant, sie hier allein zurück zulassen? War er deshalb erst am Abend losgefahren? Nein, so einen schlechten Charakter traute sie ihm nicht zu. Vielleicht hatte er eine Autopanne und war deshalb noch nicht zurück. Bald würde er bei ihr sein und sie auslachen, weil sie sich geängstigt hatte. Sie grub sich wieder ins Heu ein und wartete Stunde um Stun-de. Wieder wurde es Abend und ihr Mann war immer noch nicht zurück. Um wenigstens ihren Durst stillen zu kön-nen, ging sie vor die Hütte zum Brunnentrog. Statt mit Wasser, war die Mulde mit braunen Blättern und Tannen-nadeln gefüllt. Wenn sie nicht verdursten wollte, musste sie Wasser finden. Aber wo? In der nahenden Dunkelheit würde sie nicht weit kommen. Resignierend vergrub sie sich im Heu und weinte sie sich in den Schlaf.

Durch unerträgliche Schmerzen erwachte sie am frühen Morgen. Ihre Hand war dick angeschwollen. Als sie die Stirn berührte merkte sie, dass sie Fieber hatte. Dabei fühlte sie wieder die verkrustete Wunde an ihrer Schläfe. Wie konnte sie sich schlafend im Heu diese Verletzung zugezogen haben? Ihre Hochzeitsreise stand unter keinem guten Stern. Dabei hatte sie sich so sehr auf ihre Flitterwochen gefreut. Seit sie mit Gregor hier ange-kommen war, verfolgte sie das Pech. Sie richtete sich auf und zählte an den Fingern ab, was ihr alles passiert war?

Die Ankunft erst nach Mitternacht in dieser verwahr-losten Hütte. Nichts zu essen, und zum Trinken gab es nur bitteren Wein. Statt einem Bett nur ein muffiger Heuhaufen. Am nächsten Morgen Gregors Abwesenheit. Ihre Wunde am Kopf. Der Qualm in der Küche. Nur dem Regen hatte sie es zu verdanken, dass sie nicht in den Flammen umgekommen ist. Keine Handtasche mit Geld, Scheckkarte, Ausweis und Handy. Kleider, Schuhe und ihr Schmuck waren verschwunden. Die verschlossene Hüt-tentür und der verbarrikadierte Fensterladen. Das konnte alles kein Zufall sein.

Trotz ihrer Kopfschmerzen konnte sie noch logisch denken. Für dieses Desaster konnte nur Gregor in Frage kommen. Aber warum hatte er sie in diese elende Situation gebracht? Hatte er es tatsächlich nur auf ihr Vermögen abgesehen? Dass er sie in den vergangen Wochen sehr vernachlässigt hatte, schrieb sie immer seinem beruflichen Erfolg zu. Vielleicht war Gregor gar nicht so erfolgreich wie er ihr stets vorgeschwärmt hatte? Warum durfte sie nie sein Büro betreten und nie in seiner Penthousewohnung von ihr etwas liegen lassen? Fragen über Fragen. Plötzlich wurde ihr heiß und kalt. Vor der Abreise musste sie auf sein Drängen vier Formulare unterschreiben, ohne sie vorher durchlesen zu dürfen. Konnte es sein, dass das keine Versicherungspolicen waren? Um das herauszufinden, musste sie nach Hause. Wie lange würde wohl der Abstieg ins Tal dauern? Unbekleidet konnte sie sich aber nicht auf den Weg machen. Vielleicht hatte die Sennerin einen Kittel zurückgelassen. Sie durchforschte die Hütte diesmal noch gründlicher und stellte alles auf den Kopf. Nichts. Resigniert wollte sie schon aufgeben, als ihre Finger etwas berührten, das weder Holz noch Metall war. Es war ein rauer Stoff! Vorsichtig zog sie ihn heraus und betrachtete den Jutesack. Vor der Hütte schüttelte sie ihn so lange, bis er nicht mehr staubte. Besser als gar nichts, sagte sie sich. Nur, wie konnte sie ohne Schere eine Öffnung für Kopf und Arme ausschneiden? Sie suchte nach der Axt, legte den Sack gefaltet auf den Hackklotz und hackte drei Kerben aus. Widerstrebend zog sie Kopf und Arme durch die zu groß geratenen Öffnungen. Der Sack roch modrig und kratzte auf der nackten Haut. In diesem ungewohnten Kleid, das ihr bis zur Wade ging, kam sie sich vor wie Aschenbrödel. Wichtig war, dass sie endlich ins Tal konnte. Ihr Durst wurde immer unerträglicher. Statt der Sonne, die so früh schon auf sie herunterbrannte, wünschte sie sich jetzt Regen, um den Durst stillen zu können. Sie musste einen Weg ins Tal finden. In welcher Richtung lag Canazei, oder eine andere Ortschaft? Dort wo die Wiese endete, ragte ein Felsbrocken in die Höhe. Wenn es ihr gelang, auf den größeren Brocken zu klettern, konnte sie hoffentlich einen Bach oder eine Behausung sehen.

Schwer atmend erklomm sie endlich den Felsen und war enttäuscht. Hohe Tannen versperrten ihr ringsum die Sicht ins Tal. Sie musste aber nach unten, egal in welche Richtung. Irgendwo würde sie auf Menschen treffen, die ihr weiterhelfen konnten. Schritt für Schritt ging sie weiter, stolperte über Steine und Baumwurzeln, bis sie vor einem unüberwindbaren Hindernis stand. Ein hoher Felsen versperrte ihr den Weg. Zum Himmel schauend flüsterte sie: „Papa, führe mich auf den richtigen Weg. Ich möchte nach Hause, in unser Paradies." Auf eine Eingebung wartend, setzte sie sich auf einen morschen Baumstamm und betrachtete ihre blutenden Füße. In der prallen Sonne durfte sie nicht länger bleiben. Nur mit Mühe schleppte sie sich vorwärts, am Felsen entlang, der nicht enden wollte. Dass es dabei immer weiter nach oben ging, ließ sie fast verzweifeln. Wie lange sie schon unterwegs war, wusste sie nicht. Nach einer weiteren Ewigkeit legte sie sich im Schatten einer Tanne auf den kühlen Waldboden. Nicht nur ihre Füße schmerzten. Ihre Hand wurde immer dicker und in ihrem Kopf hämmerte es. Ihre Stirn war heiß vom Fieber.

Hatte sie schon Halluzinationen, oder hörte sie wirklich das Tosen eines Wildbaches? Wasser! Ja, hier gab es Wasser! Sie musste es finden. Mühsam stand sie auf und sah sich nach allen Seiten um. Dort oben stürzte von einem Felsen ein kleiner Wasserfall in die Tiefe. Um das rettende Wasser zu erreichen, musste sie den Steilhang hinauf. Mehr kriechend als gehend kam sie langsam vorwärts. „Nur noch zwanzig Meter", machte sie sich Mut. Nur noch wenige Meter... Doch bevor sie die Hand nach dem Wasser ausstrecken konnte, gab der Boden unter ihr nach. Panikartig griff sie nach dem Latschenkiefernzweig, der neben ihr aus einer Felsspalte ragte. Ihre Kraft reichte nicht mehr aus, den Zweig zu halten. Die nassen Nadeln rutschten ihr aus den Fingern. Sie spürte, dass Felsbrocken ihre Knie aufschürften, danach einen heftigen Schmerz im Rücken. Benommen nahm sie wahr, dass eine Kiefer ihren Sturz aufgefangen hatte. Bevor sich ihr Blick verschleierte, sah sie über die Schulter nach unten. Wenn sie da hinunterstürzt, war sie verloren. Aus eigener Kraft kam sie nicht nach oben. Sie könnte hier noch rufen, niemand würde sie hören. Hier würde sie auch niemand finden. Das hatte sie Gregor zu verdanken. „Gregor, ich habe dich geliebt." flüsterte sie noch. Dann verlor sie das Bewusstsein.

2. Buch

1.

Bevor die Sonne hinter den mächtigen Felsmassiven verschwand, wollte Pepe wie jeden Tag sein Arbeitspensum erfüllt haben. Die Tage wurden immer kürzer und von Woche zu Woche wurde es früher dunkel. Das Tageslicht reichte nicht mehr aus, um die Figur an der er schnitzte, zu vollenden. Das lag auch daran, dass er heute drei Mal ein Schaf, das sich zu weit von der Hütte entfernt hatte, zurücktreiben musste. Sein Hirtenhund jagte mal wieder den Murmeltieren nach, statt die Herde zu bewachen. Serafina hätte Chico dafür bestraft, doch er konnte ihm nicht böse sein. Sie hatte ihm alles gelehrt, was er zum Überleben in dieser Bergeinsamkeit brauchte.

Mit einem dankbaren Lächeln auf den Lippen, ordnete er seine Schnitzmesser in den Kasten. Dabei sah er zu seinen Tieren, die friedlich auf der Wiese weideten. Hier oben würde bald der Winter einziehen. Im letzten Jahr hatte es Ende Oktober schon geschneit. Dass seine Herde noch frisches Gras fressen konnte, war ein Segen. Und er war zufrieden, dass er für genügend Wintervorräte gesorgt hatte. Chico kam laut bellend auf ihn zu gerannt, schnappte nach seinem Jackenärmel und zog heftig daran. Wenn sich der Hund so gebärdete, war eines seiner Tiere in Gefahr. Hatte sich schon wieder ein Lamm oder eine Ziege in die Nähe der Todesschlucht gewagt? Mit langen Schritten eilte er in die Scheune, nahm das lange Seil vom Haken und rannte Chico nach. Vor der Schlucht blieb er atemlos stehen.

    Auf halber Höhe, zwischen Geröll und Latschenzweigen, sah Pepe dünne, nach unten hängende Beine. Routiniert band er ein Seilende um einen kräftigen Baumstamm, bevor er sich Meter um Meter nach unten tastete. Auf einem schmalen Felsvorsprung blieb er stehen. Was vor ihm lag, war keines seiner Tiere. Mit einer Hand hielt er sich am Seil fest, mit der anderen wischte er Geröll, Zweige und Tannenadeln von der Frau. Verblüfft starrte er in das anmutige Gesicht. Noch nie hatte er so etwas Schönes gesehen. Es sah aus wie der Engel auf dem Bildchen, das Serafina in ihrem Gebetbuch hatte. Nur das Gewand passte nicht zu diesem himmlischen Wesen. Engel trugen keinen Rupfensack. Und Serafina hatte ihm, als er ein kleiner Junge war, erzählt, dass Engel fliegen konnten. Sein kindlicher Verstand konnte nicht begreifen, warum dieser Engel hier unten lag. Dazu noch verletzt. Er blutete an Armen und Beinen.

    Dass dieser Engel keine Flügel hatte, merkte Pepe, als er den Körper vorsichtig hochnahm. Das unterdrückte Stöhnen, das die Verletzte von sich gab, bedeutete, dass sie noch lebte. Damit sie weiterleben konnte, würde er alles tun, was in seiner Macht stand. Behutsam bettete er die junge Frau an seine breite Brust, band das Seil um beide Körper, zog sich vorsichtig nach oben, und legte sie ins Gras.

    Vor Freude, dass sein Herrchen seinen Fund gerettet hatte, leckte Chico ihm über das Gesicht.

    Nach einer Verschnaufpause trug Pepe die Verletzte in seine Sennhütte. Als er sie auf seinem Bett niederlegte, bemerkte er das abstehende Bein. Wie gut, dass Serafina ihm gezeigt hatte, wie man ein gebrochenes Bein schiente. Sie hatte ihm auch gelehrt, wie man mit verschiedenen Verletzungen der Tiere umgeht und dass für jede

Krankheit ein Kraut gewachsen ist. Aus manchen Kräutern hatte sie Salben und Tinkturen hergestellt, die anderen hingen in getrocknet Sträußen gebunden in der Scheune.

Es war lange her, dass Pepe davon Gebrauch machen musste. Heute würde er zum ersten Mal einen Menschen heilen.

Nach einer Stunde nickte er zufrieden, deckte den noch immer bewusstlosen Engel zu und trat leise aus der Kammer.

Chico wartete schon auf das Lob, weil er die Tiere allein in den Stall getrieben hatte. Sogar die Klappe am Hühnerstall hatte er mit seiner Schnauze nach unten fallen lassen. Er musste lange warten, bis sein Herrchen auf ihn zutrat. Nicht nur mit Streicheleinheiten, auch mit einem Leckerbissen wurde er belohnt.

2.

Wie durch Watte hörte Julia Töpfe klappern. War es etwa schon Mittag? Langsam öffnete sie ihre schweren Lider und staunte. Was sie sah, war nicht ihr schönes Zimmer. Keine Seidentapeten zierten die Wände und keine duftigen Gardinen bedeckten die Fenster. Dieser Raum hatte mit ihrem komfortablen Reich nichts gemein. Hier gab es nur ein einziges Fenster, durch dessen nackte Scheibe sie Tannen sah, die sich im Wind wiegten.

Es dauerte einige Sekunden bis ihr einfiel, dass sie nicht zu Hause, sondern in den Dolomiten war. Dies war aber nicht die verwahrloste Hütte, in die Gregor sie gebracht hatte. Jetzt lag sie nicht mehr im Heu, sondern in einem richtigen Bett hinter einem großen Kachelofen, der wohlige Wärme ausstrahlte. Auf den Borden, die an den Wände befestigt waren, standen unzählige, aus Holz geschnitzte Figuren. Um diese Kunstwerke besser betrachten zu können, richtete sie sich auf, ließ sich aber gleich wieder auf das weiche Kissen zurück sinken. Erschöpft grübelte sie darüber nach, warum ihr ganzer

Körper so schwer war?

Nach und nach kam die Erinnerung. Gregor hatte sie allein, dazu ohne Nahrung und Bekleidung in der schrecklichen Hütte zurück gelassen. In dem rauen Jutesack hatte sie sich ohne Schuhe auf den Weg machen müssen. Den Wasserfall, den sie nach stundenlangem Suchen gefunden hatte, konnte sie nicht erreichen. Nur wenige Meter davor hatte der Boden unter ihr nachgegeben, und sie war die Geröllhalde hinunter gerutscht. Wenn das Kiefernbäumchen sie nicht gebremst hätte, würde sie jetzt in der Schlucht liegen. Sie lag aber nicht mehr auf den harten Zweigen, sondern in einem weichen Bett. Das bedeutete, dass jemand sie gefunden und hierher gebrachte hatte. Wer war dieser Jemand? Sie musste sich sofort für die Rettung bedanken und wollte die Beine aus dem Bett schwingen. Es ging nicht! Sie schob das weiße Laken unter dem karierten Federbett zur Seite und erschrak. Ihr linkes Bein war zwischen zwei Holzleisten mit Leinenstreifen umwickelt und ihr rechtes Bein bedeckte ein eklig aussehender Brei, der schon angetrocknet war. Der merkwürdige Geruch der ihr in die Nase stieg, stammte sicher von der Salbe, die sie an ihren Fußsohlen spürte. Angenehm empfand sie das Flanellnachthemd, das ihren Körper bis zu den Knien bedeckte. Auch wenn dieses Hemd mit ihrer seidenen Wäsche nicht zu vergleichen war, fühlte sie sich wohl darin. Die Ärmel waren dreifach zurückgeschlagen, der oberste Knopf war geschlossen.

Da sie nicht aufstehen konnte, nebenan aber wieder das Klappern von Töpfen zu hören war, klopfte sie gegen die Wand. Nach dem ersten Schlag starrte sie auf die Hand, die dick verbunden war und sofort wieder zu pochen begann.

Um sich bemerkbar zu machen, rief sie laut: „Hallo!" Nebenan wurde es still, dann schwere Schritte, die immer näher kamen. Erwartungsvoll sah sie auf die Tür, die sich öffnete.

Ein wild aussehender Mann mit langen dunklen

Haaren und einem Bart, der fast das ganze Gesicht bedeckte, kam herein. Vor Schreck streckte sie beide Hände abwehrend von sich, als der Mann auf sie zukam. Das Deckbett unters Kinn ziehend, flehte sie: "Kommen sie nicht näher."

Pepe ignorierte ihren Protest, trat an ihr Bett und hielt ihr einen Becher an den Mund. Was wollte dieser unheimlich aussehende Mann ihr einflössen? Das Gebräu roch seltsam, deshalb presste sie die Lippen zusammen. Die Flüssigkeit rann über ihr Kinn. Er wischte sie mit seinem Handrücken ab. Pepe nickte, als er den Becher erneut hochhob und lächelte.

„Wer sind Sie?", fragte Julia zaghaft. Der Bärtige antwortete ihr nicht. Er stellte nur den Becher auf den Schemel neben dem Bett und stapfte durch die Tür. Julia starrte ihm nach. Unter seinem karierten Hemd wölbte sich sein Rücken. Sein langes Haar verdeckte zur Hälfte die Krümmung. Dieser Mann sah zum Fürchten aus. War sie etwa mit diesem Halbwilden allein? Aber musste sie ihm nicht dankbar sein? Dieser Mann hatte sie gefunden, gerettet und gepflegt. Sie konnte wieder klar denken. Also war ihr Fieber weg. Auch ihre Wunden schmerzten nicht mehr.

Sie dachte an Gregor, dem sie das ganze Unheil zu verdanken hatte, und Tränen liefen ihr über die Wangen. Mit dem Ärmel wischte sie sich über das Gesicht, dabei bemerkte sie wieder das fremde Hemd, das vermutlich Rübezahl gehörte. Er muss ihr den Jutesack ausgezogen und ihr Hände und Gesicht gewaschen haben. Bei dem Gedanken, dass ein fremder Mann sie nackt gesehen hatte, wurde sie ganz blass.

Der Geruch aus dem Becher stieg ihr in die Nase. „Vielleicht schmeckt der Tee besser als er aussieht", murmelte sie und trank den Becher leer. Sie überlegte, wann sie sich auf den Weg ins Tal machen konnte? Ihr Lebensretter würde sicher morgen schon eine Lösung finden. Mit einem Lächeln schlief sie ein.

Dass Pepe an ihr Bett trat und zufrieden nickte,

merkte sie schon nicht mehr.

In ihrem Traum sah Julia Blumen in allen Farben. Im Garten der Villa pflückte sie einen Strauß. Als ihr Vater auf sie zukam, streckte sie die Arme nach ihm aus. Dabei fielen die Blumen auf den Boden und er trampelte darauf herum. „Papa, warum tust du das?", rief sie erschrocken und bückte sich. Als sie hoch sah, war es nicht das Gesicht ihres Vaters, sondern das von Gregor. Er griff nach ihrem Hals und wollte ihn zudrücken. Sie schlug wild um sich.

Schweißgebadet wachte sie auf. Nicht Gregor, sondern der bärtige Mann saß neben ihrem Bett und hielt ihre Hände fest. Nachdem er merkte, dass sie wach war, ließ er sie los. Er lächelte sie freundlich an. Dabei zeigte er zwei Reihen kräftiger Zähne.

Noch etwas benommen richtete sich Julia auf und fragte: „Wie lange habe ich geschlafen?"

Der Bärtige ignorierte ihre Frage und reichte ihr eine Schale mit Brei, in der ein Löffel aus Holz steckte.

„Ist das mein Frühstück?" Skeptisch rührte sie in der Hafergrütze und überlegte, wann sie das letzte Mal etwas gegessen hatte? Vor drei Tagen! Schon nach dem ersten Löffel strahlte sie.

„Das schmeckt besser als ich dachte." Überrascht, dass ein Mann den Brei so verfeinern konnte, aß sie die ganze Schüssel leer. Dankbar drückte sie ihm danach die Hand. „Danke, dass Sie mich gerettet und verarztet haben." Dann zeigte sie zuerst auf sich. „Ich heiße Julia." Dann auf ihn. "Wie ist Ihr Name?"

Rübezahl legte einen Finger an seine Lippen und schüttelte den Kopf.

„Heißt das, dass Sie nicht sprechen können?" Irritiert sah sie, wie er eine Schultafel und Kreide aus einer Schublade der Kommode nahm und etwas darauf schrieb. Als er ihr die Tafel zeigte, stand da nur: PEPE.

„Sie heißen also Pepe! Ein ungewöhnlicher Name. Er klingt so wie Papa. Mein Vater war auch so hilfsbereit."

Nur im Aussehen war ihr Papa mit Pepe nicht zu vergleichen. Wie alt Pepe wohl sein mag? Sein Vollbart mit den grauen Strähnen ließ ihn älter erscheinen. Welche Mühe musste es ihn gekostet haben, sie aus der Schlucht zu bergen. Als er sie wieder anlächelte, hatte sie keine Angst mehr vor ihm. Ein Mann der sie so hingebungsvoll umsorgte, konnte nichts Böses im Sinn haben. Fragend sah sie ihn an. „Hast du ein Telefon oder ein Handy?"

Pepe gab ihr keine Antwort.

War er gekränkt, weil sie ihn geduzt hatte? Nein, er hatte nur ihre Sprache nicht verstanden. Gestenreich gab sie ihm zu verstehen, dass sie ins Tal wollte.

Erst bei dem Wort CANAZEI hob Pepe beide Hände, zeigte auf ihr geschientes Bein, nahm eine Holzleiste aus der Ecke und brach sie in den Mitte durch.

„Willst du mir damit sagen, dass mein Bein gebrochen ist?"

Erschrocken tastete sie die Leisten ab, die um ihr linkes Bein gewickelt waren. „Das heißt also, dass es noch Wochen dauert, bis ich wieder gehen kann. So lange kann ich nicht warten. Ich muss so schnell wie möglich nach Hause. Nach Deutschland – Germania, verstehst du?"

Pepe verstand nicht. Er schüttelte nur den Kopf.

Resigniert ließ sich Julia zurückfallen. Unter den geschlossenen Liedern kullerten Tränen der Enttäuschung über ihr Gesicht. Es waren nicht nur Tränen, die sie auf ihren Wangen spürte, es war auch eine raue Zunge. Entrüstet öffnete sie die Augen und erschrak. Ein großer Hund stand über ihr, der sie aus dunklen Knopfaugen ansah.

Ein Pfiff ertönte, und der Hund sprang von ihrem Bett.

Pepe schrieb auf die Rückseite der Tafel, CHICO, zeigte auf den Hund und gab ihr gestenreich zu verstehen, dass Chico sie in der Schlucht aufgespürt hatte.

Dankbar strich ihm Julia über das Fell. „Du bist ein

guter Hund. Irgendwann werde ich dich dafür belohnen."

Um seinen Engel von der Enttäuschung nicht sofort ins Tal zu kommen, abzulenken, wickelte Pepe den Verband von Julias Hand und strahlte.

Julia konnte seine Freude nicht teilen. Ihr Handrücken war zwar nicht mehr geschwollen, doch die dunkle Salbe, die Pepe darauf verteilt hatte, roch penetrant. Ob er mit dieser grässlichen Paste auch ihr aufgeschürftes Knie und die Fußsohlen eingeschmiert hatte? Sie brannten nicht mehr! Das war wie ein Wunder in der kurzen Zeit. Oder wie lange lag sie schon hier? Und wie lange musste sie noch hier liegen bleiben? Was hatte Pepe gegen das Fieber getan? Wo schlief er, seit sie sein Bett belagerte? Wie viele Räume hatte diese Hütte? Fragen über Fragen, auf die ihr Pepe keine Antwort geben konnte. Traurig sah sie ihn an.

Auf ihre verletzte Hand deutend, nickte er, stand auf, wischte mit dem Ärmel die Tafel aus und schrieb darauf: ALFONSO. Dazu hob er drei Finger in die Höhe.

„Wer ist Alfonso?"

Er drehte die Tafel um und malte Tannenbäumchen darauf.

„Ich verstehe! Alfonso ist Waldarbeiter. Er kommt in drei Tagen hierher. Kannst du ihm eine Nachricht zukommen lassen, dass er für mich Kleidung mitbringen soll?" Dann fiel ihr aber ein, dass sie in drei Tagen noch nicht gehen konnte und fügte hinzu: „Und ein Pferd, oder Esel, auf dessen Rücken ich ins Tal komme."

Pepe hob die Schultern. Er zeigte nach draußen und stapfte durch die Tür.

Julia war aufgeregt. In drei Tagen war sie in Canazei!

Aber wie kam sie ohne Geld nach Hause? Würde man ihr auf dem Polizeirevier diese unglaubliche Geschichte abnehmen? Ohne ihren Pass konnte sie nicht mal ihre Identität beweisen. Onkel Paul fiel ihr ein! Ja, ihr Patenonkel war Anwalt. Er musste nach Canazei kommen. Ihm würde man glauben und er würde sie auch nach Hause bringen.

Ob Onkel Paul noch bei seinem Sohn in Amerika ist? Hoffentlich blieb er nicht wie üblich zwei Monate. Wann war er abgeflogen? Zwei Wochen vor ihrer Hochzeit Ende September. Was war heute für ein Datum? Fieberhaft rechnete sie nach. Am zwanzigsten Oktober war sie mit Gregor in die Dolomiten gefahren. Drei Tage hatte sie dort vergebens auf ihn gewartet. Bei Pepe war sie seit gestern, oder vorgestern? Und drei weitere Tage würden vergehen, bis sie ins Tal kam. Das bedeutete, dass Onkel Paul noch nicht in Bregenz war. Er konnte sie also nicht abholen. Wen konnte sie sonst noch um Hilfe bitten? Ihr fiel nur noch Luise ein, aber die war in München. Vor Enttäuschung kullerten ihr erneut Tränen über die Wangen.

Pepe trat mit einem Becher Tee an ihr Bett und sah sie verwundert an. Er strich Julia sanft über die Wangen, hielt ihr danach den Becher an den Mund und wartete, bis sie ihn leer getrunken hatte. Bald würde sie lange und tief schlafen. Das musste sein, denn in der vergangenen Nacht war er nebenan aufgewacht, als Julia gegen die Wand donnerte. Rasch muss er an ihr Bett geeilt sein und gesehen haben, dass sie im Schlaf mit den Beinen strampelte und um sich schlug. Das durfte nicht nochmals passieren. Nicht nur ihr geschientes Bein, auch ihr ganzer Körper brauchte Ruhe. Heute saß er an ihrem Bett und bewachte ihren Schlaf.

Julia sah wirklich aus wie ein Engel. Wer war dafür verantwortlich, dass dieses zarte Wesen bis in seine Einöde, und dazu noch in die Schlucht geraten konnte? Sein Verstand konnte es nicht begreifen. Immer wieder schüttelte er den Kopf. Erst als er an ihren regelmäßigen Atemzügen erkannte, dass sein Engelchen ruhig schlief, ging er zu seinen Tieren.

Als Julia erwachte, fielen Sonnenstrahlen in ihre Kammer. Es war nicht nur die Sonne, die sie froh stimmte. Es war auch ihr Körper der sich so leicht anfühlte. Bevor sie das Deckbett zur Seite schob, bemerkte sie, dass der Verband an ihrer Hand fehlte. Die Narbe war noch rot, aber schon fast verheilt. Wie war das möglich in der kurzen Zeit? Erfreut war sie auch darüber, dass der dicke Brei auf ihrem Bein verschwunden war. Pepe hatte sie gewaschen, als sie schlief. Dass sie dabei nicht aufgewacht war, konnte sie nicht verstehen. Sie hatte auch nicht gemerkt, dass er ihr ein frisches Hemd angezogen hatte.

Pepe kam herein, hob sie auf seine Arme und trug sie nach draußen. Vor seiner Hütte setzte er sie auf der mit Lammfellen gepolsterten Bank ab. Er hob vorsichtig ihr geschientes Bein auf einen Schemel und zeigte zum Tisch, auf dem eine Pfanne mit Kaiserschmarren stand.

Hungrig griff Julia nach der aus Holz geschnitzten Gabel und genoss das köstliche Mahl. Auch den Tee, den er ihr dazu reichte, trank sie in genüsslichen Schlückchen aus.

Erst als sie die Gabel ablegte, deckte Pepe sie mit Fellen bis zur Nasenspitze zu. Dankbar lächelte sie ihn an. Es tat gut, die Sonnenstrahlen auf ihrem Gesicht zu spüren. Interessiert betrachtete sie die weite Umgebung.

Chico, der die Tiere bewachte, kam immer wieder zu ihr gerannt, um sich streicheln zu lassen. Sie sah zu den mächtigen Felsen. Hier oben war die Welt noch in Ordnung. Pepe kannte weder Betrug noch Intrigen. Er schien glücklich zu sein in seinem Paradies. Nur auf ihr Paradies am Bodensee musste sie noch warten. Noch zwei Tage, dann brachte Alfonso sie ins Tal.

Vier Tage durfte Julia draußen verbringen, danach jagte ein eisiger Wind, vermischt mit Regen, um die Hütte. Dass Alfonso nicht gekommen war, ließ sie fast verzweifeln. „Pepe, ich kann ja verstehen, dass du deine Tiere nicht allein lassen kannst, aber du musst endlich eine Möglichkeit finden, mich nach Canazei zu bringen."

Bei dem Wort Canazei zeigte Pepe zum Fenster, hinter dem dicke Schneeflocken tanzten.

„Oh nein", stöhnte Julia. „Es schneit schon! Aber es

ist doch noch lange nicht Winter. Oder doch ?" Sie hatte jedes Zeitgefühl verloren.

Pepe konnte nicht verstehen, dass sein Engel von Tag zu Tag trauriger wurde. Er tat doch alles, um sein Findelkind von den trüben Gedanken abzulenken. Kaum dass er in der Frühe seine Tiere versorgt hatte, setzte er sich zu Julia um zu schnitzen. Chico lag dabei zu seinen Füssen. Die Krippe, die er heute auf den Schemel neben ihr Bett stellte, erweckte ihre ganze Aufmerksamkeit. Aus seiner Joppe zog er ein Büschel Heu, das er darauf verteilte, bevor er die Figuren hineinstellte.

Begeistert schlug Julia die Hände zusammen. Nicht nur die Figuren, auch der Stall, der die Heilige Familie beherbergte, war ein Kunstwerk. Mit einem Blick erkannte sie, mit wie viel Liebe Pepe sie angefertigt hatte. Bis ins kleinste Detail war alles nachgebildet. „Pepe, so eine schöne Krippe habe ich noch nie gesehen. Sie gehört in eine Kirche, wo viele Menschen sie bewundern können."

Ohne auf ihre Worte zu achten, nahm er ein Stück Holz aus der Werkzeugkiste und begann zu schnitzen.

Julia zupfte ihn am Ärmel. „Pepe, du bist immer beschäftigt. Ich dagegen bin zum Nichtstun verurteilt. Ich würde gerne malen, oder die Geschichten, die ich mir in den langen Nächten ausgedacht habe, aufschreiben. Hast du nicht Papier und einen Stift für mich?" Mit den Händen deutete sie an was sie wollte.

Endlich schien Pepe begriffen zu haben. Er nickte, ging nach draußen und kam mit einer halben Tapetenrolle zurück. Das bunte Muster war kitschig, doch die glatte Rückseite ließ sich gut beschreiben. Aus einer Schublade kramte er einen Bleistift und hob bedauernd die Schultern, weil er nur diesen Stift hatte.

„Wunderbar, Pepe", strahlte Julia und drückte ihm dankbar die Hand. Ohne lange überlegen zu müssen, schrieb sie drauflos. Sie war so in ihrer Geschichte vertieft, dass sie nicht mal bemerkte, wie Pepe das Zimmer verließ. Erst als er das Abendbrot auf ihr Deckbett stellte und ihr zu verstehen gab, dass sie das aufessen sollte, legte sie Rolle samt Stift weg und lächelte. Auf der Brotscheibe, die dick mit Butter bestrichen war, lag eine noch größere Scheibe mit geräuchertem Fleisch. Daneben klebte auf dem Holzbrett ein weißer Klumpen. Neugierig, was das sein konnte, schnitt sie sich mit dem Messer eine dünne Scheibe ab. Es war Schafskäse der ihr fremd war, aber köstlich schmeckte. Erst als sie alles aufgegessen und den Tee leergetrunken hatte, nickte Pepe zufrieden, nahm das leere Brett und ging wieder. Da er die Lampe mitgenommen hatte, konnte sie nicht weiter schreiben. Zufrieden mit dem was sie alles hatte notieren können, schlief sie bald darauf ein.

Jeden Morgen überprüfte Pepe ihr geschientes Bein. Endlich nickte er zufrieden, ging nach nebenan und kam mit zwei Holzgestellen zurück.

Die zusammengefügten Holzlatten waren Gehhilfen! Dankbar, das Bett endlich verlassen zu können, streckte sie die Arme danach aus.

Pepe half ihr auf die Beine, schob ihr die Krücken unter die Arme und hielt sie fest. Erst als sie nicht mehr wankte, ließ er sie los, trat drei Schritte zurück und breitete die Arme aus. Dass sie endlich wieder auf ihren Füssen stehen konnte, versetzte sie in Hochstimmung. Freudig ging sie auf ihn zu und jubelte: „Pepe, du bist ein Schatz! Ich werde jeden Tag üben, denn je eher ich wieder gehen kann, umso früher kann ich nach Hause. Aber wann kommt endlich Alfonso?"

Pepe schien ihren Wunsch verstanden zu haben. Betrübt verließ er die Kammer.

Immer wenn Pepe bei seinen Tieren war, legte sie ihre Arbeit beiseite, klemmte sich die Gehhilfen unter die Arme und ging so oft in der Kammer auf und ab, bis sie müde wurde. Mit sich zufrieden, fieberte sie dem nächsten Tag entgegen.

Es war noch halbdunkel im Zimmer, als Julia erwachte. Da sie Pepe nebenan nicht hantieren hörte, bedeutete das, dass er noch bei seinen Tieren im Stall war. Erfreut, endlich die Kammer verlassen zu können, tastete sie nach den Krücken, hob vorsichtig erst ihr geschientes Bein aus dem Bett und stand auf. Ein Glücksgefühl durchrieselte sie. Der Schnee hinter dem Fenster erhellte vage den Raum. Dieses Licht genügte ihr aber, die Tür zu finden. Im Flur hing eine Petroleumlampe an einem Hacken. Mit dieser Lichtquelle ging sie zu der Tür, stieß sie mit der Schulter auf. Zum ersten Mal betrat sie alleine den einfachen Waschraum. Die große Holzkiste mit Deckel, die als Toilette diente, kannte sie schon! Hierher hatte sie Pepe immer getragen. Sie verlagerte ihr Gewicht auf das nicht geschiente Bein, lehnte die Krücken an den Holztisch, auf dem eine Emailleschüssel mit warmem Wasser stand. Daneben lag ein Handtuch, ein Stück Kernseife und ein frisches Hemd. Endlich konnte sie sich selber waschen. Das Handtuch hatte sie über die nassen Haare geschlungen. So stelzte sie in den Flur. Pepe kam ihr entgegen. Doch statt sich über ihre erfolgreichen Gehversuche zu freuen, zeigte er in ihre Kammer.

„Nein", wehrte sie ab. „Du hast mir tagelang das Frühstück ans Bett gebracht. Heute möchte ich mich endlich mit dir an einen Tisch setzten." Sie ignorierte seinen besorgten Blick und ging an ihm vorbei durch die jetzt offenstehende Küchentür. Was sie sah, konnte sie kaum glauben. Von einem Mann, der so abgeschieden wohnte, hatte sie ein Chaos erwartet. Pepes Küche strahlte vor Sauberkeit. Über dem blank gescheuerten Herd hingen Kupferpfannen, nach Größe geordnet an einer Leiste. Bevor sie sich weiter umsehen konnte, drückte Pepe sie auf die Eckbank im Herrgottswinkel. Dabei brachte eine ihrer Krücken die Statue hinter ihr ins Wanken. Sie merkte es erst, als sie das Gewicht auf ihrer Schulter spürte. Geistesgegenwärtig griff sie danach. Vor Bewunderung verschlug es ihr fast den Atem, als sie die Madonna mit dem Jesuskind auf dem Arm in den Händen hielt. Dieses Kunstwerk hatte Pepe geschaffen! Fasziniert sah sie in das Gesicht der Muttergottes, deren Mund ein

Lächeln zeigte. Der Mund und die ausdrucksvollen Augen, mit denen die Mutter ihr Kind betrachtete, war so ergreifend, dass sie vor Begeisterung keine Worte fand. An dem Jesuskind, das die Hände nach seiner Mutter ausstreckte, konnte sie sogar die winzigen Fingernägel erkennen. Wie Pepe mit seinen grobschlächtigen Händen solche Feinheiten schnitzen konnte, war ihr unbegreiflich. „Pepe, du bist ein begnadeter Künstler", lobte sie ihn, als er Brot, Butter und Käse vor ihr auf den Tisch stellte. „Diese Madonna ist wunderschön. Ich kann mich gar nicht daran satt sehen. Verkaufst du sie mir?" Plötzlich fiel ihr ein, dass sie ja gar kein Geld hatte. Beschwichtigend hob sie den Finger. „Im nächsten Sommer möchte ich dich besuchen, damit ich mich für alles, was du für mich getan hast, revanchieren kann. Dann möchte ich dir nicht nur eine komplette Krippe abkaufen, auch diese Madonna." Die Statue an sich drückend, sagte sie: "Egal, wie viel du dafür haben willst." Um ihm zu zeigen, was sie meinte, rieb sie Daumen gegen Zeigefinger.

Pepe schüttelte den Kopf.

Über seine Absage war sie enttäuscht. Sie musste aber akzeptieren, dass er sich von diesem einmaligen Kunstwerk nicht trennen wollte. Auch nicht für viel Geld. Schade, diese Madonna hätte einen Ehrenplatz in ihrem Haus bekommen. Um ihre Enttäuschung zu verbergen, stellte sie die Statue auf ihren Platz zurück.

Pepe zeigte auf den Tisch und nickte ihr zu.

Über das große Stück Ziegenkäse, das er ihr auf die Brot-scheibe legte, musste sie lächeln. Nach dem zweiten Bissen blieb ihr Blick an dem Spinnrad in der Ecke hängen. „Pepe, du kannst spinnen? Zeigst du mir wie das geht?"

Dass er sie verstanden hatte, merkte sie an seinem Lächeln. Aber erst als er die dritte Scheibe Brot gegessen hatte, setzte er sich auf den Stuhl, zupfte aus dem daneben liegenden Vlies einen Haufen auf seinen Schoss und trat auf das Pedal. Das Spinnrad surrte und Julia staunte, wie geschickt Pepe die dicke Schafwolle zu so dünnen Fäden spinnen konnte. Es sah aus wie ein Kinderspiel. Als er ihr den Platz frei machte, ihr geschientes Bein auf einen Hocker legte und ihr zunickte, merkte sie, dass spinnen kein Kinderspiel ist, sondern eine Kunst. Was sie produzierte, glich keiner feinen Wolle. Dicke Noppen glitten auf die Spindel. Trotzdem lächelte Pepe und klopfte ihr auf die Schulter, bevor er aus der Küche stapfte.

„Verdammt und zugenäht", schimpfte sie vor sich hin. Wenn Pepe als Mann spinnen konnte, musste sie das als Mädchen noch besser können. Mit zusammengebissenen Zähnen übte und übte sie. Erst als Pepe nach langer Zeit in die Küche kam, konnte sie ihm ein befriedigendes Ergebnis zeigen.

Pepe strahlte, nickte mit dem Kopf Dann legte er ihn schief auf beide Hände und schloss die Augen.

„Ich bin aber noch nicht müde. Ich könnte die ganze Nacht durch spinnen."

Damit schien Pepe nicht einverstanden zu sein. Er nahm sie auf die Arme, legte sie in die Kammer aufs Bett und ging.

Julia nahm sich vor, morgen anstatt zu schreiben, den ganzen Berg von Vlies in feine Wolle zu spinnen. Vielleicht konnte sie Pepe damit entlasten. Er hatte genug andere Arbeit. Was machte Pepe mit der ganzen Wolle? Rätselte sie. Ob sie ihm einen Pullover stricken konnte? Nein, dafür würde sie Wochen brauchen und so lange musste sie sicher nicht mehr hierbleiben. Außerdem hatte Pepe bestimmt keine Stricknadeln. Mit diesen Gedanken schlief sie ein.

Wie vorgesehen wollte sich Julia am nächsten Morgen gleich ans Spinnrad setzen. Als sie in die Küche humpelte, stand Pepe über einen Trog gebeugt. Mit verklebten Händen zeigte er zum Tisch, statt sich zu setzen, ging sie auf ihn zu und sah wie er aus dem Teig Laibe formte, die er auf ein Brett mit langem Stiel legte und es nach draußen trug. Pepe musste in der Nähe seiner Behausung ein Backhaus haben. Dass er sein Brot selber herstellen musste war verständlich. Er konnte in dieser Bergeinsamkeit nicht zum nächsten Bäcker gehen.

Statt der Hafergrütze, die ihr heute noch besser schmeckte als gestern, durfte sie bestimmt am Abend das frischgebackene Brot genießen. Auch der Tee schmeckte heute anders. Sie trank den Becher leer und setzte ans Spinnrad. Bis Pepe mit der Stallarbeit fertig war, hatte sie fast das ganze Vlies verarbeitet.

Am nächsten Tag zeigte ihr Pepe, wie er aus Schafsmilch Butter und Käse zubereitete. Dafür brauchte er viele Stunden. Diese Arbeit unterbrach er nur, um die Tiere zu füttern.

Julia war beeindruckt. Pepe war ein Lebenskünstler. Sie konnte viel von ihm lernen. Es war erstaunlich, was er mit den wenigen Hilfsmitteln, die ihm zur Verfügung standen, alles fabrizieren konnte. Nur sie ins Tal bringen konnte er nicht! Bei den Schneemassen konnte auch Alfonso sie nicht abholen. Wenn es weiterhin schneie, war sie an Weihnachten immer noch hier.

Wie hatte Pepe wohl in den vielen Jahre die Festtage gefeiert? Hatte er sich einen Tannenbaum aus dem nahen Wald geholt? Mit was hatte er ihn geschmückt? Wenn Pepe Stroh hatte, würde sie damit Sterne basteln, und aus der Schafwolle konnte sie kleine Kugeln formen. Mit der Fadenrolle, mit der sie gestern seine Hose geflickt hatte, konnte sie die Wollkugeln am Christbaum befestigen. Bis zum Heiligen Abend würde ihr sicher noch mehr einfallen.

Tränen schossen ihr in die Augen, als sie an die vergangenen Jahre dachte. Mit Papa und Berta hatte sie wunderschöne Feiertage verbracht. Es waren nicht die Geschenke, die sie sich machten, es war das harmonische Zusammensein. In Zukunft konnte sie das Christfest nicht mehr so erleben wie bisher.

Wenn sie Gregor nicht begegnet wäre, würde Papa noch leben, Berta wäre nicht gegangen und in der Villa am Bodensee hätte sie ein noch schöneres Weihnachtsfest feiern können. Diesen Traum musste sie begraben, denn dieses Jahr hatte sie nichts zu feiern. Oder doch? Ja, dass sie noch lebte! Das hatte sie Pepe zu verdanken. Dafür konnte sie ihm nicht mal ein Geschenk unter den Christbaum legen.

Sie konnte nicht verhindern, dass ihr noch mehr Tränen über die Wangen liefen. Erst als Pepe vor ihr stand und sie entsetzt ansah, wischte sie sich mit dem Hemdärmel über das Gesicht.

Ob Pepe ahnte, was in ihren Kopf vorging? Sanft strich er ihr übers Haar und lächelte sie an, bevor er sich am Herd zu schaffen machte. Der köstliche Duft, der ihr darauf in die Nase stieg, erinnerte sie an Berta. Neugierig, was Pepe in der Pfanne hatte, ging sie zu ihm. Zwei große Scheiben Fleisch brutzelten mit den gehackten Zwiebel im gelben Fett. „Pepe, hast du einen Garten, oder hat dir Alfonso die Zwiebeln gebracht?"

Pepe verstand nur Alfonso und schüttelte den Kopf.

Julia beugte sich über den Herd. „ Hoffentlich hast du nicht meinetwegen eines deiner Tiere geschlachtet. Ich esse gern weiterhin deinen Haferbrei."

Pepes Essen schmeckte gut, doch Julia hatte keinen Appetit. Ein dicker Kloß steckte in ihrem Hals, als sie an Bertas reichhaltige Kochkünste dachte, die auch ihr Papa immer genossen hatte. Auch wenn die beiden bei ihrer Rückkehr in der Villa nicht mehr da waren, wollte sie nach Hause.

Bestürzt legte Pepe sein Essbesteck nieder, als er sah, dass seinem Engelchen wieder Tränen über die Wangen kullerten. Er setzte sich neben sie, wischte ihr die Tränen vom Gesicht und fuhr ihr tröstend über den Rücken.

„Schon gut, Pepe", sagte sie schniefend. „Du kannst nicht dafür, dass ich Heimweh habe. Ich bin dir auch dankbar, dass du mir alles erleichterst. Trotzdem möchte ich bald heim."

Pepe schien Ihren Wunsch verstanden zu haben. Er hob fünf Finger in die Höhe, bevor er den Tisch abräumte und mit trauriger Miene die Küche verließ.

Was wollte Pepe ihr damit sagen? Bedeuteten seine fünf Finger, dass sie in fünf Tagen, oder erst in fünf Wochen im Tal ankommen konnte? Julia ergab sich in ihr Schicksal und humpelte zum Spinnrad. Bis zum Abend hatte sie das vorgenommene Pensum geschafft. In ihrer Kammer legte sie sich ins Bett und zog das Deckbett über den Kopf. Pepe sollte nicht sehen, dass sie sich in den Schlaf weinte.

3.

Gedankenverloren saß Heike Herbst mit einem Cocktailglas in der Hand an der Strandbar des Hotels in Alicante und schaute den Wellen nach, die das Meer an den Strand spülte.

„Warum starrst du Löcher in die Luft?" stieß Gregor sie an.

„Ich muss wieder an Julia denken. Sie tut mir leid. Wir genießen hier den Luxus und das arme Mädchen hat kein Zuhause mehr. Was hat sie wohl gemacht, als sie nach ihrer Rückkehr gemerkt hat, dass fremde Menschen in ihrer Villa wohnen?"

„Zerbrich du dir darüber nicht den Kopf. Wir denken jetzt nur noch an uns." Dabei sah er zwei jungen Mädchen nach, die im knappen Bikini an ihm vorbeischlenderten.

Heike waren Gregors Blicke nicht entgangen. Wie konnte er nur so jungem Gemüse nachschauen? Als reife Frau konnte sie ihm doch viel mehr bieten. „Da wir heute Abend bei Signore Rodriges eingeladen sind, möchte ich mir das chice Kleid kaufen, das ich in einer Boutique gesehen habe." Fordernd streckte sie ihm die flache Hand hin.

„Du hast genug Klamotten", wehrte Gregor ab. „Ich brauche das Geld für das Projekt, in das ich einsteigen möchte. Frag lieber an der Rezeption nach, ob Post für mich gekommen ist? Ich warte immer noch auf den Kontoauszug aus der Schweiz."

„Warum fragst du nicht selber nach?"

„Ich bin der Boss. Und du bist meine Sekretärin. Also, schwing deinen Hintern vom Hocker..."

Wütend stellte Heike ihr Glas ab. „Ich war deine Sekretärin. Jetzt bin ich deine Geschäftspartnerin und wenn du dein Versprechen hältst, auch bald deine Frau. Vergiss nicht, dass ich dich auf Julia angesetzt habe. Ohne mich könntest du diesen Luxus nicht genießen und hättest auch kein Startkapital. Also wann heiratest du mich?"

Gregor ballte heimlich die Fäuste.

„Du kannst dir die Ausrede, dass du bereits verheiratet bist, sparen. Wir beide wissen, dass deine Ehe mit Julia nicht rechtskräftig ist. Ich weiß nur nicht wie viel du Birgit bezahlt hast, eine glaubwürdige Standesbeamtin zu spielen."

„Tausend Euro habe ich ihr bezahlt. Dafür hat sie mir versprochen, mit ihrem Mann nach Australien auszuwandern."

Heike strahlte. „Wunderbar, dann steht unserer Trauung nichts mehr im Wege, denn in deinen Papieren bist du als freier Mann eingetragen. Wann gehen wir aufs Standesamt?"

Eine rassige Kreolin im knappen Tanga kam auf die Strandbar zu. Bevor sie sich neben Gregor setzten konnte, winkte er verstohlen ab.

Juanita hatte verstanden! Über Heikes blasse Haut, die in der Sonne nur rot geworden war und sich zu schälen begann, lächelte sie überheblich. Sie setzte sich zwei Barhocker weiter, bestellte sich einen Drink und flirtete mit dem Barkeeper, um Gregor eifersüchtig zu machen.

Heike war nicht entgangen, dass Gregor diese Schönheit kannte und hob den Finger. „Ich warne dich. Wenn du mich betrügst, lasse ich dich hochgehen!"

„Damit schneidest du dich ins eigene Fleisch. Mitgegangen, mitgehangen, mitgefangen."

Gequält lächelte Heike und seufzte. „Seit wir hier

sind, frage ich mich, ob es richtig war, den Betrug an Julia mitzumachen?"

„Du hast es aber getan und damit bist du meine Komplizin." Versöhnlich legte Gregor einen Arm um ihre Schulter. „Nun sei so lieb und schau endlich, ob die ersehnte Post gekommen ist."

„Na gut, aber ich werde dich im Auge behalten. Wenn du mit der Kreolin flirtest, kannst du in Zukunft nicht mehr mit mir rechnen, denn ich bin nicht so naiv wie Julia. Mich kannst du nicht um den Finger wickeln. Dazu kenne ich dich viel zu gut." Sie sah ihn streng an und ging zum Hotel.

Kaum hatte Heike Gregor den Rücken gekehrt, setzte er sich neben Juanita. „Gracias, dass du vorhin so schnell reagiert hast. Meine Sekretärin darf nicht wissen was wir vorhaben. Wir treffen uns wie vereinbart nach Mitternacht in der Lidobar."

„Okay, Sonnyboy." Genüsslich schlürfte sie ihr Glas leer und ging den Strand entlang.

Erleichtert sah Heike, dass Gregor allein an der Bar saß. „Keine Post! Dafür hat mir der Chefportier diskret zu verstehen gegeben, dass unsere Hotelrechnung der vergangenen Wochen fällig ist."

Gregor winkte ab. „Der soll sich nicht so aufspielen. Andere Gäste bezahlen auch erst, bevor sie abreisen. Ich bleibe aber noch länger hier..."

„Du meinst wir", verbesserte sie ihn scharf.

„Gut, wir. Das lukrative Geschäft mit den Ferienhäuschen lasse ich mir nicht entgehen. Deshalb gehen wir jetzt auf unsere Suite und du rufst von dort aus die Gerlach an!"

Mit dem Lift fuhren sie nach oben. Im Zimmer reichte ihr Gregor das Telefon. „Du meldest dich als Frau Bernheim und lasse dich nicht mit Ausreden abwimmeln. Sage den Gerlachs, dass dein Makler noch andere Interessenten hat und sie aus der Villa wieder ausziehen müssen, wenn der gesamte Betrag nicht innerhalb von drei Tagen auf deinem Konto ist."

Heike legte den Hörer auf. „Mach dich doch nicht verrückt. Bevor die Gerlachs wieder ausziehen müssen, werden sie alle Hebel in Bewegung setzen. Wir bekommen das Geld schon!"

„Aber wann? Ich brauche es jetzt. Mir steht das Wasser bis zum Hals."

„Was hast du mit dem Geld gemacht, das ich für die Bilder aus der Villa und dem Wagen von Julias Vater bekommen habe?"

„Das ist für die Anzahlung der Projekte schon drauf gegangen. Wenn ich nicht bald den Vertrag mit Signore Rodriges unterschreibe, sucht er sich einen anderen Geschäftspartner. Ich muss ihm den nächsten Tagen beweisen, dass ich über genügend Bargeld verfüge."

Heike nickte, wählte die Deutsche Nummer und wartete auf die Verbindung. Nach dem vierten Klingelzeichen meldete sich Frau Gerlach. Heike räusperte sich und sagte mit säuselnder Stimme: "Guten Abend, hier spricht Frau Bernheim aus Davos. Frau Gerlach, ich bin sehr enttäuscht, dass Sie die Kaufsumme von meiner Villa noch nicht überwiesen haben. Ich brauche das Geld dringend, um mir den Pflegeplatz in diesem Sanatorium zu sichern. Da ich Ihnen mein Paradies schon zum halben Preis überlassen habe, kann ich doch erwarten, dass Sie endlich bezahlen. Ich habe hier Verpflichtungen, deshalb muss ich darauf bestehen, dass ich die geforderte Summe bald bekomme. Wenn nicht, müssen Sie wieder ausziehen."

Gregor nickte und streckte einen Finger in die Höhe.

Sofort sprach Heike mit zitternder Stimme weiter: „Also, wann kann ich mit dem gesamten Betrag rechnen?"

„Bitte, Frau Bernheim, beruhigen Sie sich. Sie bekommen Ihr Geld. Mein Sohn hat vor zwei Tagen eine Million auf Ihr Schweizer Bankkonto überwiesen", sagte Frau Gerlach.

„Warum nur eine Million? Es waren doch zwei Millionen vereinbart.", regte sich Heike auf.

„Mein Sohn konnte die Stadtwohnung noch nicht

verkaufen."

„Dann holen Sie sich das Geld von der Bank. Die Wohnung Ihres Sohnes dürfte doch als Sicherheit genügen."

„Das schon, aber dadurch verliert er einige tausend Euro", verteidigte sich Frau Gerlach und fügte rasch hinzu: „Mit einer Million ist Ihr Pflegeplatz doch vorerst gesichert. Die zweite Rate möchten wir Ihnen gerne persönlich bringen, denn nach Davos ist es nicht weit, und es liegt uns am Herzen, Sie persönlich kennen zu lernen. Wenn Sie mir Ihre Adresse und Telefonnummer geben, melden wir uns vorher an."

Gregor der mitgehört hatte, winkte ab.

Heike reagierte sofort. "Hallo...hallo! Ich kann Sie nicht mehr hören. Die Verbindung ist plötzlich schlecht." Ohne weiteren Kommentar legte sie auf.

„Du hast prima reagiert, Süße." Erleichtert nahm Gregor sie in den Arm. „Da die Gerlachs keine Schweizer Adresse haben, müssen sie die zweite Million auch überweisen. Die erste Summe, über die ich in drei Tagen verfügen kann, müssen wir begießen. Ich bestelle uns eine Flasche Champagner."

„Können wir den nicht in der Lidobar trinken?"

„Ich möchte dich aber lieber vorher vernaschen", grinste Gregor und bestellte eine Flasche Sekt aufs Zimmer.

Nach einer Stunde schlief Heike in seinen Armen ein.

4

Drei Tage später hörte Julia mitten in der Nacht Chico bellen. Was war mit dem Hund? Schlaftrunken richtete sie sich auf, als Pepe wie ein Eskimo gekleidet mit einer Laterne auf sie zutrat. Er zeigte auf die Tafel, auf der CANAZEI stand, dann zeigte er auf sich. „Du willst ins Tal? Das ist doch viel zu riskant. Ich kann nicht zulassen, dass du in der Dunkelheit, bei diesen Schneemassen dein Leben für mich aufs Spiel setzt. Wenn dir unterwegs etwas passiert, bin ich noch hilfloser. Bitte bleibe hier."

Pepe gab ihr gestenreich zu verstehen, dass er genug zu essen vorbereitet hatte und stapfte durch die Tür.

Am liebsten wäre sie sofort aufgestanden, um Pepe zurück zu halten, konnte aber in der Dunkelheit ihre Gehhilfen nicht finden. Pepe hatte die Lampe mitgenommen. Sie betet, was sie lange nicht mehr getan hatte, bis die aufgehende Sonne ihre Kammer erhellte: Lieber Gott, lass Pepe gut im Tal ankommen und lass ihn auch bald wieder zurückkommen." Gott musste ihre Gebete erhört haben. Es schneite nicht mehr.

Chico ließ sie nicht aus den Augen. Er folgte ihr auf Schritt und Tritt, als sie nach dem Frühstück zur Außentür stelzte. Der Schnee glitzerte unter den Sonnenstrahlen. An den Spuren konnte sie erkennen, dass Pepe auf Skiern ins Tal gefahren war.

Chico wälzte sich im Schnee, schüttelte sich und kam wieder zu ihr. Wie gern würde Julia jetzt um Pepes Anwesen gehen, doch barfuß und nur mit einem Hemd bekleidet, musste sie den Wunsch unterdrücken. Froh darüber, nicht allein zu sein, strich sie Chico über das Fell und sprach mit ihm. „Du bist ein lieber Hund. Ich hoffe so wie du, dass dein Herrchen bald heil zurückkommt."

Chico leckte ihr erst übers Gesicht, bevor er sich wieder im Schnee wälzte.

Um auf andere Gedanken zu kommen, setzte sie sich wieder ans Spinnrad. Im Kachelofen knisterte das Feuer. Sie unterbrach ihre Arbeit nur, um wieder Holz nach zulegen.

Dass es schon Mittag war, merkte sie erst, als Chico zu seinem gefüllten Fressnapf lief, sie selbst hatte keinen Hunger. Die Sorge um Pepe ließ sie fast verzweifeln. Als der Mond durch das Fenster schien, brach sie in Tränen aus. Warum hatte sie zu gelassen, dass Pepe ins Tal fuhr? Wie weit war Canazei entfernt? Um besser zu erkennen, dass der Mond hell genug war, trat sie wieder vor die Außentür. Nicht nur der Mond, auch unzählige

Sterne leuchteten am Firmament. Ein Stern hatte sich weit nach unten verirrt. Dieses Licht war aber kein Stern. Es war Pepes Laterne. Das sah sie aber erst als Pepe näher kam und Chico bellte. Vor Erleichterung stelzte sie ihm barfuß entgegen und fiel ihm um den Hals. Ihre Krücken, seine Ski samt Lampe fielen in den Schnee.

Statt sich zu freuen, rollte Pepe mit den Augen, trug sie in die Hütte, setzte sie in der Kammer aufs Bett und zeigte auf ihre nackten Füße.

„Pepe, ich bin nicht aus Zucker, aber überglücklich, dass du heil zurückgekommen bist. Du musst sehr müde und hungrig sein. Ich habe das Feuer nicht ausgehen lassen und dir dein Essen warm gehalten."

Ihre Worte ignorierend, stellte Pepe den Rucksack vor ihr ab, öffnete ihn, bevor er wieder nach draußen stapfte.

Julia sah ihm kopfschüttelnd nach. Bevor Pepe sich ausruhen und etwas essen konnte, wollte er zuerst seine Tiere füttern. Chico rannte seinem Herrchen nach.

Im Schein der Lampe zog sie zuerst einen Lodenmantel mit Kapuze, einen langen Schal, Handschuhe, Pullover und eine Thermohose aus dem Rucksack. Die gestrickten Wollsocken zog sie gleich über ihre nackten Füße. Bei der Unterwäsche schmunzelte sie. Woher sollte Pepe wissen, was ein junges Mädchen trug? Die Angorawäsche würde sie aber vor der Kälte schützen. Nach und nach zog sie sich komplett an. Die Sachen waren ihr drei Nummern zu groß, trotzdem freute sie sich. In dieser Bekleidung konnte sie sich im Tal sehen lassen. Aber hatte Pepe so viel Geld, um diese Sachen bezahlen zu können? Vielleicht hatte er einige seiner geschnitzten Figuren mitgenommen und sie gegen Bekleidung eingetauscht. Wie auch immer! Sie musste sich sofort bei Pepe bedanken und ihm gleich zeigen, wie glücklich sie darüber war. Jetzt konnte sie endlich nach draußen und nachsehen, wo er seine Tiere untergebracht hatte, und ob sein Schlafplatz auch warm genug war? In den mit Pelz gefütterten Stiefeln ließ sich der Reißverschluss an ihrem geschienten Bein nicht schließen. Trotzdem humpelte sie den Weg entlang. Im Mondlicht fand sie das große Scheunentor, das sich nur mit Mühe öffnen ließ. Chico kam ihr entgegen und bahnte ihr den Weg durch die vielen Schafe bis zu Pepe. Seinen breiten Rücken erkannte sie erst, als er sich aufrichtete. Zwei Schritte hinter ihm, sah sie, wie er mit Eifer die Kufen eines großen Schlittens abschmirgelte. So ein Ungetüm hatte sie noch nie gesehen. Ob die nach oben gebogenen Hörner als Lenkvorrichtung dienen konnten? Voll Vorfreude, endlich ins Tal zu kommen, trat sie auf ihn zu und drückte ihm einen Kuss auf die Wange. Diese Art von Zuneigung war ihm fremd. Verlegen lächelte er sie an, zeigte erst auf ihre Bekleidung, dann auf den Schlitten und streckte zwei Finger in die Höhe.

„Wunderbar", rief sie laut und zeigte auch auf den großen Schlitten. „Damit bringst du mich in zwei Tagen nach Canazei?"

Pepe nickte, und zeigte zum Tor. Schmunzelnd bestaunte er, wie sie routiniert auf die Hüttentür zustelzte. Ihr Mantelsaum schleifte im Schnee. Bevor sie die Küchentür aufstoßen konnte, zeigte er auf die Kammer.

„Ich bin noch nicht müde", protestierte sie, gab aber unter seinem strengen Blick nach.

Pepe nahm ihr den Mantel ab, drückte sie sacht aufs Bett und zog ihr nicht nur die Stiefel, auch die Thermohose aus.

Erschrocken wollte sie wieder aufspringen. Hatte sie etwa durch den Kuss bei Pepe Liebesgefühle geweckt? Ihre Angst war unbegründet. Er löste nur die Leinenstreifen von ihrem geschienten Bein. Vorsichtig tastete er die Bruchstelle ab und knickte langsam ihr Bein im Knie ein. Sie verspürte keinen Schmerz! „Pepe, du bist ein Genie", jubelte sie laut und drückte dankbar seine Hände. „Die Gewissheit, dass ich in zwei Tagen ins Tal komme, macht mich froh. In Canazei möchte ich zuerst meinen Onkel anrufen. Er wird mich abholen und..."

Was sie in Canazei noch wollte, schien Pepe nicht zu

interessieren. Er hatte die Kammer bereits verlassen.

Sie konzentrierte sich auf ihr Bein und hob und senkte es immer wieder. Dass es nicht schmerzte, bedeutete, dass die Bruchstelle gut zusammen gewachsen war. Das und noch vieles mehr, hatte sie Pepe zu verdanken. Ob er sie vermissen würde? In wenigen Tagen konnte sie zu Hause sein. Mit einem glücklichen Lächeln auf den Lippen schlief sie ein.

Am nächsten Morgen lehnte neben ihrem Bett, statt den Krücken nur ein Stock, den Pepe auf ihre Körpergröße passend, angefertigt hatte. Sofort wagte sie ein paar Schritte. Es ging besser als sie dachte. Jetzt konnte sie sich freier bewegen. Sie ging in den Waschraum und zog sich danach an. Pepe war nicht in der Küche, als sie sich an den Tisch setzte. Schade, sie hätte ihm gern gezeigt, wie gut sie mit dem Stock gehen konnte. In der warmen Bekleidung und bei Tageslicht wollte sie sich Pepes gesamtes Anwesen ansehen. Nach dem Frühstück öffnete sie die Außentür und prallte zurück. Dicke Nebelschwaden versperrten ihr die Sicht. Nicht einmal die drei Stufen vor ihr konnte sie erkennen. Aus Angst zu stürzen, ging sie zurück. Sie zog Mantel und Stiefel aus. Dann holte sie aus der Kammer Papier und Stift und setzte sich damit an den Küchentisch. Das deprimierende Wetter verhalf ihr nicht zu einer schönen Geschichte. Immer wieder sah sie zum Fenster, hinter dem es grau in grau blieb. Wenn der Nebel nicht abzog, konnte Pepe sie morgen nicht ins Tal bringen. Wie lange dauerte hier oben so eine Nebelperiode? Statt zu schreiben zeichnete sie Pepes Hütte von außen. So wie sie sie gestern von vorne im Mondlicht gesehen hatte.

Vertieft in ihre Arbeite merkte sie erst, dass Pepe in die Küche kam, als er sich über sie beugte und die Zeichnung betrachtete. Strahlend nickte er, bevor er sich am Herd zu schaffen machte.

Das Mittagessen, das heute besonders üppig war, wollte ihr nicht schmecken. Deprimiert zeigte sie zum

Fenster. „Pepe, wann scheint endlich wieder die Sonne?"

Pepe räumte den Tisch ab und fuchtelte mit den Händen. Erst nach einer gewissen Zeit begriff sie, dass Pepe in den Stall zurück musste, weil ein Mutterschaf ihr Junges erwartete.

„Das möchte ich sehen", rief sie Pepe zu, der aber abwinkte, zum vernebelten Fenster zeigte und wieder ging.

Am späten Nachmittag verzogen sich die Nebelschwaden und der Schnee glitzerte wieder unter den Sonnenstrahlen. Nun konnte sie doch nach draußen. Warm angezogen trat sie vor die Tür und versank fast in der weißen Pracht. Chico kam auf sie zu gerannt und sprang so heftig an ihr hoch, dass sie rücklings in den weichen Schnee fiel. Wie damals als Kind bewegte sie Arme und Beine seitwärts hin und her. Diese Abdrücke hinterließen das Bild eines Engels. Erst als Chico bellte, richtete sie sich auf. Eine vermummte Gestalt kam von der Scheune her auf sie zu.

„Signorina, hast du dir wehgetan?" hörte sie eine Stimme und glaubte zu träumen. Es war nicht nur die Stimme, es waren die Worte die sie verstehen konnte. Der Fremde hatte sie in deutscher Sprache angeredet, wenn auch mit Akzent. Sie sah zu dem Mann hoch, der ihr beide Hände entgegenstreckte und sie hochzog. "Sind sie Alfonso?"

„Si, si. Ich bin gekommen, um…"

„Sie schickt mir der Himmel", unterbrach sie ihn und drückte seine Hände.

Alfonso schüttelte den Kopf. „Nicht der Himmel, Marina hat mich geschickt."

„Wer ist Marina?"

„Meine Frau! Ich war im Revier als Pepe ist gekommen in mein Forsthaus. Er hat geschrieben auf Papier, dass er gefunden hat ein Engelchen, das gefallen ist vom Himmel."

Julia lachte. „Ich bin kein Engel, und ich bin auch nicht vom Himmel gefallen, sondern eine Geröllhalde hinunter. Wenn Pepe mich nicht gefunden und gerettet hätte, würde ich nicht mehr leben. Wochenlang hat er mich gepflegt, und er hat mir sogar für mein gebrochenes Bein Gehhilfen angefertigt"

„Si, si Pepe ist guter Doktore. Er hat immer alleine seine Tiere gesund gemacht, wenn mal war eines krank." Alfonso zeigte zur Tür. „Wir gehen hinein."

Im Flur zogen beide Mantel und Stiefel aus, bevor sie sich auf die Ofenbank in der Küche setzten.

Julia zeigte auf seine Uniform. „Sie sind kein Waldarbeiter! Sind sie Förster?"

„Oberförster", sagte er stolz und stellte seinen Rucksack vor seine Füße.

„Pepe hat mir auf eine Tafel geschrieben, dass Sie kommen. Von diesem Tag an habe ich auf Sie gewartet."

„Ich konnte nicht früher kommen, weil ist gefallen viel Schnee! Dafür ist Pepe gekommen in mein Forsthaus und hat bei Marina geschrieben auf Papier, dass er gefunden hat einen Engel, was braucht warme Kleidung. Dann hat meine Frau gegeben aus Schrank von unserer Tochter alles, damit du musst nicht nur in Hemd von Pepe ins Tal."

„Dafür werde ich mich persönlich bei Ihrer Frau bedanken. Bringen Sie mich morgen zu ihr? Ich musste schon viel zu lange Pepes Gastfreundschaft in Anspruch nehmen." Wieder drückte sie Alfonsos Hände. „Dass Sie bei den Schneemassen die Strapaze auf sich genommen haben, um mich nach Canazei zu bringen, weiß ich sehr zu schätzen."

„Si, si, wir fahren morgen mit dem Schlitten von Pepe zuerst in mein Forsthaus. Dort wird Marina für Sie sorgen."

„Ich heiße Julia."

„Ein schöner Name. Pepe wird traurig sein, wenn Julia geht weg von ihm, denn Pepe ist schon viele Jahre allein. Nur ich komme einmal im Monat mit Umweg auf seine Alm. Ich nehme Figuren mit was er hat geschnitzt. Von dem Geld, was ich für die Figuren bekomme, kaufe ich ihm die Sachen, die er nicht selber machen kann."

Aus dem Rucksack zog er einen Satz neue Schnitzmesser, Lebensmittel und Werkszeug.

„Verkaufen Sie auch seine Schafwolle?"

Alfonso nickte. „Wenn Pepe hat gesponnen."

Julia zeigte auf den großen Korb neben dem Spinnrad.

„Diese zwanzig Knäuel habe ich gesponnen!"

Erstaunt hob Alfonso den Korb hoch und prüfte die Wolle. „Hast du gemacht? Ist ja noch besser als die von Serafina."

„Serafina? Wer ist das?"

„Serafina hat mit Pepe hier gelebt. Ist aber vor vielen Jahren gestorben und Pepe hat sie begraben hier in Wald."

„Im Wald? Warum nicht auf dem Friedhof in Canazei?"

„Ist eine lange Geschichte. Meine Marina wird dir erzählen alles, denn Marina kann perfekter Deutsch. Sie ist geboren in Austria. Ich musste lernen ihre Sprache, sonst hätte es gegeben eine Katastrophe."

„Ich kann Sie aber prima verstehen und freue mich, dass ich mich mit Ihnen verständigen kann."

Alfonso schüttelte den Kopf. „Du musst nicht sagen Sie zu mir. Bei uns ist Brauch, dass wir sagen du, wenn wir haben Freundschaft." Er hielt ihr seine Hand hin. „Sind wir Freunde?"

Julia schlug sofort ein und fragte: „Wie lange wird es dauern, bis wir morgen im Tal sind?"

„Nach oben bin ich gegangen bei viel Schnee sechs Stunden. Im Sommer nur vier Stunden. Nach unten mit Schlitten wir fahren nur drei Stunden. Vorher muss Pepe seine Tiere füttern, weil er ist erst gegen Abend wieder hier."

„Alfonso, du hast in deinem Forsthaus sicher ein Telefon. Darf ich dann gleich in Deutschland anrufen? Das Problem ist nur, ich habe kein Geld, weder für das Ferngespräch, noch für ein Zimmer."

„Ist kein Problem", winkte er ab. „Du kannst anrufen gerne nach überall, und meine Marina hat schon Bett bezogen für dich. Zimmer ist nicht wie in Hotel, aber gut!"

„Wirklich?" Julia strahlte. „Mein Onkel wird mich abholen und meine Schulden bezahlen."

Empört sah Alfonso sie an. „Wir wollen nicht Bezahlung. Gehört bei uns zur Gastfreundschaft!"

„Was ist heute für ein Datum?" erkundigte sich Julia.

„Heute ist der achtundzwanzigste November!"

Ungläubig sah Julia ihn an. „Das bedeutet, dass ich schon fast sechs Wochen bei Pepe bin."

„In dieser Zeit ist dein gebrochenes Bein wieder gut. Oder hast du Schmerzen?"

„Nein. Mich schmerzt nur, dass mein Mann mich in diese Situation gebracht hat."

Ungläubig sah Alfonso sie an. „Du hast Mann? Wo ist dein Mann?"

„Das weiß ich nicht. Ich weiß aber, dass er mit mir am fünfzehnten Oktober hierher gefahren ist. Wir wollten im Ferienhaus seines angeblichen Freundes unsere Flitterwochen verbringen."

Wieder schüttelte Alfonso den Kopf. „Hier gibt es in ganzer Umgebung kein Ferienhaus. Nur Pepe wohnt so hoch oben. Eine Stunde zu gehen hat weiter unten Loretta bewohnt vor zwanzig Jahren eine Almhütte. Man kann Hütte nicht mehr betreten, weil ist sehr marode. Wird bald stürzen zusammen."

„Das ist die Hütte, in die mich mein Mann gebracht hat."

Entsetzt. „Aber in diese Hütte kann niemand leben!"

Julia schluckte, bevor sie Alfonso fragte: „Bist du ganz sicher, dass es in der Umgebung kein Ferienhaus gibt, das einem deutschen Mann gehört?"

„Si, si. Ich kenne jeden Winkel, weil ganze Region gehört zu meinem Bezirk."

Mit den Tränen kämpfend sagte sie heiser: „Dann hat mich mein Mann bewusst in diese schreckliche Hütte gebracht, um mich loszuwerden. Er hat mich fast nackt allein zurück gelassen und alle meine Sachen mitgenommen. Drei Tage habe ich auf ihn gewartete, dann habe ich es vor Durst nicht mehr ausgehalten und bin losmarschiert. Erst nach langer, langer Zeit habe ich Wasser gesehen, das von einem Felsen herunterplätscherte. Bevor ich das Rinnsal erreichen konnte, hat der Boden unter mir nachgegeben, und ich bin die Geröllhalde hinuntergestürzt."

„Du hast gehabt Glück im Unglück, dass Chico dich gefunden und Pepe dich gerettet hat." Behutsam nahm Alfonso das schluchzende Mädchen in den Arm.

„Hat er dir auch zu verstehen gegeben, dass ich endlich nach Hause möchte?"

„Si, war nur früher nicht möglich wegen deinem Bein, was war gebrochen. Aber jetzt ist dein Bein wieder gut und Pepe hat Schlitten fertig. Morgen wir fahren hinunter. Du musst dann anzeigen deinen Mann bei Gendarmerie. Ist großes Verbrechen, was er gemacht hat an dir."

Beide sahen zur Tür, als es im Vorraum polterte. Pepe kam mit drei großen Stücken geräuchertem Fleisch herein. Zwei davon legte er in Alfonsos Rucksack und eines auf den Tisch. Er nahm drei kleine Holzbretter und ein Messer aus der Schublade, griff nach dem Brotlaib und winkte beide zu sich an den Tisch.

Vor Aufregung, morgen endlich ins Tal zu kommen, konnte Julia kaum etwas essen. Allein der Gedanke, dass Pepe nach der Abfahrt den großen Schlitten den weiten Weg nach oben ziehen musste, versetzte sie in Unruhe. Was hatte Pepe ihretwegen schon alles auf sich genommen? Konnte sie ihm das je vergelten? Wie sollte sie ihm zeigen, wie dankbar sie ihm für seine Hilfe war? Spontan umarmte sie ihn, drückte ihm ein Küsschen auf die Wange und sagte: „Pepe, ohne dich würde ich nicht mehr leben. Ich möchte…" Sie zupfte Alfonso am Ärmel. „Bitte mach du Pepe verständlich, dass ich ihn ganz sicher im nächsten Sommer besuchen werde. Bis dahin kann ich mir genau überlegen, womit ich ihm sein tristes Leben leichter machen kann."

Alfonso schüttelte er den Kopf. „Du mir glauben, Pepe möchte nicht besser leben. Er ist so gewohnt schon über sechzig Jahre. Aber Pepe wird sich sicher freuen, wenn du ihn nicht vergessen und ihn bald besuchen kommst. Ich werde dich dann bringen auf seine Alm. Du wirst nicht bereuen, wenn du machst hier Urlaub. Mein Land hat viel Schönes zu bieten."

„Ja, das glaube ich. Ich nehme dein Angebot auch gerne an. Jetzt bin ich aber müde. Um für die morgige Abfahrt fit zu sein, möchte ich gleich schlafen. Gute Nacht, ihr beiden." Glücklich winkte sie Pepe und Alfonso zu, bevor sie durch die Küchentür ging.

Sie hörte noch, wie Alfonso in italienischer Sprache auf Pepe einredete. Schade, dass sie nichts verstehen konnte. Noch während sie sich auszog, wurde es nebenan still. Die beiden Männer hatten die Küche verlassen, um in der Scheune zu übernachten. Zum letzten Mal würde sie in Pepes Bett schlafen, dann gehörte es wieder ihm. Morgen würde sie nach langen Wochen in die Zivilisation zurückkehren. Die Vorfreude darauf, ließ sie lange nicht einschlafen. Was mache ich, wenn Onkel Paul immer noch in Amerika ist? fragte sie sich und grübelte weiter. Ob Luise inzwischen wieder zu Hause war? Nein, Luise wollte sie nicht um eine Geldüberweisung für die Heimreise bitte. Luise hatte, ohne sich zu verabschieden, gekündigt. Sollte sie Heike anrufen? Nein, Heike arbeitete mit Gregor zusammen, somit wollte sie auch mit ihr nichts mehr zu tun haben. Nur zu Onkel Paul hatte sie Vertrauen. Er würde sie nach Hause bringen, dann konnte sie das Weihnachtsfest doch noch im Paradies feiern. Nur so familiär wie mit Papa und Berta würde es nie mehr sein. Dieses Jahr würde sie allein einen kleinen Weihnachtsbaum schmücken. Ohne Berta gab es keinen Festtagsbraten, keine Weihnachtsplätzchen, die sie und ihr Vater so gerne gegessen hatten. Und es würde auch keine Geschenke geben. Allein würde sie in der großen Villa sitzen und ihren Lieben nachtrauern. Wenn sie Gregor nicht begegnet wäre, könnte sie die Feiertage so glücklich verbringen, wie seit Jahren. Gregor hatte alles zerstört! Die Tränen benetzten ihr Kopfkissen, als ihr bewusst wurde, wie naiv sie war und Gregors Liebesbeteuerungen geglaubt hatte. Erst weit nach Mitternacht schlief sie ein.

Erschrocken fuhr Julia am nächsten Morgen in die Höhe. Die Sonne schien schon durchs Fenster, das bedeutete, dass sie verschlafen hatte. Dabei wollte sie doch heute früher aufstehen als sonst. Weder Pepe noch Alfonso hatten sie geweckt. Wie immer lag im Waschraum alles bereit und in der Küche stand ihr Frühstück auf dem Tisch. Ohne es anzurühren, zog sie die warmen Sachen an und ging nach draußen.

Chico kam angerannt und sprang winselnd an ihr hoch. Ob der Hund spürte, dass es ein Abschied war? „Machs gut, Chico und passe gut auf dein Herrchen und seine Tiere auf." Für die Streicheleinheiten leckte er ihr die Hände.

Pepe und Alfonso zogen den vollgepackten Schlitten vom Scheunentor vor die Hüttentür. Pepe nahm sie auf die Arme, setzte sie in die Mitte und deckte sie bis zur Nasenspitze mit Fellen zu, bevor er sich vor sie setzte und Alfonso hinter ihr Platz nahm. Mit beiden Händen hielt Pepe die gebogenen Hörner des Schlittens fest und steuerte in Schlangenlinien durch den tiefen Schnee abwärts. Um sich vor dem eisigen Wind zu schützen, drückte sie ihr Gesicht an Pepes breiten Rücken. Ab und zu wagte sie einen Blick in die Landschaft. Links und rechts huschten schneebedeckte Sträucher und Felsbrocken so rasch an ihr vorbei, dass ihr fast schwindlig wurde. Das Tempo machte ihr Angst.

Erst als Pepe nach endlos langer Zeit den Schlitten anhielt, öffnete sie die Augen. Sie waren mitten im Wald. Enttäuscht, noch nicht im Tal zu sein, sah sie Alfonso, der hinter ihr abgestiegen war, fragend an.

„Hier ist die Fahrt zu Ende. Mit dem Schlitten wir kommen nicht durch das dichte Gehölz. Pepe wird dich tragen und ich trage das Gepäck. Vorher wir machen eine kleine Pause." Er goss ihr Tee in den Verschlussbecher.

Julia reichte ihn an Pepe. „Du hast ihn zuerst verdient. Dir müssen doch die Beine vom vielen Bremsen weh tun."

Pepe ignorierte den Tee, stapfte ein paar Schritte auf und ab, nahm sie auf die Arme und ging hinter Alfonso, der den Weg bahnte, durch den Wald.

Um Pepe die Last zu erleichtern, schlang Julia beide Arme um seinen Hals und schmiegte sich an seine Brust. War ihm das unangenehm? Plötzlich blieb er stehen, stellte sie auf die Beine, ging in die Hocke und nahm sie auf den Rücken.

„Jetzt braucht Pepe beide Hände frei um mit mir zu sichern, weil jetzt kommt die gefährliche Stelle über den Wildbach", klärte Alfonso sie auf, nahm das Seil von seinen Schultern und reichte Pepe das andere Ende

Gesichert, mit Alfonso verbunden, tastete sich Pepe über die wankende Brücke. Julia fühlte sich wie auf hoher See. Verstohlen wagte sie einen Blick über Pepes Schultern. Ganz tief unten toste ein Wildbach mit solcher Gewalt, dass er alles mit sich riss, was ihm im Weg stand. Ihr Herz klopfte vor Angst so laut, dass Pepe es auf seinem Rücken spüren musste. Ob der wankende Steg diese Last aushielt? Pepe war ein Koloss von einem Mann und Alfonso mit einem schweren Rucksack auf dem Rücken und einem vor seiner Brust, hatte auch ein enormes Gewicht. Um die Gefahr nicht länger sehen zu müssen, schloss sie die Augen und atmete erst erleichtert aus, als Pepe sie nach einer Ewigkeit von seinem Rücken gleiten ließ. Er lächelte sie an, strich ihr sanft über die Wangen, hauchte einen Kuss auf ihre Stirn und zeigte in eine Richtung. Am Waldrand stand ein grüner Geländewagen.

„Wir haben prima geschafft den Abstieg", verkündete Alfonso und zeigte auch auf seinen Landrover. „Bevor wir fahren in mein Forsthaus, möchte ich zeigen dir, wie schön ist unsere Landschaft." Er deutete nach oben auf einen mächtigen Felsen. „Das ist Marmolata, unser höchster Berg. Vor dreißig Jahren war ich mit fünf Bergkameraden auf dem Gipfel. Ich werde nie vergessen dieses Glück."

Julia stampfte mit den Beinen, als sie bis zum schneebedeckten Gipfel hoch sah. Ihr war kalt. Sie sehnte sich nach einer warmen Stube. „Und wo liegt Canazei?"

„Bald wirst du sehen unsere Stadt. Wir müssen nur noch fahren zehn Minuten, dann sind alle Felsen weg und wir sind bei meinem Forsthaus. Marina hat schon gemacht viele warme Speisen für dich."

„Auch für Pepe?" Sie drehte sich um und traute ihren Augen nicht. Pepe stand nicht mehr da, wo er vorhin gestanden hatte. Er war schon im Wald verschwunden. „Pepe komm sofort zurück", rief sie laut und hoffte, er würde ihren Wunsch erfüllen. Sie klammerte sich an Alfonso und flehte ihn an: „Bitte, hole ihn zurück. Pepe kann sich doch nicht einfach aus dem Staub machen, bevor ich ihm nochmals gedankt habe."

Alfonso schüttelte den Kopf. „Pepe möchte nicht Dank, weil du gebracht hast viel Freude in sein einsames Leben. Er ist schnell gegangen, damit du nicht siehst seine Tränen."

Schluchzend stammelte Julia. „Alfonso, wenn du wieder zu Pepe gehst, dann sage ihm, dass ich ihn im nächsten Sommer ganz bestimmt besuche. Ich möchte ihm dann eine Krippe abkaufen und seine Madonna wieder bewundern."

„Du musst nicht warten bis Sommer." In ein Tuch gewickelt zog Alfonso die Madonna aus dem Rucksack. „Macht Pepe dir zu Geschenk."

„Wirklich?" Vor Glück presste sie die Statue an sich. „Ich hätte Pepe gern nochmals umarmt."

„Pepe weiß, dass du wirst seine Madonna in Ehren halten." Alfonso öffnete die Beifahrertür, half ihr beim Einsteigen, deckte sie mit einer Wolldecke zu und steuerte geschickt seinen Wagen talabwärts.

Mit der Madonna im Arm betrachtete Julia die schneebedeckte Landschaft und strahlte, als Alfonso nach rechts zeigte. „Jetzt kannst du sehen Canazei."

Julia freute sich, endlich im Tal zu sein. Euphorisch klopfte sie Alfonso auf die Schulter. „Danke, dass du mich mit Pepes Hilfe in die Zivilisation zurückgebracht hast."

„Kann ich verstehen. So junges Mädchen wie du, was war viele Wochen abgeschnitten von der Welt, möchte wieder unter Menschen. Ich fahre dich morgen in die Stadt, dann werde ich Pepes Figuren und Wolle in Andenkengeschäft bringen. Heute ich kann noch nicht, weil ich muss in meinem Revier schauen, ob alles ist in Ordnung."

„Morgen möchte ich zu Hause sein. Vorausgesetzt, mein Onkel kann mich hier abholen. Darf ich ihn mit deinem Telefon gleich anrufen?"

„Si, si. Ist nur schade, dass du willst so schnell abreisen. Meine Marina wird auch bedauern. Wir haben selten Gäste, weil ist Forsthaus zu weit weg von der Stadt." Alfonso zeigte nach vorne. „Da steht schon meine Frau." Er hielt den Wagen vor einem schmucken Haus an, über dessen Eingangstür ein mächtiges Hirschgeweih prangte.

Die Madonna noch immer im Arm haltend, stieg Julia aus.

Eine rundliche Frau Mitte Fünfzig kam auf sie zu.

„Dem Himmel sei Dank, dass ihr endlich da seid." Erfreut streckte sie Julia beide Hände entgegen. „Herzlich Willkommen. Ich freue mich, dass Pepes Engel jetzt unser Gast ist."

„Ich freue mich auch, dass ich wieder im Tal bin und möchte mich gleich für Ihre Gastfreundlichkeit bedanken."

Alfonso zeigte zur Tür. "Gehen wir in die warme Stube."

„Natürlich. Bitte entschuldigen Sie, kleines Fräulein", besann sich die Gastgeberin.

„Ich heiße Julia. Sie dürfen mich gerne duzen. Alfonso hat mir schon erzählt, dass das hier so üblich ist."

„Stimmt! Ich heiße Marina."

Im Flur nahm ihr Alfonso Statue und den Mantel ab.

Marina musterte Julia. „Jetzt sehe ich, was für ein zartes Persönchen du bist. Hast du bei Pepe nicht genug zu essen bekommen?"

„Doch! Nur seine Speisen waren für mich fremd. Ich bin aber immer satt geworden."

„Heute bekommst du ein Mittagessen, das dir nicht fremd ist. Es wird zwar noch eine halbe Stunde dauern, bis wir essen können und da ich von meinem Alfonso weiß, dass Pepe keine Badewanne hat, kannst du dich gleich in das warme Wasser legen." Sie zog Julia mit sich, öffnete eine Tür und zeigte auf die gefüllte Wanne. Daneben stand ein Hocker auf dem frische Unterwäsche und ein Hausanzug lag. "Genieße das Bad und komme danach ins Esszimmer." Befriedigt lächelte Marina, bevor sie die Tür hinter sich zuzog.

Julia genoss das Vollbad. Wohlig räkelte sie sich in der mit duftendem Schaum gefüllten Wanne und fühlte sich fast wie zu Hause. Das Badezimmer war zwar mit dem in ihrer Villa nicht zu vergleichen, aber das störte sie nicht. Sie war glücklich darüber, überhaupt baden zu können. Dann besann sie sich. Marina wartete ja mit dem Essen auf sie. Zehn Minuten später betrat sie mit einem Handtuch auf dem Kopf, das Esszimmer.

Alfonso saß am gedeckten Tisch, sprang auf, deutete auf die Eckbank. „Bitte, setzt dich. Gleich bringt Marina Essen."

„Ich möchte ihr helfen", wehrte Julia ab, und sah sich nach der Küchentür um.

Alfonso winkte ab. „Marina wird nicht erlauben. Du bist Gast und Gast darf nicht betreten ihre Küche."

Wie auf's Stichwort kam die Hausfrau mit dampfenden Schüsseln und nickte Julia zu. „Ich hoffe, du hast Hunger."

Julia langte kräftig zu. „Das Essen schmeckt wunderbar", lobte sie ihre Gastgeberin. „So gut hat meine Berta auch immer gekocht." Bei dem Gedanken, dass

Berta nie mehr für sie kochen wird, traten ihr wieder Tränen in die Augen.

Nach dem Essen ging Alfonso ins Nebenzimmer und kam mit einem alten schwarzen Telefonapparat an den Tisch. „Du können jetzt telefonieren mit Onkel." Er drehte ein paar Mal die Scheibe und reichte Julia den Hörer. „Du musste nur noch Nummer von Teilnehmer wählen."

Ungewohnt, mit so einem alten Apparat umzugehen, gelang es ihr aber, die Nummer ihres Onkels zu wählen. Nach dem sechsten Klingelzeichen wollte sie enttäuscht auflegen. Doch da hörte sie endlich die erwartete Stimme. Erleichtert rief sie: „Onkel Paul, hier ist Julia. Was bin ich froh, dass ich dich erreicht habe. Ich brauche deine Hilfe."

„Gut, ich bin in einer Stunde bei dir", hörte sie ihn sagen.

„Das ist nicht möglich. Ich bin nicht in Kressbronn, sondern in Canazei!"

„Wie bitte? Wo um alles in der Welt ist Canazei?"

„In den Dolomiten. Mein Mann hat mich hier allein zurück gelassen. Ich weiß nicht wie ich ohne Geld und Pass nach Hause komme. Kannst du mich hier abholen?"

„Natürlich hole ich dich ab. Zuvor gibst du mir bitte die Telefonnummer, unter der ich dich erreichen kann, dann rufe ich dich gleich zurück."

Alfonso nannte die Vorwahl und die Rufnummer und nickte, nachdem Julia die Zahlen richtig durchgegeben hatte. „Ich muss in den Wald. Bin bis Abend zurück." An der Tür winkte er ihr zu.

Noch bevor er die Stube verlassen hatte, klingelte das Telefon. Sofort nahm Julia den Hörer ab. „Onkel Paul?"

„Ja. Jetzt erzähle mir in Ruhe, was passiert ist."

Stockend und mit brüchiger Stimme berichtete sie, angefangen von der Hochzeitsreise, bis zum heutigen Tag. Sie erwähnte auch die Formulare, die sie unterschrieben hatte, ohne sie vorher lesen zu können.

Marina räumte inzwischen den Tisch ab. Dass sie dabei die ganze Tragik mitbekam, versetzte sie in Aufregung.

Das Gespräch dauerte fast eine halbe Stunde, denn Paul Weigand stellte zwischendurch immer wieder Fragen.

Erst nachdem Julia vor Aufregung kaum mehr reden konnte, nahm Marina ihr den Hörer aus der Hand, nannte ihren Namen, gab die Adresse an und beschrieb den Weg von Canazei zum Forsthaus.

Julia zappelte vor Ungeduld, als Marina nickte, bevor sie den Hörer auflegte. „Dein Onkel wird morgen bei Tagesanbruch losfahren. Heute möchte er bei der dortigen Polizei Strafanzeige gegen deinen Mann stellen. Du solltest das auch tun."

„Ja, Gregor soll nicht ungestraft davonkommen. Nie hätte ich es für möglich gehalten, dass er mir nach dem Leben trachtet. Ich habe ihn geliebt und ihm vertraut."

Marina führte Julia zum Sofa. „Du ruhst dich jetzt aus. Ich werde Roberto, den Chef unserer Polizeistation hierher bestellen. Er spricht gut Deutsch und wird alles zu Protokoll nehmen."

Mit gemischten Gefühlen hörte Julia, wie Marina telefonierte. „Roberto, kannst du gleich zu mir ins Forsthaus kommen? Ja, es ist wichtig." Kaum hatte sie aufgelegt, da klopfte es an der Tür.

Ein älterer Mann in Kniebundhosen, Trachtenjanker und derben Schuhen kam herein. „Buena sera, Marina."

„Ah, Giuseppe. Dich habe ich erst gegen Abend erwartet."

Dass der Fremde ein Landarzt ist, merkte Julia erst, als er ein Blutdruckmessgerät um Marinas Oberarm wickelte.

„Viel zu hoch", tadelte der Doktor in deutscher Sprache. „Hast du dich über etwas aufgeregt?"

„Ja, weil mein Gast eine schlimme Zeit erleben musste. Da du nun schon mal hier bist, kannst du Julia auch gleich untersuchen. Sie war sechs Wochen bei Pepe oben. Dort hat..."

„Bei Pepe?" unterbrach er Marina erstaunt. „Meinst

du den Berggeist, den man nie zu Gesicht bekommt? Hat deine Gast ihm die schlimme Zeit zu verdanken?"

„Im Gegenteil", erklärte Julia. „Pepe hat mir das Leben gerettet und mich gesund gepflegt. Mir geht es wirklich schon so gut, dass ich morgen mit meinem Onkel nach Hause fahren kann."

„Davon möchte ich mich erst überzeugen." Den Protest ignorierend, tastete er das zarte Mädchen vom Kopf bis zu den Fersen ab. Als er die lange Narbe an ihrem rechten Bein sah, fragte er: „ Wie ist das passiert?"

„Diese Narbe stammt von einem Autounfall, den ich im Mai hatte. Hier oben in den Bergen habe ich mir das linke Bein gebrochen. Pepe hat es geschient und mir sogar Krücken angefertigt."

Interessiert sah Marina, wie Giuseppe Julias Bein im Knie hob und senkte, dann anerkennend nickte. „Ich muss zugeben, dass der Waldschrat gute Arbeit geleistet hat. Wenn ich bedenke, dass der arme Mann da oben nicht über die Mittel verfügt, die er in diesem Fall gebraucht hätte, grenzt es an ein Wunder, dass dein Gast keinen bleibenden Schaden davontragen wird. Meine Hochachtung vor der Kräuterhexe, die ihm die Kunst des Heilens beigebracht hat."

Julia lächelte den Doktor an. „Pepe hat noch viel mehr für mich getan. Meine Wunden hat er mit einer Salbe eingeschmiert und mit seinem Tee hat er mich vom Fieber befreit."

„Was wolltest du denn so weit oben in den Bergen? Der Berggeist haust doch am Ende der Welt."

Noch bevor Julia darauf antworten musste, klingelte sein Handy. Er meldete sich, nickte und versprach: „Ich komme sofort." Er reichte Julia die Hand, wünschte ihr gute Besserung, bevor er eilig die Stube verließ.

Marina begleitete den Doktor zu seinem Wagen. Nach ein paar Minuten kam sie mit einem Mann in Polizeiuniform zurück.

„Guten Tag, Senorina", grüßte der Beamte freundlich. „Marina hat mir eben in Kurzfassung gesagt, dass Sie in den Bergen einen Unfall hatten, weil Ihr Mann Sie in Gefahr gebracht hat. Fühlen Sie sich in der Lage, mir alles zu erzählen?" Er schlug seine Mappe auf und setzte sich auf den Stuhl neben dem Sofa. „Beginnen wir mit Namen und Wohnort, auch von Ihrem Mann."

Wahrheitsgemäß gab Julia Auskunft.

Roberto nahm alles zu Protokoll. Er unterbrach sie nur, als sie ihm berichtete, dass sie, nachdem sie Canazei hinter sich gelassen hatten, vom Porsche in einen Jeep umsteigen musste, weil der Weg zu steil und steinig wurde.

„War das ein roter Porsche?"

„Ja." Fragend sah sie den Beamten an. „Hatte mein Mann einen Unfall?"

„Nein, aber unser Radargerät hat vor Wochen einen roten Porsche mit deutschem Kennzeichen erfasst, der mit überhöhter Geschwindigkeit durch die Stadt gebraust ist. Auf dem Bild ist ein Mann mit langen, dunklen Haaren und die Uhrzeit zu erkennen. Ich glaub, es war kurz nach Mitternacht. Auf dem Revier haben meine Kollegen und ich darüber gesprochen, dass einem Mann, der sich so einen Wagen leisten kann, das Bußgeld nicht weh tut. Morgen zeige ich Ihnen das Foto. Wenn das wirklich Ihr Mann war, verstehe ich nicht, warum er so schnell von Ihnen fort wollte?"

Schockiert setzte sich Julia auf. „Jetzt bin ich mir ganz sicher, dass Gregor nicht vorhatte, mit mir Flitterwochen zu verbringen. Statt mich ins Ferienhaus seines Freundes zu bringen, hat er mich in eine baufälligen Almhütte gebracht."

„Haben Sie da nicht schon Verdacht geschöpft?"

„Nein. Ich war der Überzeugung, dass sich mein Mann in der Dunkelheit verfahren hat. Natürlich war ich enttäuscht, dass wir im Heu übernachten mussten. In dieser verwahrlosten Hütte fühlte ich mich unbehaglich. Gregor fand es romantisch. Ich habe auch von dem Wein getrunken, den er angeblich in dieser Hütte gefunden hat. Als ich erst am nächsten Abend aufwachte hatte ich Kopf-

schmerzen und an meiner Stirn klebte verkrustetes Blut."
Sie erzählte den weiteren Verlauf dieser schrecklichen Tage.

„Das war eindeutig Mordversuch! Ich werde sofort Interpol einschalten und eine Großfahndung nach Ihrem Mann veranlassen." Roberto klappte die Mappe zusammen und erhob sich. „Sind Sie vermögend?" erkundigte er sich noch.

Julia nickte. „Ich weiß aber erst, wenn ich zu Hause bin, ob mein Mann auch noch mein Konto geplündert hat."

Was Roberto dachte, konnte Julia an seiner Miene erkenne.

„Ich fahre jetzt ins Büro. Wann können Sie das Protokoll unterschreiben?"

„Morgen, Roberto", antwortete Marina. „Morgen kommt Julias Onkel. Er wird Julia zu dir auf die Inspektion bringen, bevor er mit ihr nach Hause fährt. Heute muss sich mein Gast erst mal von der Strapaze nach der langen Schlittenfahrt erholen."

„Gut, dann sehen wir uns morgen. Ich werde inzwischen alles Nötige veranlassen." Er lächelte Julia an, tippte einen Gruß an seine Mütze und eilte zum Streifenwagen.

„Gott sei Dank, hast du das Verhör gut überstanden." Marina deckte Julia mit einer Wolldecke zu. „Möchtest du schlafen?"

„Nein, erzähle mit bitte von Pepe. Ich möchte alles über ihn wissen. Wann hast du Pepe zum letzten Mal gesehen?"

„Vor drei Tagen zum ersten mal! Ich habe mich erschrocken, als ich ihn vom Fenster aus am Waldrand stehen sah. Zuerst dachte ich es wäre ein Bär, der nach Futter sucht. Doch ein Bär trägt keinen Rucksack. Als er näher kam und mich durch die Scheibe anlächelte, wusste ich, dass das nur Alfonsos Freund Pepe sein konnte. Die Beschreibung, die mir Alfonso von ihm gegeben hat, passte. Da sich Pepe all die Jahre nie bis ins Tal gewagt hat, habe ich befürchtet, meinem Alfonso wäre im

Revier etwas zugestoßen und habe ihn herein gebeten. Da ich wusste, dass Pepe nicht sprechen kann, habe ich Papier und Stift geholt. Es hat ein Weilchen gedauert, bis ich aus seiner Schrift und den Zeichnungen schlau geworden bin. Als ich dann begriffen hatte, dass er von mir für einen Engel, der für ihn vom Himmel gefallen ist, Kleider wollte, habe ich ihm aus dem Schrank meiner Tochter ein paar Sachen eingepackt. Serafinas Kleider konnte er dir nicht anbieten. Die arme Seele hatte nur zwei Gewänder. Im besseren Kleid hat er sie vor dreißig Jahren beerdigt."

„War Serafina seine Frau oder seine Mutter?"

„Weder noch. Pepe ist ein Findelkind. Sein trauriges Schicksal habe ich erst erfahren, als ich Alfonso geheiratet habe und von Graz nach Canazei gezogen bin. Mein Mann hat vor vierzig Jahren das Forstgebiet von seinem Vater übernommen. Eines Tages brachte mir Alfonso ein aus Holz geschnitztes kleines Schäfchen mit. Ich war so begeistert von dem Kunstwerk, dass ich mehr über den Künstler wissen wollte. Meine Schwiegereltern haben mir dann erzählt, dass Serafina, die man hier als Kräuterhexe bezeichnete, vor über sechzig Jahren im Wald einen Säugling gefunden hat. Das Baby musste schon zwei Tage im Moos gelegen haben, denn es war unterkühlt."

Erschrocken schlug Julia die Hände zusammen. „Das Baby muss doch jämmerlich geschrien haben."

Marina schüttelte den Kopf. „Das Kind hat nicht geschrien. Serafina hat ihren Fund sofort zum damaligen Doktor gebracht. Er hat den Säugling untersucht und festgestellt, dass das arme Würmchen nicht nur keine Stimme hat, sondern auch noch einen verkrümmten Rücken."

„Pepe!" Julia kämpfte mit den Tränen als sie fragte: „Welche Mutter ist dazu fähig, ihr Kind im Wald auszusetzen? Dazu noch so ein bedauernswertes."

„Gerade deshalb", sagte Marina empört.

„Konnte man im Krankenhaus für Pepes Rücken und seine Stimme denn nichts tun?"

„Damals noch nicht. Und wenn, wer hätte das bezahlen sollen? Serafina lebte von der Hand in den Mund. Mit den Kräutern, die sie gesammelt hat, konnte sie sich gerade über Wasser halten. Trotzdem hat sie ihren Findling in ihre Waldbehausung mitgenommen."

„In den Wald? Aber ein Säugling bracht doch Milch."

„Serafina hatte zwei Ziegen. Mit der Milch entwickelte sich Pepe prächtig."

„Mag sein, doch ein Kleinkind braucht Kleidung und Pflegemittel."

„Die hat Serafina von der Gemeindeschwester bekommen. Diese Frau hat damals nachrecherchiert und herausgefunden, dass vor Pepes Geburt nur eine Stallmagd hochschwanger war. Seitdem ist diese Magd spurlos verschwunden."

„Der arme Junge ist also damals nur mit der armen Kräuterfrau im Wald aufgewachsen. Aber irgendwann musste er doch zur Schule."

„Der Lehrer hat Pepe abgelehnt, mit der Begründung, die anderen Kinder würden den missgestalteten Buben nur verspotten. Er hat Serafina aber Bücher und Lernmaterial mitgegeben. Sie hat ihm dann Lesen, Schreiben und Rechnen beigebracht so gut sie halt konnte. Jede Woche, wenn Serafina ihre Kräuter in die Apotheke gebracht hat, brachte sie dem Lehrer Pepes Hausaufgaben."

„Wenn Pepe im Wald unten wohnte, wie kam er dann so hoch in die Berge?"

„Weil Serafinas Klause eines Tages in Flammen aufging. Die Feuerwehr hat ermittelt, dass es Brandstiftung war. Nur, wer das Feuer gelegt hat, das hat scheinbar nicht mal die Gendarmerie herausgefunden. Die Leute in der Stadt waren der Meinung, dass Pepe der Brandstifter war. Aus Angst, dass Pepe den ganzen Wald abfackelt, haben sie ihn gejagt, aber nicht gefunden. Pepe rannte immer weiter in die Berge und so hoch, dass niemand ihm folgen konnte. Nur durch einen bestimmten Pfiff, hat sie ihn nach Tagen im Oberwald gefunden. Pepe hatte sich aus Tannenästen einen Unterschlupf gebaut."

„Wie alt war Pepe damals?"

„Höchstens sechzehn! Meinem Schwiegervater, der zu dieser Zeit das gesamte Revier beaufsichtigte, hat es keine Ruhe gelassen, dass die beiden da oben keine richtige Hütte hatten und auch nichts zu essen."

„Wovon haben sich die beiden denn ernährt?"

„Hauptsächlich von Beeren und Pilzen. Mein Schwiegervater hat mir auch erzählt, dass er nach langem Suchen dann endlich Serafina im Oberwald gefunden hat. Mit ihr hat er einen Platz ausgemacht, an dem er bei seinem Rundgang Lebensmittel und Werkzeug deponierte. Dafür hat sie ihm Salben und Kräuter für sämtliche Krankheiten geschenkt. Sie hat ihm auch verraten, dass Pepe nie mehr ins Tal wollte."

„Wie kam Pepe dann zu seiner Hütte, die er jetzt bewohnt?"

„Die hat er zum Teil auch meinem Schwiegervater zu verdanken. Beim durchforsten des oberen Reviers hat er Bäume gekennzeichnet, die seine Waldarbeiter fällen musste. Damit Pepe die Stämme noch weiter hinauf transportieren konnte, hat er ihm das nötige Handwerkszeug, Nägel und Stricke überlassen."

„Soll das heißen, dass Pepe die Baumstämme ganz allein nach oben geschleppt hat?"

„Ja, deshalb hat es auch sehr lange gedauert, bis seine Hütte bezugsfertig war."

„Hätten die Holzfäller ihm nicht helfen können?"

„Das hat Serafina strikt verboten. Niemand sollte erfahren, wo Pepe ist."

„Dann hat nicht mal dein Schwiegervater Pepe zu Gesicht bekommen?" Ungläubig sah Julia zu Marina hoch. „Wie kam es dann, dass Pepe mit Alfonso Freundschaft geschlossen hat?"

„Das wird dir Alfonso nach dem Abendessen erzählen."

Wie aufs Stichwort trat Alfonso in die Stube, küsste seine Frau auf die Wange und sah Julia an. „Wie geht es dir? War der Doktor da? Was hat er gesagt?"

„Es ist alles in Ordnung", versicherte Julia.

„Bravissimo, kann ich essen mit viel Appetit." Enttäuscht schaute er auf den Tisch. „Kann ich aber nicht sehen Essen."

„Wir haben uns verplaudert", entschuldigte sich Marina.

„Das ist meine Schuld", sagte Julia. „Ich habe Marina gebeten, mir alles über Pepe zu erzählen."

Marina drückte Alfonso auf ihren Stuhl. „Während ich das Abendessen vorbereite, erzählst du Julia, wie du mit Pepe Freundschaft geschlossen hast." Sie zwinkerte den beiden zu und eilte in die Küche.

Alfonso räusperte sich, dann begann er zu erzählen: „Ich war zehn Jahre alt, als mein Vater in den Schulferien mich mitgenommen in den Wald. Weil ich auch wollte Förster werden, hat mich alles interessiert, was in Revier ist wichtig. Nicht nur der Wald, auch die vielen Tiere haben mich begeistert. Ein Abenteuer war, dass ich durfte mit meine Papa überacht bleiben in Blockhütte, was bewohnen manchmal Waldarbeiter. Bei Streifzügen, die ich gemacht habe allein, ist mir aufgefallen, dass Holzstämme fehlen, die waren aufgestapelt. Aufgeregt habe ich erzählt meinem Vater. Er hat aber nicht geärgert sich, sondern sich gefreut und hat mir erzählt Geheimnis. Danach ich wollte kennenlernen Pepe und habe mich auf Lauer gelegt. Es ist mir aber nicht gelungen, zu sehen ihn. Er muss Holz bei Nacht geholt haben. Jeden Tag habe ich in Waldlichtung gesessen und mit Pfeil und Bogen auf leere Blechdosen geschossen. Dabei ich habe gespürt, dass ich werde beobachtet. Pepe musste sein in der Nähe. Ich habe gerufen nach ihm, ist aber nicht gekommen."

„Schade", bedauerte Julia.

„Mit Absicht ich habe zurückgelassen, diesmal spitzen Pfeil mit Bogen und Taschenmesser, was war für mich Heiligtum. Mein Papa hat prima gefunden meine Aktion, weil Pepe konnte nun schießen kleines Tier, damit er hat zu essen mit Serafina endlich auch Fleisch."

„Dein Vater hatte ein gutes Herz", freute sich Julia. „Hat sich Pepe dann endlich gezeigt?"

„Ja, aber erst zwei Tage später. Ich bin gegangen mit Fernglas durch Hochwald, um Gämsen genau zu betrachten. Durch Fernglas ich habe gesehen, wie Pepe mich beobachtet zu jedem Schritt. Mit einer Hand ich habe ihm Fernglas entgegengestreckt und mit anderer Hand ihn zu mir gewunken."

Julia zappelte ungeduldig. „Ist er dann gekommen?"

„Si, si. Er hat gemerkt, dass ihm droht von mir nicht Gefahr. Ich war kleiner einen ganzen Kopf und nicht so stark wie er. Nie werde ich vergessen sein fröhliches Gesicht, weil ich ihn habe sehen lassen durch Fernglas. Es hat lange gedauert, bis er es mir zurückgegeben. Danach hat er mir gereicht seine Hand und mich gedrückt an seine Brust. Von diesem Tag an wir waren Freunde! Sechs weitere Jahre ich habe Ferien mit Pepe im Hochwald verbracht, dann hat mich mein Vater geschickt zu Studium in Kreisstadt. Ich musste viel lernen und hatte nicht Zeit Pepe zu besuchen. Erst als ich hatte Diplom bekommen, nach vier Jahren, bin ich zurück nach Canazei. Mein erster Weg war zu Pepe. Er hat schon gewartet an unserem Platz. Seine Freude ist gewesen noch größer als meine. Ich musste gehen mit ihm, weil er mir wollte zeigen, dass er gebaut hat großen Stall und Schuppen für Vorräte. Ich konnte auch sehen, dass seine Tiere waren alle gesund. Er hat besondere Rasse von Schafen, die auch gedeihen in großer Höhe. Sie haben vermehrt sich in vier Jahren molto bene. Voller Begeisterung zeigte er mir auch seine Hütte von innen. Pepe hat gemacht nicht nur schöne Möbel, auch viele kleine Figuren. Er hat geschnitzt lange mit meinem Taschenmesser, hat Serafina erzählt meinem Vater. Sie hat auch erzählt ihm, dass Pepe braucht neue Messer. Mein Papa hat besorgt verschiedene und weil er hat Pepe viel Holz überlassen für Bau, hat er mir eine Weihnachtskrippe mitgegeben für ihn, die er nach einem Bildchen von Serafina hat angefertigt. Auch Figuren, die gehören in Krippe, hat Pepe geschnitzt so schön, dass alle Leute die kamen in unsere Stube, haben bewundert."

„Erzählst du Julia gerade von Pepes Krippe, die wir von deinen Eltern geerbt haben?" fragte Marina, als sie mit dem Abendessen aus der Küche kam.

„Si, si." Alfonso führte Julia zum Tisch. „Ist sehr schade, dass du bist Weihnachten nicht mehr hier, wenn wir aufstellen diese Krippe."

„Ja, denn sie ist ein Meisterwerk", fügte Marina hinzu.

Julia zeigte zur Konsole. „Wie meine Madonna. Dieses Kunstwerk hätte Pepe für viel Geld verkaufen können."

„Er hat sie aber lieber gemacht dir zu Geschenk, weil du gebracht hast viel Freude in einsames Leben von Pepe."

„Freude? Nein, Pepe hatte mit mir nur zusätzlich Arbeit. Wenn ich bedenke, was er alles für mich getan hat, müsste ich ihn beschenken. Er hat mich nicht nur gerettet und wochenlang gesund gepflegt, er hat mir auch gezeigt, wie er aus Milch gute Butter und Käse macht, Brot bäckt, die Schafwolle spinnt und noch vieles andere mehr. Bewundert habe ich auch seine Schnitzereien. Es ist erstaunlich, was er aus einem Stück Holz alles zaubern kann."

Marina nickte. „Wir finden es auch gut, dass der Herrgott ihm diese Gabe in die Wiege gelegt hat."

„Wiege? Pepe hatte nur Strohsack!"

Julia zeigte wieder zu ihrer Statue. „Damit ihr sehen könnt, dass meine Madonna einen Ehrenplatz in meinem Haus bekommt, lade ich euch zu mir an den Bodensee ein."

Lächelnd winkte Marina ab. „Das ist lieb von dir, aber meinen Alfonso bringen keine zehn Pferde von hier weg. Ohne seinen Wald ist er nur ein halber Mensch."

„Si, si", bestätigte Alfonso. „Ich mache dir besseren Vorschlag. Du kommst uns besuchen, wann immer du möchtest. Im Sommer ist Weg nicht so beschwerlich zu Pepe, wie jetzt bei viel Schnee."

Marina nickte. „Du darfst mitbringen wen du willst. Wir haben vier Fremdenzimmer!"

„Ich komme ganz bestimmt im nächsten Sommer", versprach Julia.

„Liegt bei dir zu Hause auch so viel Schnee?" fragte Marina.

„Das weiß ich noch nicht. Es ist mein erster Winter am Bodensee." Julia erzählte von ihrer Kindheit in Stuttgart, von ihrem Papa und Berta. Auch von dem Unfall auf der Fahrt in ihr zukünftiges Zuhause, die sich nach dem langen Krankenhausaufenthalt verzögert hat und von ihrer Begeisterung über das Atelier und die Turmzimmer, die Papa für sie eingerichtet hat.

„Warum hast du angerufen Onkel, dich abzuholen hier, und nicht deinen Papa?" wollte Alfonso wissen.

„Weil mein Papa tot ist! Das ist meine Schuld." Julia klopfte sich auf die Brust. „Ich habe Papa das Herz gebrochen, weil ich Gregor gegen seinen Willen geheiratet habe."

Marina nahm das verstörte Mädchen in die Arme. „Du musst nicht weiter erzählen, wenn es dich belastet."

„Ich kann verstehen deine Papa, weil meine Tochter geheiratet hat Ingenieur und er hat Arbeit in Großstadt. Ich wollte, dass Karina bleibt bei uns und heiratet Förster, um zu übernehmen später meine Position."

Marina lächelte. „Mein Vater wollte auch, dass ich einen Bäcker heirate, der einmal seine Firma übernimmt. Aber ich habe mich nun mal in einen Förster verliebt und bin mit ihm nach Canazei gezogen."

Erschrocken sah Alfonso seiner Mariana an. „Hast du bereut diesen Entschluss?"

„Nein, nicht einen einzigen Tag", winkte sie ab. „Seit über vierzig Jahren sind wir glücklich zusammen."

„Von so einer Ehe habe ich immer geträumt." Seufzend: „Aber mein Traum war schon nach zwei Monaten zu Ende." Julia erzählte, wie sie Gregor kennengelernt hatte und nicht nur Papa, auch Berta und Onkel Paul ihn für einen Mitgiftjäger hielten. „Dass sie damit recht hatten, wurde mir erst bewusst, nachdem ich drei Tage in der verwahrlosten Hütte vergeblich auf Gregor gewartet habe. Erst als ich durch den Qualm, an dem ich fast erstickt wäre, merkte, dass mein Mann die Hütte in Flammen aufgehen lassen wollte, sind mir die Augen aufgegangen."

„Das muss ein Schock für dich gewesen sein", bemerkte Marina.

„Ja. Aber vor Hunger und größerem Durst war ich nicht mehr fähig, klar zu denken. Ich wollte, um zu überleben, nur noch Wasser finden. In dem rauen Rupfensack habe ich mich auf den Weg gemacht und erst nach Stunden den Wasserfall entdeckt. Dass ich das Wasser nicht erreicht habe, weil der Boden unter mir nachgab und ich die Geröllhalde hinunter rutschte, wisst ihr ja schon. Auch dass Pepe mich gerettet hat. Ohne ihn würde ich nicht mehr leben." Julia kämpfte mit den Tränen.

Marina streichelte ihr über den Rücken. „Das war eine schlimme Zeit für dich. Zum bist du Glück wieder gesund und kannst getrost in die Zukunft schauen."

Alfonso nickte. „Ja, du wirst vergessen, deine böse Mann und werden wieder glücklich."

Die Standuhr schlug elf Uhr. Julia sprang auf. „Entschuldigt, dass ich euch so lange aufgehalten habe." An Marina gewannt, fragte sie: „Zeigst du mir mein Zimmer?"

Alfonso nickte ihr freundlich zu. „Ich wünsche gute Nacht und schönen Traum."

„Danke, Alfonso. Dir auch."

Hinter Marina, die eine Tür öffnete, betrat sie ein rustikales Zimmer mit bemalten Möbeln. Auf dem Bett lag ausgebreitet ein Nachthemd.

„Wo das Badezimmer ist, weißt du ja, und wenn du ausgeschlafen hast, kommst du zum Frühstück. Schlaf gut."

Dankbar drückte Julia ihre Gastgeberin an sich.

„Gute Nacht, Marina." Nach all den Aufregungen, die sie an diesem Tag erlebt hatte, schlief sie bald darauf ein.

Der nächste Vormittag war für Julia eine Geduldsprobe. Sie wollte Marina nicht zeigen, dass sie es kaum erwarten konnte, nach Hause zu kommen. Verstohlen spähte sie nach dem Frühstück aus dem Fenster. Dass es nicht schneite und sogar die Sonne schien, beruhigte sie nur zum Teil. Beruhigt konnte sie erst sein, wenn Onkel Paul hier gut ankam.

Marina erriet Julias Gedanken. Um sie abzulenken, zog sie sie in die Küche zum Fenster. Aus dem nahen Wald kamen Rehe und Hirsche auf das Forsthaus zu.

„Die kommen immer näher!" rief Julia begeistert.

Marina nickte: „Die kommen im Winter täglich, weil Alfonso hinter dem Haus eine Futterkrippe aufgestellt hat. Möchtest du die Tiere streicheln?"

„Ja, gern. Aber laufen die nicht weg, wenn ich auf sie zugehe?"

„Weil die Tiere an mich gewöhnt sind, komme ich mit."

Julia wartete ungeduldig bis Marina auch Mantel und Stiefel angezogen hatte. Langsam näherten sie sich der Herde. Ein Reh kam sofort auf Julia zu und zupfte an dem Büschel Heu, das sie in der Hand hielt. Dass sich das Tier anschließend streicheln ließ, versetzte sie in Euphorie. „Warum sind diese Tiere so zutraulich?"

„Weil sie wissen, dass sie hier Futter bekommen. Nur den beiden da hinten, darfst du nicht zu nahe treten." Marina zeigte auf zwei große Hirsche, die etwa fünf Meter von ihnen entfernt waren und mit den Vorderhufen stampften. Bevor sie die Haustür erreichten, hielt davor eine silbergraue Limousine.

„Onkel Paul", rief Julia erfreut und fiel ihm, kaum dass er ausgestiegen war, um den Hals. „Danke, dass du gekommen bist. Ich freue mich so sehr."

„Das habe ich dir doch versprochen, Sternchen.

Deshalb bin ich schon um fünf Uhr losgefahren." Über Julias Schulter sah er in das Gesicht der älteren Frau, die ihm die Hand entgegenstreckte.

„Herzlich Willkommen, Herr Weigand. Hatten Sie eine gute Fahrt?"

„Na ja. Bis Innsbruck war die Autobahn schneefrei, dann..." Er winkte ab und drückte die dargebotene Hand. „Zuerst möchte ich mich bei Ihnen bedanken, dass Sie Julia so lieb aufgenommen haben. Auch bei Ihrem Mann." Suchend sah er sich um.

„Mein Alfonso muss ausgerechnet heute den Waldarbeitern neue Arbeit zuweisen. Bevor Sie mit Julia heimfahren, ist er aber zurück. Bitte kommen Sie ins Haus. Darf ich Ihnen nach der anstrengenden Fahrt etwas anbieten?"

„Nein, danke. Ich möchte mit Julia zuerst zur Polizei, um die Formalitäten zu erledigen. Danach möchte ich mein Sternchen neu einkleiden."

„Gut, aber zum Mittagessen kommen Sie hierher. Mit leerem Magen lasse ich Sie die weite Heimreise nicht antreten."

„Wir kommen zurück, wenn wir alles erledigt haben", versprach Julia, setzte sich ins Auto und winkte Marina zu.

Erst vier Stunden später fuhr Paul Weigand wieder vor das Forsthaus. Die Formalitäten hatten länger gedauert als erwartet. Danach hatte er Julia neu eingekleidet und in den Andenkengeschäften einige von Pepes Schnitzereien gekauft.

Bevor Marina das Essen auftragen konnte, streckte ihr Julia die Tüte mit den geborgten Sachen hin. "Mit bestem Dank zurück. Auch wenn mir alles etwas zu groß war, habe ich mich darin wohlgefühlt."

Bewundernd betrachtete Marina die neue Bekleidung. „Das bezweifle ich. Wenn ich sehe, was du jetzt trägst... Du siehst aus wie eine richtige Prinzessin."

Lachend winkte Julia ab.

Am reichlich gedeckten Tisch erschien auch Alfonso, der seine Inspektion unterbrochen hatte, um sich von Julia verabschieden zu können.

Wohlig lehnte sich Paul Weigand nach dem Essen zurück. „Obwohl es am Bodensee zu jeder Jahreszeit sehr schön ist, könnte ich bei Ihnen mal ein paar Wochen verbringen. Es ist so gemütlich hier, doch leider müssen wir uns verabschieden. Wir haben eine lange Fahrt vor uns." Er stand auf und reichte erst Marina die Hand. „Vielen herzlichen Dank, nicht nur für das köstliche Essen, auch dafür, dass Sie Julia so liebevoll aufgenommen haben." Bei Alfonso drückte er kräftiger zu. „Julia hat mir nicht nur von der waghalsigen Abfahrt erzählt, auch dass Sie den weiten Weg auf die Gletscheralm bei diesem Schneemassen auf sich genommen haben. Das war eine Meisterleistung."

Diesmal winkte Alfonso ab, wickelte die Madonna in das Tuch und trug sie zum Wagen, während Marina Julia an sich presste.

„Kommst du uns wirklich besuchen?"

Julia nickte mit einem Kloß im Hals. Durchs Heckfenster sah sie, wie Marina und Alfonso ihr so lange nachwinkte, bis eine Kurve ihr die Sicht nahm.

Die schneebedeckten Straßen erforderten Paul Weigands ganze Aufmerksamkeit. Erst auf der geräumten Autobahn beschleunigte er das Tempo, denn seine Kleine konnte es kaum mehr erwarten, endlich nach Hause zu kommen. Um sie abzulenken bat er: „Sternchen, berichte mir ausführlich von Pepe, damit ich mir ein Bild machen kann, was du bei ihm alles erlebt hast."

Fast zwei Stunden brauchte Julia, bis sie alles erzählt hatte. Die Sonne war längst glutrot hinter den österreichischen Bergen verschwunden. Je näher sie der Heimat kamen, desto mehr freute sie sich auf ihr schönes Zuhause. Ihre Freude hielt nicht lange an. Plötzlich kam eine Nebelwand auf sie zu.

Sofort reduzierte Paul die Geschwindigkeit, schaltete

die Warnblickanlage ein, als er die Bremslichter des Vordermannes direkt vor sich sah und brachte den Wagen noch rechtzeitig zum stehe. Ein paar Sekunden später bekam sein Wagen von hinten einen so kräftigen Stoß, dass er auf den Vordermann knallte.

Julia hörte Glas splittern und wurde blass. Durch den Stoß von hinten klammerte sie sich an Paul fest.

„Sternchen, kein Grund zur Panik. Du bleibst sitzen. Ich schaue mir den Blechschaden an", sagte er, bevor er ausstieg.

Im Rückspiegel sah Julia Blaulicht von Polizei und Krankenwagen. Die Sirenen dröhnten in ihren Ohren. So schnell wie der Notarztwagen an ihr vorbeifuhr, musste ein sehr schrecklicher Unfall passiert sein. Ihr Körper begann zu zittern, als sie an den Unfall mit ihrem Vater dachte. Im Gegensatz zu damals war sie heute nicht verletzt. Nur schemenhaft sah sie die Männer aus dem Wagen vor und hinter ihr mit Onkel Paul reden. Ein Polizist kam noch hinzu. Was hatten sie so lange zu bereden?

Erst nach langer Zeit setzte sich Paul neben sie. „Es tut mir leid, aber es wird noch mindestens eine Stunde dauern, bis die Autobahn wieder freigegeben wird. Wir stecken mitten in einer Karambolage. Ein Polizist hat unsere Personalien aufgenommen und den Schaden wegen der Versicherung notiert. Da an meinem Wagen vorne die Scheinwerfer und hinten die Rücklichter zu Bruch gegangen sind, darf ich nicht weiterfahren, auch wenn die Autobahn wieder frei ist."

„Willst du damit sagen, dass wir die Nacht im Auto verbringen müssen?"

„Nein", wehrte Paul ab. „Die Gelben Engel sind alle im Einsatz. Trotzdem wird es ein paar Stunden dauern, bis wir an der Reihe sind. Die Autoschlange ist Kilometer lang."

„Dann muss ich mich eben in Geduld fassen. Wichtig ist, dass wir nicht verletzt wurden. Die Gewissheit, dass wir heute noch nach Hause kommen, beruhigt mich."

Paul Weigand bemerkte, dass Julia keinesfalls beruhigt war. Um sie auf andere Gedanken zu bringen, erzählte er ihr spannende Abenteuer, die er in Los Angeles bei Peter erlebt hatte. Er hatte sehr viel zu erzählen. Julia vergaß sogar auf ihre Uhr zu schauen. Irgendwann klopfte ein Gelber Engel an die Autoscheibe. „Bitte fahren Sie ein paar Meter nach vorne, damit wir auch die Rücklichter austauschen können."

Durch Onkel Pauls interessante Abenteuer hatte Julia nicht mal bemerkt, dass der Wagen vor ihnen nicht mehr da war und wunderte sich, dass die Männer vom ADAC so viele Ersatzteile bei sich hatten.

Paul gab dem Monteur noch vor der Reparatur seine Karte und drückte ihm einen Schein in die Hand. Nach einer halben Stunde konnten sie die Fahrt fortsetzten. „Noch siebzig Kilometer, dann haben wir unser Ziel erreicht", tröstete er Julia.

Die Freude, endlich nach Hause zu kommen, dauerte nicht lange. Ein heftiger Eisregen prasselte gegen die Windschutzscheibe. „Auch das noch", seufze Julia, als der Wagen schlingerte. Nur im Schritttempo kamen sie voran.

„Die letzten dreißig Kilometer schaffen wir auch noch", versicherte ihr Onkel. „Spätestens in einer Stunde bist du zu Hause."

„ Nicht nur ich. Du auch! Bei dieser Eisglätte kann ich nicht zulasse, dass du bis nach Bregenz fährst. Ich habe drei Gastzimmer. So wie ich Luise kenne, sind alle Betten frisch bezogen."

„Wer ist Luise?" fragte Paul erstaunt.

„Du warst halt doch zu lange in Amerika. Berta hat mir Frau Hafner nach Papas Tod empfohlen. Luise ist nicht nur eine perfekte Gärtnerin, sie hat mich auch im Haus unterstützt."

„Hat? Tut sie das nicht mehr?"

„Leider hat mir Luise gekündigt. Ich vermute, dass Gregor dahintersteckte. Ihm hat nie gefallen, dass ich mich mit ihr sehr gut verstanden habe. Über die Kündigung muss ich mit Luise noch reden. Sie wollte, noch bevor Gregor mit mir nach Südtirol fuhr, nach München zu ihren Enkelkinder."

Wieder schlingerte der Wagen auf der eisglatten Fahrbahn. Paul hatte Mühe, ihn wieder auf die rechte Fahrbahn zu bringen.

„Ich denke, ich nehme dein Angebot an und übernachte in deiner Villa."

„Das freut mich. Vor dem Frühstück lasse ich dich aber nicht heimfahren. Ich hole frische Brötchen." Julia war über diese Zusage froh. Sie befürchtete noch immer, Gregor zu begegnen, obwohl Onkel Paul ihr versichert hatte, dass ihr Mann sich längst ins Ausland abgesetzt hatte.

Es war fast Mitternacht, als Paul Weigand seinen Wagen vor Julias Villa anhielt. Die Straßenlaternen warfen durch den Eisregen nur ein mattes Licht auf den Gehsteig. Noch ehe er die Beifahrertür öffnen konnte, war Julia mit der eingewickelten Madonna im Arm, ausgestiegen. „Ich bin daheim! Ich bin endlich zu Hause", jubelte sie. „Leider musst du heute Nacht dein Auto hier draußen stehen lassen. Mein Schlüsselbund, an dem auch der Toröffner hing, ist in der Handtasche, die mir Gregor auch abgenommen hat."

„Meinen Wagen hier zu parken ist kein Problem, aber wie willst du ohne Schlüssel ins Haus kommen?"

„Das ist auch kein Problem. Ich habe mal in der Eile meinen Schlüssel vergessen und musste Berta aus dem Schlaf klingeln. Damit mir das nicht noch mal passiert, habe ich einen Ersatzschlüssel in der Hecke deponiert." Entschlossen ging sie auf die Thuyahecke zu. Schon nach dem zweiten Versuch zog sie ein kleines Lederetui heraus, das sie vor seinen Augen baumeln ließ. Kaum hatte sie die Gartenpforte aufgeschlossen, flammte der Bewegungsmelder auf. Vor ihrem Onkel trat Julia in die Wohnhalle, durch dessen große Glasfront mattes Licht fiel. Die Madonna stellte sie auf den Beistelltisch, nahm das Tuch weg und zog Paul zur Treppe. „Sei mir bitte nicht böse, dass ich gleich ins Bett möchte. Die Fahrt hat mich viel Nerven gekostet. Aber jetzt bin ich endlich daheim."

Vor ihrer Schlafzimmertür stellte sie sich auf die Zehenspitzen und gab Paul ein Küsschen auf die Wange. „Dass ich endlich wieder hier sein kann, habe ich dir zu verdanken. Wenn du mich in Canazei nicht abgeholt hättest, wäre ich immer noch ohne Geld..." Tränen der Erleichterung kullerten ihr über die Wangen, als sie schniefte: "Gregor hat mich so schändlich betrogen."

Bestürzt nahm Paul das zitternde Mädchen in die Arme. „Beruhige dich, Sternchen. Der Alptraum ist vorbei. Du bist wieder zu Hause und hier so sicher wie in Abrahams Schoß. Hier kann dir nichts mehr geschehen. Ich bin immer für dich da und werde dich ganz oft besuchen", versicherte er.

„Diese Gewissheit beruhigt mich. Jetzt kann ich gut schlafen. Morgen frühstücken wir zusammen. Ich werde den Bäcker finden, bei dem Luise die frischen Brötchen geholt hat."

„Gute Nacht, Sternchen, schlaf dich aus und morgen ist die Welt wieder in Ordnung."

„Ja", hauchte Julia, huschte ins Zimmer, legte ihre Kleidung über den Stuhl neben der Kommode und schlüpfte unter die Bettdecke. Mit einem glücklichen Lächeln auf den Lippen schlief sie gleich ein.

Paul Weigand öffnete inzwischen die nächste Tür, knipste die Deckenbeleuchtung an und blieb abrupt stehen. In dem Bett, in das er sich legen wollte, lag eine Frau. Das konnte nur Julias Perle sein. Sofort knipste er das Licht wieder aus, bevor er die Tür von außen leise schloss. Hatte Julia ihm nicht versichert, dass Frau Hafner nur tagsüber kam? Jedenfalls lag die Perle in diesem Gastzimmer. Entschlossen öffnete er die nächste Tür. Er knipste auch hier die Lampe an und blieb wieder überrascht stehen. Diesmal war er in einem Kinderzimmer gelandet. In einem Koggenbett, über das ein Fischernetz mit Muscheln gespannt war, schlief ein kleiner Junge. Eine Piratenflagge war an seinem Kopfende befestigt und unzählige Plüschtier verteilten sich im Zimmer. Was ihn noch mehr erstaunte, war der weiße Hund, der auf dem Bettvorleger schlief und nicht einmal den Kopf hob, als er den Buben betrachtete. Frau Hafner hatte sich also hier nicht nur eingenistet, sie hatte sogar ihre Enkelkinder, samt Hund in die Villa gebracht. Da Julia ihm außerdem erzählt hatte, dass ihre Perle zwei Enkel hatte, erübrigte es sich, das dritte Gastzimmer zu betreten. Das kleine Mädchen hatte vielleicht keinen so guten Schlaf, wie ihr Brüderchen und würde eventuell anfangen zu brüllen. „Na dann werde ich es mir eben auf dem Sofa im Wohnzimmer gemütlich machen", flüsterte er, bevor er die Treppe hinunter ging.

3. Buch

1.

Florian erwachte, als Flocke ihm die Bettdecke wegzog, auf sein Bett sprang und ihm über das Gesicht leckte. Mit seinen Zähnen zog er an seinem Schlafanzug.
„Flocke lass den Quatsch. Wenn du Hunger hast, musst du warten bis Omi aufsteht. Gib Ruhe, du Quälgeist!" Flocke gab keine Ruhe. Er kratzte mit seinen Vorderpfoten an seinem Bett, winselte und trottete zur Tür. „Na gut. Du musst raus. Dann lasse ich dich in den Garten, bevor Omi wieder eine Pfütze aufwischen muss." Widerstrebend folgte er dem Hund, der aber nicht zur Treppe lief, sondern in das Schlafzimmer seines Vaters. Durch die Deckenlampe, die er im Flur angeknipst hatte, fiel ein matter Streifen durch die offene Tür.
„Flocke, komm da raus. Papi mag es nicht, wenn du sein Bett belagerst", rief er dem Hund zu. Flocke

gehorchte nicht. Er zog ihn am Halsband mit sich und blieb wie angewurzelt vor dem Bett stehen.

„Heiliger Strohsack", stammelte er und rannte über den Flur. Ohne anzuklopfen trat er an Omis Bett und rüttelte sie an der Schulter. „Omi, Omi, wach auf. In Papis Bett liegt meine Märchenfee!"

„Wie? Was?" Anne Gerlach richtete sich erschrocken auf. „Florian, du träumst wohl noch!"

„Es liegt wirklich ein fremdes Mädchen in Papis Bett. Komm mit, dann siehst du, dass ich nicht geschwindelt habe", beharrte der Junge.

„Später", winkte Omi ab. „Dir empfehle ich, zurück in deine Piratenkogge zu klettern."

Florian stampfte mit seinem Fuß auf. „Omi, warum glaubst du mir nicht."

„Weil ich deine Phantasie kenne. Und jetzt Abmarsch."

Enttäuscht verließ Florian Omis Zimmer. Flocke wartete am Treppenabsatz. „Ich lasse dich gleich nach draußen, Flocke", versprach er seinem vierbeinigen Freund und hopste barfuß Stufe für Stufe die Treppe hinunter. Dass Flocke nicht zur geschlossenen Terrassentür lief, sondern vor dem Sofa stehen blieb, ließ ihn aufmerksam werde. Gebannt starrte er auf den schlafenden Mann. Florian schluckte trocken, rannte die Treppe hinauf, wieder in Omis Zimmer. Er schüttelte sie erneut am Arm. „Omi, Omi, auf dem Sofa unten schläft ein fremder Mann!"

„Zum Donnerwetter, Florian. Was soll der Unsinn?" Ihre Augen blitzten, als sie sich wieder aufrichtete. „Wie soll ein fremder Mann in unser Wohnzimmer kommen? Ich habe die Haustür abgesperrt, bevor ich schlafen ging."

„Er ist aber da! Und das Mädchen in Papis Bett auch. Steh endlich auf und sieh selber nach." Florian konnte es kaum erwarten, bis sich seine Omi den Morgenmantel über ihr Nachthemd gezogen hatte. Kopfschüttelt folge sie ihm.

Dann starrte sie fassungslos auf das schlafende

Mädchen, das tatsächlich in Franks Bett lag. Das blasse Gesicht, war zur Hälfte von einer Lockenpracht bedeckt war. Es dauerte einige Sekunden, bis sie vor Überraschung ihre Stimme fand. „Das darf nicht wahr sein." Entschlossen knipste sie das Deckenlicht an, bevor sie das schlafende Mädchen an den nackten Schultern rüttelte. „Hallo, aufwachen."

Benommen öffnete Julia die Augen. Eine fremde Frau stand neben ihrem Bett und ein kleiner Junge hopste an ihrem Fußende auf und ab. Noch ehe sie überlegen konnte, was das zu bedeuten hatte, sprang ein Hund, mit weißem, langem Fell auf ihr Bett. „Was... was soll das?" brachte sie vor Schreck kaum über die Lippen.

„Das frage ich mich auch?" hörte Julia die ältere Dame sagen, bevor diese sich an den Jungen wandte. „Florian, du lässt mal Flocke in den Park. Mit der Einbrecherin werde ich allein fertig."

Julia glaubte, sich verhört zu haben. Wenn hier jemand eingebrochen war, dann diese Frau mit dem Kind und dem Hund. Die Frau blieb neben ihrem Bett stehen.

„Kleines Fräulein, wenn du dir nur einen schönen Schlafplatz gesucht hast, empfehle ich dir, dich anzuziehen und zu verschwinden, bevor mein Sohn vom Nachtdienst kommt. Das ist nämlich sein Bett, in dem du liegst."

Um richtig wach zu werde, kniff sich Julia in den Arm. „Hier muss ein Irrtum vorliegen. Ich liege in meinem eigenen Bett, denn dies ist mein Haus!"

„Das hättest du wohl gerne." Die fremde Frau lächelte gekünstelt, als sie die Jacke vom Stuhl nahm, erst auf die nassen Ärmel, dann auf sie zeigend. „Wo hast du dich denn herum getrieben?"

„Ich habe mich nicht... Wofür halten sie mich?" Julia zeigte auf ihre Jacke. „Die Flecken stammen von der Thuyahecke, in der ich noch meinen Ersatzschlüssel gesucht habe."

„Ein schönes Märchen, nur nicht glaubwürdig", unwillig schüttelte die Frau den Kopf.

„Wenn mein Schlüssel nicht gepasst hätte, wäre ich

ja nicht hereingekommen", sagte Julia mit Nachdruck.

„Wer weiß, wo du den her hast. Ich besitze jedenfalls den Originalschlüssel."

„Von wem?" Mit angehaltenem Atem wartete Julia auf die Antwort.

„Ich glaube nicht, dass dich das etwas angeht."

Empört setzte sich Julia auf und zog die Decke vor ihre nackte Brust. „Das geht mich wohl etwas an, denn dieses Haus gehört mir. Also, woher haben Sie den Schlüssel?"

„Von der Vorbesitzerin! Die alte Dame hat ihre Villa, mit allem Drum und Dran an uns verkauft!"

„Verkauft?" Julia sah die Frau entsetzt an. „Das... das ist nicht möglich. Ich würde mein Paradies niemals verkaufen."

„Wer spricht denn von dir? Wie eine achtzigjährige siehst du nun wirklich nicht aus."

„Achtzigjährig?" Bei diesem Alter fiel ihr nur Berta ein. Nein, Berta hätte ihr Paradies gar nicht verkaufen können. „Haben Sie die Vorbesitzerin persönlich kennengelernt?"

„Nein. Der Verkauf lief über einen Makler. Aber ohne rechtsgültige Unterschrift hätten mein Sohn und ich, uns bei dieser enormen Kaufsumme niemals darauf eingelassen."

„Mit welchem Namen wurde der Kaufvertrag unterschrieben?" fragte Julia.

„Mit J. Bernheim. Das J. bedeutet sicher Josefine, oder Johanna."

„Nein. Das J. bedeutet Julia. Ich bin Julia Bernheim." Dann fügte sie hinzu: „Seit meiner Heirat ist mein korrekter Name: Bernheim-Bredowa."

Anne Gerlach stutzte. Dieses halbe Kind, das sie geduzt hatte, sollte eine verheiratete Frau sein? Nun doch etwas verunsichert fragte sie. „Sagten Sie BREDOWA? So hieß der Makler, der uns im Auftrag der alten Dame diese Villa verkauft hat!"

„Gregor?" Julia riss erschrocken die Augen auf.

„Nein! Nein...nein..." Wie von Sinnen schlug sie mit beiden Fäusten auf die Bettdecke. „Das kann mir mein Mann nicht auch noch angetan haben. Sagen Sie, dass es nicht wahr ist."

„Es ist wahr! Vielleicht hast du dich in der Hausnummer geirrt."

„Ganz bestimmt nicht. Wenn Sie mir nicht glauben, fragen Sie meinen Onkel. Er hat mich heute Nacht nach Hause gebracht. Er liegt im Gastzimmer. Bitte sehen Sie nach."

„Worauf du dich verlassen kannst." Anne Gerlach eilte aus dem Zimmer.

Noch bevor Julia ihre Gedanken ordnen konnte, war die Frau zurück. „Es ist niemand da!"

„Das kann nicht sein. Vielleicht ist Onkel Paul schon im Bad."

„Nein, da ist auch niemand."

„Dann ist er doch nach Bregenz gefahren"; würgte Julia heraus. „Aber im Schreibtisch, im Herrenzimmer sind Dokumente, die meine Identität beweisen."

„Der Schreibtisch war leer, als wir hier eingezogen sind."

„Leer?" Erschrocken sah Julia zu der Frau hoch. „Das bedeutet, dass... dass..."

Anne Gerlachs Stimme klang nicht jetzt mehr so eisig. „Wenn Sie wirklich Frau Bredowa sind, warum haben Sie den Hausverkauf dann nicht verhindert und kommen erst jetzt, dazu bei Nacht und Nebel?"

„Weil ich sechs Wochen in den Dolomiten meine Genesung abwarten musste."

„Sie waren krank? Was wollten Sie denn in den Dolomiten?"

„Die Flitterwochen mit meinem Mann verbringen. Gregor hat dieses Ziel für unsere Hochzeitsreise gewählt. Die Flitterwochen dauerten nur einen Tag, dann kam für mich das böse Erwachen. Er hat nicht nur mich betrogen, auch Sie. Gregor durfte dieses Haus nicht verkaufen."

Erschüttert sah Anne Gerlach, wie sich Julias Körper

aufbäumte. „Bleiben Sie ganz ruhig. Ich rufe sofort meinen Sohn an. Er ist Arzt und kann Ihnen zur Beruhigung eine Spritze geben." Sanft drückte sie das zarte Mädchen ins Kissen und eilte nach unten. Sie nahm das schnurlose Telefon vom Garderobenschränkchen und wählte die Nummer der Klinik. Sie atmete erleichtert auf, als man ihr berichtete, Chefarzt Dr. Gerlach habe vor zehn Minuten die Klinik verlassen. Kaum hatte sie das Gespräch beendet, hörte sie hinter sich ein Räuspern. Erschrocken drehte sie sich um und sah in ein fremdes Gesicht.

„Guten Morgen. Sie müssen Frau Hafner, Julias Perle sein", sprach sie der Mann an. „Auf der Fahrt hierher, hat mir die Kleine von Ihnen vorgeschwärmt."

Nach ein paar Schrecksekunden kam Anne in den Sinn, dass das der Mann sein musste, den Florian schlafend auf dem Sofa vorgefunden hatte. In dem maßgeschneiderten Anzug sah er allerdings nicht wie ein Einbrecher aus. Die Worte der angeblichen Hausbesitzerin kamen fielen ihre in. „Sind Sie der Onkel von...?"

„Ja", unterbrach er sie. „Bitte entschuldigen Sie, dass ich mich nicht gleich vorgestellte habe. Mein Name ist Weigand. Ich habe mein Patenkind heute Nacht nach Hause gebracht. Wegen des Eisregens hat mich Julia gebeten, hier zu übernachten. Da aber alle Gästezimmer belegt waren, habe ich auf dem Sofa geschlafen." Fragend sah er die aparte Dame an. „Weiß Julia, dass Sie nicht nur mit Ihren beiden Enkeln, sondern auch noch mit einem Hund hier eingezogen sind?"

Anne Gerlach musste erst mal tief Luft holen. „Erstens bin ich nicht die Perle, die sie in mir vermuten, sondern Frau Gerlach. Zweitens habe ich hier nur einen Enkel. Drittens gehört der Hund zu uns, weil wir viertens die Villa gekauft haben, und fünftens..."

Paul Weigand unterbrach den Redeschwall. „Wie bitte? Dieses Haus können Sie nicht gekauft haben, weil es nicht zu verkaufen ist. Diese Villa gehörte meinem Freund Richard Bernheim. Nach seinem Tod hat diesen

Prachtbau seine Tochter Julia geerbt." Wie ein gefangenes Raubtier ging er hin und her. „Wenn die Kleine ihr Paradies verkauft hätte, wüsste ich es. Julia ist nicht nur mein Patenkind, sie ist wie eine Tochter für mich. Ich bin Anwalt und werde dafür sorgen, dass mein Sternchen zu ihrem Recht kommt. Ich war als Richard noch lebte, oft hier Gast und kenne jede Einzelheit..." Er stockte, als er erkannte, dass die wertvollen Gemälde fehlten. „Wo sind die Bilder, die hier hingen?"

Anne Gerlach schluckte trocken. „Die Wände waren kahl, als wir hier einzogen. Das Mobiliar haben wir beim Hauskauf übernommen, weil es zur Balkondecke, dem Treppengeländer und zu den Türen passte.

Vor der aparten Dame, die ihn böse anfunkelte, blieb er stehen. „Seit wann wohnen Sie hier?"

„Seit knapp vier Wochen. Den Zuschlag haben wir von dem Makler aber schon im Oktober bekommen. Nur weil wir die Kaufsumme nicht von heute auf morgen aufbringen konnten, hat sich der Einzug verzögert. Mein Sohn musste seine exklusive Stadtwohnung mit Verlust verkaufen, weil uns der Makler, Herr Bredowa, gedroht hat, die Villa anderweitig..."

Paul Weigand hob die Hand. „Haben Sie eben Bredowa gesagt?"

„Ja, kennen Sie ihn?"

„Nicht persönlich. Aber das ist der Mistkerl, den Julia gegen unseren Willen geheiratet hat. Dieses miese Subjekt ist nicht nur ein Betrüger, er hat Julia sogar schon in den Flitterwochen nach dem Leben getrachtet und wird bereits durch Interpol gesucht."

Anne Gerlach schlug entsetzt die Hände zusammen. „Oh Gott. Bedeutet das, dass wir hier wieder ausziehen müssen?"

„Dazu muss ich erst den Kaufvertrag prüfen."

„Den hat mein Sohn verwahrt. Frank ist aber schon auf dem Weg hierher. Darf ich Ihnen inzwischen eine Tasse Kaffee anbieten?"

„Sie dürfen! Vorher sollten Sie sich aber wärmer

anziehen, sonst erkälten Sie sich noch."

Erst jetzt wurde Anne bewusst, dass sie noch immer im seidenen Morgenmantel und mit aufgelösten Haaren vor dem vornehmen Anwalt stand. „Ach du meine Güte. In der Aufregung habe ich... " Hastig eilte sie nach oben.

Julia konnte immer noch nicht fassen, was die fremde Frau gesagt hatte. Es war doch nicht möglich, dass Gregor ihr Haus verkauft hatte. Das konnte sie nur geträumt haben. Um richtig wach zu werden, würde sie gleich eine kalte Dusche nehmen. Noch bevor sie ihre Beine aus dem Bett schwang, fiel ihr Blick auf den Nachttisch. Statt ihrer goldenen Pendeluhr stand ein modernes Weckradio darauf. Auf wankenden Beinen betrat sie das angrenzende Badezimmer und starrte auf die Ablage. Ein elektrischer Rasierapparat und ein Aftershave, das nicht Gregor's Duftmarke war, standen vor ihr. Ein Schauer lief ihr ohne Dusche über den Rücken, als sie wieder ins Schlafzimmer trat. Ihre Hände zitterten, als sie die Schranktüren öffnete. Nicht eines ihrer Kleider hing darin. Nur fremde Anzüge. An der Rückwand des Bettes sah sie nicht das Porträt ihrer Mutter, sondern das einer schwarzhaarigen, rassigen Frau. Aber der Wandsafe musste noch da sein. Entschlossen kniete sie sich ins Bett, schob das Bild zur Seite und stellte fest, dass der kleine Tresor nicht verschlossen war. Sie tastete nach ihrer Schmuckkassette, fühlte aber nur eine flache Mappe, die sie herauszog. Interessiert betrachtete sie das Dokument. Auf dem ersten Blatt war das Logo einer psychiatrischen Klinik. Bestürzt legte sie die Mappe zurück. Gregor hatte sie zu allem Übel auch noch für verrückt erklären lassen. Wie konnte sie sich nur so sehr in ihm getäuscht haben? Seine Liebesschwüre klangen so glaubhaft, doch seine Gemeinheiten nahmen kein Ende. Wie hatte er es nur geschafft, ihr Paradies zu verkaufen? Die Versicherungspolicen fielen ihr ein. Hatte sie mit ihrer Unterschrift den Verkauf möglich gemacht? Was hatte sie noch alles unterschrieben? Auch den Zugang zu ihrem Konto? Wenn die Limousine ihres Vaters nicht mehr in der Garage stand, hatte sie nur noch das, was sie auf dem Leib trug. Von einem Weinkrampf geschüttelt, der immer heftiger wurde, wollte sie sich ein Glas Wasser aus dem Badezimmer holen. Aber sie kam nicht bis zur Tür. Ihre Beine knickten ein. Ohnmächtig lag sie zwischen Tür und Bett.

Nicht ahnend, dass sein Sternchen oben zusammengebrochen war, überlegte Paul Weigand, ob er Julia wecken sollte. Er zog es aber vor, sie schlafen zu lassen. Sie würde noch früh genug erfahren, dass ihr Mann, dieses Scheusal, ihr schönes Zuhause verkauft hatte. Er setzte sich in einen Sessel und wartete auf den neuen Besitzer. Nervös trommelte er mit den Fingern auf seine Knie, als der weiße Hund auf ihn zu trottete. „Na du, hättest du mich nicht etwas sanfter wecken können? Du hast mich erschreckt, als deine nasse Zunge über mein Gesicht fuhr."

„Flocke, schäm dich", ertönte eine Kinderstimme von der Treppe her. In Jeans, Sweatshirt und Turnschuhen kam ein kleiner Junge auf ihn zu.

„Vor Flocke musst du keine Angst haben. Er beißt nicht."

„Das beruhigt mich sehr", schmunzelte Paul.

„Warum hast du auf unserem Sofa geschlafen und das schöne Mädchen in Papis Bett?" fragte der Junge

„Weil dem schönen Mädchen das Haus gehört und..."

„Das stimmt nicht", unterbrach ihn der Junge. „Das Haus gehört uns. Mein Papi hat es gekauft. Hier kann ich prima mit Flocke im Garten spielen. Von hier gehen wir nie mehr weg."

„Wir werden sehen." Paul sah auf die Vorderpfoten des Hundes, die auf seinen Knien lagen. „Kleiner Mann, sag deinem Hund..."

„Ich heiße nicht kleiner Mann. Ich heiße Florian und Flocke will nur mit dir spielen. Kommst du mit uns raus?"

„Nein, ich warte lieber hier auf deinen Vater."

„Schade, dann kannst du nicht sehen, was für ein Superhund mein Flocke ist."

„Mag sein. Aber ein Wachhund ist er nicht, sonst hätte er gebellt, als ich heute Nacht mit Julia hier ankam."

„Stimmt, aber heute Morgen hat er mich gleich zu meiner Märchenfee an Papis Bett geführt. Bist du ein Zauberer?"

„Nein. Wie kommst du darauf?"

„Weil du nur mit einem Zauberstab ins Haus kommen konntest. Omi hat nämlich die Tür zugesperrt."

„Julia hatte einen Schlüssel!"

Der Hund scharrte an der Terrassentür, bis Florian sie zur Seite schob. „Ich gehe jetzt mit Flocke Fußball spielen. Mein Papi hat mir ein richtiges Fußballtor in den Garten gestellt und Omi ist manchmal mein Torwart. Sie hat noch nicht einen Ball gehalten, den ich ihr rein gedonnert habe. Aber Omi ist auch schon Sechzig und ich erst vier."

„Das interessiert Herrn Weigand nicht." Anne Gerlach stand plötzlich in der Wohnhalle. In dem weinroten Wollkleid mit der dazu passenden Perlenkette sah sie sehr vornehm aus. Die Haare hatte sie mit einer Spange kunstvoll am Hinterkopf drapiert. Die bewundernden Blicke des Anwalts ignorierend, hielt sie dem Jungen einen Anorak hin. "Florian lass Flocke endlich hinaus, bevor er…"

„Ich bin schon weg." Im Hinausgehen zog er sich die Jacke an und rannte Flocke nach.

Paul Weigand sprang von seinem Sessel hoch. „Sie sehen bezaubernd aus, Frau Gerlach."

„Danke. Jetzt muss ich Sie für kurze Zeit allein lassen. Ich habe Ihnen einen Kaffee versprochen und mein Sohn wird auch gleich hier sein. Nach seinem anstrengenden Dienst möchte ich ihm ein richtiges Frühstück servieren."

„Darf ich Ihnen dabei helfen? Kaffee kochen ist

meine Spezialität. Bitte lassen Sie es mich beweisen."
„Na gut." Vor ihm ging sie durch die Küchentür.

Kaum hatte Frank Gerlach seinen Wagen in die Garage gefahren, rannte Florian ihm entgegen.
„Papi, Papi, endlich bist du da. Möchtest du gleich schlafen?"
„Zuerst möchte ich duschen, danach mit euch frühstücken."
„Aber wenn du dann ins Bett gehst, siehst du eine schöne Überraschung. Du musst aber leise sein, damit meine Märchenfee nicht aufwacht."
„Märchenfee?" Frank legte seine Hand auf Florians Stirn. „Fieber hast du nicht. Warum redest du dann so einen Unsinn?"
„Du bist wie Omi", beschwert sich Florian. „Sie wollte mir auch nicht glauben, dass ein schönes Mädchen in deinem Bett liegt und dass ein Onkel auf dem Sofa geschlafen hat. Jetzt schläft er aber nicht mehr."
„Aha, dann reitet sicher auch ein Cowboy auf deinem Schaukelpferd." Lachend fuhr er seinem Sohn durch die Haare.
„Nein, der nette Onkel ist zwar kein Zauberer, aber…"
Frank Gerlach umfasste Florians Schulter. „Hör zu, Sportsfreund. Wenn du Figuren siehst die gar nicht da sein können, muss ich mit Omi reden. Ich fürchte, sie lässt dich zu viel fernsehen."
Florian stampfte mit dem Fuß auf. „Das tut sie nicht."
„Wie sollen dann fremde Menschen ins Haus kommen? Hat Omi etwa die Haustür nicht zugesperrt?"
„Doch, aber…" Weiter kam Florian mit seiner Erzählung nicht. In der Haustür streckte Omi die Arme nach seinem Papi aus. Was sie nun erzählen würde, wusste er schon. Das würde dauern! Solange konnte er noch mit Flocke spielen, der begeistert seinem Ball nachrannte.

„Gut, dass du da endlich da bist. Wir haben Besuch!" Entschlossen zog Anne ihren Sohn in die Wohnhalle.

„Wirklich? Florian hat mir schon erzählt..." Neugierig sah er auf den Mann, der ihm mit ausgesteckter Hand entgegen kam.

Ruckartig blieb Paul stehen und sah in das ihm bekannte Gesicht. „Sie sind Chefarzt Dr. Gerlach. Ich habe Sie in der Klinik oft gesehen, als ich meinen Freund und seine Tochter besucht habe."

„Das ist möglich. Ich konzentriere mich allerdings nur auf meine Patienten, nicht auf die Besucher."

„Verstehe." Paul räusperte sich, bevor er sich vorstellte. „Mein Name ist Weigand. Ich bin Anwalt und vertrete die Interessen meines Patenkindes, Julia Bernheim."

„Meinen Sie etwa das tapfere Mädchen, deren Bein wir drei Mal operieren mussten?" Abwehrend hob Frank eine Hand. „Wenn Sie mir einen Kunstfehler unterstellen wollen, muss ich Sie enttäuschen. Meine Kollegen und ich haben alles erdenklich getan, damit Julia wieder richtig gehen kann."

„Frank, es handelt sich jetzt nicht um Julias Bein, sondern um dieses Haus", unterbrach ihn seine Mutter.

„Warum?" Erschrocken sah er von seiner Mutter zu dem Anwalt. „Ich habe diese Villa rechtmäßig erworben!"

„Darf ich mir den Kaufvertrag ansehen." Erwartungsvoll sah Paul den Doktor an.

„Wozu? Die frühere Besitzerin wollte dieses Haus verkaufen, um sich ihren Lebensabend in Davos in einem exklusiven Sanatorium zu sichern."

„Ihren Lebensabend?" Paul lachte gekünstelt. „Ich bitte Sie, Julia ist erst achtzehn Jahre alt. Außerdem hatte sie nie vor, ihr schönes Zuhause zu verkaufen."

„Aber die Unterschrift", beharrte Frank auf seinem Recht.

„Deshalb möchte ich die Unterzeichnung prüfen. Ich kenne Julias Handschrift." Angespannt sah Paul dem Doktor nach, der ins Herrenzimmer lief und kurz darauf mit einer Mappe zurückkam, die er ihm in die Hand drückte.

Wie gebannt sah Frank auf den Anwalt, der schon bei der ersten Seite die Augenbrauen hochzog. „Es hat doch alles seine Richtigkeit, oder?"

Auf eine Stelle des ersten Blattes tippend, lächelte Paul Weigand gequält. „Dieser Kaufpreis ist schon ein Witz! Diese Villa mit dem großen Grundstück, dazu in dieser Lage, direkt am See, ist das Doppelte wert!"

„Das ist uns bewusst", mischte sich Anne Gerlach in das Gespräch. „Der Makler wollte ursprünglich auch 1,5 Millionen mehr. Da aber die Vorbesitzerin mit zwei Millionen einverstanden war, haben wir den Kaufvertrag unterschrieben."

„Sie haben mit ihr gesprochen?" fragte Paul erstaunt.

„Nur am Telefon. Ihre Stimme klang zittrig, aber glaubhaft."

Interessiert blätterte Paul weiter, bis er die Unterschrift fand. Das war unverkennbar Julias Handschrift. Bei der nächsten Linie die der Makler unterzeichnet hatte, stieg ihm die Galle hoch. Angeekelt spuckte er den Namen aus: „Gregor Bredowa!" Die Mappe rutsche ihm vom Schoß, als er hochsprang. „So ein Schuft! Richard und ich haben uns also nicht getäuscht! Dieser Kerl ist ein Mitgiftjäger. Dieses Scheusal hatte es nur auf Julias Vermögen abgesehen. Wir haben die Kleine vor dem Mistkerl gewarnt. Leider hat sie uns nicht geglaubt. Sie war blind vor Liebe. Dass sie dieses Subjekt geheiratet hat, hat ihrem Vater das Herz gebrochen. Am Tag ihrer Hochzeit ist er gestorben."

„Das tut mir wirklich leid", sagten Anne und Frank Gerlach gleichzeitig.

Wie ein wilder Stier rannte Paul Weigand hin und her. „Nie... niemals wollte Julia dieses Haus verkaufen. Dieser Bredowa hat sich ihre Unterschrift erschlichen. Um herauszufinden in welcher Verfassung die Kleine war, werde ich sie fragen." Gleich zwei Stufen auf einmal nehmend, rannte er die Treppe hoch. Er war noch nicht ganz oben, als er ein Wimmern aus Richards früherem Schlafzimmer hörte. Er stieß die Tür ganz auf. Da sah er Julia zusammengekrümmt auf dem Boden liegen. Ihr ganzer Körper bebte. Er kniete sich neben sie und nahm sie in die Arme, presste ihren Kopf gegen seine Brust und sprach beruhigend auf sie ein. „Es wird alles wieder gut. Ich bin bei dir, Sternchen."

Die vertraute Stimme zu hören, tat gut. In Onkel Pauls Armen fühlte sie sich geborgen. „Du bist noch hier? Danke", stammelte sie, bevor ein erneuter Weinkrampf ihren Körper schüttelte.

Frank stand in der offenen Tür. Mit einem Blick erfasste er die Situation. Er holte seinen Arztkoffer aus dem Wagen und rannte wieder nach oben. In ihrem seelischen Schmerz spürte Julia nicht einmal den Einstich der Spritze. Jetzt erst erkannte er Julia, die er lange in der Klinik behandelt hatte. Erst als ihre Arme schlaff wurden, hob er sie hoch, legte sie aufs Bett und fühlte ihren Puls. „Ich kümmere mich um die Patientin", versicherte er dem Anwalt.

Froh darüber, dass ein Arzt sich um sein Sternchen kümmerte, ging Paul nach unten.

Erwartungsvoll sah Anne Gerlach ihm entgegen. „Wie geht es der jungen Frau?"

Bevor Paul ihr antworten konnte, kam Florian mit Indianergeheul durch die Terrassentür. „Omi wir haben Hunger. Wann gibt es endlich Frühstück?"

„Bald. Wasch dir aber vorher die Hände und sei leise."

„Warum?"

„Weil deine Märchenfee schlafen muss."

„Warum? Es ist doch schon lange hell draußen. Wann kommt sie zu mir nach unten?"

„Heute nicht. Sie ist krank!"

„Papi soll sie ganz schnell gesund machen."

„Das wird er."

Auf Omis Anordnung eilte Florian nach oben ins Badezimmer. Dabei musste er an Papis Schlafzimmer vorbei, dessen Tür offen stand. Was er sah gefiel ihm. Sein Papi lag neben seiner Märchenfee und hielt ihre Hand. Damit die beiden nicht aufwachten, durfte er den Wasserhahn nicht aufdrehen, denn Omi hatte gesagt, dass er leise sein musste. Sofort lief er wieder nach unten. Der nette Mann bemerkte ihn gar nicht. Er blättere in einer Mappe. Da der Tisch noch nicht gedeckt war, konnte er mit Flocke, der vor der Terrassentür auf ihn wartete, noch eine Runde spielen. Nur diesmal rannte Flocke nicht nach hinten, sondern nach vorne zum Eingangstor. Bellend sprang er davor hoch.

2.

Helen Winger wollte eben an der Gartenpforte klingeln, als sie ihren Neffen durch das Gitter sah. „Hallo Florian, lass mich bitte rein", rief sie ihm entgegen.

Widerwillig öffnete er das Tor. „Tante Helen, was willst du?"

„Ich muss dringend mit deinem Vater reden. Ist er da?"

„Ja, aber du kannst jetzt nicht zu Papi. Sie schlafen."

Auf ihren hochhackigen Stiefeln war Helen schon vorausgeeilt, blieb abrupt stehen und belehrte Florian mit erhobenen Finger: „Das heißt nicht, sie schlafen, sondern er schläft."

„Na gut, Papi schläft, aber die Märchenfee daneben auch!"

„Märchenfee?" Helen lächelte spöttisch. „Ist deine Phantasie mal wieder mit dir durchgegangen?" Sie ignorierte ihren Neffen und eilte zur offenen Terrassentür. Dass Anne in der Küche war, hörte sie am klappernden Geschirr. Das traf sich gut. Sie wollte sich nicht erst mit Anne auseinander setzten, sie wollte sofort zu Frank. Hastig eilte sie die Treppe hoch und blieb wie angewurzelt in der offenen Tür stehen. Das Bild, das sich ihr bot, war unglaublich. Ein halbnacktes Mädchen lag neben Frank! Dass er angezogen war, dämpfte ihre Empörung nicht, denn er hielt die Hand des Mädchens fest. Unsanft schüttelte sie ihren Schwager an der Schulter und weckte ihn mit schriller Stimme: „Frank, ich verlange eine Erklärung."

Irritiert, auf so unsanfte Art geweckt zu werden, starrte Frank in das stark geschminkte Gesicht seiner Schwägerin. „Helen." Ruckartig setzte er sich auf. „Ist mit Isabel etwas geschehen?"

„Noch nicht. Aber wenn ich ihr erzähle, was sich hier abspielt, dann…", kreischte sie.

„Bitte mäßige deine Stimme. Meine Patientin braucht Ruhe."

Hysterisch herrschte sie ihn an. „Seit wann ist es üblich, dass Patienten in deinem Bett schlafen?"

„Du verstehst das falsch. Ich wollte nur Julias Puls messen, dabei muss ich nach meinem anstrengenden Nachtdienst wohl eingeschlafen sein."

„Ha, ha", lachte Helen noch lauter. „Puls messen nennst du das? Für wie blöd hältst du mich? Ich habe Augen im Kopf und sehe was hier gespielt wird. Du liegst mit einem nackten Mädchen im Bett, während deine Frau in der Anstalt auf deinen Besuch wartet. Zum Glück weiß meine bedauernswerte Schwester nicht, dass du sie betrügst. Dazu noch mit so einem jungen Ding. Schämst du dich nicht." Diesmal zeigte sie auf das schlafende Mädchen. „Sie könnte deine Tochter sein."

Frank stand auf, schob Helen aus dem Zimmer und zog Sie unsanft zur Treppe. „Deine Anschuldigungen kannst du dir sparen. Sag mir lieber wie es Isabel geht?"

„Wenn du sie besucht hättest, wüsstest du es."

„Ich war bei ihr. Sie hat mich aber nicht wahrgenommen", rechtfertigte sich Frank.

„Natürlich hat sie dich erkannt. Sie hat mit dir nur nicht geredet, weil du Florian nicht mitgebracht hast. Isabel möchte ihr Kind mal wieder in die Arme nehmen."

„Florian fürchtet sich aber vor seiner Mutter. Sie hat ihn angegriffen."

„Das war vor Wochen. Jetzt geht es ihr besser!"

„Guten Morgen, Helen." Anne kam mit Kaffeekanne und Wurstplatte aus der Küche. Erstaunt darüber, die Schwägerin ihres Sohnes zu so früher Stunde hier anzutreffen, sagte sie: „Möchtest du mit uns frühstücken?"

„Nein", wehrte Helen ab. „Ich möchte lieber meine arme Schwester besuchen. Von euch hat ja niemand Zeit für sie." Hocherhobenen Hauptes stöckelte sie durch die Terrassentür.

Paul Weigand legte die Mappe weg und ging auf Frank zu. „Herr Doktor, wie geht es Julia?"

„Nach der Beruhigungsspritze wird sie für einige Stunden schlafen. Zum Glück hat sie Helens Auftritt nicht mehr mitbekommen."

Anne füllte die Kaffeetassen. „Warum? War sie wütend?"

„Ja, weil sie mich im Bett neben einem jungen, halbnackten Mädchen vorgefunden hat."

„Auweia, das wird sie sicher Isabel erzählen."

Paul Weigand setzte sich auf den ihm angebotenen Stuhl. Frank setzte sich neben ihn und klärte ihn auf. „Isabel ist meine Frau und leider schon seit vier Jahren in der PLK Weissenau."

„Oh, das tut mir leid, auch für den Jungen."

Wie aufs Stichwort stürmte Florian durch die Terrassentür. Er streifte Anorak und Schuhe ab und wunderte sich, dass Omi über die Sachen, die am Boden lagen, nicht schimpfte. „Mann, hab ich einen Hunger." Mit ungewaschenen Händen griff er nach dem belegten Brötchen, das Omi ihm reichte. Er wunderte sich, dass es außer ihm, niemandem schmeckte. Abwechselnd sah er von Papi zu Omi und dem Onkel, der auch nur an der Kaffeetasse nippte. Heute hatte Omi auch nichts dagegen, dass er vom Tisch aufstand, bevor alle gefrühstückt hatten.

Flocke, der inzwischen seinen Napf leer hatte, wartete schon wieder an der Tür auf ihn.

Erst als der Junge nicht mehr mithören konnte, erzählte Paul Weigand, warum sie mitten in der Nacht in die Villa kamen. Dann berichtete er auch, was Julia nach ihrer Hochzeitsreise hatte alles durchstehen müssen.

Entsetzt schlug Anne Gerlach die Hände zusammen. „Das ist ja schrecklich. Und ich habe die arme Frau für eine Einbrecherin gehalten und sie aufgefordert das Haus zu verlassen."

„Was dieser Schuft ihr angetan hat, ist nicht zu verzeihen", wetterte Frank. „Unter diesen Umständen werden wir Julia natürlich hier wohnen lassen."

„Ja, das Haus ist groß genug. Ich werde gleich eines der Gästezimmer herrichten." Anne sprang auf, um ihre Worte in die Tat um zusetzten.

Paul Weigand hielt sie zurück. „Ich wüsste, wo sich Julia ganz schnell erholen könnte. Ganz oben ist... ich meine, war Julias Reich. Wenn Sie das Atelier, mit den dazugehörenden Turmzimmern nicht selbst brauchen, wäre es der ideale Ort, wo sich die Kleine von dem Schock erholen könnte. Julia malt und textet für einen Kinderbuchverlag. Wenn Sie ihr das weiterhin gestatten, hat sie eine Aufgabe. Diese Arbeit wird sie von den schrecklichen Wochen, die sie hinter sich hat, ablenken."

„Wenn das so ist, bekommt Julia das Obergeschoss", bestimmte Dr. Gerlach. „Oder hast du ein Problem damit, Mutter?"

„Das Problem liegt nur darin, dass ich alles, was Thomas gehört, in diesen Bereich getragen habe."

„Die Kartons können wir doch woanders unterbringen. Ich helfe dir morgen. Jetzt fahre ich erst mal zu Isabel, bevor Helen sie unnötig aufregt."

„Nein Frank, du musst erst ein paar Stunden schlafen."

„Am späten Nachmittag, Mutter", vertröstete er sie. Er küsste auf die Wange und reichte Paul Weigand die Hand. „Wenn es Ihre Zeit erlaubt, dann besuchen Sie ihr Patenkind so oft wie möglich. Julia braucht jetzt eine Bezugsperson, der sie vertrauen kann. Sie sind uns jederzeit willkommen. Also, bis morgen."

Anne Gerlach seufzte, als ihr Sohn die Haustür hinter

sich zudrückte. „Das ist wieder typisch Frank! Bevor er sich nach seinem anstrengenden Dienst ausruht, fährt er zu Isabel. Dabei hat sich Florian schon gefreut, dass sein Papi mit ihm am Nachmittag spielt."

„Wenn Julia wieder gesund ist, wird sie sich ganz sicher mit dem Buben beschäftigen", versicherte Paul. „Sie hat eine unglaubliche Phantasie. Sie werden staunen, was sich Julia alles einfallen lassen kann."

„Wirklich, das wäre schön", freute sich Anne.

Paul reichte ihr die Hand. „Solange Julia schläft, möchte ich bei der Polizei nachfragen, ob Interpol schon erfolgreich war. Irgendwo muss sich Bredowa doch aufhalten. Ich werde nachträglich auch zu Protokoll geben, dass dieser Mistkerl auch noch die Villa verkauft und sich die Millionen unter den Nagel gerissen hat."

Anne blickte traurig den Anwalt an. „Wir werden für die junge Frau alles tun. Sie wird es gut bei uns haben."

„Danke. Für die Unkosten werde ich natürlich aufkommen, denn es würde mich nicht wundern, wenn dieser Unhold auch noch ihr Konto geplündert hätte."

„Wäre das möglich?" Fragend sah Anne zu ihrem Gast hoch.

„Ja, denn Julia hat vier Formulare unterschrieben, ohne sie vorher lesen zu können." Sein Händedruck wurde stärker, als er fragte: „Steht Richards Limousine in der Garage?"

„Nein. Die Garagen waren leer, als wir eingezogen sind."

Bestürzt sah Paul zur Decke und stöhnte. „Dann geht das auch noch auf Bredowa's Konto." Rasch verabschiedete er sich. „Wenn Julia aufwacht, sagen Sie ihr, dass sie sich keine Sorgen machen muss. Ich werde alles tun, um ihren Mann zu finden, damit er zur Rechenschaft gezogen werden kann."

Anne winkte ihm zu, als er zur Haustür eilte. Sie wünschte sich, dass der Anwalt bald mit einer guten Nachricht zurückkam. Betroffen von seinen Worten überlegte sie, dass die Möglichkeit bestand, hier wieder ausziehen zu müssen. Julias Onkel würde als Anwalt alle Hebel in Bewegung setzten, dass sein Schützling sein Zuhause wieder bekam. Nein, Frau Bernheim hatte den Kaufvertrag unterschrieben und Frank hatte die Summe überwiesen. Mit gemischten Gefühlen trug sie das Geschirr in die Küche.

3.

Ein merkwürdiger Druck lastete auf Julias Beinen, der sie aus wirren Träumen erwachen ließ. Langsam öffnete sie ihre schweren Lider und erschrak. Der große, weiße Hund, der auf ihren Beinen gelegen hatte, erhob sich und sah sie aus braunen Knopfaugen an. Bevor er sich mit seiner Zunge ihrem Gesicht nähern konnte, hob sie abwehrend beide Arme. Dabei bemerkte sie, dass sie ein Nachthemd trug, das ihr nicht gehörte. Was hatte das zu bedeuten? Träumte sie etwa immer noch? Die Kinderstimme von der Tür her war aber Wirklichkeit. Der kleine Junge, den sie mit diesem Hund schon mal gesehen hatte, kam näher und zeigte auf sie.

„Hast du aber lange geschlafen. Wir haben schon zwei Mal gegessen! Hast du denn keinen Hunger?"

Vor Überraschung konnte Julia nur den Kopf schütteln.

„Das ist schade. Meine Omi kocht lauter leckere Sachen."

„Deine Omi?" Julias Stimme klang krächzend.

„Ja. Weißt du nicht mehr, dass Omi dich geweckt hat? Aber vorher hat dich Flocke gefunden. Er hat mir gezeigt, dass du in Papis Bett liegst. Bleibst du jetzt bei uns? Das wäre prima, dann kannst du mit mir spielen. Omi hat immer viel Arbeit und Papi hat keine Zeit." Er zog den Hund am Halsband mit sich. „Ich muss gleich meinem Papi sagen, dass du aufgewacht bist."

Der kleine Junge war kaum aus der Tür, da kam die Erinnerung. Sie war von einer älteren Dame geweckt worden. Diese Frau hatte ihr unmissverständlich zu verstehen gegeben, dass nicht nur das Bett in dem sie lag, sondern auch das Haus ihr nicht mehr gehörte. Ihr ganzer Körper erstarrte. Da fiel ihr die Mappe im Wandsafe ein. Hatte Gregor sie nicht nur um ihr ganzes Vermögen gebracht? Hatte er sie auch noch für verrückt erklären lassen? Um sich zu vergewissern, ob auf dem Dokument ihr Name stand, kniete sie sich vor das fremde Bild an der Rückwand. Bevor sie es zur Seite schieben konnte, spürte sie eine Hand auf ihrer Schulter. Erschrocken drehte sie sich um. Doktor Gerlach, der im Krankenhaus dreimal ihr Beim operiert hatte, lächelte sie freundlich an.

„Hallo, Julia. Wie fühlen sie sich?"

Überrascht den Chefarzt, der normalerweise keine Hausbesuche machte, zu sehen, streckte sie ihm beide Hände entgegen. „Herr Doktor, wie schön, dass Sie mich besuchen. Hat mein Onkel, Herr Weigand, Sie herbestellt. Ich habe keine Schmerzen. Ich bin nur verwirrt über die Ereignisse, die sich hier zugetragen haben." Verzweifelt krampften sich ihre Hände in seine Oberarme. „Bitte bestätigen Sie mir, dass ich nicht verrückt bin."

„Wie kommen Sie darauf?", fragte er mit weicher Stimme.

„Weil ich in meinem Wandsafe ein Dokument von der PLK gefunden habe."

„Das betrifft nicht Sie."

„Aber eine fremde Frau hat mich geweckt und behauptet, dass mein Mann mein Haus an ihren Sohn verkauft hat."

Er legte den Arm um sie: „Julia, Sie müssen jetzt so tapfer sein, wie Sie es vor Ihrer Beinoperation waren."

Erschrocken löste sie sich aus seinen Armen und sah ihn aus weit aufgerissenen Augen an. „Herr Doktor, wollen Sie damit sagen, dass das, was diese Frau gesagt hat, wahr ist?"

„Ja. Diese Frau ist meine Mutter und der kleine Junge ist mein Sohn Florian. Sein Hund heißt Flocke. Haben die beiden Sie belästigt?"

„Nein", wehrte Julia ab, schluckte trocken. „Sie haben mein Haus gekauft? Ich wollte es aber nicht verkaufen."

„Warum haben Sie dann den Kaufvertrag unterschrieben?"

„Das habe ich nicht!" Julias Stimme klang kläglich, als ihr einfiel, dass sie vier Formulare unterschrieben hatte. „Es waren doch nur Versicherungspolicen, die ich unterschrieben habe."

„Haben Sie etwa die Schriftstücke nicht vorher gelesen?" Doktor Gerlach schüttelte den Kopf. „So ein Leichtsinn. Ich habe Sie als besonnenes, vernünftiges Mädchen in Erinnerung. Wie konnten Sie nur?"

„Mein Mann hat mir die Formulare kurz bevor wir in die Flitterwochen gestartet sind, vorgelegt, mit der Begründung, das Haus vor Einbruch zu schützen." Resignierend ließ sie sich ins Bett zurückfallen. „Ich habe meinem Mann vertraut."

„Das Vertrauen war einseitig. Ihre Hochzeitsreise ist der Beweis, dass Ihr Mann ein schändliches Spiel mit Ihnen getrieben hat." Frank legte seine Hände auf ihre Schultern. „Wenn er Sie geliebt hätte, dann hätte er Sie nicht allein in dieser baufälligen Berghütte ohne alles zurückgelassen."

„Woher wissen Sie das?"

„Ihr Onkel hat es meiner Mutter und mir erzählt, weil wir wissen wollten, warum Sie erst jetzt, dazu noch mitten in der Nacht, hier ankommen sind."

Julia schüttelte den Kopf. „Ich kann einfach nicht verstehen, warum Gregor mich so schändlich betrogen hat?" In ihren Augen standen Tränen, als sie zu Doktor Gerlach hoch sah. „Unter diesen Umständen werde ich natürlich noch heute von hier verschwinden. Mein Onkel wird mich mitnehmen."

„Nein. Sie bleiben hier! Diese Villa ist groß genug für uns alle. Ihr Onkel hat uns den Vorschlag gemacht, Sie in Ihrem ehemaligen Bereich, wohnen zu lassen. Auch wenn die Rechtslage zu meinen Gunsten ausfällt, denn Sie waren volljährig, als Sie den Hausverkauf unterschrieben haben, sollen Sie sich da oben wohl fühlen."

Erfreut sah Julia den Doktor an. „Das würden Sie wirklich tun?"

„Ja. Auch meine Mutter möchte, dass Sie hier bleiben. Und mein Sohn erst recht. Florian hält Sie für eine Märchenfee. Vielleicht können Sie, aber nur wenn es Ihre Zeit erlaubt, mal mit ihm spielen."

„Das werde ich ganz bestimmt", strahlte Julia, wurde aber sofort wieder ernst. „Und Ihre Frau? Ist sie auch einverstanden?"

„Meine Frau wohnt nicht hier!" Um nicht weiter auf dieses Thema eingehen zu müssen, sah er auf seine Armbanduhr. „Ich muss in die Klinik. Vorher möchte ich sehen, wie Ihr Kreislauf reagiert." Er reichte ihr beide Hände. „Versuchen Sie aufzustehen."

Julia stand auf wackligen Beinen und lächelte den Doktor an. „Das habe ich Ihnen zu verdanken. Die Gewissheit, dass ich hier wohnen darf, macht mich stark. Ein Fremder hätte mich vor die Tür gesetzt."

„Ihre Dankbarkeit können Sie beweisen, indem Sie das Abendessen, das Mutter für Sie warm gestellt hat, nicht ablehnen. Danach freut sie sich auf Ihre Gesellschaft. Wenn Sie müde werden, schlafen Sie nochmals in diesem Bett. Ich habe Nachtdienst." Fürsorglich fasste er sie am Ellenbogen. „Möchten Sie gleich mit nach unten kommen?"

„Nein. Ich würde gerne zuerst duschen."

„Na gut." An der Tür drehte er sich nochmals um. „Wenn Sie etwas brauchen, wenden Sie sich an meine Mutter. Also, bis morgen."

Julia konnte ihr Glück kaum fassen. Sie durfte weiterhin hier wohnen. In ihrem Reich oben war nicht nur ihre eigene Dusche, dort konnte sie sich danach anziehen. Entschlossen stieg sie die Stufen hinauf. Die Tür zum Atelier stand halb offen. Fahles Mondlicht fiel durch die breite Fensterfront, und ließ den Raum gespenstig erscheinen. Erst nachdem sie das Deckenlicht angeknipst hatte, sah sie, dass ihr Schreibtisch und die Staffelei mit weißen Tüchern abgedeckt waren. In einer Ecke stapelten sich einige Umzugskartons. Bevor sie duschte, musste sie erst frische Wäsche und ihren Hausanzug holen. In ihrem Schlafzimmer öffnete sie die gewohnte Schublade. Sie war leer! Auch die zweit und die dritte! Ahnend, dass auch ihr Schrank leer sein würde, riss die Türen auf. Der Schrank war nicht leer. Es hingen aber nicht ihre Sachen, sondern Lederjacken und Männerhosen darin. Ratlos stand sie vor dem Schrank, als sie eine Stimme hinter sich hörte.

„Hier sind Sie also. Ich habe Sie unten erwartet."

Julia drehte sich um und sah in das Gesicht von Doktor Gerlachs Mutter. Es dauerte eine Weile, bis sie ihre Sprache wiederfand. „Meine Kleider und meine Wäsche sind weg."

„Noch nicht." Anne Gerlach zeigte auf die Kartons. „Es war ein Wink des Schicksals, dass ich noch keine Zeit hatte, diese Sachen ins Kleiderdepot zu bringen."

„Ins Depot? Warum?"

„Na, weil tote Mädchen keine Kleider mehr brauchen." Erschrocken über die Blässe, in dem zarten Mädchengesicht, nahm Anne ihren neuen Familienzuwachs in die Arme. „Wir beide gehen jetzt nach unten und während Sie essen, erzähle ich Ihnen alles was Sie wissen wollen."

„Ja, bitte." Julia sah an sich herunter. „Ich kann mich aber doch nicht im Nachthemd an den Tisch setzten."

„Heute schon. Frank ist in der Klinik und Florian schläft schon. Der Kleine wollte absolut nicht ins Bett, bevor er seine Märchenfee nicht nochmals sehen durfte."

Am Treppenabsatz blieb Julia stehen. „Frau Gerlach, in der Aufregung habe ich vergessen, mich bei Ihnen zu bedanken, dass ich vorerst hier wohnen bleiben darf. Bitte, entschuldigen Sie."

„Ich muss mich bei Ihnen entschuldigen, weil ich so grob zu Ihnen war."

„Sie konnten ja nicht wissen"... Sie brach ab.

„Stimmt. Bevor wir weiter diskutieren, werden Sie erst mal etwas essen." Neben Julia stieg Anne die Treppe hinunter. Auf dem mittleren Podest blieb sie stehen und zeigte nach oben. „Ab morgen steht Ihnen Ihre Wohnung wieder zur Verfügung. Allerdings erst, nachdem ich Ihre Sachen wieder eingeräumt und die Räume gründlich geputzt habe."

„Nein", wehrte Julia ab. „Ich möchte nicht, dass Sie für mich putzen. Das mache ich selber."

„Sie? Nein, dazu sind Sie noch viel zu schwach!"

Ihre zitternden Beine bewiesen Julia, dass sie zu viel versprochen hatte. „Ich weiß Jemanden, der Ihnen gerne helfen wird. Meine frühere Hilfe hat mir zwar gekündigt, doch ich vermute, dass da auch mein Mann dahintersteckte. Frau Hafner hat mich nicht nur im Haus unterstützt, sie hat als gelernte Gärtnerin auch den großen Park allein gepflegt. Außerdem ist Luise ehrlich und liebeswert."

„So eine Hilfe könnte ich brauchen. Haben Sie die Adresse dieser Perle?"

„Nur die Telefonnummer." Julia schrieb die Nummer auf den Zettel, den ihr Frau Gerlach reichte.

Anne sah auf die Uhr. „Heute ist es schon zu spät. Aber morgen rufen wir sie an. Jetzt müssen Sie aber endlich etwas essen." Sie zeigte auf das Gedeck und hob den Deckel von ihrem Teller. „Guten Appetit, Frau Bredowa."

Julias Besteck fiel klirrend auf den Teller. „Bitte, Frau Gerlach, reden Sie mich nicht mehr mit diesem Namen an. Nennen Sie mich nur Julia und wenn Sie mich dazu duzen, fühle ich mich viel wohler."

„Gerne. Dann bestehe ich aber darauf, dass du mich Anne nennst und auch duzt. Unter Familienmitgliedern ist das üblich. Ich freue mich sehr, dass du jetzt zu uns gehörst. Willkommen zu Hause." Zur Bekräftigung drückte sie Julia an sich. „Rechne aber nicht damit, dass du hier die Ruhe findest, an die du gewöhnt bist. Florian kann sehr anstrengend sein. Wenn er aus dem Kindergarten kommt, ist hier die Hölle los. Auch sein Hund ist nicht so folgsam wie er sollte. Ich werde die beiden aber bremsen."

„Das musst du nicht"; wehrte Julia ab. „Im Gegenteil. Ich freue mich, wenn es lebhaft wird, und ich möchte viel Zeit mit Florian verbringen."

„Was wird dann aus deiner künstlerischen Tätigkeit? Dein Onkel hat Frank erzählt, dass du malst und Märchen schreibst."

„Das werde ich auch weiterhin tun, um meinen Unterhalt zu verdienen. Das kann ich aber tun, wenn Florian im Hort ist. Darf ich morgen Frau Kaiser im Verlag anrufen? Ich hoffe, dass sie weiterhin an meiner Arbeit interessiert ist. Ich brauche das Honorar, um Miete bezahlen zu können."

„Wir wollen von dir kein Geld." Annes Stimme klang erbost. Etwas sanfter fügte sie hinzu. „Frank findet es auch gut, dass du eine sinnvolle Aufgabe hast. Wir hoffen aber, dass du dich oben nicht verkriechst. Unser Haus ist auch dein Haus und im Park kannst du neue Energie tanken."

Gerührt schwammen Tränen in Julias Augen. „Mit so viel Entgegenkommen habe ich nicht gerechnet. Als Dank werde ich mich so viel wie möglich mit Florian beschäftigen und freue mich schon auf morgen."

„Schön. Damit du für morgen gewappnet bist, musst du nach dem Essen ausruhen."

Abwehrend hob Julia die Hand. „Ich habe den ganzen Tag geschlafen und würde mich lieber noch mit dir unterhalten. Oder bist du müde?"

„Nein. Ich bin viel zu aufgeregt um schlafen zu können. Ich stehe dir gern Rede und Antwort."

Julia hatte ihren Teller noch nicht ganz leer, legte aber das Besteck ab und lehnte sich zurück. „Anne, ist es sehr indiskret, wenn ich dich frage, warum Florians Mutter nicht hier wohnt?"

Anne erhob sich und führte Julia zur Sitzgruppe vor dem lodernden Kamin. „Da du jetzt zur Familie gehörst, musst du wissen, dass Isabel schon seit vier Jahren im PLK in Weissenau ist."

Sofort fiel Julia das Dokument im Wandsafe ein. „Das tut mir leid, nicht nur für deinen Sohn, auch für Florian, der seine Mama sicher sehr vermisst."

Anne schüttelte den Kopf. „Nein! Der Bub war noch ein Baby, als Frank merkte, dass mit Isabel etwas nicht stimmte. Sie benahm sich abwechselnd liebevoll, dann wieder bösartig zu dem Kind. Deshalb hat mich Frank gebeten, in seine Wohnung zu ziehen, die zum Glück groß genug war. Er wollte seine Frau mit dem Baby nicht mehr allein lassen, solange er Dienst in der Klinik hatte. Florian war erst zwei Monate, als Isabel ihn an den Füssen aus der Wiege zog und im Kreis schwenkte. Dabei rief sie lachend: Wir fliegen bis ans Ende der Welt."

„Oh nein", konnte Julia nur stammeln.

„Das war noch harmlos gegen das, was Isabel noch alles anstellte. Ich konnte das Baby keine Sekunde aus den Augen lassen. Dann gab es Tage, da war Isabel ganz normal. Manchmal veränderte sich ihr Verhalten von einer Minute zur anderen. So auch an jenem Morgen, als sie im Liegestuhl auf der Dachterrasse den vorbeiziehenden Wolken nachsah. Ich war damit beschäftigt, das Baby zu wickeln, als Isabel plötzlich mit einer Schere in der erhobenen Hand neben mir stand. Ihr irrer Blick bedeutete, dass sie sich wieder in geistiger Umnachtung befand. Um das Baby zu schützen, wickelte ich es in die dick gepolsterte Unterlage und rannte mit ihm aus dem Kinderzimmer. Den heftigen Schmerz an meiner Schulter spürte ich erst, als ich die Wohnungstür hinter mir zuschlug. In Panik rannte ich eine Etage tiefer und klingelte Sturm an der Wohnungstür. Der Mann, der mir öffnete, sah das Blut, das mein Kleid durchtränkte und zog mich in seine Wohnung. Seine Frau nahm mir das Baby ab, während er den Notarzt rief. Auf meine Bitte hat er auch Frank in der Klinik angerufen. Er hat, nachdem er meine Verletzung gesehen hat, Isabel in die Anstalt einweisen lassen." Um Julia von der Glaubwürdigkeit zu überzeugen, streifte sie ihr Kleid von der Schulter.

Julia starrte auf die Narbe, die zwar verblasst, aber noch zu sehen war. „Das ist... das muss schrecklich gewesen sein."

Anne nickte. „Zuerst hatten wir die Hoffnung, dass Isabel nur für kurze Zeit in der Anstalt bleiben muss, doch ihr Zustand verschlimmert sich. Nach unzähligen Untersuchungen durch verschiedenen Spezialisten wurden wir mit dem Ergebnis konfrontiert, dass Isabel unheilbar bleiben wird. Frank besucht seine Frau so oft er kann. Er erzählt mir dann immer ihr Verhalten. Manchmal darf er mit ihr sogar im Park spazieren. An manchen Tagen weiß sie sogar, dass sie ein Kind hat. Auf ihre Bitten hat Frank vor einem Monat Florian mal wieder zu ihr gebracht, da hat sie ihn so fest an sich gepresst, dass er fast erstickt wäre. Weil Frank ihr das Kind aus den Armen gerissen hat, hat sie ihm das Gesicht zerkratzt." Anne seufzte. „Dabei hat die Zukunft vor fünf Jahren für die beiden noch so rosig ausgesehen. Ich war zuerst gegen die Verbindung, doch als mir Isabel freudestrahlend von ihrer Schwangerschaft erzählte, habe ich mich so auf mein zweites Enkelkind gefreut."

„Zweites?" Erstaunt sah Julia in Annes trauriges Gesicht.

„Ja. Frank hat aus erster Ehe auch einen Sohn. Seine Frau Cora war einmalig. Ich habe sie geliebt. Leider ist sie an Leukämie erkrankt und starb kurz nach ihrem vierzigsten Geburtstag."

Betroffen faltete Julia die Hände in ihrem Schoß. „Der arme Mann..."

„Ja. Frank war wie gelähmt vor Schmerz. Noch mehr hat Thomas gelitten. Er hat seine Mutter vergöttert. Deshalb konnte er es nicht ertragen, dass sein Vater, zwei Jahre nach Coras Tod, wieder heiraten wollte. Er weiß nicht mal, dass er einen kleinen Bruder hat."

„Was? Warum nicht?"

„Weil er im Streit von seinem Vater gegangen ist. Das war vor fünf Jahren. Mir hat er einen Zettel geschrieben, dass er mit einem Freund als Entwicklungshelfer nach Afrika geht. Seither haben wir von ihm nichts mehr gehört. Einige Zeit später hat Frank durch die Afrikanische Botschaft erfahren, dass Thomas in Mombasa arbeitet und ist gleich hingeflogen. Er konnte ihn aber nicht ausfindig machen. Ein Missionar hat Frank verraten, dass Thomas nicht gefunden werden möchte."

Mitfühlend drückte Julia Anne die Hände. „Wie alt war Thomas, als er euch verließ?"

„Gerade achtzehn!" Anne seufzte. „Der Junge fehlt mir sehr."

„Das kann ich verstehen. Ich verstehe aber nicht, warum er bis nach Afrika geflüchtet ist?"

„Ein Studienfreund hat sich nach dort verpflichtet. Er hat Thomas überredet mitzukommen. Mein großer Bub war so gekränkt, weil sein Vater ausgerechnet die exzentrische Isabel heiraten wollte. Er hat einen Vertrag unterschrieben und ist zwei Tage später abgeflogen. Ausgerechnet eine Woche vor Weihnachten."

„Das war sicher bitter für dich und deinen Sohn."

„Ja. Seit fünf Jahren warten wir auf Thomas. Wir wissen nicht mal wie es ihm geht und ob er überhaupt noch lebt?" Anne drückte Julia an sich. „Statt Thomas bist du gekommen. So eine liebe Enkelin habe ich mir immer gewünscht. Du ahnst nicht, wie sehr ich mich freue, dass du unser Familienmitglied geworden bist. Wie sehr sich Florian freut, wirst du morgen erleben. Von Frank darfst du keine offenen Gefühle erwarten. Ich weiß aber, dass er dich längst ins Herz geschlossen hat, und sich auch wünscht, dass du für immer bei uns bleibst."

Erfreut über das Geständnis, sah Julia Anne dankbar an. „Ich hatte noch nie eine Großmama. Dein Angebot ist mehr als ich mir erträumen konnte. Jetzt habe ich wieder eine Familie."

Anne sah auf die Uhr. „Es ist spät geworden. Wir können uns morgen weiter unterhalten." Neben Julia ging sie die Treppe hoch. Vor Franks Schlafzimmer blieb sie stehen. „Schlaf gut, mein Kind."

„Du auch", sagte Julia, und drückte Anne nochmals an sich, bevor sie die Tür hinter sich schloss.

Annes gute Wünsche zur Nacht waren gut gemeint, doch schlafen konnte Julia nicht. Zu viele Gedanken gingen ihr durch den Kopf. Wie konnte dieser Thomas nur so herzlos sein? Wenigstens seiner Großmutter hätte er mal ein Lebenszeichen schicken können.

Julia setzte sich plötzlich auf. Wie kam sie dazu, diesen Thomas zu verurteilen? Hatte sie es denn nicht auch so gemacht? War sie nicht ebenso herzlos gewesen, als sie die Warnungen ihres Vaters und von Berta missachtete und Gregor heiratete? Sie schüttelte diese Gedanken ab. Nicht nur sie selbst, auch ihre neue Familie hatte Probleme.

Dass der Doktor nicht nur eine geistesgestörte Frau, sondern auch noch einen verschollenen Sohn hatte, ließ sie nicht zur Ruhe kommen. Trotzdem wünschte sie sich, dass Onkel Paul mit Hilfe von Interpol, Gregor ausfindig machen konnte. Ob sie wohl einen Teil ihres Geldes wieder bekommen würde? War es möglich, dass Gregor in sieben Wochen Millionen verprassen konnte? Zutrauen würde sie es ihm, nachdem was er ihr schon angetan hatte. Wie gut dass Onkel Paul ihr mit Rat und Tat zur Seite stand. Er würde auch dafür sorgen, dass sie von Gregor so schnell wie möglich geschieden wurde. Mit diesem Betrüger wollte sie nichts mehr zu tun haben. Erst nach einer Ewigkeit schlief sie dann doch ein.

„Omi, darf ich jetzt endlich nachsehen, ob meine Märchenfee wach ist?" Aufgeregt hopste Florian am nächsten Morgen auf und ab.

„Zum dritten Mal nein. Du lässt Julia schlafen. Sie kommt bestimmt bald zum Frühstück."

„Spielt sie mit mir?"

„Vielleicht wenn du aus dem Hort kommst." Anne ging in die Küche, um den Kakao zu holen.

Damit gab sich Florian nicht zufrieden. Er wollte es

sofort wissen und rannte mit Flocke die Treppe hoch. Hinter der Tür war es still. Zaghaft klopfte er an und als er ein verhaltenes „Herein" hörte, öffnete er die Tür. Flocke sprang sofort auf das Bett. Noch ehe er seinen Vierbeiner ermahnen konnte, sagte Julia: „Guten Morgen, Florian. Gut das du mich geweckt hast."

„Wirklich?" Er trat näher und zeigte auf den Hund. „Wirst du Omi nicht verpetzten, dass Flocke in dein Bett gehopst ist?"

Lächelnd schüttelte Julia den Kopf. „Nein."

„Echt nicht? Das ist gut. Kannst du gleich zum Frühstück kommen?"

„Ja. Ich muss nur noch duschen und mich anziehen."

„Anziehen reicht. Omi hat den Tisch schon gedeckt." An der Tür winkte er noch Julia zu. Als seine Omi aus der Küche kam, saß er am Tisch und sah mit Unschuldsmiene zu ihr hoch. „Omi, kann Julia mich in den Kindergarten bringen?"

„Nur wenn sie es möchte." Anne überlegte. „Das wäre gut. Ich habe so viel zu tun." Ihr fiel Julias Perle ein. Mit dem Zettel in der Hand, tippte sie die Nummer von Frau Hafner ins Telefon.

Als Julia wenig später die Treppe herunter kam, rannte Florian auf sie zu. „Bringst du mich gleich in den Kindergarten?"

„Zuerst muss Julia frühstücken", ermahnte ihn seine Omi.

Florian zeigte auf die Uhr. „Aber bald ist der Zeiger auf acht. Wenn ich später als Verena ankomme, sitzt sie auf meinem Platz."

Julia lächelte Florian an. „Wenn das so ist, gehen wir gleich los. Ich kann danach frühstücken."

„Juhu", rief der Kleine laut, rannte zur Garderobe und zog sich seinen Anorak an. „Flocke zeigt dir den Weg."

Anne hielt Julia zurück. „Auch wenn es nicht weit ist bis zum Hort kann ich dich bei dieser Kälte nicht ohne

Mantel aus dem Haus lassen."

„Ich werde schon nicht erfrieren", rief sie Anne über die Schulter zu, als sie mit Florian an der Hand zur Gartenpforte eilte. Flocke rannte freudig voraus.

Erst nachdem das Tor hinter ihnen zugefallen war, fiel Anne ein, dass sie vergessen hatte, Julia zu erzählen dass Frau Hafner noch heute kommen würde.

„Hallo, Julia. Dich habe ich ewig nicht mehr gesehen. Wo hast du denn so lange gesteckt?", hörte sie die Stimme von Peter Kraft, als sie am Nachbargrundstück vorbeiging. Er hielt sie am Arm fest. „Was sind das für Leute, die in deiner Villa wohnen?"

Energisch entzog sie ihm den Arm. „Ich habe weder Zeit noch Lust deine neugierigen Fragen zu beantworten."

„Warum bist du denn so ruppig?" Auf diese Frage bekam er auch keine Antwort. Julia lief mit dem kleinen Jungen und dem Hund einfach weiter. Von seinem Dachfenster aus hatte er schon öfters den Buben im Nachbarpark spielen sehen. Auch der Mann, der zu verschiedenen Tageszeiten seinen Wagen in die Garage fuhr, interessierte ihn. Er hatte mit dem Sportwagenbesitzer keine Ähnlichkeit. Wie oft wechselte Julia ihre Liebhaber? Und die ältere Dame, die auch in der Villa wohnte, konnte nicht Frau Bernheim sein. Julias Vater hatte ihm mal erzählt, dass er Witwer ist und nicht mehr heiraten möchte. Wo war eigentlich Herr Bernheim? Seit Wochen hatte er ihn nicht mehr gesehen. Das war merkwürdig. Er arbeitete sonst immer im Park. War er krank? Diese Fragen musste ihm Julia beantworten. Irgendwann musste sie ja zurückkommen. Eigentlich sollte er schon in der Redaktion sein. Sein Chef erwartete von ihm eine interessante Neuigkeit. Endlich kam Julia. Mit eiligen Schritten wollte sie an ihm vorbei, als er ihr in den Weg trat. „Du bist mir eine Erklärung schuldig."

„Ich bin dir gar nichts schuldig. Mein Privatleben geht dich nichts an." Mit erhobenem Kopf eilte sie durch ihre Gartenpforte.

Peter Kraft war enttäuscht! „Na warte, du hochnäsiges Biest", murmelte er, bevor er auf sein Moped stieg.

An der Haustür kam Anne aufgeregt auf Julia zu. „Herr Weigand hat angerufen. Ich soll dir ausrichten, dass er gleich nach Spanien fliegt. Die Polizei hat ihm mitgeteilt, das der zur Fahndung ausgeschriebene Gregor Bredowa in Alicante wegen Mordversuch an seiner Geliebten Heike Herbst verhaftet wurde."

„Wie bitte?" Julia schluckte trocken. „Das bedeutet, dass Heike, der ich auch blind vertraut habe, sich mit Gregor nach Spanien abgesetzt hat. Aber warum hat er versucht auch Heike umzubringen?"

„Dein Onkel wird dich informieren, wenn ihm die näheren Umstände bekannt sind."

Vor Entsetzen bebte Julias Körper. Mit tränenden Augen sah sie Anne an. „Und diesen Mann habe ich geliebt. Die Gewissheit, dass ich mit einem Mörder verheiratet bin, ist schrecklich! Diese Erkenntnis muss ich erst verarbeiten."

Anne nahm Julia erst tröstend in die Arme. „Leg dich hin. Ich hole dir ein Beruhigungsmittel." Rasch eilte sie nach oben. Auf der Treppe hörte sie die Haustürklingel. Sie sah, wie Julia zur Sprechanlage lief. Das konnte nur Frau Hafner sein. In der Hausapotheke suchte sie nach dem bestimmten Medikament und als sie dann nach unten kam, lagen sich Julia und Luise Hafner in den Armen. Erst durch ein Räuspern konnte sie sich bemerkbar machen.

Julia löste sich aus den umklammernden Armen. „Anne, stell dir vor, meine Luise ist gekommen. Ist das nicht wunderbar?"

„Ja!" Herzlich streckte sie der Frau, die sie anstrahlte, ihre Hand hin. „Herzlich Willkommen, Frau Hafner. Ich freue mich sehr, dass Sie mich bei der Gartenarbeit unterstützen wollen. Julia hat mir schon in den höchsten Tönen von Ihnen vorgeschwärmt."

Erfreut schüttelte Luise ihrer neuen Arbeitgeberin die Hand. „Auch ich freue mich, wieder hier arbeiten zu dürfen." Sich an Julia wendend seufzte sie: „Wie konnte ich nur so dumm sein, die Kündigung deines Mann anzunehmen, ohne mit dir vorher gesprochen zu haben?"

„Mir hat er erzählt, dass du gekündigt hast. Darüber war ich sehr enttäuscht." Liebevoll zog Julia sie zum Sofa.

„Was darf ich Ihnen anbieten?" fragte Anne.

„Danke, nichts. Ich bin hier um zu arbeiten. Ist das Gartengerätehaus offen?"

„Das weiß ich nicht. Ich konnte mich noch nicht darum kümmern. Gibt es um diese Jahreszeit im Park etwas zu tun?"

„Oh ja", nickte Luise Hafner. „Bevor ich alle Sträucher und Rosenstämmchen vor dem Frost schützen konnte, hat mir Julias Mann gekündigt und mich sofort weggeschickt."

„Der Park kann bis morgen warten. Heute muss zuerst Julias Reich wieder bewohnbar gemacht werden. Ich komme mit nach oben und bringe die Kartons, in denen nichts von Julia ist, nach unten. Danach fahre ich einkaufen und bringe auf der Rückfahrt Florian mit. Julia, du kannst Frau Hafner schon mal auf den Schlingel vorbereiten. Außerdem habt ihr euch sicher noch viel zu erzählen."

Frank Gerlach fuhr inzwischen in die Garage. Als er die Wohnhalle betrat, kam seine Mutter, mit einem Karton die oberste Treppe herunter. Sofort rannte er ihr entgegen und nahm ihr den schweren Karton ab. „Mutter, wo wolltest du hin damit?"

„Erst mal in das leere Gastzimmer. Das sind die Sachen von Thomas."

Frank blieb abrupt stehen. „Dann bringe ich den Karton wohl besser in den Keller."

Anne sah in das übernächtigte Gesicht ihres Sohnes. „Du siehst müde aus." Energisch hielt sie ihn zurück, als er nach unten wollte. „Stell den Karton hier ab. Bevor du dich ausruhst, musst du erst frühstücken."

„Nein danke. Ich möchte nur schlafen. Bitte weck mich erst wenn Florian zurück ist."

Bevor ihm Anne erzählen konnte, dass Julias Gärtnerin im Haus ist, fiel die Badezimmertür hinter ihm zu.

Eine Etage höher sah Luise in Julias Gesicht. „Du siehst blass aus, meine Liebe. Möchtest du dich nicht ausruhen?"

„Nein. Ich möchte dir helfen. Dabei kann ich mich mit dir unterhalten." Und noch einmal erzählte sie, was sie in den vergangen Wochen durchgemacht hatte.

Luise bekam rote Wangen vor Zorn. „Dieses Subjekt wird die gerechte Strafe bekommen. In Zukunft wirst du hier glücklich sein. Ich freu mich so sehr, dass Familie Gerlach dich so liebevoll aufgenommen hat. Du hast es wirklich verdient. Auch ich werde dich in jeder Beziehung unterstützen."

Gerührt nahm Julia Luise in die Arme. „Danke für dein Versprechen. Jetzt kann ich wirklich getrost in die Zukunft sehen. Nach all dem Desaster war es ein Glück, dass ausgerechnet Doktor Gerlach mein Haus gekauft hat. Seine Mutter und seinen Sohn habe ich schon ins Herz geschlossen."

Luise schmunzelte. „Auf den kleinen Jungen bin ich schon gespannt!"

„Florian ist erst Vier! Für sein Alter aber sehr neugierig. Er wird dich mit Fragen bombardieren."

Luise winkte ab. „Das bin ich von meinen Enkeln gewohnt." Zufrieden betrachtet sie die Wohnung, als Florian ins Atelier stürmte.

„Omi hat gesagt, ich soll euch zum Essen holen." Vor der fremden Frau blieb er stehen und betrachtet sie eingehend. „Bist du auch eine Omi?"

„Ja. Du darfst mich gerne Omi nennen, oder Tante Luise."

„Dann bist du Tante Luise. Ich habe schon eine Omi." Er zog Julia mit sich nach unten.

Anne kam aus der Küche. „In einer halben Stunde können wir essen. Frau Hafner, Sie sind natürlich dazu eingeladen."

„Danke. Kann ich Ihnen etwas helfen?"

„Nein", wehrte Anne ab.

„Dann kannst du mit mir spielen." Florian zog Luise an der Hand zur Haustür.

„Das kann Julia viel besser. Ich möchte im Park nachsehen, was noch zu tun ist, bevor es schneit."

„Wann schneit es?"

„Der Wetterbericht hat für übermorgen Schnee angesagt. Damit die Blumen und Sträucher nicht erfrieren, bekommen sie von mir einen warmen Mantel."

„Echt? Das möchte ich sehen." Rasch zog er seinen Anorak wieder an.

Die halbe Stunde war noch nicht um, als Florian in die Wohnhalle stürmte und laut rief: „Omi, Julia, Tante Luise hat den Traktor angelassen. Sie ist aber nicht gefahren. Sie fährt erst, wenn viel Schnee liegt."

„Wer ist Tante Luise?", fragt Frank, der die Treppe herunterkam.

Julia zog Florian Anorak und Stiefel aus, als Luise ohne Schuhe eintrat.

Mit Luise ging Anne auf ihren Sohn zu. „Frau Hafner, das ist mein Sohn." Zu Frank: „Ich möchte dir unsere Gärtnerin vorstellen. Frau Hafner hat für Julia nicht nur den großen Park gepflegt, sie hat ihr auch im Haus geholfen. Ich habe sie für uns gleich engagiert."

„Das ist wunderbar." Erfreut drückte er die dargebotene Hand. „Ich freue mich, dass Sie meine Mutter bei der vielen Arbeit ein wenig entlasten. Herzlich willkommen."

Die tadelnden Blicke seiner Omi nahm Florian nicht zur Kenntnis. Statt zu essen, redete er ununterbrochen. Erst als sein Papi auf seinen Teller zeigte, besann er sich. Die Ruhe hielt nicht lange. „Papi gehst du nachher mit in den Garten? Ich möchte Julia und Tante Luise zeigen wie gut wir Fußballspielen können."

Bedauernd fuhr Frank seinem Sohn über die Haare. „Tut mir leid Florian. Ich habe deiner Mami versprochen, sie heute wieder zu besuchen. Sie möchte, dass du mit kommst."

„Ich will aber nicht", rief der Junge und sprang vom Stuhl.

Frank hielt ihn zurück, nahm ihn in die Arme und redete behutsam auf ihn ein. „Wenn du nicht mitkommst, ist deine Mami aber traurig."

Resigniert hob Frank die Schultern. Wenn der Kleine immer noch Angst vor Isabel hatte, wollte er ihn nicht zwingen, mitzukommen.

„Papi, warum ist Mami eigentlich nicht so lieb wie Omi und Julia?", wollte er wissen.

Frank zog ihn auf seinen Schoß. „Du weißt doch, dass deine Mami krank ist. Wenn ich sie nicht besuche, ist sie ganz allein. Sie hat niemanden, der mit ihr spielt, so wie du."

„Du kannst ihr ein Puzzle von mir bringen."

„Deine Mami möchte nicht allein puzzeln, sondern mit dir."

„Ich spiele lieber mit Julia." Er hopste von seinem Schoß und rannte auf seine Spielgefährtin zu. „Wir bauen meine Ritterburg auf. Wenn dann der böse Feind kommt, ziehe ich die Brücke hoch, dann fällt er ins Wasser und ist pitschnass." Florian konnte nicht verstehen, dass niemand lachte.

Mit ihrer neuen Arbeitgeberin räumte Luise den Tisch ab, während sich der Hausherr verabschiedete und Julia mit Florian nach oben ins Kinderzimmer ging. Aus dem Gespräch zwischen Vater und Sohn hatte sie entnommen, dass Herr Gerlach von seiner Frau getrennt lebte. Sie grübelte noch darüber nach, als sie im Park die notwendige Arbeit verrichtete. Erst als es dämmerte, radelte sie nach Hause. Vorher musste sie Frau Gerlach versprechen, jeden Tag für ein paar Stunden zu kommen.

Das schöne Wetter hielt noch zwei Tage, an denen sich Florian mit Julia und Flocke im Park austoben konnte, danach fegte ein eisiger Wind, vermischt mit

Regen, ums Haus.

Auf dem Bauch vor dem lodernden Kamin liegend, spielte Julia mit Florian wieder mit der Ritterburg. „Du, Julia, wie oft muss ich noch schlafen bis das Christkind kommt?"

„Nur noch fünfmal."

„Hurra. Dann können wir mit der Eisenbahn spielen, die mir das Christkind bringt."

Anne kam mit dem Telefon auf Julia zu. „Herr Weigand möchte dich sprechen."

Gebannt lauschte sie dem Gespräch. Ihre Gesichtsfarbe wechselte von kalkweiß auf hochrot. Nach einigen Minuten legte sie den Hörer zurück und zog Anne mit sich zum Sofa. Stockend erzählte sie: „Onkel Paul hat mir eben gesagt, dass mein Mann in Untersuchungshaft sitzt. Der Prozess wird erst im nächsten Jahr stattfinden. Auch der Anwalt der ihn vertritt, kann nicht verhindern, dass Gregor einige Jahre im Gefängnis verbringen muss. Heike hat ihn schwer belastet. Und zum Beweis, dass Gregor auch mich umbringen wollte, hat sich mein Onkel das Protokoll aus Canazei nach Alicante faxen lassen. Heike darf bis zum Prozessende Spanien nicht verlassen. Sie hat Onkel Paul versichert, dass es ihr leid tut, mich mit Gregor betrogen zu haben. Ich möchte ihr trotzdem nie mehr begegnen."

„Das musst du auch nicht." Anne drückte Julia an sich. „Diese Person wird es nicht wagen, hier aufzukreuzen. Wenn doch, werde ich..."

„Julia komm endlich. Allein spielen ist doof!", rief Florian.

„Denke nicht mehr an die Vergangenheit", riet ihr Anne. „Du hast eine schöne Zukunft vor dir. Deine künstlerische Arbeit und die Spiele mit Florian werden dich ablenken."

Sie nickte Anne zu und legte sich wieder neben Florian. Seine originelle Art und die vielen Fragen brachten sie wirklich auf andere Gedanken. Sie spielten bis zum Abend und erst als der Kleine schlief, ging sie in ihr Atelier. Beflügelt durch Florians Albernheiten, gelangen ihr viele Bilder und lustige Texte. Erst nach Mitternacht betrat sie die Turmzimmer.

Durch Hundegebell und Florians lautem Lachen wachte Julia am nächsten Morgen auf. Verschlafen rieb sie sich die Augen, sah auf die Uhr und erschrak. Es war fast neun Uhr. Warum war Florian nicht im Hort? Da fiel ihr ein, dass am Wochenende der Hort geschlossen ist. Um nachzusehen, was den Bub so erfreute, sah sie aus dem Fenster. In der Nacht hatte es geschneit. Eine dicke Schicht bedeckte die Landschaft mit einem weißen Kleid. Warm angezogen ging sie kurze Zeit später in den Park.

Florian rannte mit einem Jubelschrei auf sie zu. „Julia, es hat ganz doll geschneit. Jetzt können wir einen Schneemann bauen."

Anne schob das Blech mit den Weihnachtsplätzchen in den Ofen. Sie sah aus dem Küchenfenster, wie Julia drei verschieden große Schneekugeln wälzte. Flocke schnappte nach den Schneebällen, die Florian ihm zuwarf. Zufrieden, dass alle drei ihren Spaß hatten, knetete sie den nächsten Teig.

Florian war mit den drei Schneekugeln, die Julia aufeinander gestapelt hatte noch nicht zufrieden. „Der Schneemann hat noch kein Gesicht."

„Gleich wird er eines haben. Ich finde im Weinkeller bestimmt zwei Korken, die male ich für die Augen schwarz an. Deine Omi gibt uns sicher eine Karotte für die Nase. Wenn sie uns noch einen alten Hut leiht, sieht unser Schneemann perfekt aus. Bis ich zurück bin, kannst du aus der Garage den kleinen Besen holen, den wir dem Schneemann dann in den Arm stecken."

„Au ja!" Florian rannte mit Flocke zur Garage.

Um all die Utensilien zu organisieren, benötigte Julia nur zehn Minuten. Begeistert von dem originellen Hut, den Anne schmunzelnd opferte, eilte sie wieder nach draußen. Sie dekorierte den Schneemann mit Augen,

Nase, Mund, Hut und Schal und rief: „Florian, wo bleibst du mit dem Besen?" Sie erhielt keine Antwort. Der Junge hätte längst zurück sein müssen. „Florian, komm endlich und sieh dir unseren Schneemann an. Er ist ein Prachtexemplar geworden." Auch ihr dritter Ruf blieb unbeantwortet. Irritiert ging sie zur Garage. Auf halbem Weg fiel ihr der Besen, der im Schnee lag, auf. Was hatte das zu bedeuten? Etwas lauter rief sie wieder: „Florian! Florian!"

Anne kam auf sie zu gerannt. „Was ist los?"

„Florian antwortet nicht." Sie streckte Anne den Besen hin. „Damit sollte er auf mich warten."

„Der Schlingel hat sich sicher irgendwo versteckt." Anne deutete auf den Boden. „Wenn wir den kleinen Fußabdrücken im Schnee folgen, finden wir ihn gleich."

Die Spur führte aber nicht ins Gartenhaus, in dem sie den Knirps vermuteten, sondern zur Gartenpforte. Kopfschüttelnd sah Anne zu Julia. „Florian weiß, dass er nie allein das Grundstück verlassen darf."

„War das kleine Tor nicht verschlossen?"

„Nein. Von außen kann man es ja nicht öffnen", rechtfertigte sich Anne.

„Florian muss es von innen geöffnet habe", seufzte Julia.

„Aber wem? Es hat niemand geklingelt." Anne trat vor das Tor. Frische Reifenspuren zeichneten sich im Schnee ab. Dafür fehlten die Abdrücke von Florians Stiefelchen.

„Der Kleine ist nicht weggelaufen. Dieses Auto muss ihn mitgenommen haben." Julia wurde blass, als sie auf die Spuren zeigte.

Anne riss erschrocken die Augen auf. „Willst du damit sagen, dass er entführt worden ist?

„Um das herauszufinden kann uns nur die Polizei helfen. Ruf sie gleich an. Auch deinen Sohn. Er muss wissen, was passiert ist. Ich bleibe inzwischen hier und passe auf, das die Spuren nicht verwischt werden."

Wie gehetzt rannte Anne ins Haus.

Noch immer starrte Julia auf die Reifenspuren. Wer war der Fahrer dieses Wagens? Was für ein Interesse hatte er an diesem unschuldigen Kind? Wollte der Kidnapper Lösegeld? Sie machte sich die größten Vorwürfe, weil sie Florian allein gelassen hatte. Vor Sorge spürte sie die Kälte nicht.

Anne kam zurück. „Die Polizei schickt sofort einen Streifenwagen. Nur Frank konnte ich nicht erreichen. Er operiert gerade. Die Oberschwester hat mir aber versprochen, dass er so bald wie möglich zurückruft." Verzweifelt klammerte sie sich an Julia. „Glaubst du wirklich, dass er ist entführt worden ist?"

„Ich weiß es nicht", sagte Julia. „Geh wieder ins Haus. Es muss jemand am Telefon sein. Falls es ein Entführer sein sollte, versprich ihm jeden Betrag. Ich warte hier auf die Polizei."

„Gut." Wie gehetzt rannte Anne wieder ins Haus.

Die Minuten kamen Julia wie Stunden vor. Wann kam endlich die Polizei? Sie ließ die Straße nicht aus den Augen und wartete mit klopfendem Herzen. Dann kam Flocke plötzlich auf sie zu gerannt, sprang bellend an ihr hoch. Wo Flocke war, musste auch Florian sein. „Flocke, wo ist dein Herrchen?"

Flocke rannte ein Stück auf der die Straße zurück, blieb stehen und bellte wieder.

„Willst du mich zu Florian führen?" Voll freudiger Erwartung vergaß sie, Anne Bescheid zu geben. Sie sah nicht mal, dass Luise den Gehweg entlang kam und ihr zuwinkte. Sie hatte nur Augen für Flocke und rannte ihm nach. Ihre Beine schmerzten vom schnellen Lauf. Auf die Zähne beißend, lief sie immer weiter, bis Flocke in den Weg einbog, der zum Campingplatz führte. Nur noch vereinzelte Wohnwagen standen auf dem Gelände. War sie hier am Ziel? Von der Zeit her konnte es stimmen, sonst hätte Flocke sie vor der Villa noch nicht erreichen können. Vor einem alten Wohnwagen in der hintersten Reihe blieb er stehen, kratzte an der Tür und bellte.

Gerade noch rechtzeitig, bevor die Tür aufging, blieb

sie hinter einem verschneiten Busch stehen. Eine schwarzhaarige Frau drohte Flocke mit einem großen Messer in der Hand. „Verdammter Köter verschwinde endlich, oder ich steche dich ab."

„Nein Mama, bitte nicht. Du darfst Flocke nicht weh tun", flehte eine Stimme, die unverwechselbar zu Florian gehörte.

Vor Schreck blieb Julia fast die Luft weg. Florian befand sich in diesem Wohnwagen bei einer Frau, die er Mama genannt hatte. Wie war das möglich? Seine Mutter war doch in der Psychiatrischen Anstalt in Weissenau. Wie war die Verrückte hierhergekommen? Es stand kein Auto vor dem Wohnwagen. Es gab aber Reifenspuren, die mit denen vor der Villa identisch waren. Flocke kam zurück und sprang bellend an ihr hoch. Die Wohnwagentür war wieder geschlossen. Knapp dreißig Meter entfernt sah Julia ein Wohnmobil. Sie ging sofort darauf zu. Ob der Besitzer mit Florians Entführung zu tun hatte? Sie bückte sich und stellte fest, dass diese Reifen viel breiter waren...

„Suchst du etwas Bestimmtes?" hörte sie hinter sich eine tiefe Stimme. Erschrocken drehte sie sich um. Ein zerfurchtes Männergesicht sah sie fragend an.

„Sie schickt der Himmel, Herr... Herr..."

„Kranbichler. Hier bekannt als Oskar", grinste er breit. „Mit wem habe ich das Vergnügen?"

„Ich bin Julia Bernheim Aber für Konversationsgespräche habe ich keine Zeit. Haben Sie ein Handy?"

„Klar doch", bestätigte er.

„Bitte rufen Sie sofort die Polizei an."

„Warum? Mit meinem Wohnmobil ist alles in Ordnung."

„Aber in dem Wohnwagen da hinten nicht." Julia zeigte in die Richtung. „Eine Verrückte hat unseren Florian entführt und hält ihn dort gefangen."

Oskar grinste. „Du liest wohl zu viel Schauermärchen. Wir Camper sind friedliche Leute."

„Wenn sie mir nicht glauben, kommen Sie mit."

Skeptisch folgte Oskar dem vorauseilenden Mädchen. „Ist das dein Hund, der so erbärmlich jault?"

„Er gehört dem Jungen. Flocke spürt, dass sein kleines Herrchen da drin in Gefahr ist."

Wie aufs Stichwort wurde die Gardine am Heckfenster zur Seite geschoben. Florians verweintes Gesicht strahlte, als er Julia sah. Noch bevor er nach ihr rufen konnte, wurde ihm der Mund zugehalten.

„Verschwindet, sonst passiert was", hörten sie eine schrille Frauenstimme.

Oskar Kranbichler konnte nicht glauben was er sah. Eine Frau die mit einer Hand einem Kind den Mund zuhielt und es gleichzeitig mit einem Messer bedrohte.

„Glauben Sie mir jetzt, dass hier ein Kind in Gefahr ist?" sagte Julia verzweifelt.

„Mein Handy ist im Wohnmobil. Ich rufe sofort die Polizei", versprach Oskar.

„Sagen Sie dem Beamten auch, dass er Frau Gerlach, im Seeweg drei informieren soll, dass ich Florian gefunden habe und in seiner Nähe bleiben werde."

„Mach ich." Über die Schulter rief er Julia zu: „Unternimm aber nichts auf eigene Faust. Klar?"

Das Versprechen konnte sie ihm nicht geben. Florian verzweifeltes Rufen nach ihr, schnitt ihr ins Herz. Es dauerte ihr zu lange. Entschlossen hämmerte sie an die Tür.

„Helen, bist du es?" fragte die Stimme von innen in einem normalen Tonfall.

„Ja", rief Julia zurück.

Ohne Messer in der Hand, öffnete die Irre die Tür. Das schöne Gesicht verzerrte sich nach wenigen Sekunden zu einer Fratze. „Du bist nicht Helen. Du hast mich angelogen. Das wirst du büßen."

Rückwärts gehend entfernte sich Julia Schritt für Schritt vom Wohnwagen weg. Sie wollte Florian, der in der Tür stand, die Gelegenheit zu geben, wegzulaufen. Sie winkte seiner Mutter zu. „Kommen Sie ruhig näher. Ich habe keine Angst." Ihre Stimme zitterte dabei. Das merkte die Irre sofort und schnellte auf sie zu. Noch bevor sie zu Boden stürzte, sah sie, wie Flocke freudig an Florian hochsprang.

Florian sah trotzdem, dass seine Mami auf Julia einschlug. Laut rief er: „Flocke, fass."

Obwohl sich Julia heftig wehrte, hatte sie keine Chance gegen diese Furie. Schützend hob sie die Arme vor ihr Gesicht und spürte Faustschläge am ganzen Körper. Plötzlich ließen die Schläge nach. „Du verdammter Köder!" kreischte die Stimme. „Aaaah, er hat mich gebissen!"

Mit seinen scharfen Zähnen zog Flocke die wild um sich schlagende Frau von Julia weg.

Atemlos kam der Camper zurück. „Die Polizei wird gleich hier sein." Hilfsbereit zog er Julia auf die Beine.

Sofort eilte sie zu Florian und drückte ihn fest an sich. Er sollte das schmerzverzerrte Gesicht seiner Mutter nicht sehen.

„Lass mich los, du Mistvieh", brüllte die im Schnee liegende Irre. Mit den Füssen trat sie nach Flocke, der erst aufheulte, danach aber noch fester zubiss.

Es war kein Schmerzensschrei, sondern ein hysterisches Lachen, das durch den ganzen Campingplatz hallte.

Florian klammerte sich fest an Julia und fragte weinerlich: „Warum lacht Mama?"

Julia überlegte noch, was sie dem Kind antworten sollte, da rief seine Mutter laut: „Flori, nimm sofort das Biest weg. Der Löwe will mich fressen."

„Geh nicht hin", mahnte ihn Julia und hielt ihn fest.

„Mama, Flocke ist doch kein Löwe", rief er ihr zu. Seine Worte gingen in dem markerschütternden Schrei unter, den die Irre ausstieß. Wild mit den Beinen strampelnd, versuchte sie, den Hund abzuschütteln und jammerte: "Ich will nicht mit den tausend Mäusen tanzen. Ich will wie Helen auf dem Seepferdchen reiten."

Oskar Kranbichler tippte sich an die Stirn. „Die ist ja mehr als verrückt. Die gehört eingesperrt." Als er sah, dass die Irre dem Hund die Kehle zudrückte, ging er rasch dazwischen. Noch bevor er den Hund wegzerren konnte, schnellte die Wahnsinnige wie eine aufgezogene Feder in die Höhe und zerkratzte ihm das Gesicht. Benommen von der hinterhältigen Attacke und den höllischen Schmerzen, blieb Oskar einen Augenblick stehen und griff sich ins Gesicht. Blut lief ihm von der Stirn in die Augen. Um wieder sehen zu können, nahm er eine Hand voll Schnee und wischte sich das Blut ab.

Florian schrie, weil Flocke sich nicht mehr rührte.

Wie gefährlich seine Mutter war, erkannte Julia, als diese auf sie zu rannte. „Jetzt bist du dran." Nur noch wenige Meter trennten sie von ihr.

„Halt", rief Oskar. „Das ist nicht fair. Du wirst dich nicht an den unschuldigen Kindern vergreifen."

Überrascht drehte sich Isabel um. „Komm nicht näher, sonst steche ich dich ab. Ich habe ein Messer, es ist da drin." Sie zeigte nach hinten zum Wohnwagen.

„Hole das Messer. Ich warte darauf." Mutig folgte er ihr Schritt für Schritt.

Ihren Gegner nicht aus ihrem starren Blick lassend, ging sie rückwärts durch die offene Wohnwagentür.

Hastig schlug Oskar die Tür hinter ihr zu und stemmte sich mit aller Kraft dagegen. Er hörte wie die Irre Schubladen aufriss und wieder zuknallte.

Mit Julia an der Hand, rannte Florian weinend zu Flocke, der immer noch reglos im Schnee lag. Beide knieten sich neben dem Hund nieder. „Flocke, mein lieber Flocke", schluchzte der Junge. Die Streicheleinheiten die er bekam, schienen ihm gut zu tun. Er hob den Kopf und winselte. Florian strahlte als Flocke auf die Beine kam und den Schnee aus seinem Fell schüttelte. Er wischte sich mit dem Ärmel die Tränen ab. Flocke leckte seinem Herrchen über das Gesicht. Auch Julia strahlte wieder.

Noch mehr freute sich Oskar, als er das Martinshorn vom Polizeiauto hörte, das rasch näher kam. Mit den Armen fuchtelnd, machte er sich bemerkbar. „Verdammt noch mal, ging das nicht schneller", blaffte er den

Beamten an, der auf ihn zu rannte.

Statt einer Antwort, fragte der Polizist: „Ist das entführte Kind da drin?"

„Nein, aber die Verrückte. Die Kinder sind da vorne." Erleichtert sah er, wie drei Beamte Florian, Julia und den Hund zum Streifenwagen führten.

„Der Krankenwagen wird gleich hier sein", versprach der Polizist, als er das zerkratzte Gesicht von Oskar sah.

„Wegen der paar Kratzer?" winkte Oskar ab. „Sorgen Sie lieber dafür, dass die Furie da drin abgeholt wird."

„Der Wagen von der PLK ist schon unterwegs. Haben Sie uns angerufen?"

„Ja. Ich wollte dem Mädchen erst nicht glauben, dass ein kleiner Junge entführt wurde. Erst als ich sah, dass eine Frau ein Messer an die Kehle des Kindes gehalten hat, habe ich euch verständigt."

„Dank Ihrer exakten Beschreibung wussten wir sofort, um wen es sich bei der Entführung handelt. Vor zwei Stunden ging an sämtliche Reviere die Meldung ein, dass die Patientin Isabel Gerlach aus dem Anstaltspark der PLK in Weissenau geflohen ist. Ihre Schwester muss ihr zur Flucht verholfen haben."

„Ihre Schwester? Hier ist und war keine Schwester."

„Die finden wir auch noch. Wir haben die Beschreibung und das Kennzeichen ihres Wagens. Die Fahndung nach den beiden Frauen läuft auf vollen Touren. Als dann Frau Anne Gerlach uns angerufen hat, dass ihr vierjähriger Enkel verschwunden ist, war klar, dass die Mutter den Kleinen in ihrer Gewalt hat. Wir wussten nur noch nicht wo?"

Der Polizist, Ingo Becker, drückte Oskars Arm. „Sie haben vorbildlich gehandelt. Gehen Sie schon mal zu meinen Kollegen und geben alles zu Protokoll. Ich halte hier die Stellung."

Oskar hatte den Streifenwagen noch nicht erreicht, als ein Krankenwagen neben ihm anhielt. Drei Sanitäter sprangen heraus. Zwei rannten zu dem winkenden Polizisten, der Dritte kam mit seiner Bereitschaftstasche auf ihn zu. Dass er ihm das Gesicht mit Jod einpinselte, musste er über sich ergehen lassen. Es brannte höllisch. Um die Schmerzen zu betäuben, brauchte er erst mal einen Schnaps. Noch ehe ihm der Sanitäter die vorbereiteten Pflaster ins Gesicht kleben konnte, ging er zu seinem Wohnmobil. Ein Kleinwagen hielt neben ihm, aus dem eine aufgeregte Dame sprang. „Wo sind Florian und Julia?"

Oskar zeigte zum Krankenwagen und beruhigte die Frau. „Den Kindern geht es gut. Sie werden gerade untersucht."

Schon wollte Anne weitergehen, besann sich aber und sah den Mann an. „Sie müssen Herr Kranbichler sein, der die Polizei verständigt hat. Ich danke Ihnen. Ich danke Ihnen von ganzen Herzen. Ohne Sie wären die Kinder…"

Verlegen tätschelte Oskar ihren Rücken. „Schon gut."

Ein Polizist kam auf ihn zu. „Herr Kranbichler, bitte kommen Sie mit zum Streifenwagen. Wir müssen das Protokoll aufnehmen. Das Mädchen ist dazu nicht in der Lage. Sie hat einen Schock."

„Julia?" Erschrocken fasste Anne den Beamten am Arm. „Wo ist sie? Und wo ist mein Enkel?"

Wie aufs Stichwort kam Florian mit Flocke angerannt. Vor Freude kniete sie sich in den Schnee und breitete die Arme aus, bevor sie ihn fest an sich drückte. „Mein Lieb-ling. Mein kleiner Schatz. Geht es dir gut?"

Florian nickte und deutete zum Wohnwagen. „Da drin hat mich Mama festgehalten und sie hatte ein großes Messer. Ich hatte ganz viel Angst."

„Jetzt musst du keine Angst mehr haben. Dein Papi wird auch gleich hier sein, dann fahren wir nach Hause."

„Julia muss aber auch mitkommen. Sie hat gehört, dass ich ganz laut gerufen habe, und weil die Mama die Julia so fest geschlagen hat, hat Flocke sie gebissen. Die Mama blutet aber nur ein bisschen am Arm. Du darfst Flocke nicht schimpfen."

„Ich schimpfe ihn nicht" versprach seine Omi und streichelte Flocke. „Weil er Julia verteidigt hat, bekommt er nachher einen großen Leckerbissen."

„Echt?" Florian zog seine Omi mit sich. „Jetzt suchen wir Julia. Vorhin war sie da in dem Krankenwagen."

Mit einem Sanitäter kam Julia aus der Tür. Sie wirkte etwas angeschlagen. Aber als Anne mit Florian an der Hand auf sie zukam, strahlte sie. Nur etwa zehn Schritte trennte sie von den beiden, als ein Auto vor Anne stoppte. Peter Kraft, der nervige Nachbar, sprang heraus und schoss ein Foto nach dem anderen. Nachdem er offensichtlich genug Fotos hatte, hielt ein Kollegen von Kraft Florian ein Mikrofon vor den Mund. „Bist du das entführte Kind?"

Vor Schreck konnte Anne nicht sofort antworten. Sie wunderte sich, dass die Presse schon von der Entführung wusste. „Lassen Sie uns bitte in Ruhe."

Aber Peter Kraft, ließ sich nicht abschütteln. „Es interessiert unsere Leser sicher, dass ein entführter Junge schon nach einer Stunde befreit wurde." Vor Florian ging er in die Knie und forderte ihn auf: „Erzähl mal, wer..."

„Nein", wehrte Julia ihn ab und legte eine Hand vor Peters Kamera. „Das reicht. Wir wollen keinen Rummel. Ich wäre dir dankbar, wenn du kein weiteren Fotos von dem Kind..."

Peter Kraft lächelte sie an. „Es passiert ihm ja nichts."

Julia wollte mit Florian weglaufen. Peter Kraft hielt er sie am Arm fest. „Was hast du eigentlich mit dieser Sache zu tun? Das ist doch der Junge, den ich mit dir zusammen in deinem Garten gesehen habe. In welchem Verhältnis stehst du zu ihm?"

„Das geht dich gar nichts an."

„Ich weiß aber, dass der Kleine der Sohn von der Irren ist, die aus der Anstalt geflohen ist. In welchem der Wohnwagen hier hatte sie sich mit dem Kind versteckt?"

Sein Kollege hielt wieder sein Mikrofon vor Florian Gesicht. „Wer hat dich gefunden?"

„Julia!" piepste der Kleine erfreut. „Ich habe nämlich zu Flocke gesagt er soll nach Hause laufen, weil Mama ihn..."

Anne hielt Florian mit einer Hand den Mund zu, mit der anderen winkte sie einem Auto zu, das durch die Einfahrt fuhr.

Peter Kraft hatte seine Kamera schon wieder griffbereit, als der Chefarzt, der ihn vor einem Jahr am Knie operiert hatte, aus seinem Wagen stieg.

„Papi, Papi." Mit einem Freudenschrei stürzte sich der kleine in die ausgebreiteten Arme seines Vaters.

Peter fand es verständlich, dass der Doktor seinen Sohn an sich drückte, aber als er auch noch Julia in die Arme nahm, kochte sein Blut.

Frank Gerlach konnte nicht verhindern, dass der Fotograf ein Bild nach dem anderen knipste. Als aber der Reporter ihm ein Mikrofon unter die Nase hielt, sagte er nur: „Kein Kommentar."

So schnell ließ sich der Reporter aber nicht abwimmeln. „Herr Doktor Gerlach, wie konnte Ihre Frau aus der Psychiatrie fliehen? Hat sie wirklich Ihren Sohn entführt? Wann haben Sie den Kleinen vermisst?"

Statt ihm zu antworten trug der Doktor seinen Sohn zum Wagen, bat Julia einzusteigen und winkte Flocke zu sich, der sich sofort auf dem Rücksitz neben Florian ausstreckte.

Anne eilte zu ihrem Auto. „Ich fahre schon mal voraus. Frau Hafner wird sich freuen, dass wir alle gleich nach Hause kommen." An der Ausfahrt kam ihr ein großer Wagen, der im hinteren Bereich keine Fenster hatte, entgegen. Im Rückspiegel sah sie, wie die Presse dem Wagen nachrannte, noch ehe er vor dem winkenden Polizisten anhalten konnte. Sie sah nicht mehr, dass zwei kräftige Männer in den Wohnwagen stiegen.

Frank Gerlach sah aber, dass die beiden Pfleger seine Frau, die sich heftig sträubte, zum Auto führten.

Plötzlich lächelte Isabel, als der Fotograf viele Fotos schoss. Sein Kollege hielt das Mikrofon in die Höhe, als sie ihren Begleiter fragte: „Hat die Vorstellung schon begonnen?"

„Nein. Alle warten auf Ihren Auftritt."

„Das ist gut. Heute zeige ich eine Attraktion. Ich fliege mit dem Trapez direkt in den Löwenkäfig, dann klatschen alle Zirkusleute. Hört Ihr auch den Applaus?" fragt sie strahlend. Ihr Lächeln verwandelte sich aber blitzartig zu einer Grimasse, als Frank auf sie zutrat.

„Hallo, Isabel, wie konntest du..." Bevor er seine Frage stellen konnte, spuckte sie ihm ins Gesicht und kreischte: „Du Schwein hast mich eingesperrt. Und ich weiß auch warum. Du hast eine Geliebte. Dieses Miststück will mir mein Kind wegnehmen. Das kann sie aber nicht mehr. Ich habe sie erwürgt. Jetzt ist sie mausetot, wie die anderen Ratten auch." Vor Freude klatschte sie in die Hände und trampelte mit den Füssen.

„Bitte Isabel, beruhige dich." Er wischte sich das Gesicht ab und redete behutsam auf sie ein. „Niemand will dir Florian weg nehmen. Julia ist auch nicht meine Geliebte. Sie wohnt nur bei uns, weil...

„Ha, ha, ha", unterbrach sie ihn höhnisch. „Das sagt du nur, weil ich dir auf die Schliche gekommen bin. Ich bin nicht verrückt. Helen hat dich sogar im Bett mit diesem Flittchen erwischt."

Peter Kraft traute seinen Ohren nicht. Die prüde Julia war also mit dem Doktor, der ihr Vater sein könnte, im Bett. Eine ungeheuerliche Wut packte ihn, als er auf den Doktor zutrat. „Stimmt das, was ich eben gehört habe? Sie haben mit Julia ein Verhältnis, obwohl Sie verheiratet sind?"

„Nein, ich habe kein Verhältnis. Darauf gebe ich Ihnen mein Ehrenwort. Meine Frau lebt zeitweise in geistiger Umnachtung und weiß nicht was sie sagt. Wenn aber auch nur ein Wort davon in der Zeitung steht, verklage ich Sie." Wütend drehte er den Presseleuten den Rücken zu und ging zu dem Wagen, in den Isabel eingestiegen war. Bevor sich die Tür schloss, versprach er: „Ich komme heute Abend."

„Nein, ich will dich nicht mehr sehen. Nie wieder."

Wie versteinert sah Frank dem Wagen nach, der vom

Gelände fuhr.

„Papi, komm endlich", rief Florian aus seinem Auto. Mit schleppenden Schritten ging er darauf zu und atmete erleichtert aus, als die Presseleute wegfuhren.

Oskar Kranbichler stieg vor einem Polizisten aus dem Streifenwagen und winkte Julia und Florian zu, bevor er zu seinem Wohnmobil ging. Die Presse würde sicher darüber berichten, dass er dem Mädchen geholfen hatte, den entführten Jungen zu befreien. Auch ein Foto von ihm würde in der Zeitung abgedruckt sein, deshalb wollte er sich morgen gleich drei Exemplare kaufen. In der nächsten Campingsaison würde er dann das Gesprächsthema Nummer eins sein. Seine Freude bekam einen Dämpfer, als er im Spiegel sein Gesicht sah. Durch das Jod sah er eher aus wie ein Indianer. Die Camper würden ihn gar nicht erkennen. Egal, die Hauptsache war, dass die Kinder wohlbehalten zu Hause sein würden.

Ein weißer Sportwagen kam durch die Einfahrt. Mit einem Blicke erkannte Kommissar Ingo Becker das Kennzeichen. Das war der Wagen von der Schwester der Irren. Bevor die Fahrerin wenden konnte, riss er die Autotür auf und bat sie auszusteigen.

„Was wollen Sie von mir?"

„Frau Helen Winger, ich verhafte Sie wegen Kindesentführung."

„Soll das ein Witz sein?" versuchte sie sich aus der Schlinge zu ziehen.

„Leugnen ist zwecklos. Ihre Schwester, der Sie zur Flucht verholfen haben, ist eben abgeholt worden."

Frank Gerlach wollte gerade in seinen Wagen steigen, als er die Stimme seiner Schwägerin erkannte. Wütend rannte er zu dem Auto, riss Helen heraus und schüttelte sie. „Warum hast du das getan?"

„Ich wollte dir nur einen Denkzettel verpassen. Du solltest spüren wie es ist, wenn man auf einen geliebten Menschen wartet, der nicht kommt. Du hast meiner armen Schwester seit vielen Monaten das Kind entzogen. Isabel wollte Florian endlich mal wieder im Arm halten. Diesen

Wunsch konnte ich ihr nicht abschlagen. Natürlich hätte ich Florian noch heute zurückgebracht. Ich wollte ihn eben abholen."

Wütend sah Frank in Helens Gesicht. „An die Angst, die Florian ausstehen musste, hast du nicht gedacht? Von uns ganz zu schweigen. Du weißt doch, dass Isabel zeitweise gewalttätig ist. Dass du das Kind mit ihr allein gelassen hast, war verantwortungslos."

„Beruhige dich wieder. Dem Knirps ist ja nichts passiert. Kann ich jetzt weiterfahren?"

„Nein." Der Polizist drehte ihre Arme auf den Rücken und legte ihr Handschellen an.

„Sind sie verrückt? Was soll das?" kreischte Helen laut.

„Sie kommen erst mal mit aufs Revier, danach in Untersuchungshaft. Wegen Kindesentführung müssen Sie mit einer langen Freiheitsstrafe rechnen", klärte Ingo Becker sie auf, als er sie zum Streifenwagen führte.

„Ich möchte sofort meinen Anwalt sprechen", hörte Frank noch, bevor er in seinen Wagen stieg.

Nur mit viel Überredungskunst war es Julia gelungen, Florian im Wagen zu halten. Um ihn abzulenken, erzählte sie ihm einige ihrer lustigen Geschichten. Erst als sie den Campingplatz verlassen hatten, atmete sie erleichtert auf.

„Papi, fahren wir jetzt gleich zu Omi nach Hause?"

„Ja. Vorher musst du mir aber verraten, warum du zu Tante Helen ins Auto gestiegen bist? Du magst sie doch nicht."

„Sie stand vor dem Tor und hat mir ein kleines Kätzchen gezeigt. Sie hat gesagt, dass ich es bekomme, wenn ich das Tor aufmache."

„Du hast also das Tor aufgemacht, obwohl wir es dir verboten haben."

„Ja. Das kleine Kätzchen war so putzig. Aber als ich die Mieze auf den Arm nehmen wollte, hat mich Tante Helen gepackt und im Auto eingesperrt. Ich habe laut nach Omi und Julia gerufen, aber niemand hat mich gehört, nur Flocke." Florian streichelte den Hund und erzählte weiter: „Flocke hat laut gebellt und an der Scheibe gekratzt, dann ist Tante Helen losgefahren und Flocke ist uns nachgerannt. Weil aber viel Schnee auf der Straße war, konnte sie nicht schnell fahren. Da hat sie geflucht und geflucht. Omi hat mal gesagt, man soll nicht fluchen. Stimmt das, Papi?"

„Ja." Im Rückspiegel betrachtet Frank das vor Empörung rote Gesicht seines Sohnes.

„Dann hat Tante Helen vor einem ganz großen Auto gehalten, das hat ausgesehen wie ein Omnibus. Das war aber keiner, weil er nicht fahren konnte. Da drin war aber Mami. Zuerst war sie ganz lieb, aber als Flocke zu mir wollte, ist sie mit einem Messer auf ihn losgegangen. Sie hat ihn aber nicht erwischt."

Julia drehte sich zu Florian und streichelte seine Hände.

„Gleich sind wir zu Hause, dann kannst du dir den fertig geschmückten Schneemann anschauen. Er ist wunderschön geworden. Und morgen bauen wir eine Schneeburg."

„Au ja. Aber eine ganz große, damit ich mich mit Flocke darin verstecken kann."

Frank drückte dankbar Julias Arm, weil sie Florian von dem schrecklichen Erlebnis ablenkte. Er war froh, dass sich sein Sohn so schnell erholte. Weniger erfreut war er aber, als er weitere Presseleute bemerkte, die vor der Villa standen. Bevor sich das große Tor hinter seinem Wagen schloss, war es einigen ganz hartnäckigen Reportern gelungen auf das Grundstück zu kommen.

Julia traute ihren Augen nicht, als Luise wie eine Furie angerannt kam und die Presseleute verscheuchte. Dass die sanfte Luise auch energisch sein konnte, war ihr neu.

Bevor Florian ins Haus ging, rannte er erst auf den Schneemann zu. Begeistert klatschte er in die Hände und rief laut: „Papi, schau mal! Ist der Schneemann nicht schön?"

Frank nickte, als er neben Florian stand. „Das ist wirklich ein Prachtexemplar."

„Den hat Julia gemacht. Sie kann aber noch viel mehr. Sie erzählt mir vor dem Einschlafen ganz tolle Geschichten. Die hat sie sich selber ausgedacht. Ist Julia nicht toll? Sie hat sogar angefangen, ein Bild von mir zu malen, das sie dir zu Weihnachten schenken will." Erschrocken hält er sich die Hand vor den Mund. „Oh, jetzt habe ich das Geheimnis verraten. Bitte Papi, verpetze mich nicht."

Frank nahm seinen kleinen Sohn auf den Arm. „Ich verpetze dich nicht." Er trug ihn ins Haus. „Du magst Julia gerne?"

„Ja. Sie ist große Klasse. Ich wünsche mir, dass sie für immer bei uns bleibt."

„Das wünsche ich mir auch." Frank zog an der Garderobe Florian den Anorak und die Stiefelchen aus. Florian rannte sofort zu seiner Omi in die Küche, die ihm eine heiße Schokolade versprochen hatte.

Julia deckte den Tisch, als Frank auf sie zutrat. „Dafür, dass du Florian gerettet hast, werde ich ewig in deiner Schuld stehen."

„Nein, die Rettung haben wir Flocke zu verdanken. Ohne den Hund hätte ich Florian nicht gefunden. Außerdem war es Herr Kranbichler, ein Camper, der die Polizei verständigt und uns beschützt hat. Ohne ihn wäre die Entführung nicht so glimpflich abgelaufen."

„Dann werde ich mich heute noch bei dem hilfsbereiten Mann erkenntlich zeigen."

„Darf ich mitkommen, Herr Doktor?"

„Ja, aber nur wenn du mich nicht mehr Herr Doktor nennst. Du gehörst doch zur Familie." Herzlich nahm er Julia in den Arm. „In dir habe ich eine Tochter gefunden, die ich mir immer gewünscht habe. Du kannst mich Papa oder Frank nennen."

„Danke, Frank." Julia wunderte sich, dass ihr die Anrede so leicht über die Lippen ging.

Florian kam mit Kakao verschmiertem Mund zurück.

„Tante Luise hat für mich Pommes gemacht. Julia, magst du auch Pommes?"

„Na klar. Tante Luise kann..." Mitten im Satz klingelte Franks Handy.

Sofort stürzte Florian auf ihn zu und bettelte: „Bitte, Papi, geh nicht weg." Sein trauriges Gesicht strahlte, als sein Vater der Oberschwester sagte, dass er unter den besonderen Umständen heute nicht mehr in die Klinik kommen würde. Er bedankte sich noch für die Glückwünsche zu Florians Rettung, bevor er das Gespräch beendete.

Beim Mittagessen wunderte sich Florian, dass Omi nicht schimpfte als er Flocke seine Frikadelle vor die Schnauze hielt. Sie ignorierte auch, als er seinen Erdbeerpudding mit seinem Freund teilte. Heute durfte er sogar auf dem Sofa hopsen, ohne dass Omi mit den Augen rollte. Und Julia wollte auch noch, anstatt oben zu malen, lieber mit ihm spielen. Schade war nur, dass Tante Luise, nachdem sie dreimal hintereinander der Schwarze Peter geworden war, nach Hause musste. Sie hatte ihm aber versprochen, morgen wieder zu kommen. Er war glücklich, all seine Lieben um sich zu haben. Heute musste er auch keinen Mittagsschlaf halten. Erst als ihm am Abend vor Müdigkeit die Augen zufielen, trug ihn sein Papi ins Bett. Flocke legte sich sofort auf den Bettvorleger, hüpfte aber zu Florians Füßen, nachdem sein großes Herrchen die Tür leise geschlossen hatte.

„Er schläft ganz ruhig", berichtete Frank seiner Mutter und zog Julia mit sich. „Wir beide fahren auf den Campingplatz. Ich möchte Herrn Kranbichler danken und ihn zum Weihnachtsessen einladen. Hast du etwas dagegen Mama?"

„Im Gegenteil. Das ist eine gute Idee. Ich werde mir auch ein besonderes Geschenk für diesen netten Mann ausdenken. Seine Hilfsbereitschaft muss belohnt werden."

Der Platz, auf dem Oskar Kranbichlers Wohnmobil gestanden hatte, war leer. Frank und Julia fuhren wieder nach Hause. Sie konnten nicht erfahren, ob der Camper vor den Reportern geflüchtet war, oder die Feiertage mit seiner Familie verbringen wollte?

Mit Anne saßen sie danach noch lange vor dem knisternden Kamin und sprachen über Isabel und Helen, bis Frank einen Anruf aus der Klink bekam. „Es hat gleich ein paar Unfälle gegeben. Ich muss los."

Erst kurz nach Mitternacht ging Julia mit Anne die Treppe hoch.

Seit der Entführung vor drei Tagen wich Florian nicht mehr von Julias Seite. Am Heiligen Abend saß er am frühen Nachmittag in ihrem Atelier und malte mit den Buntstiften die von ihr vorgezeichneten Blätter aus. Sie klebte die Flügel an die goldenen Engelchen, die sie angefertigt hatte. Zufrieden betrachtete sie ihr Werk, mit dem sie den Weihnachtbaum schmücken wollte. Julia gönnte sich eine kleine Pause und trat an die breite Fensterfront. Es schneite immer noch! Trotzdem stand ein Reporter vor dem Tor. War das etwa Peter? Wann würde der hartnäckige Kerl einsehen, dass es keine Gelegenheit mehr gab, weitere Fotos von dem entführten Kind zu machen?

Nur mit viel Überredungskunst war es ihr gelungen, Florian im Haus zu halten. Erst nachdem sie ihm versichert hatte, dass sich das Christkind über seine gemalten Bilder mehr freute, als über die Schneeburg, war er mit Feuereifer dabei. Während er malte, griffen seine Hände immer wieder in die Schale mit den Schokoladenlebkuchen. Dass Flocke, der sein Herrchen nicht aus den Augen ließ, auch welche bekam, nahm Julia schmunzelnd zur Kenntnis. Auf seine strahlenden Augen bei der Bescherung am Abend, freute sie sich jetzt schon. Noch nie hatte sie mit einem Kind Weihnachten gefeiert.

Florian sah von seinen Bildern hoch. „Julia, wenn ich heute vom Christkind die elektrische Eisenbahn bekomme, darf ich dann ganz lange damit spielen?"

„Ja, aber nur wenn du jetzt mindestens zwei Stunden

schläfst."

„Ich bin doch kein Baby mehr", protestierte er.

„Dann fallen dir eben noch vor der Bescherung die Augen zu und du merkst dann nicht, wenn das Christkind kommt."

„Ich will das Christkind aber nicht verpassen", rief er entsetzt und wollte nach unten in sein Zimmer rennen.

Julia hielt ihn zurück, nahm ihn auf die Arme, legte sein Gesicht an ihre Brust, damit er nicht nach unter sehen konnte und trug ihn in sein Zimmer.

„Ich schlafe schon", murmelte er und kniff die Augen zu, kaum dass sie ihn in sein Bett gelegt hatte. Leise sang sie ein Schlaflied, dabei kraulte sie Flockes Fell, der sich vor Florians Bett niedergelassen hatte. Erst als sie merkte, dass der Kleine wirklich eingeschlafen war, holte sie ihre Engelchen und ging damit nach unter. „Florian schläft jetzt", berichtete sie Anne, die den Baumschmuck auspackte.

„Das ist gut. Danke Julia, dass du Florian bei dir oben beschäftigt hast." Voll Stolz zeigte sie zu der großen Edeltanne, deren Spitze in der offenen Halle bis fast zur ersten Etage reichte. „Ist das nicht ein Prachtbaum? Die vier Männer die ihn geliefert haben, hatten Mühe, ihn aufzustellen. Für ein großzügiges Trinkgeld haben sie auch noch die Lichterketten angebracht. Jetzt müssen wir den Baum nur noch schmücken. Darf ich mit deiner Hilfe rechnen?"

„Natürlich." Julia freute sich und sah auf die Uhr. „Bis Florian aufwacht müssen wir fertig sein. Für diesen großen Baum brauchen wir mindestens eine Stunde."

„Dann wollen wir keine Zeit verlieren." Anne reichte Julia, die schon auf der Leiter stand, einen Karton nach dem anderen.

4

Nach stundenlangem Flug konnte es Thomas Gerlach kaum noch erwarten, endlich nach Hause zu kommen. Er sah aus dem Fenster der Maschine und betrachtete voll Freude die verschneite Landschaft unter sich. Die Alpen leuchteten in einem Weiß, das sein Herz höher schlagen ließ. Wie sehr er die Heimat vermisst hatte, spürte er noch intensiver, als der Bodensee, der in Ufernähe zugefroren war, unter ihm auftauchte. Fünf Jahre hatte er keinen Schnee mehr gesehen. Dass er schon im ersten Jahr in Namibia Heimweh hatte, wollte er sich nicht eingestehen. Jedes Jahr im Dezember hatte er den afrikanischen Kindern erzählt, wie man in Deutschland Weihnachten feierte. Von Jahr zu Jahr wurde die Sehnsucht nach der Heimat größer. Vor zwei Monaten waren seine fünf Jahre, zu denen er sich verpflichtet hatte, um. Er wollte aber die beiden Entwicklungshelfer, die neu auf seiner Stadion ankamen, erst noch einlernen. Glücklich darüber, dass er zum Weihnachtsfest heimfliegen konnte, hatte er den Flug gebucht. Seine Omimi würde ihn sicher bei sich aufnehmen, bis er eine neue Arbeit gefunden hatte. Zu seinem Vater wollte er nicht. Dort würde er Isabel begegnen, die er nicht ausstehen konnte. Mit Absicht hatte er Omimi nicht benachrichtigt, denn er wollte sie heute, am heiligen Abend einfach überraschen. Dass er jetzt für immer in ihrer Nähe bleiben würde, wäre für sie bestimmt das schönste Weihnachtsgeschenk. Ob sie wohl wie früher seine Lieblingsplätzchen gebacken hatte?

Die Maschine landete in Friedrichshafen wegen dem Schneegestöber mit einer Stunde Verspätung. Obwohl niemand auf ihn wartete, sah er ungeduldig auf die Uhr. In einer halben Stunde konnte er seine Omimi endlich in die Arme nehmen. Er nahm seine Reisetasche vom Band und eilte nach der Zollabfertigung nach draußen. Tief atmete er die kalte Luft ein, bückte sich und rieb sich eine Hand voll Schnee ins Gesicht. „Ich bin wieder daheim", jubelte er laut, bevor er zum Taxistand lief. Der Fahrer sah ihn befremdet an, nickte aber, als er ihm die Adresse nannte und fuhr mit ihm los.

Thomas freute sich über die dichten Schneeflocken

die vom Himmel fielen. „Weiße Weihnachten! Davon konnte ich fünf Jahre nur träumen."

„Gab es da, wo sie waren keinen Schnee?" fragte der Fahrer.

„Nein. Im Dezember ist in Afrika Hochsommer!"

„Dann kann ich verstehen, dass Sie sich über den Schnee freuen. Hoffentlich erkälten Sie sich nicht."

„Bei meiner Großmama, zu der Sie mich fahren, kann ich mich umziehen. Sie hat sicher ein paar warme Sachen von mir aufgehoben." Unruhig rutsche er auf seinem Sitz herum. „Ich kann es kaum erwarten, ihr überraschtes Gesicht zu sehen."

„Haben Sie der alten Dame Ihr Kommen gar nicht mitgeteilt?"

„Nein, dann wäre es ja keine Überraschung."

„Na dann, fröhliche Weihnachten." Der Fahrer hielt bei der angegebenen Adresse und kassierte den Fahrpreis.

Thomas eilte auf Omimis Häuschen zu und drückte auf die Klingel. Als er Schritte hörte, ließ er die Reisetasche fallen und breitete die Arme aus. Es war aber nicht seine Omimi, sondern eine junge Frau mit einem Baby auf dem Arm, die ihm die Tür öffnete. Verblüfft sanken seine Arme nach unten. Er sah von der jungen Mutter zum Namensschild neben der Klingel. „Entschuldigen Sie bitte. Ich wollte zu Frau Gerlach."

Kritisch betrachtete die Frau ihn. „Frau Gerlach wohnt schon seit vier Jahren nicht mehr hier."

„Was?" Mit dieser Antwort wollte sich Thomas nicht abspeisen lassen. „Wissen Sie, wo meine Großmama jetzt wohnt?"

„Sie sind Annes Enkel?"

„Ja. Ich kann es sogar beweisen." Aus seiner leichten Jacke zog er seinen Pass.

Nach einem prüfenden Blick sah ihn die Frau freundlicher an. „Bevor wir Annes Haus gekauft haben, ist sie zu ihrem Sohn nach Friedrichshafen gezogen. Jetzt wohnt sie allerdings in Kressbronn, im Seeweg drei."

„Vielen Dank und schöne Feiertage", rief er noch über die Schulter, als er schon zum Gartentor rannte.

Der Taxifahrer hatte in der Sackgasse gewendet und hielt neben Thomas an. „Na, was ist? Hat sich Ihre Großmama nicht gefreut?"

„Sie wohnt nicht mehr hier." Thomas setzte sich wieder ins Taxi. „Bitte fahren Sie mich nach Kressbronn, Seeweg drei."

Der Fahrer stutzte. „Die Adresse kommt mir bekannt vor. Sie stand vor drei Tagen auf der Titelseite der Zeitung, weil aus einer Villa im Seeweg ein kleiner Junge entführt wurde."

„Was? Eine Kindesentführung, hier am Bodensee?" Thomas zog die Augenbrauen hoch und schüttelte den Kopf. „ Wie kann man einem Kind so etwas antun? Auch die Eltern tun mir leid. Wie viel Lösegeld haben die Kidnapper gefordert? Eine Million, oder zwei?"

„Das wäre naheliegend gewesen, denn im Seeweg wohnen nur betuchte Leute. Es wurde aber kein Lösegeld verlangt. Die Mutter des Kindes, die mit Hilfe ihrer Schwester aus der Klapsmühle fliehen konnte, hat sich mit dem Buben auf dem Campingplatz in einem Wohnwagen versteckt. Zum Glück konnte Doktor Gerlach seinen Sohn nach einer Stunde schon wieder in die Arme schließen."

„Haben Sie eben Doktor Gerlach gesagt."

„Ja! Kennen Sie ihn?"

„Er ist mein Vater!" Vor Aufregung konnte er kaum sprechen. „Bitte erzählen Sie mir alles, was Sie darüber wissen."

„Moment. Ich habe die Zeitung, in der ausführlich darüber berichtet wurde, noch hier." Ohne einen Blick von der Fahrbahn zu lassen, kramte er im Seitenfach seines Wagens und reichte seinem Fahrgast das Exemplar.

Thomas faltete die Zeitung auseinander. Beim Anblick der Titelseite stocke ihm der Atem. Das war unverkennbar sein Vater, der ein junges Mädchen und einen kleinen Jungen im Arm hielt. Über dem Bild, das die

Hälfte des Blattes einnahm, prangte die Schlagzeile: GLÜCKLICHES ENDE EINER KINDSENTFÜHRUNG. Voll Interesse verschlang er jede Zeile und erfuhr, dass der Hund des Kindes eine Mitbewohnerin zu dem Wohnwagen geführt hatte. Dort hielt die psychisch kranke Frau des berühmten Chirurgen, Doktor Gerlach, den gemeinsamen Sohn gefangen.

Sein Vater hatte Isabel also geheiratet und einen Sohn von ihr bekommen. Das bedeutete, dass er einen kleinen Bruder hatte. Er suchte nach einem besseren Foto und blätterte zur nächsten Seite. Unter dem Foto, das einen kleinen Jungen mit dunklem Wuschelkopf zeigte, war auch eine Villa abgebildet. Darunter stand wieder in Druckbuchstaben: FLORIAN'S HEIMKEHR. Sein Brüderchen hieß also Florian! Genau verglich er die Gesichtszüge des Jungens mit seinem Vater und sich. Sie waren identisch! Lange betrachtete er Florians Gesicht, bevor sein Blick zu der exklusiven Villa wanderte. Wie war sein Vater zu so einem Prachtbau gekommen? Noch einmal las er den gesamten Bericht durch.

„Seeweg drei", unterbrach der Taxifahrer seine Lektüre. „Viel Glück und schöne Feiertage", wünschte er, nachdem er den Fahrpreis kassiert hatte.

Langsam ging Thomas auf das Tor zu.

Zufrieden, wie geschmackvoll Julia den Baum schmückte, nickte Anne ihr dankbar zu. Hinten fehlten noch ein paar Kugeln. Julia stand auf der fünften Stufe, als sie schnupperte.

„Ach herrje, ich muss nach dem Essen sehen." Wie der Blitz eilte Anne in die Küche.

Mit Hingabe befestigte Julia den letzten Schmuck in den Zweigen. Auf halber Höhe stehend, hörte sie den melodischen Klang der Haustürglocke. Das war sicher der hartnäckige Reporter. Sie ignorierte das Klingeln und hängte die restlichen Kugeln und Engelchen in den Baum. Es klingelte wieder. Diesmal schien der Finger des Kerls daran zu kleben. Wütend stieg sie von der Leiter und brüllte in die Sprechanlage. „Können Sie uns nicht mal am Heiligen Abend in Ruhe lassen? Wir geben keine Auskunft mehr." Schon wollte sie einhängen, als sie eine eindringliche Stimme vernahm. „Ich möchte zu meiner Großmama. Mein Name ist Thomas Gerlach."

Julia glaubte, sich verhört zu haben. Annes großer Enkel war doch irgendwo im Afrikanischen Busch! Oder nicht mehr? Davon musste sie sich erst überzeugen. Statt auf den Einlassknopf zu drücken, schlüpfte sie an der Garderobe in Anorak und Stiefel. Auf dem Weg zur Gartenpforte, zog sie sich die Kapuze über den Kopf. Es schneite noch immer.

Dass es kein Reporter war, erkannte Julia auf einen Blick. Ein Einheimischer hätte sich bei den Witterungsverhältnissen wärmer angezogen. Dieser junge Mann trug nur eine leichte Windjacke, ausgefranste Jeans und durchnässte Turnschuhe. In der Hand hielt er weder Mikrofon noch Kamera sondern eine ausgebeulte Reisetasche. Mit dem Dreitagebart sah er aus wie ein Landstreicher. „Kann ich zuerst Ihren Ausweis sehen?" Fordernd streckte sie ihre Hand durch das Gitter.

„Wozu? Melde einfach Anne Gerlach, dass ihr Enkel Thomas angekommen ist."

Unwillig schüttelte Julia den Kopf. „Das behaupten Sie. Wenn Sie Ihre Identität nicht beweisen wollen, können Sie da draußen warten, bis Sie schwarz werden:" Schon wollte sie sich abwenden, als sie ein lautes Halt vernahm. Aus seiner Jacke zog der Bärtige seinen Pass, den er ihr durch das Gitter reichte.

Julia starrte erst auf den Namen, dann auf das Bild. Kritisch verglich sie erst die braunen Augen dann die Stirnpartie und den Mund, bevor sie das Tor öffnete. „Wie können Sie es wagen, ohne Vorwarnung hier aufzukreuzen? Hätten Sie nicht mal anrufen oder eine Postkarte schicken können? Anne wird aus allen Wolken fallen, wenn Sie plötzlich vor ihr stehen. Warum haben Sie Ihre Ankunft nicht mitgeteilt?"

„Weil ich Omimi überraschen wollte. Heute ist der

Heilige Abend, da möchte ich sozusagen als Christkind erscheinen."

Zusammen gingen sie auf die Haustüre zu. Julia betrachtete den lange verschollenen Enkel und schüttelte den Kopf. „Als Christkind kann ich Sie mir beim Besten Willen nicht vorstellen."

„Na ja. Aus den Windeln bin ich heraus." Plötzlich blieb er stehen und hielt sie am Arm fest. „Sag mal, Kleine, ist mein Vater da?"

Obwohl sich Julia über die Anrede ärgerte, gab sie, wenn auch schnippisch, Auskunft. „Nein. Ihr Vater ist noch in der Klinik. Er hat aber versprochen, zur Bescherung zu kommen."

„Das ist gut. Dann kann ich zuerst mit Omimi reden."

Im Haus angekommen, betrachtete er voll Bewunderung die offene Wohnhalle. Neben dem Überdimensionalen Baum, der wunderschön geschmückt war, stand seine Großmama auf der dritten Sprosse der Leiter und fragte: „Julia, wer hat denn vorhin so unverschämt geklingelt?"

„Das war ich, liebe Omi", kündigte Thomas an. Noch ehe er seine Arme ausbreiten konnte, klatschte eine Glaskugel auf den Marmorboden.

Die Leiter wackelte bedenklich, als sich Anne abrupt umdrehte. Ihre Augen weiteten sich, als sie ihren großen Enkel plötzlich vor sich sah. „Thomas? Thomas, bist du das wirklich?" Ihre Knie gaben nach. Bevor sie sich auf die Sprosse setzten konnte, fiel sie in seine Arme. „Mein Junge, du bist gekommen. Du bist wirklich da!" Ihre Augen füllten sich mit Tränen der Freude. Liebevoll strich sie ihm immer wieder über das Gesicht.

„Ja, ich bin wieder da. Genau richtig zum Fest. Freust du dich?"

„Ach Bub, wie kannst du so etwas fragen?" Vor Begeisterung drückte sie ihn so fest an sich, dass seine durchnässte Jacke einen dunklen Abdruck auf ihrem Kleid hinterließ. Anne spürte seine kalten Hände auf ihrem Rücken. „Du bist ja ganz durchgefroren. Warum hast du dich nicht wärmer angezogen?"

„In Afrika ist Sommer!"

Julia sah, während sie an der Garderobe Jacke und Stiefel auszog, der Begrüßung zwischen Anne und ihrem lange verschollenen Enkel zu. Bevor sie nach dem letzten Karton mit Baumschmuck greifen konnte, zog Anne sie zu sich.

„Thomas, ich möchte dich zuerst mit unserer lieben Hausfee bekannt machen. Das ist Julia."

Statt Julia die Hand zu reichen, winkte er ab. „Ich hatte schon das Vergnügen. Nein, es war kein Vergnügen." Seine Stimme klang rau, als er sich an Anne wandte und mit dem Daumen nach hinten zeigte. „Die kleine Krabbe hat mich nicht nur unnötig lange vor dem Tor stehen lassen, sie wollte auch noch meinen Ausweis sehen."

„Zu Recht! In den letzten Tagen wollten uns immer wieder ungebetene Gäste ausfragen."

„Wegen der Entführung?"

Erstaunt sah Anne zu ihrem Enkel hoch. „Woher weißt du schon von der Entführung?"

„Aus der Zeitung. Ein Taxifahrer hat sie mir auf dem Weg hierher zu lesen gegeben. Ich weiß auch, dass ich einen kleinen Bruder habe. Wo ist der Knirps?"

„Florian schläft, damit er heute Abend munter ist, weil ihm das Christkind die gewünschte Eisenbahn bringt."

„Prima, dann kann ich ihm zeigen, wie man die Weichen richtig stellt."

„Diese Aufgabe wollte eigentlich dein Vater übernehmen, doch ich bin sicher, dass ihr auch zu dritt euren Spaß daran haben werdet."

Das Lächeln auf Thomas Gesicht gefror. „Was wird Vater wohl sagen, dass ich heimgekommen bin?"

„Er wird sich genauso freuen wie ich." Anne drückte Thomas wieder an sich und seufzte: „Ach Bub, du hast uns so sehr gefehlt. Wie ist es dir in den fünf Jahren ergangen?"

„Diese fünf Jahre kann ich nicht mal in fünf Stunden

erzählen."

„Dann muss ich meine Neugier zügeln. Deine Abenteuer werden auch deinen Vater interessieren. Du kannst mir aber doch heute schon versprechen, dass du jetzt für immer hier bleibst."

Thomas hob die Hand „Versprochen."

„Gut, dann musst du aber aus den nassen Klamotten raus, bevor du dich erkältest. Ich lasse dir gleich Badewasser einlaufen."

„Ich bin kein Weichei", wehrte er ab. „Hier ist es schön warm." Mit drei Schritten war er am Kamin, in dem die Holzscheite knisterten, und sah sich wieder um. „Das alles übertrifft meine Vorstellung von der Heimkehr."

„Sag mal, wie hast du mich eigentlich gefunden? Es ist doch schon eine Weile her, dass ich..."

„Die junge Frau, der du dein Haus verkauft hast, hat mir deine Adresse verraten. Ich war sehr enttäuscht, dass ich dich dort nicht angetroffen habe. Auf dem langen Flug hierher habe ich mir in allen Farben ausgemalt, wie wir beide in deinem behaglichen Nest das kleine Tannenbäumchen schmücken und ich dabei meine Lieblingsplätzchen verzehren darf. Wo habe ich dich stattdessen gefunden? In einer feudalen Villa."

„Wir haben das Haus wegen Florian gekauft. Hier kann er sich mit Flocke, das ist sein Hund, austoben. Nicht nur der Kleine, auch wir sind glücklich hier. Das haben wir Julia zu verdanken. Ihr gehörte die Villa."

„Was? Wie kommt die kleine Krabbe zu so einem Prachtbau?"

„Die näheren Umstände wirst du noch erfahren."

Für die unteren Zweige brauchte Julia die Leiter nicht mehr. Da sie ihr im Weg stand, klappte sie sie zusammen. Mit dem enormen Gewicht hatte sie nicht gerechnet. „Vorsicht", rief sie laut, konnte aber nicht verhindern, dass die Spitze der Leiter Thomas am Kopf traf, bevor sie scheppernd auf den Boden knallte.

„Aua." Er rieb sich den Hinterkopf und kam auf sie

zu. „Willst du mich umbringen?"

„Tut mir leid", sagte Julia hastig.

„Ach wirklich? Gib's zu, das hast du mit Absicht gemacht."

„Wieso hätte ich das tun sollen? Die Leiter war nur schwerer als ich dachte, und da..."

„So etwas würde Julia nie tun", verteidigte Anne ihre Mitbewohnerin.

„Wo soll das Mordinstrument hin?" Thomas hob die Leiter auf und folgte Anne zum Hinterausgang.

Julia hängte die letzten Kugeln an die Zweige. Auch wenn sie diesem Rüpel für die Krabbe einen Denkzettel verpassen wollte, bedauerte sie doch, ihn verletzt zu haben.

Plötzlich stand er neben ihr und rieb sich mit einer Hand seinen Kopf. „Das gibt eine gewaltige Beule. Ich verlange Schmerzensgeld."

„Wegen so einer Lappalie?" Julia verzog spöttisch den Mund. „Ich hoffe, dass der Schlag den Gedankengang in Ihrem Hirn wachgerüttelt hat. Da wo Sie herkommen mag es üblich sein, dass sich Fremde duzen. Sie sind jetzt nicht mehr im Urwald. Ich duze Sie ja auch nicht."

„Warum eigentlich nicht? Ich habe nichts dagegen."

„Ich schon." Julias Augen funkelten ihn feindselig an.

„Oh, die Prinzessin zeigt ihre Krallen. Dabei bin ich in friedlicher Absicht gekommen. Ich möchte dich sogar küssen, weil du meinen kleinen Bruder aus Isabels Klauen befreit hast."

Abwehrend hob Julia beide Hände. „Das werden Sie nicht wagen!"

„Wetten doch?" Er zog die kleine Kratzbürste an sich und bevor sie sich wehren konnte, küsste er sie leidenschaftlich.

Ihre Reaktion spürte er wenige Sekunden danach. Statt seinen Hinterkopf rieb sich Thomas jetzt seine Wange. „Donnerwetter. So viel Brutalität habe ich dir nicht zugetraut. So klein und so schlagfertig."

„Sie sind ein ungehobelter Klotz", übertönte Julia seine Stimme.

Anne kam aus der Küche und musste mit anhören, wie sich die beiden zankten. „Aber, aber. Heute ist Heiliger Abend. Könnt ihr euch nicht vertragen?" Resolut zog sie Thomas zur Treppe. „In einer Stunde ist Bescherung. Du gehst jetzt ins Bad, damit du fertig bist, bevor dein Vater kommt. Ich suche dir inzwischen etwas Passendes zum Anziehen. Und vergiss nicht, dich zu rasieren. Vorher kann ich dich Florian nicht präsentieren".

„Ach Gott, wie soll ich dem Kleinen nur erklären, dass er plötzlich einen großen Bruder hat?" jammerte Anna.

Bestürzt blieb Thomas stehen. „Ihr habt mich also totgeschwiegen!"

„So darfst du das nicht formulieren", wehrte sich Anne gegen diesen Vorwurf. „Wir hätten Florian schonend darauf vorbereitet, wenn du uns mal ein Lebenszeichen von dir geschickt hättest. Wie hätten wir denn ahnen können, dass du heute so überraschend auftauchst?"

„Soll ich wieder gehen?"

„Untersteh dich", drohte ihm Anne. Sie standen auf dem mittleren Treppenabsatz und sie zeigte nach oben. „Dort ist Julias Reich. Du kannst nicht ahnen, was für eine liebe und angenehme Mitbewohnerin sie ist. Ohne Florians Märchenfee hätte er das schreckliche Erlebnis seiner Entführung nicht verkrafte. Julia hat es sogar geschafft, dass der Bub wieder lachen kann."

„Wie schön. Warum benimmt sie sich mir gegenüber dann so kratzbürstig?"

Was Anne darauf antwortete, konnte Julia nicht mehr hören. Die Badezimmertür fiel hinter den beiden zu. Sie spürte noch immer den Kuss auf ihren Lippen. Sie trug die leeren Kartons in die Abstellkammer, fegte die Scherben der zerbrochen Kugel zusammen und ging nach oben. Vor Pepes Madonna blieb sie stehen. Die stand nicht wie von ihr geplant, in der Wohnhalle, sondern in ihrem Atelier auf einem Tischchen. Leise flehte sie: „Du musst verhindern, dass ich mich in Thomas verliebe, denn nach der Enttäuschung mit Gregor, kann ich keinem Mann mehr vertrauen." Dass sie sich bereits in diesen ungehobelten Klotz verliebt hatte, wollte sie sich nicht eingestehen. Es war diesmal ein ganz anderes Gefühl, das sie bei dem Kuss von Thomas verspürt hatte. Sie riss sich von dem Gedanken los und trat in ihrem Schafzimmer vor den Spiegel und erschrak. Ihre Haare, die sie zu einem Pferdeschwanz gebunden hatte, hingen ihr wirr ins Gesicht. Auch in den Jeans und dem alten T-Shirt sah sie nicht gerade vorteilhaft aus. Kein Wunder, dass Thomas sie für eine Krabbe hielt. Aber dem unverschämten Kerl würde sie es zeigen. Sie konnte sehr wohl wie eine Dame aussehen. Entschlossen nahm sie das Kleid, das sie für den heutigen Abend gewählt hatte, aus dem Schrank, hängte es an den Ständer, zog sich aus und trat in die Dusche. Mit nassen Haaren, ein Badetuch um ihren Körper geschlungen, griff sie nach dem Fön, als Florian auf sie zustürmte.

„Julia." Er musste tief Luft holen, bevor er stammeln konnte: „In Papis Badewanne liegt ein fremder Mann. Ich wollte es Omi erzählen, aber ich darf heute nicht nach unten, bevor das Weihnachtsglöckchen läutet."

Sie beugte sich zu dem Buben und redete behutsam auf ihn ein. „Florian, dieser Mann ist ein Geschenk vom Christkind an deinen Papi und deine Omi."

„Warum liegt er dann in der Badewanne und nicht unter dem Weihnachtsbaum?"

„Weil er auch so ein Dreckspatz ist wie du. Da aber das Christkind nur saubere Kinder beschert, werde ich dich erst mal waschen."

„Waschen ist doof. Ich möchte lieber in deiner Badewanne plantschen."

„Na gut", nickte Julia. „Bis das Christkind kommt, haben wir noch viel Zeit."

„Du musst aber alle Türen offen lassen, damit wir das Weihnachtsglöckchen hören." Ohne die üblichen Proteste ließ er sich sogar die Haare waschen. In ein Badetuch gehüllt, setzte sie ihn auf den Hocker und trocknete ihm die Haare.

„Du, Julia, erfüllt das Christkind eigentlich alle Wünsche? Ich wünsche mir auch, dass du für immer bleibst. Ich habe dich ganz doll lieb."

„Ich dich auch, deshalb möchte ich nie mehr weg von hier."

„Ehrenwort?" Florian hob seine flache Hand.

„Ehrenwort!" Julia klatschte dagegen. Gleich darauf fiel ihr ein, dass sie diese Versprechen vielleicht gar nicht halten konnte. Der Heimgekehrte würde sich auf die Dauer mit dem Gastzimmer nicht zufrieden geben. Wenn er auf ihre Wohnung spekulierte, musste sie sich eine andere Bleibe suchen.

Flocke, der um jedes Badezimmer einen großen Bogen machte, wedelte freudig mit dem Schwanz, als Julia sein Herrchen auf ihr Sofa im Wohnzimmer setzte und anzog.

„Du bleibst hier brav sitzen bis ich zurückkomme, und mach keine Dummheiten. Du weißt das Christkind sieht alles." Bevor sie sich umdrehte, drückte sie ihm ein Bilderbuch in die Hand. Im Badezimmer zog sie sich an und bürstete ihre inzwischen getrockneten Haare. Mit dem Spiegelbild zufrieden, ging sie zu Florian, der sie bewundernd betrachtete.

„Julia, du siehst aus wie der Engel aus dem Weihnachtsbuch!"

Geschmeichelt drückte sie den Buben an sich. „Weil du so brav warst, erzähle ich dir ein schönes Wintermärchen." Sie nahm Florian auf den Schoß und begann zu erzählen: „Vor langer, langer Zeit wohnte eine Schneefee im Wald..."

Wie gebannt lauschte er ihren Worten.

Die Geschichte war noch nicht zu Ende, als sie das Weihnachtsglöckchen hörten. Mit einem Satz sprang Florian von ihrem Schoß und eilte die Treppe hinunter. Etwas langsamer folgte ihm Flocke und noch langsamer Julia. Sie hatte ihre Bilder, die sie zusammengerollt und mit einem schönen Band verziert hatte, unter dem Arm.

Auf der mittleren Etage blieb sie kurz stehen, als der Junge jubelte: „Mann oh Mann, so einen riesengroßen Christbaum hatten wir noch nie!"

Im selben Augenblick kam Frank, festlich gekleidet, mit einem Lächeln auf sie zu: „Julia, du siehst bezaubernd aus." Galant reichte er ihr den Arm und führte sie nach unten. Verstohlen sah sie sich um, und legte ihre Geschenke unter den Baum. Hatte Thomas das Glöckchen nicht gehört, oder war es seine Art, nicht pünktlich zu sein? Florian stürmte auf seinen Vater zu. „Sieh mal Papi, das Christkind war da." Begeistert zeigte er auf die vielen schön eingepackten Päckchen. „Darf ich gleich nachsehen, ob ich eine Eisenbahn bekommen habe?"

„Nein. Zuerst singen wir ein Weihnachtslied", ermahnte ihn seine Omi, die neben ihm stand und Flocke am Halsband festhielt. „Als Dank, dass das Christkind uns ein ganz besonderes Geschenk gebracht hat, singen wir Stille Nacht!"

„Ich möchte aber lieber, Ihr Kinderlein kommet, singen. Das habe ich im Kindergarten gelernt."

„Na gut, dann singen wir zuerst dein Lied", beruhigte ihn sein Vater.

Anne stimmte das Lied an, konnte aber vor Rührung dem Text nicht folgen. Bei, Ihr Kinderlein kommet, oh kommet doch all, brach sie in Tränen aus, als Thomas wie aufs Stichwort nach vorne trat.

Frank rieb sich die Augen. Vor Überraschung brachte er keinen Ton heraus. Erst als seine Mutter ihm die Hand auf die Schulter legte und schluchzend fragte: „Ist das nicht das schönste Weihnachtsgeschenk für uns?", kam er wieder zur Besinnung. Wortlos nahm er Thomas in die Arme und drückte ihn an sich. Es dauerte lange, bis er stammeln konnte: "Willkommen zu Hause, mein Sohn."

Diese Wiedersehensfreude wollte Julia nicht stören. Gerührt, dass Frank den Verschollenen wieder in die Arme nehmen konnte, ging sie in die Küche.

Für Florian dauerte es viel zu lange, bis er seine Geschenke auspacken durfte. Ungeduldig zupfte er seinen Vater am Hosenbein. „Papi, komm endlich."

Frank nahm Florian auf den Arm. „Sieh mal, was das Christkind uns gebracht hat. Das ist Thomas, dein großer Bruder! Freust du dich auch so sehr wie Omi und ich?"

Argwöhnisch sah Florian den Mann an, der in Papis Badewanne gelegen hatte. Ohne Bart gefiel er ihm besser. Ihm gefiel aber nicht, dass seine Omi ihn wieder in die Arme nahm. Schmollend wollte er zum Christbaum, als sein großer Bruder ihm über die Haare fuhr. „Lass das. Julia hat mich so schön gekämmt."

„Entschuldige. Ich freue mich so sehr, dass ich ein Brüderchen habe. Leider habe ich kein Geschenk für dich."

„Die Geschenke bringt doch das Christkind und die Engel helfen ihm dabei. Julia ist auch ein Engel." Suchend sah er sich um. „Wo ist sie? Ich möchte mit ihr meine Eisenbahn auspacken."

Dass die Anlage schon fertig aufgebaut auf einem langen Tisch neben dem Kamin stand, hatte er noch nicht bemerkt, weil sie mit einem großen Tuch zugedeckt war.

„Zuerst essen wir, danach ist die Bescherung", ermahnte ihn seine Omi, bevor sie in die Küche eilte.

„Das ist gemein." Florian stampfte mit dem Fuß auf. „Ich habe keinen Hunger. Ich möchte endlich Lokführer sein."

Thomas ging vor seinem kleinen Bruder in die Hocke. „Florian, ein Lokführer der nichts isst, fällt vor Hunger um, bevor er die Weichen stellen kann. Und wenn die Weichen nicht richtig gestellt sind, knallen die Züge aufeinander, dann ist deine neue Eisenbahn schon heute kaputt."

„Nein, sie darf nicht kaputtgehen." Wie der Blitz rannte er auf seinen Platz und Flocke trottet zu seinem Napf. Ungeduldig klopfte er mit seinem Löffel auf den Tisch. „Wann bringt Tante Luise endlich das Essen?"

„Tante Luise ist über die Feiertage zu ihren Enkeln

gefahren, die sicher nicht so ungeduldig sind wie du", klärte sein Papi ihn auf.

„Wer ist Tante Luise?" Fragend sah Thomas von Frank zu Florian.

„Julias frühere Gärtnerin und jetzt auch unsere Perle. Ich bin sehr froh, dass sie die Mama bei den vielen Arbeiten in dem großen Haus unterstützt. Da Luise heute nicht hier ist, hilft ihr Julia."

Wie aufs Stichwort traten Anne und Julia mit vollen Schüsseln ins Esszimmer.

Frank zog Thomas zu Julia, kaum dass sie die Speisen abgestellt hatte. „Hast du unsere Mitbewohnerin schon kennengelernt? Julia ist..."

„Ich weiß, was sie ist", unterbrach er seinen Vater. Spöttisch verzog er das Gesicht, das sich von einer Sekunde zur anderen in Bewunderung verwandelte. War das etwa dieselbe Kratzbürste, die ihn vor einer Stunde geohrfeigt hatte? In dem langen, hellen Kleid, das ihre zarte Figur umschmeichelte, dazu das seidige Haar, das ihr liebliches Gesicht mit den ausdrucksvollen Augen umrahmte, sah der kleine Satansbraten wirklich wie ein Engel aus. Zum Glück fehlten ihr die Flügel.

„Bitte, Thomas, setz dich endlich", forderte ihn seine Großmama auf.

Frank entging nicht, mit welch bewunderten Blicken sein großer Sohn Julia ansah. Nur, dass Julia diese Blicke nicht erwiderte, bedauerte er. Auch wenn Thomas nicht so festlich gekleidet war, sah er in den dunklen Jeans und dem weinroten Hemd sehr gut aus. Aus dem schlaksigen Bengel war in den fünf Jahren ein stattlicher Mann geworden.

„Omimi, das Essen schmeckt köstlich", lobte Thomas das Festmahl. „In Afrika habe ich deine Spezialitäten sehr vermisst."

„Du hättest nicht darauf verzichten müssen." Frank sah ihn dabei traurig an.

Julia legte eine Hand auf Annes Arm und hauchte mit belegter Stimme: „Auch ich möchte mich bedanken. Nicht nur für das Essen, das mich an meine Berta erinnert, auch für..." Die Tränen, die ihr in die Augen schossen, sollte niemand sehen. Fluchtartig wollte sie in die Küche.

Frank hielt sie zurück und nahm sie in die Arme. „Julia, ich kann verstehen, dass du traurig bist. Das erste Weihnachtsfest ohne deinen Papa ist sicher bitter für dich. Du hast aber wieder eine Familie, denn du gehörst zu uns. Ich verspreche dir, dass nichts und niemand dich von hier vertreiben wird. Wir sind sehr froh, dass wir dich haben. Nicht wahr, Mama?"

Anne nickte, stand auf, nahm Julia auch in die Arme und drückte sie an sich. „Ich habe dich genauso lieb wie meine beiden Enkel."

„Ich habe dich noch viel doller lieb als alle zusammen", piepste Florian, sprang von seinem Stuhl, klammerte sich an ihre Beine und war froh, dass alle endlich vom Tisch aufgestanden waren. Jetzt durfte er endlich seine Geschenke auspacken. Er nahm Julia an die Hand und zog sie zum Baum. „Ist in dem Großen Paket meine Eisenbahn?"

„Nein, deine Eisenbahn ist hier!" Sein Papi stand mit Omi neben dem Kamin. Gemeinsam hoben sie das große Tuch von der Anlage.

Florian verschlug es die Sprache. So schön und so groß hatte er sich sein Geschenk nicht vorgestellt.

Fasziniert schaute auch Julia auf die Miniaturlandschaft. Nachdem Frank die Anlage eingeschaltet hatte, fuhren gleich zwei Züge los. Vor dem Bahnhof hielt er einen Zug an.

„Heiliges Kanonenrohr", entfuhr es Florian. Strahlend sah er seinen Papi an. „Ist das meine? Gehört sie wirklich mir?"

„Ja. Jetzt zeige ich dir, wie man die Weichen stellt." Dazu kam er allerdings nicht. Sein Handy klingelte Er lauschte den wenigen Worten und versprach: „Ich fahre gleich los."

„Nein, nicht am Heiligen Abend. Du hast ausnahmsweise mal keinen Dienst", ermahnte ihn Anne.

„Das war nicht die Klinik. Isabel hat versucht..." Was sie versucht hatte flüsterte er seiner Mutter ins Ohr.

Thomas, war gekränkt am Tisch sitzen geblieben, weil alle die kleine Göre umarmten. Jetzt stand er auf und ging auf seinen Vater zu. „Soll ich dich fahren?"

„Nein", wehrte Frank ab. „Du darfst Florian nicht auch noch enttäuschen. Wer soll ihm sonst erklären, wie die Eisenbahn funktioniert?" An der Tür rief er ihnen zu: „Macht euch einen schönen Abend."

Florian zog eine Schnute. „Mist", schimpfte er laut. „Immer wenn Papi mit mir spielen will, muss er weg. Wenn ich groß bin, möchte ich lieber Lokomotivführer werden."

Auch Julia bedauerte, dass Frank weg musste. Ohne Thomas eines Blickes zu würdigen, trug sie die Schüsseln in die Küche und Anne folgte ihr mit dem Geschirr. Noch bevor Anne die Teller abgestellt hatte, bat Julia: „Lass mich die Küche aufräumen. Dein großer Enkel hat dich so lange entbehren müssen. Geh zu ihm."

Anne schüttelte den Kopf. „Ich habe fünf Jahre auf Thomas gewartet, jetzt kann er fünf Minuten auf mich warten. Florian ist ja bei ihm. Die beiden werden jetzt mit der Eisenbahn spielen und die Welt um sie herum vergessen." Anne erzählte Julia mit welcher Freude Frank die Anlage schon seit Wochen in einem Kellerraum aufgebaut hat. „Franks Augen haben genauso geleuchtet wie vor zwanzig Jahren, als er für Thomas diese Eisenbahn gekauft hat. Nur die elektrische Anlage ist neu." Sie erzählte Julia auch noch, dass Thomas als Kind genauso ungeduldig war, wie Florian jetzt ist.

Florian rannte gleich auf Julia zu. „Sieh mal, wie viele Waggons die Lok ziehen kann." Er drückte einen Knopf auf dem Trafo. „Pass auf, gleich kommt ein langer Zug aus dem Tunnel. Möchtest du mal die Weichen stellen?"

„Mädchen können das nicht", winkte Thomas ab.

Darüber ärgerte sich Julia. Wie kam der Kerl dazu, so etwas zu behaupten? Dem würde sie es zeigen. Auch wenn sie noch nie mit einer Eisenbahn gespielt hatte, so konnte es doch nicht so schwer sein, im richtigen Moment auf den richtigen Knopf zu drücken. Um sich einen Überblick zu verschaffen, ließ sie die Züge erst mal fahren.

„Jetzt", brüllte Thomas hinter ihr, umfasste ihre Arme und drückte auf den Knopf. „Da habe ich zum Glück noch rechtzeitig eingegriffen, sonst hätte es eine Katastrophe gegeben."

Julia spürte seinen Atem im Nacken und machte sich aus der Umklammerung frei. „Nein, ich hatte noch genügend Zeit, die Weichen zu stellen. Du willst dich nur wichtig machen."

Thomas hob die Arme empor. „Halleluja. Du hast mich endlich geduzt. Omi, du hast es auch gehört."

„Darauf wollen wir unser Glas erheben." Anne füllte aus der Karaffe drei Gläser Wein. „Wir trinken auf eine hoffnungsvolle Hausgemeinschaft."

„An mir soll es nicht liegen. Ich bin ein friedliebender Mensch."

Skeptisch sah Julia zu ihm hoch. Als Florian um Hilfe rief rannten sie gleichzeitig zu ihm. Ein Zug war aus den Gleisen gesprungen.

Thomas sah Florian kopfschüttelnd an. „Du hast zu viel Gas gegeben. Wenn du weiterhin so stürmisch bist, sind die Züge morgen schon Schrott!"

Verärgert blitzte Julia Thomas an. „Hast du als Kind immer alles richtig gemacht? Wie kannst du deinem Brüderchen so Angst einjagen?"

Den Tränen nahe, schmiegte sich Florian an Julia. „Ist meine Eisenbahn schon kaputt?"

„Nein", tröstete sie ihn, stellte die Waggons wieder auf die Gleise und drückte vorsichtig auf den Knopf. „Sieh mal, sie fährt wieder."

„Du bist ganz große Klasse!" Dass Florian dabei Julia anstrahlte, musste Thomas mit schlechtem Gewissen zur Kenntnis nehmen.

„Willst du nicht mal nachsehen, was dir das Christkind noch gebracht hat?" sagte Anne zu Florian und deutete auf ein bestimmtes Päckchen unter dem Baum.

„Ist das auch noch für mich?" Er setzte sich auf den Boden, riss das schöne Band samt Papier auf und strahlte. „Jetzt bin ich ein richtiger Lokführer." Sofort setzte er sich die Bahnmütze auf den Kopf, hob die Kelle in die Höhe und pustete in die Pfeife. Anne, Julia und Thomas hielten sich die Ohren zu. Florian lachte laut und rannte wieder zu der Anlage.

Julia wandte sich an Anne: „Ich möchte jetzt einen Spaziergang machen. So wie früher mit meinem Papa, bevor wir in die Christmette gingen. In spätestens zwei Stunden bin ich zurück", versprach sie, bevor sie an der Garderobe in ihre Pelzstiefel und den langen Mantel schlüpfte.

Thomas und Florian waren so sehr in ihr Spiel vertieft, dass sie nicht mal merkten, wie die Haustür hinter ihr zufiel.

Es schneite noch immer, als Julia durch den festlich erleuchteten Ort ging. Aus einer Nebenstraße erklangen Kirchenglocken. Ergriffen blieb sie mitten auf dem Marktplatz stehen. Kinder mit roten Wangen und leuchteten Augen, strömten an der Hand ihrer Eltern der Kirche zu. Nicht nur die Glocken, auch die Musik die sie hörte, erweckte ihre Neugier. Den vielen Menschen folgend, stand sie plötzlich vor der Kirche. Davor spielte ein Bläser-Sextett „Oh du Fröhliche." Papa hatte dieses Lied gern mit ihr und Berta jedes Jahr am Heiligen Abend gesungen. Jetzt war Papa nicht mehr da und wo Berta war, wusste sie nicht. Dass die treue Seele auf ihren Brief nicht geantwortet hatte, tat weh. Gestern hatte sie auf Gut Dreilinden angerufen, aber nur das Band gehört: „Kein Anschluss unter dieser Nummer." Die Reue, dass sie Berta hatte gehen lassen, kam zu spät. Die Kirchenbesucher drängten an ihr vorbei. Bevor sie überlegen konnte, ob sie die Christmette hören und sehen wollte, wurde sie nach vorne geschoben. In der dritten Reihe war noch ein einziger Platz frei. Rasch trat sie in die Bank, setzte sich und schaute sich fasziniert um. Diese Kirche war viel kleiner als die in Stuttgart, aber ebenso festlich geschmückt. Ihre Augen wanderten von den Christbäumen, die rechts und links vom Altar standen, zu der mit Lichterketten und Strohsternen geschmückten Krippe.

In diesem Moment fiel ihr Pepe ein. Der arme Mann konnte das Weihnachtsfest sicher nicht so festlich feiern wie sie. Er hörte da oben weder Kirchenglocken noch Musik. Hoffentlich hatte er sich wenigstens ein Bäumchen und eine Krippe aufgestellt. Ihre Gedanken an Pepe wurden durch das Präludium der Orgel, die durch das Gotteshaus hallte, unterbrochen. Gebannt lauschte sie den Tönen und schluckte vor Ergriffenheit, als mindestens zwanzig Mädchen, als Engelchen verkleidet, vor den Ministranten und dem Priester durch den Mittelgang kamen. Gebannt verfolgte sie die Zeremonie. Von dem Streichorchester, das nach dem Orgelspiel einsetzte, war sie ebenso begeistert, wie von dem Chor, der dieser Christmette den besonderen Rahmen gab. Als nach Beendigung der Messe alle Kirchenbesucher „Stille Nacht, heilige Nacht" sangen, konnte sie ihre Tränen nicht mehr zurückhalten. Mit verweinten Augen wollte sie sich zu Hause nicht zeigen. Anne würde sich Sorgen machen und Thomas wahrscheinlich wieder über sie spotten. Wie sollte in Zukunft das Zusammenleben mit diesem Rüpel funktionieren? Von nun an musste sie, zumindest bei den Mahlzeiten seine Anwesenheit akzeptieren. Sie musste aber eine Möglichkeit finden, ihm aus dem Weg zu gehen, damit er nicht merkte, wie aufgeregt sie in seiner Nähe war. Warum nur klopfte ihr Herz viel schneller als sonst, wenn er sie nur ansah? Hatte sie sich wirklich in Thomas verliebt? Nein, sie wollte sich nicht mehr verlieben. Das Fiasko mit Gregor steckte noch zu tief in ihr drin.

Onkel Paul hatte ihr gesagt, dass Gregor nicht nur über die Feiertage im Gefängnis bleiben musste. Vermutlich würde er viele Jahre dort verbringen müssen. Wie lange hatte Onkel Paul ihr am Telefon noch nicht sagen können. Jetzt war ihr Onkel bei seinem Sohn in Los Angeles. Erst im neuen Jahr würde er wieder nach

Spanien fliegen, um an dem Prozess teilzunehmen. Sie hoffte, dass ihre Ehe annulliert werden würde. Erst wenn sie nicht mehr an Gregor gebunden war, konnte sie an die Zukunft denken.

Ihre Wangen waren von der Kälte gerötet, als sie nach einer weiteren Stunde die Haustür öffnete.

Anne kam ihr gleich entgegen. "Endlich bist du da. Wir haben uns schon Sorgen gemacht. Bist du Thomas nicht begegnet? Er sucht dich."

„Warum? Ich bin doch kein Kleinkind, das sich verlaufen kann." Julia streifte die Stiefel ab und hängte ihren Mantel auf.

Anne deutete auf Florian, der auf dem Sofa eingeschlafen war: „Unser Kleiner wollte sich nur von dir ins Bett bringen lassen. Darüber war Thomas sehr enttäuscht."

Wie aufs Stichwort kam er herein. Er schüttelte seine, vom Schnee bedeckten Haare und fuhr Julia an: „Hast du mein Rufen absichtlich überhört? Ich war nur zwanzig Schritte hinter dir."

Sie ignorierte Thomas bewusst und ging zum Sofa. Florian lächelte im Schlaf. Was er wohl Schönes träumte? Vorsichtig schob sie ihre Arme unter den kleinen Körper. Dabei fühlte sie, wie Thomas ihre Hände umklammerte.

„Lass mich mein Brüderchen nach oben tragen. Er ist zu schwer für dich, du halbe Portion."

Es war nicht nur die „halbe Portion", es war wegen seiner Hände, die sie festhielten und ihr Herz wieder zum Klopfen brachte. Ohne Thomas anzusehen, trat sie zurück und atmete erleichtert auf, als er Florian nach oben trug. Bevor er wieder zurück kam, wollte sie in ihrer Wohnung sein. Sie überlegte noch, wie sie Anne ihren Rückzug erklären konnte, da kam Frank zurück. Sein Gesicht war fahl. Er nahm Anne, die ihm entgegenlief, sofort in die Arme. Es dauerte einige Sekunden, bis er stammeln konnte: „Mama, ich habe eine schlechte Nachricht. Isabel liegt im Koma!"

Anne musste sich setzen. „Wie konnte das

geschehen?"

Frank setzte sich neben seine Mutter und berichtete: „Sie hat aus dem Wohnwagen ein kleines Messer mitgenommen und es am Körper so gut versteckt, dass die Pfleger es nicht bemerkt haben. Mit diesem Messer hat sie sich die Pulsadern aufgeschnitten. In dem Brief an mich hat sie mich beschuldigt, mit Julia ein Verhältnis zu haben."

„Aber das stimmt nicht", stammelte Julia, als sie zitternd auf Frank zuging.

Frank sprang in die Höhe und nahm sie in die Arme. Beruhigend strich er ihr über den Rücken. „Isabel hat sich mal wieder in etwas verrannt. Wenn sie wieder bei Bewusstsein ist, werde ich ihr in Ruhe erklären, warum du bei uns wohnst."

„Hoffentlich glaubt sie dir." Schniefend klammerte sie sich an Frank.

Thomas wollte wieder nach unten. Auf dem Treppenabsatz blieb er wie vom Blitz getroffen stehen, als er Julia in den Armen seines Vaters sah. So war das also! Die kleine Göre hatte sich schon seinen Vater gekrallt. Jetzt war ihm auch klar, warum sie ihm nach dem Kuss eine gescheuert hatte. Das Bist, war auch noch berechnend. Gegen einen Chirurgen hatte er keine Chance. Dass sich sein Vater mit diesem halben Kind eingelassen hatte, war ihm unverständlich.

Anne winkte Thomas, der langsam die Treppe herunter kam, zu sich. „Bitte setz dich zu uns. Zuerst wird dir dein Vater von Isabel berichten, danach erzählst du uns, wie es dir in Afrika ergangen ist." Aus der Karaffe hatte sie schon die Weingläser gefüllt und schob ihm die Schale mit den Weihnachtsplätzchen zu.

Frank hielt Julia noch immer im Arm. Er führte sie zur Sitzgruppe. „Es tut mir leid, dass ich den Heiligen Abend nicht mit euch feiern konnte. Wir können uns aber trotzdem jetzt noch zusammensetzten."

Der abschätzende Blick, den Thomas Julia zuwarf, sprach Bände. Deshalb wollte sie nicht länger in seiner

Nähe bleiben. „Bitte ohne mich. Ich bin müde und möchte nach oben."

„Jetzt schon?" Anne sah sie enttäuscht an.

„Das ist aber schade", fügte Frank hinzu. „Es wird sicher interessant, was Thomas in Afrika alles erlebt hat."

„Lass sie gehen", winkte Thomas ab. „Meine Story ist für ihre Ohren eh nicht geeignet."

„Gute Nacht", wünschte Julia und wollte rasch die Treppe hoch eilen. Durch den langen Spaziergang schmerzte ihr verletztes Bein. Sie hinkte.

Frank hatte es bemerkt und sprang auf. „Warte, ich trage dich nach oben."

Julia drehte sich zu Frank, dabei sah sie in das spöttische Gesicht von Thomas und winkte ab. „Danke, ich schaffe das schon." Sie spürte seine Blicke auf ihrem Rücken bis sie die Tür von ihrem Atelier hinter sich zudrückte. Erleichtert atmete sie auf. Hier war sie vor dem Rüpel sicher. In Zukunft würde sie Thomas aus dem Wege gehen. Trotz Müdigkeit konnte sie lange nicht einschlafen.

Mit der Eisenbahnmütze auf dem Kopf stürmte Florian am nächsten Morgen mit Flocke in ihr Atelier. „Julia, wann kommst du endlich nach unten? Ich möchte mit dir spielen."

„Warum spielst du nicht mit Thomas? Er kann besser als ich mit der Eisenbahn umgehen."

„Er ist nicht da. Er ist mit Papi in die Klinik gefahren."

„Heute, am Weihnachtsfeiertag?"

„Ja, der Papi hat beim Frühstück einen Anruf bekommen, weil es bei dem Mistwetter viele Unfälle gegeben hat und der Thomas hat gesagt, er möchte den Verletzten helfen."

„Kann er das denn?" Julia zog die Augenbrauen hoch.

„Weiß ich nicht, aber er ist mit Papi weg."

„Dann komme ich mit dir nach unten."

Über die Spiele mit Florian vergaß sie, an Thomas zu

denken. Sie spielten bis Anne sie zum Mittagessen aufforderte. Frank und Thomas waren noch nicht da.

Als am Nachmittag die Sonne durch die Wolken brach, baute Julia mit Florian im Park ein Iglu. Sie waren so sehr damit beschäftigt, die Schneeblöcke aufeinander zu stapeln, dass sie Franks Wagen nicht kommen hörten. Erst als Thomas neben ihr stand und fragt: „Was soll das werden, wenn es fertig ist?" richtete sie sich auf.

„Ein Schneehaus", jubelte Florian. „Darin kann ich mich verstecken, wenn Omi mich sucht."

Thomas lächelte überheblich. „Dann musst du aber aufpassen, dass dir die Decke nicht auf den Kopf fällt."

„Warum?" wollte Florian wissen.

„Weil das kein Schneehaus ist, sondern eine Katastrophe!"

Julia stieg die Zornesröte, in die schon erhitzten Wangen. „Aha. Du hast in Afrika sicher schon viele Schneehütten gebaut. Deshalb weißt du so gut Bescheid, du alles Besserwisser." Ihre Stimme wurde vor Empörung immer lauter.

Mit erhobenen Händen kam Frank auf sie zu. „Was ist passiert?"

„Dem Thomas gefällt unser Schneehaus nicht. Es ist aber doch schön, oder nicht, Papi?"

„Es ist sogar wunderschön", lobte Frank den Iglu. Er nahm Florian auf den Arm und winkte Julia und Thomas zu. „Kommt mit ins Haus. Ich habe Hunger."

Immer noch vor Zorn bebend, formte Julia einen Schneeball, den sie Thomas an den Kopf knallen wollte. Um sich zu überzeugen, ob Julia ihm folgte, drehte er sich um. In diesem Moment traf ihn der Schneeball mitten ins Gesicht. Es dauerte ein paar Sekunden, bis er begriff, was sich die Göre erlaubt hatte. Noch ehe er auch einen Schneeball formen konnte, war Julia im Haus.

„Na warte, das zahle ich dir heim", rief er ihr zu, bevor er in die Wohnhalle trat.

Am Abendessen wollte Julia nicht teilnehmen. Anne aber protestierte. Voll Begeisterung erzählte Florian, wie viel Spaß er den ganzen Tag mit Julia hatte.

„Schön", freute sich Frank und strich ihm übers erhitzte Gesicht. „Du darfst Julia aber nicht den ganzen Tag beschäftigen. Sie möchte sicher auch mal allein sein."

„Och, wirklich?" Fragend sah er Julia an. „Willst du nicht mehr mit mir spielen?" Seine Augen sahen sie bittend an.

„Doch! Aber Thomas kann viel besser mit der Eisenbahn umgehen als ich!"

„Nein, du kannst das schon genauso gut." Er zog Julia zur Anlage. Omi, Papi und Thomas nahmen auf der Sitzgruppe neben dem Kamin Platz.

Mit halbem Ohr hörte Julia, wie Frank seiner Mutter erzählte, dass Thomas sich auf der Unfallstadion sehr professionell verhalten hatte. „Bevor ich Anweisungen geben konnte, wusste er schon, was zuerst getan werden musste." Strahlend sah er seinen großen Sohn an. „Thomas, ich bin stolz auf dich. Gleich nach den Feiertagen rede ich mit dem Direktor. Da es an unserer Klinik an Fachkräften mangelt, bin ich mir sicher, dass du eine feste Anstellung bekommst. Sogar Kollege Framer möchte ein gutes Wort für dich einlegen. Du warst großartig!"

„Genug des Lobes", wehrte Thomas ab. „Ich bin froh, dass ich den Unfallopfern helfen konnte. Es war für mich auch interessant, mit welchen fortschrittlichen Apparaten man hier arbeiten kann. Von einem Röntgenapparat konnten wir in Namibia nur träumen. Auf der Station mussten wir uns mit primitiven Hilfsmitteln begnügen. Dass auch sehr viele Kinder darunter leiden mussten, war unerträglich. Wenn ich wirklich eine feste Anstellung bekomme, möchte ich jeden Monat einen bestimmten Betrag an Doktor Mowamba schicken."

Anne tätschelte Thomas auf den Arm. „Mach das, Bub. Ich steuere auch etwas bei."

„Danke, Omimi."

„Mit meiner Unterstützung kannst du natürlich auch rechnen", versprach Frank. „Wir stellen wenigstens zweimal im Jahr ein Hilfsprojekt für Doktor Mowamba zusammen."

„Das wäre wunderbar." Vor Freude drückte er Franks Hände. „Ich danke auch dir schon im Voraus, Papa."

Julia hätte Thomas gerne versprochen, auch zu helfen. Doch solange das Geld, das Gregor sich ergaunert hatte, noch nicht auf ihrem Konto war, waren ihr die Hände gebunden. Verstohlen wagte sie einen Blick nach hinten. Seine Augen leuchteten wie die von Florian bei der gestrigen Bescherung. Der Rüpel war also gar nicht so hartherzig. Warum tat er ihr gegenüber dann so überheblich?

„Julia, pass auf", rief Florian laut. „Dein Zug fährt auf meinem Gleis. Du hast die Weiche nicht gestellt!"

Sofort war Thomas neben ihr, doch anstatt sie, so wie gestern zu berühren, zog er den Stecker, weil sie den Trafo in den Händen hielt. „Das ist gerade noch mal gut gegangen. Na ja, eine Eisenbahn ist keine Puppe."

Verärgert legte sie den Trafo ab. Thomas nahm ihn, ohne sie eines Blickes zu würdigen in die Hand. Er steckte den Stecker wieder ein und rief: „Es kann losgehen."

Er ist doch ein Macho, dachte Julia, als sie sich neben Anne setzte.

Frank rollte ein Bild auseinander, das auf dem Tisch lag. „Julia, du bist eine wahre Künstlerin." Voll Freude betrachtete er die Kohlezeichnung, auf der Florian abgebildet war. „Wie konntest du den Kleinen so gut zeichnen? Er ist bestimmt nicht so lange brav sitzen geblieben. Aus diesem Gesicht kann man sogar lesen, dass er eben etwas Lustiges erlebt hat. Er schaut so spitzbübisch aus. Ich war gestern Abend schon hellauf begeistert, als wir deine Geschenke unter dem Baum gefunden haben. Am liebsten wäre ich gleich zu dir hoch gerannt, um mich zu bedanken, was ich hiermit nachholen möchte." Spontan nahm er sie in die Arme, drückte sie an sich und küsste sie auf beide Wangen.

Wieder wurde Thomas Zeuge, wie sein Vater das

Biest in seinen Armen hielt. Das vorherige Gespräch hatte er nicht mitbekommen, weil Florian beim Spiel laut jubelte.

Auch Anne hatte ihr Bild aufgerollt, das die Villa von vorne zeigte. „Ich bin ebenso begeistert. Eigentlich müsste ich dir böse sein, weil wir mit leeren Händen dastehen. Es war dein ausdrücklicher Wunsch, dass wir uns gegenseitig nichts schenken."

„Ihr habt mich doch schon reich beschenkt, indem ihr mir erlaubt habt, hier wohnen zu bleiben. Für Florian habe ich auch eines gemalt."

Anne ging mit Florian zum Baum. "Sieh mal, da ist noch ein Geschenk für dich."

„Echt?" Wie der Blitz grabschte sich Florian das Päckchen, riss es auf und strahlte. „Ein Märchenbuch!" Voll Freude schwenkte er es, bevor er die Bilder betrachtete. „Omi, Papi, seht mal, wie schön die Prinzessin ist. Fast so schön wie Julia. Und der kleine Zwerg sieht aus wie ich."

Anne und Frank beugten sich über den Buben. Der Zwerg sah tatsächlich so aus wie Florian. Anne klappte das Buch zu und tippte auf den Namen. „Das hast du geschrieben und bebildert?"

„Ich bin sprachlos!" Frank winkte Thomas zu sich. "Das musst du dir ansehen. Unsere Julia…"

Thomas schien das nicht zu interessieren. Er beschäftigte sich weiter mit der Eisenbahn.

Mit dem Buch setzte sich Florian auf Julias Schoss. „Liest du mir das Märchen vor?"

„Später, wenn du schlafen gehst", versprach sie. „Dein Bruder wartet auf dich."

„Egal", winkte er ab. „Ich möchte jetzt das Märchen hören."

Frank trat zu Thomas. „Ich würde auch gerne mal mit der Eisenbahn spielen, muss aber zu Isabel. Kommst du morgen früh mit in die Klinik?"

„Natürlich, Papa. Fahr vorsichtig."

„Wann ruhst du dich mal aus?" fragte Anne ihren

Sohn.

„Wenn es Isabel besser geht", rief er über die Schulter und eilte zu Haustür.

Anne winkte Thomas zur Sitzgruppe. „Leistest du uns jetzt Gesellschaft?"

„Sei nicht böse, Omimi, aber ich mag keine Märchen. Ich halte mich lieber an Tatsachen. Außerdem möchte ich mich auf meinen morgigen Dienst vorbereiten, deshalb gehe ich nach oben." Er strich Florian über den Kopf, gab Anne ein Küsschen auf die Wange und rannte die Treppe hoch.

„So habe ich mir den Weihnachtsabend nicht vorgestellt", seufzte Anne, stellte die Keksschale bereit und füllte Julias Weinglas.

Julia hatte sehr wohl bemerkt, dass Thomas sie weder angesehen, noch angesprochen hatte. Na gut. Was du kannst, kann ich auch, dachte sie, lächelte Florian an und klappte das Buch auf.

Der Abend verlief doch noch harmonisch. Nicht nur Florian, auch Anne lauschte wie gebannt der Geschichte, die Julia mit Hingabe vorlas.

Als Florian später im Bett lag, unterhielten sich die beiden angeregt bis Frank zurückkam. Er wunderte sich, dass sich Thomas schon zurückgezogen hatte.

An dem Arbeitsplan, der in der Küche hing, erkannte Julia, zu welchen Zeiten Thomas Dienst hatte. Nur wenn er nicht da war, ging sie nach unten. Nicht mal zu den Mahlzeiten, die ihr Luise, die nach den Feiertagen zurückkam, ins Atelier brachte.

Luise schwärmte in den höchsten Tönen von dem neuen Familienmitglied. Sie konnte nicht verstehen, dass Julia mit Thomas nichts zu tun haben wollte.

Woche um Woche verging. Julia brachte Florian in den Hort und holte ihn wieder ab. Sie spielte auch unten mit ihm, aber nur wenn sie sicher war, dass sie Thomas nicht begegnetet.

Mitte Februar kündigte Paul Weigand bei Anne Gerlach seinen Besuch an. Er bat um einen Termin, zu dem auch der Hausherr anwesend sein konnte. Erfreut berichtete sie Julia, dass ihr Onkel hier sein würde, um auch mit Frank reden zu können.

Erschrocken fiel Julia ein, dass Thomas zur gleichen Zeit wie Frank Dienst hatte. Das bedeutete, dass der Kerl erfahren würde, wie naiv sie sich hatte um ihr Vermögen bringen lassen. Wie konnte sie das verhindern? Sie konnte ihm ja nicht verbieten, sich auch ins Wohnzimmer zu setzen. Eigentlich konnte es ihr egal sein, was er nach dem Bericht von Onkel Paul über sie dachte. Vielleicht war es sogar gut, wenn er über ihre Ehe Bescheid wusste, dann würde er sie für immer in Ruhe lassen. Dass dabei ihr Herz schneller klopfte, wollte sie nicht wahrhaben.

Gespannt, welche Nachricht ihr Onkel bringen würde, fieberte sie seinem Kommen entgegen. Sie lief ihm, nachdem er geklingelt hatte, mit ausgebreiteten Armen entgegen. „Wie schön, dich endlich wieder zu sehen."

„Ich freue mich auch, Sternchen. Und ich habe gute Neuigkeiten."

Nach der Begrüßung, bei der ihm Frank auch den großen Sohn verstellte, setzten sich alle auf die Sitzgruppe. Luise brachte Häppchen und Getränke, bevor sie sich zurückzog.

„Bitte, Onkel Paul, spanne mich nicht länger auf die Folter", bettelte Julia, als ihr Onkel keinen Blick von Anne lassen wollte. „Was hast du erreicht?"

Paul Weigand räusperte sich. „Vor zwei Tagen hat mich der Pflichtverteidiger von Bredowa in Los Angeles angerufen. Er hat mich gebeten, zum Prozess zu kommen, wenn ich die Interessen meines Patenkindes vertreten möchte. Deshalb bin ich gleich am nächsten Tag nach Alicante geflogen. Signore Paledo hat mich am Flughafen abgeholt und ins Gerichtsgebäude gefahren."

Er sah Julia an. „Auf der Fahrt hat er mir gestanden, dass er seinem Klienten Bredowa geraten hat, dir das Geld zurückzugeben, weil sich das positiv auf seine Haftstrafe auswirken würde."

„Und? Hat er eingewilligt?" fragte Frank interessiert.

„Nein! Seine Komplizin, Frau Herbst, hat mir aber verraten, wo er das Geld versteckt hat. Zum Glück ist aus dem Geschäft, das er tätigen wollte, nichts geworden. Die Summe ist bis auf einige Tausender noch vorhanden." Erfreut drückte er Julias Hände. „Das heißt, dass du dein Geld zurückbekommst. Das bedeutet auch, dass du dann in der Lage bist, dein Haus zurückzukaufen."

Anne wurde blass. „Heißt das, dass wir hier wieder ausziehen müssen?"

Mit einem Satz sprang Frank auf. „Das wäre schrecklich."

Thomas nahm seine Großmutter in den Arm. „Diese Hiobsbotschaft müssen wir Florian schonend beibringen."

„Das ist nicht nötig", wehrte Julia ab. „Ich möchte, dass alles so bleibt wie es ist. Das Haus ist für mich allein doch viel zu groß." Mit blitzenden Augen sah sie ihren Onkel an. „Frank und Anne haben mir bedingungslos mein Reich oben überlassen. Du kannst nicht wollen, dass ich dafür alle vor die Tür setze."

„Wenn das dein Wunsch ist, gebe ich mich geschlagen. Ich wollte nur dein Bestes." Paul Weigand nickte.

Julia stoppte Frank, der wie ein gefangenes Tier hin und her rannte. Flehend sah sie zu ihm hoch. „Frank, ich möchte mir nur die oberste Etage sichern. Bist du einverstanden, dass ich dir meine Wohnung abkaufe? Mit der Summe kannst du den Kredit, den du bei der Bank aufgenommen hast, tilgen."

Mit beiden Händen umschloss er ihre Arme. „Du musst mir dein Reich nicht abkaufen. Ich habe versprochen, dass du für immer bei uns bleiben kannst. Zweifelst du an meinem Ehrenwort?"

„Nein. Aber die Situation hat sich geändert. Thomas

ist dein Sohn. Er steht dir näher als ich. Was ist, wenn ihm das Gastzimmer auf die Dauer nicht genügt?"

„Es genügt mir", rief Thomas und lief auf sie zu. „Bitte Julia, glaube mir, dass ich dich niemals aus deinem Reich vertreiben werde. Ich bin mit meinem schönen Zimmer mehr als zufrieden. Das gebe ich dir sogar schriftlich."

Auch Anne kam auf Julia zu. „Danke, mein Kind. Auch im Namen von Florian, der am meisten darunter leiden würde, wenn wir hier wieder ausziehen müssten."

Paul Weigand, der allein auf dem Sofa saß, winkte Julia zu sich. „Ich habe noch eine gute Botschaft für dich. Deine Ehe mit Bredowa musste ich nicht annullieren lassen, denn du warst gar nicht verheiratet. Die Trauung war nur eine Finte, um dich in Sicherheit zu wiegen."

„Was? Aber die Standesbeamtin..."

„Hat Bredowa dafür bezahlt", unterbrach er sie. „Das hat mir Frau Herbst bestätigt."

„Wie konnte Heike so etwas zulassen? Ich habe ihr vertraut!" Geknickt sah Julia ihren Onkel an.

„In Zukunft wirst du nicht mehr so vertrauensselig sein und dich vorher vergewissern, ob der Mann, in den du dich irgendwann verliebst, deine Liebe auch verdient hat." Dass er dabei Thomas argwöhnisch ansah, war ihr nicht entgangen.

„Keine Angst, Onkel Paul. In Zukunft verliebe ich mich nicht mehr Hals über Kopf. Als gebranntes Kind meide ich das Feuer."

„Dann kann ich mich beruhigt auf den Heimweg machen."

Als Julia, die ihren Onkel bis zum Gartentor begleitet hatte, zurückkam, strahlten sie drei Augenpaare an.

„Lass dich umarmen!" Anne drückte sie an sich.

Auch Frank nahm sie in die Arme. „Du wirst deinen Entschluss nicht bereuen."

Dass auch Thomas seine Arme nach ihr ausstreckte, ignorierte sie bewusst.

Anne lief in die Küche und kam mit Luise, die eine Flasche Sekt und Gläser auf den Tisch stellte, zurück.

Bevor sich die Perle wieder zurückziehen konnte, hielt Frank sie fest. „Liebe Luise. Sie müssen unbedingt mit uns anstoßen, denn Sie gehören auch zu uns."

Thomas ließ den Sektkorken knallen, Anne füllte die Gläser und Frank stieß mit ihr an. „Wir trinken auf Julia, der wir es zu verdanken haben, dass wir für immer hier wohnen bleiben können."

„War das nicht schon vor Wochen so?" fragte Luise.

Anne drückte Luise aufs Sofa. „Inzwischen haben sich Julias Verhältnisse zu ihrem Mann, der gar nicht ihr Mann war, geklärt."

„Aber ich.. ich verstehe den Zusammenhang nicht."

„Lass dir das von Anne erklären", sagte Julia. „Heute ist zu viel auf mich eingestürzt. Ich möchte mich gern zurückziehen." An der Treppe rief Julia Anne zu. „Holst du Florian ab?"

„Ja, mach ich." Gerührt sah sie Julia nach. Dass sie sogar noch an Florian dachte, zeigte, dass ihr der Junge sehr am Herzen lag.

Aufgewühlt von den Ereignissen betrat sie ihr Atelier. Auf der Staffelei war ein halbfertiges Bild. Sie war aber nicht in der Lage, jetzt zu malen. Ihre Hände zitterten noch immer über die Ungeheuerlichkeit, dass auch Heike sie betrogen hatte. Nie mehr wollte sie ihr begegnen. Nur, dass sie ihr Geld zurückbekam, beruhigte sie. Auch dass Onkel Paul ihr das Verfahren abgenommen hatte. Sie hätte es nicht ertragen, Gregor und Heike beim Prozess gegenüber zu treten. Im Gegensatz zu Gregor, der viele Jahre ins Gefängnis musste, würde Heike in ein paar Tagen aus Spanien zurückkehren. Selbst wenn sie es wagte, irgendwann hier aufzukreuzen, würden weder Anne noch Luise sie ins Haus lassen. Diese Erkenntnis war beruhigend. Der Alptraum, an Gregor, diesen Verbrecher, gebunden zu sein, war zu Ende. Ab jetzt konnte sie unbeschwert in die Zukunft sehen.

Mit der Post kam Wochen später ihr Kontoauszug von der Bank. Das Gefühl, endlich den armen Kindern in Afrika helfen zu können, machte sie glücklich. Noch am selben Abend bat sie Frank, nachdem sie Florian ins Bett gebracht hatte, um ein Gespräch unter vier Augen. Anne hatte dafür Verständnis, nur Thomas nicht. Spöttisch verzog er den Mund, als er nach oben ging.

„Also, Julia, wo drückt dich der Schuh?" Frank führte sie zur Sitzgruppe.

Ein Blick nach oben bestätigte ihr, dass sich Thomas tatsächlich zurückgezogen hatte.

„Frank, du hast uns neulich erzählt, dass die Klinik ein neues Röntgengerät bekommen hat. Funktioniert das ausgemusterte nicht mehr?"

„Doch. Es ist nur nicht mehr auf dem allerneusten Stand. Warum interessiert dich das?"

„Ich möchte es kaufen und nach Namibia bringen lassen."

„Was? Weißt du, was so ein Gerät kostet?"

„Das ist mir egal. Was soll ich mit dem vielen Geld auf meinem Konto? Ich habe hier doch alles was ich zum Leben brauche. Während sich Doktor Mowamba mit den primitivsten Mitteln behelfen muss."

„Dein Angebot ist zu großzügig. Willst du dir das nicht erst gründlich überlegen?"

„Das habe ich schon. Mein Entschluss steht fest. Ich mache allerdings zur Bedingung, dass die Spende unter uns bleibt. Thomas soll nicht erfahren, dass ich hinter dieser Transaktion stecke."

„Warum nicht?"

„Weil ich nicht möchte, dass er mir als Wohltäterin zu Dank verpflichtet ist. Sage ihm, die Klinik hätte den Apparat gestiftet."

„Ich soll Thomas anlügen?"

„Das ist nur eine Notlüge. Bitte, denke an die vielen kranken Kinder, die unsere Hilfe brauchen. Und da Doktor Mowamba sicher auch Spritzen, Medikamente und Verbandsmaterial braucht, bitte ich dich, dafür zu sorgen, dass diese Sachen mitgeschickt werden. Du darfst mir ohne Bedenken die Rechnung vorlegen." Strahlend hob Julia die Hand. „Dazu ist mir noch eingefallen, dass die afrikanischen Kinder wahrscheinlich nicht mal was zum Spielen haben. Deshalb habe ich mit den Betreuerinnen aus Florians Kindergarten geredet. Stell dir vor, alle Kinder haben etwas von ihren Spielsachen abgegeben. Bevor die Kiste zugenagelt wird, holen wir die Sachen ab."

Wieder drückte Frank Julia an sich. „Du bist ein außergewöhnliches Mädchen. Schade ist nur, dass du die strahlenden Augen der schwarzen Kinder dann nicht sehen kannst."

Thomas, den interessierte, was Julia nur seinem Vater anvertrauen wollte, rannte in seinem Zimmer unruhig hin und her. Nach ein paar Minuten hielt er es nicht mehr aus, öffnete leise die Tür und spähte im Flur über das Treppengeländer. Dass sein Vater schon wieder Julia im Arm hielt, brachte ihn fast um den Verstand. Mit den Zähnen knirschend verschwand er wieder in seinem Zimmer. Das kleine Biest hatte, wer weiß schon wie lange, mit seinem Vater ein Verhältnis, obwohl sie wusste, dass er verheiratet ist. Sein Vater konnte ihr als Chefarzt natürlich mehr bieten, als er ihr je würde bieten können. Obwohl er jetzt eine feste Anstellung hatte, wäre er nicht in der Lage, Julia das Leben zu bieten, dass sie gewohnt war. Aber die verwöhnte Göre verfügte doch über eine enorme Summe. Warum nur hatte sich Julia in seinen Vater verliebt? Hatte sie schon erfahren, dass Chefarzt Dr. Gerlach demnächst zum Professor nominiert würde? Spekulierte Julia darauf, Frau Professor zu werden? Diese Erkenntnis brachte ihn fast um den Verstand. Es ging über seine Kräfte, in Zukunft mit ansehen zu müssen, wie die beiden miteinander turtelten. Er überlegte, wie er sich aus dieser Situation retten konnte. Da kam ihm eine Idee! Mit seinem gefassten Entschluss ging er nach unten und trat, ohne Julia anzusehen, vor seinen Vater. „Du hast sicher nichts dagegen, dass ich demnächst hier ausziehe."

„Wie bitte?" Entgeistert sah Frank seinen großen Sohn an. „Du willst... Warum?", konnte er nur stottern.

Blass bis in die Lippen ging Julia in die Küche, aus der Anne kurz darauf heraus eilte. Vor Thomas blieb sie stehen und schüttelte ihn. „Sag sofort, dass es nicht wahr ist."

„Es ist wahr! Mein Entschluss steht fest." Dabei sah er Julia an, die hinter Anne stand. „Ich ziehe zu meiner Freundin!"

Frank zeigte auf Thomas. „Du hast eine Freundin? Seit wann?"

„Schon ein paar Wochen!"

„Das kann nicht sein", ereiferte sich Anne. „Nach deinem Dienst bist du jeden Tag gleich nach Hause gekommen und hast mit Florian gespielt oder geschlafen. Du bist nie ausgegangen." Sie tippte ihm auf die Brust. „Gestern hast du mir noch von diesem schönen Zuhause vorgeschwärmt und morgen willst du ausziehen?"

„Ist das Mädchen eine Krankenschwester? Wie hießt sie?" wollte Frank wissen.

„Das ist meine Privatsache", winkte er ab.

„Ich glaube dir erst, wenn du uns deine Freundin vorgestellt hast", beharrte Anne. „Du kannst sie gleich morgen mitbringen."

Thomas fühlte sich in die Enge getrieben. „Ich rufe sie an, aber von meinem Zimmer aus." Wie gehetzt rannte er die Treppe hoch. Im Bad schaute er in den Spiegel. An seinem roten Kopf hatte Oma sofort erkannt, dass er gelogen hatte. Warum nur hatte er sich diesen Schwachsinn ausgedacht? Es war keine gute Idee eine Freundin zu erfinden, um hier ausziehen zu können. Wie sollte er von heute auf morgen eine kleine Wohnung finden? Mit der Ausrede, zu seiner Freundin zu ziehen, wollte er Julias Reaktion testen, aber aus ihren Gesichtszügen hatte er nicht erkennen können, ob sie es bedauerte, oder sich darüber freute. Sie war einfach in die Küche gegangen. Geknickt ließ er sich auf sein Bett fallen und grübelte so lange darüber nach, bis ihm die Augen zufielen.

Nachdem Julia auch nach oben gegangen war, führte Anne mit Frank ein ernstes Gespräch.

Am nächsten Morgen rieb sich Thomas die Augen. Er wunderte sich, dass seine Großmutter auf seiner Bettkante saß.

„So, mein Junge, du erzählst mir jetzt sofort die Wahrheit."

„Auf nüchternen Magen?"

„Ja, vorher lasse ich dich nicht aus dem Bett."

„Das ist Erpressung! Ich muss zum Dienst."

„Dann gib endlich zu, dass du die Freundin nur erfunden hast. Ich habe dir gestern an der Nasenspitze angesehen, dass du gelogen hast. Also, warum willst du ausziehen?"

„Wegen Julia. Sie hat was gegen mich."

Anne schüttelte den Kopf. „Das bildest du dir ein. Das Mädchen hat in den vergangenen Monaten viel mitgemacht. Lass ihr Zeit, sich an dich zu gewöhnen." Seufzend erhob sie sich. „In zwanzig Minuten erwarte ich dich zum Frühstück." Erleichtert, dass ihr Großer nicht zu einer Freundin zog, ging sie nach unten.

Julia brachte Florian zum Hort. Sie betrat das Haus erst, nachdem sie sich vergewissert hatte, dass Franks Wagen nicht mehr in der Garage stand. Frank hatte Thomas mit in die Klinik genommen.

Das System, Thomas nicht zu begegnen, funktionierte viele Wochen.

Anfang Mai blühten sämtliche Frühlingsblumen mit den Sträuchern um die Wette. Unbeschreiblich schön war auch der hintere Teil des Gartens. Luise brachte es nicht übers Herz, die mit Gänseblümchen übersäte Wiese unter den Obstbäumen, zu mähen, bevor alle Hausbewohner dieses Naturereignis gesehen hatten.

Frank stieg mit Thomas aus seinem Wagen, als

Luise sie zu sich nach hinten winkte. Überwältigt blieben sie stehen.

Thomas fand zuerst die Sprache wieder. „Das ist grandios! Luise, du bist unbezahlbar."

„Dieses Lob gebührt nicht mir, sondern Julias Vater. Wenn Herr Bernheim, vor seinem leider viel zu frühen Tod, diese Vorbereitungen nicht getroffen hätte, würde es hier nicht so schön blühen."

Frank legte seinen Arm um Luises Schultern. „Wir werden unser Paradies zu schätzen wissen und mit deiner Hilfe wird es ein Paradies bleiben. Hat Julia diese Pracht schon gesehen?"

„Ja. Vor Freude hat sie geweint. Die Erinnerung an ihren lieben Papa hat sie übermannt. Es hat lange gedauert, bis ich sie beruhigen konnte."

„Ich werde gleich nach ihr sehen", versprach Frank. „Ist sie bei Florian unten?"

„Sie ist gleich nach oben gerannt, als sie dich kommen sah. Ich versteh das nicht." Kopfschüttelnd ging sie zum Gartenhaus.

„Ich auch nicht", versicherte Frank.

„Ich schon! Die Prinzessin geht mir aus dem Weg."

„Das ist offensichtlich! Aber warum?"

„Das fragst du noch?" Thomas blieb plötzlich stehen. „Vater, liebst du Julia?"

„Natürlich. Wir alle lieben sie."

„Ich möchte wissen, ob du sie so liebst, dass du sie heiraten willst, wenn Isabel…"

„Was redest du denn für einen Schwachsinn?" unterbrach er Thomas. „Die Liebe zu Julia ist nicht wie von Mann zu Frau, sondern wie von Vater zu Tochter."

„Ach ja? Warum habt ihr euch denn gestern schon wieder umarmt?"

„Gestern ist sie mir vor Freude um den Hals gefallen, nachdem ich von Doktor Mowamba ein Fax bekommen habe, dass die Kiste mit dem Röntgengerät gut bei ihm angekommen ist."

„Ein Röntgengerät, bei Doktor Mowamba?"

Frank schlug sich auf den Mund. „Das hätte ich dir eigentlich nicht verraten dürfen. Ich musste Julia versprechen, dir nichts zu sagen."

„Was hat Julia damit zu tun?"

Frank winkte ab. „Da ich mich nun schon verplappert habe, kann ich dir auch verraten, dass Julia der Klinik den Apparat abgekauft hat. Dazu noch viele Medikamente, Spritzen und Verbandsmaterial. Nicht zu vergessen auch noch eine Menge an Spielsachen für die kranken Kinder."

Thomas fasste sich mit beiden Händen an den Kopf. „Ich kann es nicht fassen, dass Julia ihr ganzes Vermögen für Afrika geopfert hat. Ein Röntgengerät kostet doch eine Unsumme."

„Die sie ohne mit der Wimper zu zucken bezahlt hat. Unsere kleine Mutter Teresa hat eben ein gutes Herz."

„Und ich habe Julia mit Verachtung bestraft, weil ich dachte, sie hätte mit dir ein Techtelmechtel."

„Grundlos. Ich bin für Julia nur ihr Ersatzpapa."

Thomas stöhnte. „Ob sie mir verzeiht?"

„Lass es darauf ankommen. Du musst dich eben geschickt anstellen", schmunzelte Frank, als sie zusammen ins Haus gingen.

Es dauert nicht lange, bis Thomas ein Trick einfiel, mit dem er testen konnte, ob er Julia wirklich so gleichgültig war, wie sie tat. Dazu musste er warten, bis sein Vater zu Helens Verhandlung fuhr. Erst nach einer Stunde hörte er Frank wegfahren. Bevor er Florian bat, mit ihm draußen Fußball zu spielen, flüsterte er Anne etwas ins Ohr.

Julia malte in ihrem Atelier, als sie plötzlich Florian durch ihre offene Terrassentür schreien hörte. Wenn der Kleine so brüllte, musste etwas passiert sein. Rasch lief sie nach unten.

Anne wartete schon auf sie. „Thomas hat sich verletzt. Er liegt reglos im Gras. Was soll ich tun? Frank ist nicht da."

„Ruf den Notarzt", rief ihr Julia zu, als sie schon nach draußen rannt. Florian saß mit verweinten Augen neben seinem großen Bruder. „Thomas ist mit dem Kopf an die Torlatte geknallt. Julia, du musst ihm helfen, weil der Papi nicht da ist."

„Ich komme ja", sagte sie und kniete sich neben Thomas. Sie fühlte seinen Puls, bevor sie seinen Kopf abtastete. „Er blutet nicht. Außer einer gewaltigen Beule hat er nichts abbekommen", sagte sie zu Anne, die händeringend jammerte.

„Aber er ist noch immer bewusstlos. Willst du es nicht mal mit Mund zu Mundbeatmung versuchen?"

„Nein. Ich hole erst mal ein nasses Tuch. Ein kalter Umschlag tut ihm gut."

„Lass mich es holen", bat Anne und winkte Florian zu sich. „Auf den Schreck hin bekommst du ein Eis."

„Bekommt Thomas auch eines, wenn er aufwacht? Und Julia und Tante Luise auch?"

„Alle bekommen ein Eis", hörte Julia Anne sagen, bevor sie mit Florian im Haus verschwand.

Wie aufs Stichwort kam Luise vom hinteren Teil des Parks auf Julia zu. „Warum schreit Florian? Hat er sich verletzt?"

„Der Kleine nicht, aber der Große", gab sie Auskunft und zeigte auf den reglosen Thomas.

Bevor Luise vor Entsetzten die Hände falten konnte, rief Anne: „Luise, ich brauche dich hier."

Nach einem mitleidvollen Blick zu dem Daliegenden, lief sie zu Anne.

Julia tätschelte Thomas auf beide Wangen. „Wach auf, verdammt noch mal." Er zeigte keine Reaktion. Wo blieb Anne mit dem kalten Umschlag? „Thomas, komm endlich zu dir", flehte sie mit besorgter Stimme und streichelte diesmal sanft sein Gesicht. „Wenn du nicht bald aufwachst, sterbe ich vor Angst." Täuschte sie sich, oder zuckte ein Muskel in seinem Gesicht? Nach einigen Sekunden überlegte sie, ob eine Mund zu Mundbeatmung doch sinnvoll wäre? Sie holte tief Luft, hielt ihm die Nase zu und presste ihre Lippen auf die seinen. Diese Methode schien zu funktionieren. Plötzlich spürte sie, wie Leben in seinen Körper kam. Sie spürte seine Arme, die sie umklammerten, und seine Lippen sich an ihren festsaugten. Empört wollte sie sich von ihm losreißen, doch er griff noch fester zu. Dafür sahen seine Augen sie voll Zärtlichkeit an, als er flüsterte: „Du musst nicht vor Angst um mich sterben, bezaubernde Julia. Aber ich werde an gebrochenem Herzen sterben, wenn du meine Liebe nicht erwiderst."

„Du sprichst von Liebe?" Julia, die noch immer über ihm kniete, wollte aufspringen, doch Thomas presste sie noch fester an sich, drehte sie auf den Rücken und sah ihr tief in die Augen. „Ja. Ich liebe dich mehr als alles andere auf der Welt. Ich habe mich schon in dich verliebt, als du mich bei meiner Ankunft am Gartentor angeblafft hast."

„Ha, ha. Davon habe ich nichts gemerkt. Du warst ein arroganter Schnösel." Mit den Fäusten trommelte sie auf seinen Rücken. „Lass mich los."

„Ich lasse dich erst los, wenn du mir sagst, dass du mich auch liebst."

„Na gut, ich mag dich."

„Das reicht mir nicht. Ich möchte die drei Worte aus deinem Mund hören."

Julia presste die Lippen zusammen.

„Verstehe. Du liebst also doch meinen Vater!"

Entsetzt sah sie ihn an. „Hast du den Verstand verloren?"

„Nein, mein Herz! Und zwar an dich." Er ließ sie los. Stand auf und zog sie in die Höhe. „Wenn du mir jetzt sagst, dass du mich nicht liebst, lasse ich dich für immer in Ruhe. Ich ziehe aus und gehe wieder nach Afrika. Ich kann es nicht länger ertragen, dich nicht in die Arme zu nehmen und küssen zu dürfen."

Flehend sah Julia zu Thomas hoch, dabei klopfte ihr Herz zum Zerspringen. „Du darfst nicht ausziehen."

„Wer sollte mich daran hindern?"

„Ich! Ich möchte, dass du hierbleibst."

„Warum? Um mich noch länger mit deiner

Gleichgültigkeit mir gegenüber zu quälen?"

„Du bist mir nicht gleichgültig."

„Sondern?"

Julia sah zu Boden und stotterte: „Ich habe meine Liebe zu dir verdrängt, weil ich eine schlechte Erfahrung gemacht habe. Danach wollte ich mich nie mehr verlieben."

Thomas hob Julias Kinn, damit sie ihn ansehen musste. In ihren Augen sah er, was sie für ihn empfand.

„Du liebst mich!" Die Antwort konnte er nicht abwarten. Sein zärtlicher Kuss wurde immer leidenschaftlicher, als er spürte, dass Julia ihn erwiderte.

„Na, seid ihr euch jetzt endlich einig?", rief Anne an der Terrassentür und klatschte in die Hände. „Kommt rein, das müssen wir begießen."

Luise strahlte. „Das hat aber wunderbar geklappt."

„Wie soll ich das verstehen?", fragte Julia.

„Ich habe den Ohnmächtigen nur gespielt. Ich musste endlich wissen, was du für mich empfindest", gestand Thomas.

„Dann war das also ein abgekartetes Spiel." Julia konnte es nicht fassen. „Hast du davon gewusst?", fragte sie Anne

„Ja, und ich bin froh, dass die Feindseligkeit zwischen euch endlich vorbei ist."

„Ich auch." Luise nickte. „Es war höchste Zeit, dass du Thomas endlich deine Liebe gestanden hast", redete sie auf Julia ein. „Der arme Kerl hat so unter deiner Lieblosigkeit gelitten."

Thomas zog Julia an sich. „Dafür wird die Zukunft voller Liebe sein."

Florian hatte sein Eis ausgelöffelt und kam auf Julia zu. „Spielst du jetzt lieber mit Thomas?"

„Mit Thomas spiele ich nicht. Mit ihm ist es mir ernst."

Florian verstand den Zusammenhang nicht und rannte in den Garten. Da niemand ihn beachtete, würde er sogar zwischen den Blumen mit Flocke spielen.

Auf der Terrasse stießen vier Gläser gegeneinander.

Während sich Julia und Thomas küssten, zwinkerte sich Anne und Luise zu.

Träumerisch schaute Thomas in den blühenden Garten, in dem sich Florian mit Flocke im Rasen balgten. „Das Paradies im Jenseits kann nicht schöner sein, als dieses hier. Ich möchte es nie verlassen."

Fragend sah Julia ihn an. „Auch nicht für vier Wochen? Ich möchte im Sommer nach Canazei. Wir dürfen im Forsthaus wohnen, dann kann ich endlich Pepe besuchen."

„Wer ist Pepe?"

„Mein Lebensretter! Ihm habe ich es zu verdanken, dass ich wieder hier sein kann."

„Dann komme ich natürlich mit. Unser Paradies ist auch noch da, wenn wir zurückkommen", sagte Thomas und besiegelte das Versprechen mit einem innigen Kuss.

Ganz herzlich bedanken möchte ich mich bei meinem Kollegen Walter G. Pfaus und seiner Frau Hildegard für die vielen Tipps und die Beratung für meinen ersten Roman.